Vladimir Nabokov wird am 23. April 1899 in St. Petersburg geboren. Nach der Oktoberrevolution flieht die Familie nach England. 1919–1922 in Cambridge Studium der russischen und französischen Literatur. 1922–1937 in Berlin, erste Veröffentlichungen, meist unter dem Pseudonym W. Sirin. 1937–1940 nach der Flucht aus Nazideutschland in Südfrankreich und in Paris, seit 1940 in den USA. Lehrtätigkeit von 1948–1959 an der Cornell-Universität in Ithaca, New York. 1961–1977 wohnt Nabokov in einer Suite im Palace Hotel in Montreux. Er stirbt am 2. Juli 1977 in Lausanne.

Das Gesamtwerk Nabokovs erscheint im Rowohlt Verlag und im Rowohlt Taschenbuch Verlag. Weitere Informationen zum Werk des Autors finden sich im Anhang dieses Buches.

Vladimir Nabokov

Mademoiselle O

Erzählungen
1935–1939

Deutsch von
Renate Gerhardt,
Jochen Neuberger und
Dieter E. Zimmer

Rowohlt Taschenbuch Verlag

Der Text folgt:
Vladimir Nabokov, Gesammelte Werke,
Band 14, Erzählungen 2,
herausgegeben von Dieter E. Zimmer

Veröffentlicht im
Rowohlt Taschenbuch Verlag GmbH,
Reinbek bei Hamburg, Oktober 1999

Umschlaggestaltung Beate Becker
Foto: Hulton Getty
Gesamtherstellung Clausen & Bosse, Leck
Printed in Germany
ISBN 3 499 22635 9

Inhalt

Erzählungen 1935–1939
(in russischer Sprache)

Erzählungen
1935–1939

(In russischer Sprache)

Träger Rauch

Als die im Dämmer hängenden Straßenlaternen praktisch auf einen Schlag bis hin zum Bayerischen Platz angingen, verschob sich in dem unbeleuchteten Zimmer jeder Gegenstand ein wenig unter dem Einfluß der Strahlen von außen, die zunächst einmal eine Aufnahme vom Muster der Spitzenvorhänge machten. Etwa drei Stunden hatte er (ein langgliedriger, flachbrüstiger junger Mann mit einem Kneifer, der im Halbdunkel funkelte) auf dem Rücken gelegen, eine kurze Unterbrechung für das Abendessen ausgenommen, das in gnädigem Schweigen verlaufen war: Sein Vater und seine Schwester hatten nach neuerlichem Streit bei Tisch gelesen. Betäubt von dem bedrückenden, sich dehnenden Gefühl, das ihm so gut vertraut war, lag er da und sah durch seine Wimpern, und jede Linie, jeder Sims, jeder Schatten eines Simses wurde zu einem Meereshorizont oder einem Streifen fernen Landes. Sobald sich seine Augen an den Mechanismus der Verwandlungen gewöhnt hatten, begannen diese sich von selbst zu vollziehen (so erwachen Steine hinter dem Rücken des Magiers nutzlos zum Leben), und jetzt formte sich hier und dort im Kosmos des Zimmers eine Scheinperspektive, eine ferne Fata Morgana, die durch die Transparenz ihrer Zeichnung und ihre Einsamkeit bezauberte: eine Wasserfläche etwa um ein schwarzes Vorgebirge mit der winzigen Silhouette einer Araukarie.

Bisweilen kamen Fetzen unverständlichen, einsilbigen Gesprächs vom benachbarten Wohnzimmer (dem höhlenartigen Mittelstück jener Bürgerwohnungen, die russische Emigranten damals in Berlin zu mieten pflegten), das von seinem Zimmer durch Schiebetüren getrennt war, durch deren geriffelte Milchglasscheiben die hohe Lampe von drüben gelb durchschien, während etwas weiter unten wie in tiefem Wasser der verschwommene dunkle Rücken eines Stuhles sich abzeichnete, der dorthin gerückt worden war, um dem Hang der Türflügel, in einer Serie ruckartiger Bewegungen auseinanderzukriechen, Einhalt zu gebieten. In diesem Wohnzimmer (wahrscheinlich auf dem Sofa im entferntesten Winkel) saß seine Schwester mit ihrem Freund, und nach den geheimnisvollen Pausen zu schließen, die in einem leisen Hüsteln oder einem zärtlichen, fragenden Lachen aufgingen, küßten sich die beiden. Andere Geräusche waren von der Straße zu hören: Der Lärm eines Wagens schraubte sich hoch wie eine dünne Säule, auf die sich als Kapitell ein Hupen an der Kreuzung legte; oder es kam umgekehrt das Hupen zuerst, dem ein näher kommendes Knattern folgte, an dem das Schaudern der Türflügel nach besten Kräften teilnahm.

Und wie das Licht des Wassers und sein Pulsen durch eine Meduse hindurchgehen, so durchdrang alles sein Innerstes, und dieses Gefühl des Durchflutetseins verwandelte sich in etwas wie Hellsichtigkeit. Flach auf seiner Couch liegend fühlte er sich von der Flut der

Schatten seitwärts davongetragen, und gleichzeitig ging er neben fernen Fußgängern her und sah jetzt die Oberfläche eines Gehsteigs unmittelbar unter seinen Augen (mit der erschöpfenden Sehschärfe eines Hundes), jetzt das Muster kahler Zweige vor einem Himmel, der noch einen Hauch von Farbe bewahrt hatte, oder auch die bunte Folge der Auslagen: die Schaufensterpuppe eines Friseurs, die anatomisch kaum besser entwickelt war als die Herzdame; ein Bilderrahmer mit purpurnen Heidelandschaften und der unvermeidlichen *Inconnue de la Seine*, die im Reiche so populär war, inmitten zahlreicher Portraits des Präsidenten Hindenburg; und dann ein Lampengeschäft, in dem alle Glühbirnen strahlten, so daß man sich fragen mußte, welche denn nun die Arbeitsleuchte war, die zum Laden selbst gehörte.

Als er da mumiengleich im Dunkeln lag, wurde ihm auf einmal bewußt, daß das alles ziemlich peinlich war – seine Schwester mochte ja denken, er sei nicht zu Hause oder belausche sie. Sich zu bewegen war jedoch unglaublich schwer; schwer, weil die eigentliche Form seines Seins jetzt alle spezifischen Merkmale, alle festen Konturen verloren hatte. So konnte, zum Beispiel, die Gasse auf der anderen Seite des Hauses sein eigener Arm sein, während die lange, skelettartige, sich über den ganzen Himmel mit seiner Sternenkälte im Osten erstreckende Wolke seine Wirbelsäule war. Weder die gestreifte Dunkelheit seines Zimmers noch das Glas der Wohnzimmertür, das sich in eine nächtliche See verwandelt hatte, die in goldener Wellenbewegung aufschien, boten ihm eine zuverlässige Methode, sich abzumessen und abzugrenzen; diese Methode fand er erst, als die tastende Spitze seiner Zunge in einem Ausbruch von Bewegungslust eine plötzliche Drehung in seinem Mund vollführte (als ob sie, noch ganz schlaftrunken, nachschauen wollte, ob alles in Ordnung sei), nachzufühlen und einem weichen Fremdkörper zuzusetzen begann, einer Faser gekochten Rindfleischs, die sich zwischen seinen Zähnen verfangen hatte; worauf er sich überlegte, wie oft sie sich in neunzehn Jahren verändert hatte, diese unsichtbare, aber tastbare Hauswirtschaft seiner Zähne, an die sich die Zunge gewöhnt hatte, bis eine Füllung herausfiel und ein großes Loch hinterließ, das bald wieder hergerichtet wurde.

Was ihn nun dazu brachte, sich zu bewegen, war weniger die schamlos offene Stille hinter der Tür als vielmehr der Drang, sich ein sauberes, spitzes, kleines Instrument zu beschaffen, um dem einsamen blinden Schwerarbeiter zu helfen. Er streckte sich, hob den Kopf und knipste das Licht in der Nähe seiner Couch an, womit er seinen körperlichen Zustand voll und ganz wiederherstellte. Er nahm sich selber (den Kneifer, den dünnen, dunklen Schnurrbart, die unreine Haut auf seiner Stirn) mit jenem äußersten Widerwillen wahr, den er immer empfand, wenn er aus jenem verzehrenden Dunst, der ein Versprechen barg – doch welches? –, in seinen Körper zurückkehrte. Welche Form würde die Kraft, die ihm zusetzte und die mit ihm ihr Spiel trieb, schließlich annehmen? Woher stammt das nur, was in mir wächst? Ein Großteil des Tages war so verlaufen wie üblich – Universität, Bibliothek –, später aber, als ich im Auftrag des Vaters zu den Ossipows mußte, war da das nasse Dach einer Kneipe neben einem leeren Grundstück, und der Kaminrauch klammerte sich an das Dach, kroch tief hinunter, schwer vor Feuchtigkeit, durchtränkt von ihr, schläfrig, weigerte sich emporzusteigen, weigerte sich, sich von liebgewordener Fäulnis zu trennen, und da, eben da kam die Erregung über ihn.

Unter der Tischlampe glänzte ein in Wachstuch gebundenes Heft, und daneben auf dem tintenbekleckssten Löschblatt lag eine Rasierklinge mit vom Rost gesäumten Löchern. Das Licht fiel auch auf eine Sicherheitsnadel. Er bog sie auf, folgte den recht fahrigen Richtungsangaben der Zunge und entfernte die Fleischfaser, um sie gleich hinunterzuschlucken – ein Leckerbissen, besser als alle anderen; worauf das befriedigte Muskelorgan wieder zur Ruhe kam.

Plötzlich legte sich von außen die Hand einer Seejungfrau auf das geriffelte Glas der Tür; stoßweise teilten sich die Flügel, und seine Schwester streckte ihren zerzausten Kopf herein.

«Grischa, mein Lieber», sagte sie, «sei so nett und besorge ein paar Zigaretten von Vater.»

Er antwortete nicht, und die hellen Schlitze ihrer pelzigen Augen verengten sich (sie sah sehr schlecht ohne ihre Hornbrille), als sie herauszufinden versuchte, ob er auf seiner Couch schliefe.

«Besorg sie mir, Grischenka», wiederholte sie noch flehentlicher. «Bitte! Ich will nicht zu ihm gehen, nach allem, was gestern vorgefallen ist.»

«Vielleicht will ich auch nicht», sagte er.

«Mach schon, mach schon», sagte seine Schwester zärtlich, «los, Grischa, Lieber!»

«Schon gut, laß mich zufrieden», sagte er schließlich, und sie vereinte behutsam die beiden Türhälften und verschwamm im Glas.

Er betrachtete erneut seine lampenbeschienene Insel, und voller Hoffnung fiel ihm ein, daß er irgendwo ein Päckchen Zigaretten hingetan haben mußte, welches ein Freund eines Abends zufällig liegengelassen hatte. Die glänzende Sicherheitsnadel war verschwunden, während das Heft nur anders dalag und halb offen war (wie ein Mensch, der im Schlaf seine Lage ändert). Vielleicht zwischen meinen Büchern. Das Licht erreichte eben noch ihre Rücken auf den Regalen über dem Schreibtisch. Hier stand (überwiegend) Ramsch, der sich zufällig angesammelt hatte; hier standen aber auch Lehrwerke der Volkswirtschaft (ich hatte etwas ganz anderes gewollt, Vater aber hatte seinen Willen durchgesetzt) und einige Lieblingsbücher, die bisweilen sein Herz erquickt hatten: Gumiljows gesammelte Gedichte unter dem Titel *Schatjor* («Zelt»); Pasternaks *Sestra moja shisn* («Meine Schwester – das Leben»), Gasdanows *Wetscher u Kler* («Abend bei Claire»), Radiguets *Le Bal du Comte d'Orgel*, Sirins *Saschtschita Lushina* («Lushins Verteidigung»), Ilf und Petrows *Dwenadzat stuljew* («Zwölf Stühle»), Hoffmann, Hölderlin, Baratynskij und ein alter Rußland-Führer. Wieder diese sanfte, geheimnisvolle Erschütterung. Er lauschte. Würde sich die Erregung wiederholen? Sein Geist war im Zustand höchster Anspannung, logisches Denken war ausgeschlossen, und als er aus seiner Trance herauskam, brauchte er einige Zeit, bis er sich erinnerte, warum er vor den Regalen stand und Bücher befingerte. Das blau-weiße Päckchen, das zwischen Professor Sombart und Dostojewskij gesteckt hatte, erwies sich als leer. Schön, was sein mußte, mußte wohl sein, er kam nicht darum herum. Es gab allerdings noch eine andere Möglichkeit.

In ausgelatschten Hausschuhen und herunterhängenden Hosen schlurfte er lustlos und beinahe geräuschlos aus seinem Zimmer auf den Gang hinaus und tastete nach dem Lichtschalter. Auf der Konsole unter dem Spiegel lag neben der beigen, kessen Mütze des Gastes ein Knäuel Papier: die Hülle befreiter Rosen. Er stöberte im Mantel seines Vaters herum und drang mit zimperlichen Fingern in die empfindungslose Welt einer fremden Tasche ein, fand aber das Reservepäckchen nicht, das er dort erhofft hatte, so wie er die schwerfällige Vorsorge seines Vaters kannte. Nichts zu machen, ich muß zu ihm.

Hier, das heißt an einem nicht zu bestimmenden Punkt seiner Schlafwandelei, betrat er wieder einen Dunstkreis, und dieses Mal verfügte die Erschütterung in seinem Innern über soviel Kraft und war insbesondere soviel lebhafter als alle äußeren Wahrnehmungen, daß er den hängeschultrigen jungen Mann mit der bleichen unrasierten Wange und dem roten Ohr, der geräuschlos im Spiegel vorbeiglitt, nicht sogleich als den Umriß und die Haltung der eigenen Person erkannte. Er holte sich selber ein und betrat das Eßzimmer.

An dem Tisch, den das Mädchen noch vor dem Zubettgehen für den Abendtee gedeckt hatte, saß sein Vater: Ein Finger kraulte in seinem schwarzen graumelierten Bart; zwischen Daumen und Finger seiner anderen

Hand hielt er ausgestreckt einen Kneifer an der federnden Klemmvorrichtung; er studierte einen großen Stadtplan von Berlin, der an den Falzen völlig abgenützt war. Vor einigen Tagen war im Hause von Bekannten eine leidenschaftliche, echt russische Diskussion darüber ausgebrochen, wie man zu Fuß am besten von einer bestimmten Straße zu einer anderen käme, wobei übrigens weder die eine noch die andere von den Disputanten jemals frequentiert wurde; und deutete man den Ausdruck enttäuschten Erstaunens auf dem geneigten Gesicht seines Vaters mit den beiden rosa Achten auf den Nasenflügeln richtig, so hatte sich jetzt herausgestellt, daß der alte Mann unrecht gehabt hatte.

«Was gibt's?» fragte er und blickte zu seinem Sohn auf (vielleicht in der heimlichen Hoffnung, daß ich mich setze, den Teewärmer abnehme und ihm und mir eine Tasse eingieße). «Zigaretten?» fuhr er in fragendem Ton fort, nachdem er bemerkt hatte, in welche Richtung sein Sohn blickte; der wollte gerade hinter den Rücken seines Vaters treten, um an die Dose heranzukommen, die am anderen Ende des Tisches stand, aber sein Vater reichte sie schon herüber, so daß eine momentane Verwirrung entstand.

«Ist er weg?» kam die dritte Frage.

«Nein», sagte der Sohn und nahm eine seidige Handvoll Zigaretten.

Auf seinem Weg aus dem Eßzimmer bemerkte er, wie sein Vater den ganzen Rumpf herumwandte, um die Wanduhr zu Gesicht zu bekommen, als hätte sie etwas gesagt, und wie er sich dann wieder zurückdrehte – aber da schloß sich die Tür, die ich schloß, und ich sah nicht, wie es zu Ende ging. Ich sah nicht, wie es zu Ende ging, ich hatte andere Dinge im Kopf, aber dies eben auch und die fernen Meere von vorhin und das glühende Gesichtchen meiner Schwester und den verschwommenen Lärm auf dem kreisförmigen Rand der durchsichtigen Nacht – alles trug auf die eine oder andere Weise dazu bei, dem Form zu geben, was jetzt endlich Gestalt angenommen hatte. Mit unheimlicher Deutlichkeit, als würde meine Seele von einer lautlosen Explosion erhellt, sah ich eine zukünftige Erinnerung; der Gedanke kam mir, daß ich mich ebenso, wie ich mich an gewisse Bilder aus der Vergangenheit erinnerte, etwa die Art, wie meine verstorbene Mutter ein weinerliches Gesicht machte und die Hände an die Schläfen preßte, wenn das Gestreite bei Tisch zu laut wurde – daß ich mich mit mitleidloser, nicht wiedergutzumachender Schärfe an den gekränkten Ausdruck der Schultern meines Vaters erinnern würde, als er sich in seiner von Asche und Schuppen bepuderten warmen Hausjacke grämlich über den zerschlissenen Stadtplan beugte, und all das vermischte sich schöpferisch mit dem noch frischen Bild des blauen Rauchs, der an dem toten Laub auf einem nassen Dach haftet.

Durch einen Spalt zwischen den Türflügeln nahmen unsichtbare gierige Finger, was er hinhielt, und nun lag er wieder auf seiner Couch, aber die frühere Mattigkeit war weg. Riesengroß, lebendig, dehnte sich eine Verszeile und bog in die nächste ein; an der Biegung flammte köstlich und heiß ein Reim auf, der weiterglühte, und es erschien wie ein Schatten an der Wand, wenn man mit einer Kerze die Treppe hinaufsteigt, der bewegliche Umriß eines weiteren Verses.

Berauscht von der italienischen Musik russischer Alliterationen, von der Sehnsucht nach Leben, von der neuen Versuchung veralteter Wörter (ein modernes *bereg* wurde zu *breg*, einem ferneren «Ufer», *holod* wurde *hlad*, eine klassischere «Kälte», *weter* wurde *wetr*, ein besserer Boreas), entstanden knabenhafte, vergängliche Gedichte, die mit Sicherheit schon zu der Zeit, da sie in Druck gingen, dahinwelkten, so wie alle vorhergehenden, die er in sein schwarzes Heft geschrieben hatte, eins nach dem anderen dahingewelkt waren, aber gleichviel: In diesem Augenblick glaube ich an die hinreißenden Versprechungen des noch immer atmenden, noch immer kreisenden Verses, mein Gesicht ist tränenüberströmt, mein Herz birst vor Glück, und ich weiß, daß dieses Glück das höchste ist, was es auf Erden gibt.

Musterung

Er war alt, er war krank, und niemand auf der Welt brauchte ihn. In puncto Armut hatte Wassilij Iwanowitsch jenes Stadium erreicht, wo man sich nicht länger fragt, wovon man morgen leben soll, sondern sich nur noch wundert, wie man den vergangenen Tag überlebt hat. Was private Bindungen anging, so bedeutete ihm außer seiner Krankheit wenig auf der Welt etwas. Seine ältere, unverheiratete Schwester, mit der er in den Zwanzigern aus Rußland nach Berlin emigriert war, war vor zehn Jahren gestorben. Er vermißte sie nicht mehr und hatte sich an eine Leere gewöhnt, die nach ihrem Bilde geformt war. An diesem Tag jedoch, als er vom russischen Friedhof zurückkehrte, wo er an Professor D.s Begräbnis teilgenommen hatte, grübelte er in der Straßenbahn mit fruchtloser Bestürzung über das Ausmaß der Vernachlässigung, in dem sich ihr Grab befand: Die Farbe des Kreuzes war stellenweise abgeblättert, der Name ließ sich kaum noch unterscheiden vom Schatten der Linde, der darüber hinglitt und ihn löschte. Etwa ein Dutzend in ihr Geschick ergebener alter Emigranten, verbunden durch die Schmach des Todes und seine vulgäre Gleichmacherei, hatten Professor D.s Begräbnis beigewohnt. Sie standen, wie bei solchen Gelegenheiten üblich, einzeln und in Grüppchen in einer Art schmerzgebeugter Erwartung da, während das bescheidene Ritual ablief, interpunktiert durch das diesseitige Rütteln der Äste über ihren Köpfen. Die Hitze war unerträglich, besonders auf nüchternen Magen; doch hatte er um der Schicklichkeit willen einen Mantel getragen, der die schändliche Ärmlichkeit seines Anzugs verbergen sollte. Und obwohl er Professor D. recht gut gekannt hatte und versuchte, das gütige Bild des Verstorbenen glatt und fest vor seinem geistigen Auge zu halten, so entschlüpften ihm doch in diesem warmen, fröhlichen Juliwind, der das Bild bereits wellte und knitterte und ihm aus den Händen riß, die Gedanken in jene Ecke seines Gedächtnisses, wo seine Schwester mit ihren unabänderlichen Gewohnheiten und ihrer Sachlichkeit von den Toten zurückkehrte, schwer und korpulent wie er, mit einer Brille von gleicher Stärke auf ihrer maskulinen, massigen, poliert aussehenden Nase und in einem grauen Jackett, wie es russische Damen mit gesellschaftlichem Engagement bis auf den heutigen Tag tragen: eine großartige, großartige Frau, die auf den ersten Blick ein kluges, umsichtiges und tatkräftiges Leben führte, die aber unerwartet wunderbare Einblicke auf eine Melancholie eröffnete, welche nur er, ihr Bruder, wahrnahm und um deretwegen er sie letztlich so sehr geliebt hatte.

Im anonymen Gedrängel der Berliner Straßenbahn befand sich die ganze Zeit über noch ein alter Flüchtling, ein Rechtsanwalt, der seine Praxis aufgegeben hatte und der auch vom Friedhof zurückkehrte und der auch für niemand von Nutzen war außer für mich. Wassilij Iwanowitsch, der ihn nur oberflächlich kannte, versuchte sich zu entscheiden, ob er ein Gespräch mit ihm beginnen sollte oder nicht, wenn das sich verschiebende Durcheinander der Fahrgäste sie per Zufall zusammenführen sollte; der andere klebte indessen weiter am Fenster, von wo er mit ironischem Ausdruck im übel vernachlässigten Gesicht die Evolution der Straßen beobachtete. Schließlich (und das war genau der Augenblick, den ich erhaschte und der darüber entschied, daß ich den Gemusterten nicht mehr aus den Augen ließ) stieg W. I. aus, und da er schwer und ungelenk war, half ihm der Schaffner, auf die längliche steinerne Insel der Haltestelle hinabzuklettern. Einmal unten angelangt, nahm er von oben mit gemächlicher Dankbarkeit seinen eigenen Arm entgegen, den der Schaffner noch immer am Ärmel hielt. Dann setzte er sich in Bewegung, drehte sich um, sah vorsichtig erst nach rechts, dann nach links und trat in der Absicht, die gefährliche Straße in Richtung auf eine öffentliche Anlage zu überqueren, auf den Asphalt.

Er kam sicher hinüber. Auf dem Friedhof hatte W. I., als der zittrige alte Priester, wie es das Ritual forderte, den Chor ein Lied zum ewigen Gedenken an den Verstorbenen anstimmen ließ, eben noch derart lange gebraucht, um mühselig niederzuknien, daß der Gesang vorbei war, als sein Knie den Boden berührte, und hinterher kam er dann nicht mehr allein auf die Beine; der alte Tichotskij hatte ihm hochgeholfen, wie der Straßenbahnschaffner ihm gerade hinuntergeholfen hatte. Diese Zwillingseindrücke verstärkten ein Gefühl ungewohnter Müdigkeit, das ganz zweifellos einen Beigeschmack von letzter Ruhestätte an sich hatte, jedoch auf seine Art angenehm war; und nachdem er festgestellt hatte, daß es in jedem Falle zu früh war, zur Wohnung der guten, beschränkten Leutchen zu gehen, bei denen er untergekommen war, wies sich W. I. mit seinem Stock selber eine Bank und setzte sich langsam, der Gravitation bis zum letzten Augenblick widerstehend, dann schließlich kapitulierend hin.

Ich wüßte indessen zu gerne, woher dieses Glück, diese Woge von Glück kommt, das die Seele sogleich in etwas Grenzenloses, Durchsichtiges und Kostbares verwandelt. Darf man doch nicht vergessen, daß es hier um einen kranken alten Mann geht, der schon das Zeichen des Todes trägt; er hat alles, was ihm lieb war, verloren: seine Frau, die ihn noch in Rußland dem bekannten Reaktionär Dr. Malinowskij zuliebe verlassen hatte; die Zeitung, bei der W. I. gearbeitet hatte; seinen Leser, Freund und Namensvetter Wassilij Iwanowitsch Maler, den dic Roten während des Bürgerkriegs zu Tode gefoltert hatten; seinen Bruder, der in Charbin an Krebs gestorben war; und seine Schwester.

Wieder dachte er mit Unbehagen über das verwitterte Kreuz auf ihrem Grab nach, das schon hinüberwechselte ins Lager der Natur; es müssen jetzt sieben Jahre her sein, daß er sich nicht mehr darum gekümmert hatte und es verwildern ließ. Mit verblüffender Klarheit hatte W. I. plötzlich das Bild eines Mannes vor Augen, den seine Schwester einmal geliebt hatte – der einzige, den sie jemals liebte –, ein Garschin-ähnlicher Typ, ein halbverrückter, schwindsüchtiger, faszinierender Mann mit kohlschwarzem Bart und Zigeuneraugen, der sich zur allgemeinen Überraschung wegen einer anderen Frau erschoß: das Blut auf seiner Hemdbrust, die kleinen Füße in den schmucken Schuhen. Dann sah er, ohne daß irgendein Zusammenhang bestanden hätte, seine Schwester als Schulmädchen mit ungewohnter Haartracht; nach einer Typhuserkrankung war sie geschoren worden; sie saßen zusammen auf der Ottomane, und sie erklärte ihm ein komplexes System taktiler Wahrnehmung, das sie entwickelt hatte und das bewirkte, daß ihr Dasein nur noch darin bestand, ein geheimnisvolles Gleichgewicht zwischen den Gegenständen zu wahren: Man berühre im Vorübergehen eine Mauer, lasse die linke, dann die rechte Hand drüber hinstreichen, als tauche man seine Hände in die Sinnlichkeit des Gegenstandes ein, so daß sie rein würden und in Frieden stünden mit der Welt und sich in ihr reflektierten; hiernach interessierte sie sich hauptsächlich für Frauenfragen, richtete irgendwelche Frauenapotheken ein und hatte eine wahnsinnige Angst vor Geistern, weil sie, wie sie sagte, nicht an Gott glaubte.

Er hatte seine Schwester verloren, die er mit besonderer Zärtlichkeit um der Tränen willen liebte, die sie nachts weinte; er war gerade vom Friedhof zurückgekehrt, wo der lächerliche Hokuspokus mit den Schäufelchen voller Erde seine Erinnerungen wiederbelebt hatte; er war derart schwer, schwach und unbeholfen, daß er nicht von seinen Knien hochkam oder von der Plattform der Straßenbahn herabsteigen konnte (der hilfsbereite Schaffner mußte sich mit abwärts ausgestreckten Armen bücken – und ein Fahrgast hatte auch noch mitgeholfen, glaube ich); er war müde, einsam, fett und schämte sich in allen Schattierungen altmodischen Anstands seiner geflickten Wäsche, seiner abgetragenen Hosen, seiner ganzen vernachlässigten, ungeliebten, schäbig ausstaffierten Dickleibigkeit; und gleichwohl fühlte er sich erfüllt von einer beinahe unanständigen Freude unbekannter Herkunft, die ihn mehr als einmal im Verlaufe seines langen und ziemlich schwierigen Lebens durch ihren urplötzlichen Ausbruch überrascht hatte. Er saß ganz still, seine Hände ruhten (gelegentlich nur spreizten sich die Finger) auf der Krücke seines Stockes, und seine dicken Schenkel standen offen, so daß die Rundung seines Wanstes, der von der Öffnung seines aufgeknöpften Mantels eingerahmt wurde, auf der Kante der Bank zu ruhen kam. Bienen beschäftigten sich mit den Blüten der Linde über seinem Kopf, von ihrem dichten, festlichen Laub ging ein wolkiger, honigschwerer Duft aus, während darunter, in ihrem Schatten, auf dem Gehsteig, hellgelbe Blütenpartikelchen lagen, die gehäckseltem Pferdemist glichen. Ein nasser roter Schlauch lag quer über dem Rasen in der Mitte des kleinen Parks, und etwas weiter weg schoß ein leuchtender Wasserstrahl aus ihm empor, und in der Aura der Gischt schimmerten geisterhaft die Farben des Regenbogens. Zwischen ein paar Weißdornhecken und einer öffentlichen Bedürfnisanstalt im Chalet-Stil war eine taubengraue Straße zu sehen; dort stand wie ein fetter Hanswurst eine anzeigenbedeckte Litfaßsäule, und eine Straßenbahn nach der anderen fuhr unter Gerassel und Gewimmer vorbei.

Diesen kleinen Stadtgarten, diese Rosen, dieses Grün – er hatte das schon tausendmal gesehen in all seinen unkomplizierten Veränderungen, und doch funkelte das alles durch und durch vor Lebenslust, Frische, Anteilnahme an unserem Geschick, wann immer er und ich solche Anwandlungen von Glück erfuhren. Ein Mann mit der russischen Lokalzeitung setzte sich auf die gleiche dunkelblaue, sonnengewärmte, gastfreundliche, gleichgültige Bank. Es fällt mir schwer, diesen Mann zu beschreiben; und es lohnte sich auch nicht, da ein Selbstportrait wegen jener Spannung, die sich nicht aus dem Ausdruck der Augen entfernen läßt, selten gelingt: Es ist der hypnotische Bann des unabdingbaren Spiegels. Wie war ich denn nur darauf gekommen, daß der Mann, neben den ich mich gesetzt hatte, Wassilij Iwanowitsch hieß? Nun, deshalb, weil diese Kombination von Ruf- und Vatersname wie ein Sessel ist, und er war dick und weich, hatte ein großes, gemütliches Gesicht und saß, die Hände auf seinem Stock, bequem und bewegungslos da; nur die Pupillen seiner Augen glitten hinter ihren Linsen hierhin und dorthin, von einer Wolke, die in die eine Richtung wanderte, zu einem Lastwagen, der in die andere fuhr; von einem Spatzenweibchen, das auf dem Kies ein Junges fütterte, zu der abgehackten, ruckartigen Bewegung eines kleinen Holzautos, das ein Kind, das es längst vergessen hatte, an einer Schnur hinter sich her zog (da – jetzt war es umgekippt und fuhr trotzdem weiter). Professor D.s Nachruf stand in der Zeitung an prominenter Stelle, und daher hatte ich in meiner Eile, einen Schauplatz für W. I.s Morgen zu finden, der so düster und typisch wie möglich war, diesen Ausflug zur Beerdigung arrangiert, obwohl in der Zeitung stand, der Termin werde später bekanntgegeben; aber, ich wiederhole, ich war in Eile, und ich hätte mir gewünscht, er wäre wirklich auf dem Friedhof gewesen, denn er war genau der Typ, den man bei allerlei russischen Festlichkeiten im Ausland antrifft, der sich zwar gewöhnlich beiseite hält, aber gerade dadurch herausstreicht, daß seine Anwesenheit ein Akt der Gewohnheit ist. Und da etwas in den weichen Zügen seines vollen, glattrasierten Gesichts mich an eine sozialpolitisch engagierte Dame in Moskau namens Anna Axakow erinnerte, die ich seit Kindheitstagen kannte (sie war eine entfernte Verwandte von mir), machte ich sie fast absichtslos, aber mit schon ununterdrückbaren individuellen Zügen zu seiner Schwester, und all das ging mit schwindelerregender Schnelligkeit vor sich, denn ich brauchte um jeden Preis einen Mann wie ihn für eine Episode in einem Roman, mit dem ich mich nun schon mehr als zwei Jahre abplagte. Was kümmerte es mich, daß dieser dicke alte Herr, den ich zuerst sah, als man ihm aus der Straßenbahn heraushalf, und der nun neben mir saß, möglicherweise gar kein Russe war? Ich war so zufrieden mit ihm! Er war so geräumig! Durch eine seltsame Gefühlsverbindung war mir, als ob ich den Unbekannten mit dem lodernden schöpferischen Glücksgefühl anstecke, das einen Schauder über die Haut des Künstlers rieseln läßt. Ich wünschte, daß W. I. trotz seines Alters, seiner Ärmlichkeit, trotz seines Magengeschwürs Anteil nehme an der schrecklichen Macht meines Entzückens und seine Anstößigkeit durch seine Komplizenschaft mildere, so daß es nicht länger die Empfindung eines einzelnen, eine äußerst rare Spielart des Wahnsinns, ein ungeheuerlicher Regenbogen wäre, der mein Innerstes überspannte, sondern zumindest zwei Menschen angehöre, ihr Gesprächsthema würde und sich dadurch das Recht auf eine Routineexistenz erwürbe, die meinem wilden, reißenden, atemberaubenden Glück ansonsten versagt ist. Wassilij Iwanowitsch (ich wollte von dieser Anrede nicht lassen) nahm seinen schwarzen Filzhut ab, nicht etwa um sein Haupt zu kühlen, sondern in der Absicht, meinen Gedanken seinen Gruß zu entrichten. Er strich sich langsam über seinen Kopf; die Schatten der Lindenblätter gingen über die Adern seiner großen Hand hin und fielen dann wieder auf sein graues Haar. Ebenso langsam wandte er mir seinen Kopf zu, sah auf meine Emigrantenzeitung, auf mein Gesicht, das so zurechtgemacht war, daß es dem eines Lesers gliche, wandte sich majestätisch ab und setzte seinen Hut wieder auf.

Aber er war schon mein. Dann stand er mit einiger Anstrengung auf, streckte sich, wechselte seinen Stock von der einen Hand in die andere, tat einen kurzen, versuchsweisen Schritt und begab sich dann ruhig von dannen, für immer, wenn ich mich nicht täusche. Doch trug er eine – wie die Pest – rare Krankheit mit sich davon, denn er war durch ein Sakrament mit mir verbunden, war dazu bestimmt, einen Augenblick am fernen Ende eines bestimmten Kapitels, an der Krümmung eines bestimmten Satzes aufzutauchen.

Mein Stellvertreter, der Mann mit der russischen Zeitung, war nun alleine auf der Bank, und da er hinübergewechselt war in den Schatten, wo W. I. gesessen hatte, rieselten ihm die gleichen kühlen Lindenmuster, die seinen Vorgänger gesalbt hatten, über die Stirn.

Aus dem vollen Menschenleben

Im Nebenzimmer schüttete sich Pawel Romanowitsch aus vor Lachen, während er erzählte, wie seine Frau ihn verlassen hatte.

Ich hielt es nicht aus, diese schreckliche Heiterkeit mitanzuhören, und ohne auch nur in den Spiegel zu sehen, ging ich so, wie ich war, in dem von einem schlumpigen Mittagsschlaf zerknautschten Kleid und auf der Wange bestimmt noch die Abdrücke des Kissens, in den Nebenraum (das Eßzimmer meines Vermieters), wo sich mir folgende Szene darbot: Mein Zimmervermieter, ein Mann namens Plechanow (in keiner Weise verwandt mit dem sozialistischen Philosophen), saß da und hörte mit einem Ausdruck der Aufmunterung zu – die ganze Zeit über füllte er die Röhrchen russischer Zigaretten mit Hilfe eines Stopfapparats –, während Pawel Romanowitsch immer wieder und wieder um den Tisch herumlief, sein Gesicht ein regelrechter Alptraum, dessen Blässe sich über seinen ansonsten gesund aussehenden, kurzgeschnittenen Kopf auszubreiten schien: eine sehr russische Abart von Penibilität, die einen ständig an schmucke Pioniertruppen erinnerte, mich im jetzigen Augenblick jedoch an etwas Schlimmes denken ließ, etwas, das so furchterregend war wie der Schädel eines Verurteilten.

Eigentlich war er gekommen, um meinen Bruder zu besuchen – der gerade weggegangen war, aber das machte ihm nicht wirklich etwas aus: Sein Kummer mußte heraus, und so fand er einen bereitwilligen Zuhörer in diesem nicht gerade einnehmenden Mann, den er kaum kannte. Er lachte, doch seine Augen blieben an seinem Kollern unbeteiligt, als er erzählte, wie seine Frau überall in der Wohnung ihre Habseligkeiten zusammengesucht, wie sie aus Versehen seine Lieblingsbrille mitgenommen, wie ihre ganze Verwandtschaft noch vor ihm Bescheid gewußt habe, wie er sich überhaupt frage...

«Ja, das ist auch so ein Punkt für sich», fuhr er fort und redete jetzt Plechanow direkt an, einen gottesfürchtigen Witwer (denn bisher waren seine Worte mehr oder minder eine Tirade ins Leere gewesen), «ein interessanter Punkt für sich: Wie soll denn das nun im Jenseits werden – kopuliert sie da mit mir oder mit diesem Schwein?»

«Wir gehen mal in mein Zimmer», sagte ich mit meiner kristallklarsten Stimme – und erst jetzt bemerkte er meine Anwesenheit: Ich hatte verloren an der Ecke des dunklen Büffets gelehnt, mit dem meine zierliche Figur in ihrem schwarzen Kleid zu verschmelzen schien – ja, ich trage Trauer, um alle, um alles, um mich selber, um Rußland, um die Feten, die mir aus dem Bauch gekratzt wurden. Er und ich gingen in das kleine Zimmer, in dem ich zur Untermiete wohnte: Es war darin knapp Platz für eine einigermaßen absurd breite, seidenbezogene Couch und daneben einen kleinen, niedrigen Tisch mit einer Lampe, deren Fuß eine wahre Bombe aus dickem, wassergefülltem Glas bildete – und in dieser meiner gemütlichen Privatatmosphäre wurde Pawel Romanowitsch sofort ein anderer.

Er setzte sich schweigend und rieb sich die entzündeten Augen. Ich kauerte mich neben ihn, klopfte die Kissen um uns herum zurecht und verfiel in Nachdenken, gab mich mit aufgestützter Wange frauenhaften Gedanken hin, während ich ihn ansah, seinen Türkiskopf, seine breiten, starken Schultern, zu denen ein Militärrock so viel besser gepaßt hätte als dieses zweireihige Jackett. Ich starrte ihn an und fragte mich, wie mich dieser gedrungene Kerl mit seinen nichtssagenden Gesichtszügen (mit Ausnahme der Zähne – meine Güte, was für prächtige Zähne!) hatte hinreißen können; und doch war es kaum zwei Jahre her, daß ich verrückt nach ihm war, am Anfang meines Emigrantenlebens in Berlin, als er gerade erst den Plan faßte, seine Angebetete zu heiraten – und wie vollkommen verrückt war ich gewesen, wie hatte ich seinetwegen geweint, wie hatte mich diese dünne Stahlkette um sein behaartes Handgelenk bis in die Träume verfolgt.

Aus seiner Gesäßtasche angelte er sich sein (wie er es nannte) «Schlachtfeld»-Zigarettenetui. Er nickte mutlos mit dem Kopf und klopfte mit dem hohlen Ende seiner russischen Zigarette mehrfach auf den Deckel, öfter als gewöhnlich.

«Ja, Maria Wassiljewna», stieß er schließlich unter den Zähnen hervor, während er sich die Zigarette anzündete und seine dreieckigen Augenbrauen hochzog. «Ja, kein Mensch hätte so etwas voraussehen können. Ich hatte Vertrauen zu dieser Frau, absolutes Vertrauen.»

Nach seinem Anfall anhaltender Redseligkeit kurz vorher schien jetzt alles unheimlich still. Man hörte den Regen auf das Fensterbrett prasseln, Plechanows Stopfapparat klappern, einen neurotischen alten Hund winseln, der in dem Zimmer meines Bruders auf der anderen Seite des Korridors eingeschlossen war. Ich weiß nicht, weshalb – weil das Wetter so grau war oder weil ein Unglück wie das, welches Pawel Romanowitsch heimgesucht hatte, irgendeine Reaktion seitens der Umwelt zu verlangen schien (Auflösung, Auslöschung) – aber ich hatte den Eindruck, es wäre schon spät am Abend, obwohl es in Wirklichkeit erst drei Uhr nachmittags war und ich noch bis ans andere Ende von Berlin fahren mußte, um etwas zu erledigen, was mein reizender Bruder gut allein hätte besorgen können.

Wieder redete Pawel Romanowitsch, diesmal zischend: «Dieses verdammte alte Miststück», sagte er, «sie und nur sie hat sie miteinander verkuppelt. Ich habe sie immer für ein Scheusal gehalten, und ich habe vor Lenotschka kein Geheimnis draus gemacht. Solch ein Miststück! Du hast sie mal gesehen, glaub ich – so um die sechzig, üppig rotgrau gefärbte Haare, fett, so fett, daß ihr Rücken rund aussieht. Es ist jammerschade, daß Nikolas nicht da ist. Er soll mich anrufen, wenn er zurückkommt. Wie du weißt, bin ich ein einfacher Mann, der kein Blatt vor den Mund nimmt, und ich habe Lenotschka schon immer gesagt, daß ihre Mutter ein bösartiges Miststück ist. Ich habe mir also folgendes überlegt: Vielleicht könnte dein Bruder mir helfen, einen Brief an das alte Weibsbild aufzusetzen – eine Art förmliche Erklärung, aus der hervorgeht, daß ich weiß und mir völlig darüber im klaren bin, wer meine Frau aufgehetzt hat, wer sie angestiftet hat – ja, etwas in dieser Richtung, aber natürlich äußerst höflich formuliert.»

Ich sagte nichts. Hier war er, besuchte mich zum ersten Mal (seine Besuche bei Nick zählten nicht), saß zum ersten Mal auf meiner Couch und ließ Zigarettenasche auf meine bunten Kissen fallen; aber was mir früher eine unsagbare Freude bereitet hätte, machte mich jetzt kein bißchen froh. Gute Menschen hatten schon vor langer Zeit berichtet, daß seine Ehe gescheitert war, daß sich seine Frau als eine billige, unberechenbare dumme Kuh erwiesen hatte – und weitsichtige Gerüchte hatten ihr schon längst einen Liebhaber angehängt, und zwar genau die Jammergestalt, die jetzt auf ihre kuhhafte Schönheit hereingefallen war. Die Nachricht, daß diese Ehe kaputt sei, überraschte mich darum nicht; unbestimmt hatte ich vielleicht sogar erwartet, daß eines Tages eine Welle des Unwetters Pawel Romanowitsch zu meinen Füßen absetzen würde. Doch wie tief in mir ich auch wühlte, ich fand keinen einzigen Brocken Freude; im Gegenteil war mir das Herz so schwer, ach, ich kann einfach nicht sagen wie schwer. Durch irgendein heimliches Einverständnis zwischen ihren Helden sind alle meine Liebschaften unweigerlich einem vorbestimmten Muster der Mittelmäßigkeit und Tragödie gefolgt, oder genauer, es war eben ihre Mittelmäßigkeit, die ihnen ihren Hang zur Tragödie aufgedrückt hat. Es beschämt mich, daran zu denken, wie sie angefangen haben, es erschreckt mich die Widerlichkeit ihrer Auflösung, während der Mittelteil, der Teil, der das Wesen und den

Kern dieser oder jener Affaire hätte ausmachen sollen, mir als eine Art lustloses Getue im Gedächtnis geblieben ist, gesehen durch schlammiges Wasser oder klebrigen Nebel. Meine Leidenschaft für Pawel Romanowitsch hatte wenigstens den einen erfreulichen Vorzug gehabt, im Vergleich zu all den übrigen kühl und makellos zu bleiben; doch auch diese Leidenschaft, die so fern war, so tief in der Vergangenheit begraben, entlieh jetzt aus der Gegenwart in umgekehrter Reihenfolge einen Beigeschmack von Unglück, Versagen, sogar platter Demütigung, nur weil ich gezwungen war mir anzuhören, wie sich dieser Mann über seine Frau und seine Schwiegermutter beklagte.

«Ich hoffe», sagte er, «daß Nicki bald zurück ist. Ich habe noch einen anderen Plan in petto, und ich glaube, der ist gar nicht übel. Und in der Zwischenzeit trolle ich mich besser.»

Und immer noch sagte ich nichts, versteckte meine Lippen hinter den Fransen meines schwarzen Schals und sah ihn tieftraurig an. Er blieb einen Augenblick an der Fensterscheibe stehen, an der eine Fliege schlagend und summend nach oben torkelte und sofort wieder abrutschte. Dann strich er mit den Fingern über die Rückgrate der Bücher auf meinem Regal. Wie die meisten, die wenig lesen, hatte er eine heimliche Vorliebe für Wörterbücher, und jetzt zog er einen breithüftigen rosa Band mit der Samenkapsel einer Löwenzahnblume und einem rotgelockten Mädchen auf dem Einband heraus.

«Choroschaja schtuka», sagte er – zwängte das *schtuka* (Ding) zurück und brach plötzlich in Tränen aus. Ich

brachte ihn dazu, sich dicht neben mich auf die Couch zu setzen, er schwankte hin und her, sein Schluchzen wurde stärker, und schließlich vergrub er das Gesicht in meinem Schoß. Leise streichelte ich seine schmirgelpapierartige Kopfhaut und seinen rosigen, kräftigen Nacken, den ich an Männern so anziehend finde. Sein Weinkrampf ließ allmählich nach. Er biß mich sanft durch meinen Rock hindurch und setzte sich wieder auf.

«Weißt du was?» fragte Pawel Romanowitsch und schlug dabei geräuschvoll die konkaven Flächen seiner waagerecht gehaltenen Hände zusammen (ich konnte nicht umhin zu lächeln, da ich an einen Onkel von mir denken mußte, einen Landbesitzer im Wolga-Gebiet, der auf die nämliche Weise das Geräusch einer Prozession würdevoller Kühe nachmachte, die ihre Fladen fallen lassen). «Weißt du was, meine Liebe? Wir wollen in meine Wohnung gehen. Den Gedanken, dort allein zu sein, halte ich nicht aus. Wir essen da etwas zu Abend, führen uns ein paar Schlückchen Wodka zu Gemüt und gehen dann ins Kino – was meinst du dazu?»

Ich konnte sein Angebot nicht ausschlagen, obwohl ich wußte, daß ich es bereuen würde. Während ich bei Nicks früherer Arbeitsstelle anrief, um mein Kommen abzusagen (er brauchte die Gummiüberschuhe, die er dort gelassen hatte), sah ich mich selber im Flurspiegel wie eine verlorene kleine Nonne mit einem strengen, wächsernen Gesicht; doch wenig später nur, als ich mich zurechtmachte und meinen Hut aufsetzte, tauchte ich sozusagen in die Tiefe meiner großen, schwarzen, erfahrenen Augen und entdeckte in ihnen ein Leuchten, das alles andere als nonnenhaft war – selbst durch meinen kurzen Schleier hindurch strahlten sie, mein Gott, und wie sie strahlten!

In der Straßenbahn, auf dem Weg zu seiner Wohnung wurde Pawel Romanowitsch wieder abweisend und düster: Ich erzählte ihm von Nicks neuer Stelle in der kirchlichen Bibliothek, doch sein Blick schweifte umher, offenbar hörte er gar nicht zu. Wir waren da. Die Unordnung in den drei engen Zimmern, die er zusammen mit seiner Lenotschka bewohnt hatte, war einfach nicht zu fassen – als hätten seine und ihre Sachen sich eine Schlägerei geliefert. Um Pawel Romanowitsch aufzuheitern, begann ich die Soubrette zu spielen, band mir eine winzige Schürze um, die in einer Küchenecke vergessen worden war, brachte Frieden ins Durcheinander der Möbel, deckte aufs ordentlichste den Tisch – so daß Pawel Romanowitsch die Hände aufs neue zusammenschlug und beschloß, etwas Borschtsch zu machen (auf seine Kochkünste hielt er sich einiges zugute).

Nach zwei oder drei Gläsern Wodka kam er in eine übermäßig energische und pseudo-tüchtige Stimmung, als gäbe es tatsächlich einen bestimmten Plan, den es jetzt auszuführen galt. Ich wüßte nicht zu sagen, ob er sich mit der theatralischen Feierlichkeit, mit der ein handfester Trinkfachmann das Hinunterkippen russischen Schnapses auszuschmücken imstande ist, selber angesteckt hatte, oder ob er wirklich glaubte, daß wir beide noch in meinem Zimmer angefangen hatten, etwas zu planen und zu besprechen – doch jetzt stand er da, saugte seinen Füllfederhalter voll und holte mit einem bedeutungsvollen Gesichtsausdruck hervor, was er die Akte nannte: Briefe von seiner Frau, die er letztes Frühjahr in Bremen erhalten hatte, wo er sich im Auftrag der Emigranten-Versicherungsgesellschaft aufhielt, für die er arbeitete. Aus diesen Briefen begann er Stellen vorzutragen, die bewiesen, daß sie ihn liebte und nicht den anderen Kerl. Zwischendurch wiederholte er Mal um Mal flotte kleine Formeln wie «das hätten wir», «Friede, Freude, Eierkuchen», «jetzt wollen wir mal sehen» – und trank immer weiter. Sein ganzes Raisonnement lief auf die Idee hinaus, daß Lenotschka nicht in einen anderen verliebt sein konnte, wenn sie doch ihm schrieb: «Ich streichle Dich in Gedanken, teurer Pavianowitsch», und wenn sie dennoch meinte, daß sie es wäre, könnte ihr dieser Irrtum mit Geduld auseinandergesetzt werden. Nach ein paar Gläsern mehr änderte sich sein Gebaren, wurde sein Ausdruck finster und grob. Ohne jeden Grund zog er Schuhe und Socken aus, begann zu schluchzen, ging schluchzend von einem Ende seiner Wohnung zum andern, ignorierte meine Gegenwart vollständig und stieß wütend mit einem kräftigen bloßen Fuß den Stuhl aus dem Weg, gegen den er immer wieder getaumelt war. Im Vorübergehen gelang es ihm, die Karaffe zu leeren, und sogleich trat er in eine dritte Phase ein, den Schlußteil jenes Syllogismus der Trunkenheit, der im Einklang mit den strengen Regeln der Dialektik bereits eine anfängliche Darbietung heller Tüchtigkeit und eine Mittelperiode völliger Düsternis vereint hatte. In der gegenwärtigen Phase nahm es sich so aus, als hätten er und ich etwas festgestellt (was genau, blieb einigermaßen unklar), das ihren Liebhaber als den allerniedrigsten Schuft entlarvte, und der Plan bestand darin, daß ich sie sozusagen aus eigenem Antrieb aufsuchen und «warnen» sollte. Es sollte auch so wirken, als wäre Pawel Romanowitsch absolut gegen jede Einmischung oder Nötigung und als trügen seine eigenen Vorschläge das Siegel engelhafter Uninteressiertheit. So fest war ich bereits in das Netz seines dumpfen Gewispers eingewickelt (während er sich hastig die Schuhe anzog), daß ich, ehe ich noch meine fünf Sinne wieder beisammen hatte, mich schon am Telephon befand und seine Frau anrief, und erst als ich ihre hohe, dümmlich volltönende Stimme hörte, wurde mir plötzlich klar, daß ich betrunken war und mich wie eine blöde Gans aufführte. Ich knallte den Hörer hin, doch er begann, meine kalten Hände zu küssen, die ich geballt hielt – und ich rief noch einmal bei ihr an, wurde ohne Begeisterung identifiziert, sagte, ich müßte sie in einer dringenden Angelegenheit sprechen, und nach einem leichten Zögern erlaubte sie mir, sofort bei ihr vorbeizukommen. Inzwischen – das heißt, als er und ich aufbrachen, stellte sich heraus, daß unser Plan bis in die letzte Einzelheit gereift und ganz erstaunlich einfach war. Ich sollte Lenotschka ausrichten, daß Pawel Romanowitsch ihr etwas von allergrößter Wichtigkeit mitzuteilen habe – es stehe in keiner, in absolut keiner Beziehung zu ihrer gescheiterten Ehe (dies betonte er eindringlich mit dem besonderen Gelüst eines Taktikers), und er würde in der Kneipe gegenüber bei ihr in der Straße auf sie warten.

Ich brauchte eine Ewigkeit, eine verschwommene Ewigkeit, die Treppe hochzukommen, und aus irgendeinem Grund quälte mich der Gedanke schrecklich, daß ich bei unserer letzten Begegnung denselben Hut und denselben schwarzen Fuchs getragen hatte. Lenotschka ihrerseits machte mir elegant angezogen auf. Die Locken ihres Haars schienen frisch, aber schlecht gelegt, sie war ganz allgemein weniger aufgetakelt als früher, und um ihren schick geschminkten Mund waren geschwollene kleine Hautsäckchen, dank deren all der Schick ziemlich verloren war.

«Ich glaube keine Sekunde lang», sagte sie und musterte mich neugierig, «daß es dermaßen wichtig ist, aber wenn er meint, daß wir noch nicht fertig sind mit unserem Streit, gut, dann komme ich, aber es soll unter Zeugen stattfinden, ich habe Angst, mit ihm allein zu sein, davon hatte ich genug, dankeschön.»

Als wir die Kneipe betraten, saß Pawel Romanowitsch an einem Tisch neben der Theke und stützte sich auf seinen Ellbogen; mit dem kleinen Finger rieb er sich die roten, bloßen Augen, während er einem völligen Fremden, der am selben Tisch saß, einem ungeheuer großen Deutschen mit pomadigem, gescheiteltem Haar, aber schwarzem Flaumhaar im Nacken und stark abgekauten Fingernägeln, des langen und breiten mit monotoner Stimme irgendeine Geschichte «mitten aus dem vollen Menschenleben» erzählte, wie er es gerne ausdrückte.

«Trotzdem», sagte Pawel Romanowitsch auf russisch, «mein Vater wollte keine Scherereien mit den Behörden und beschloß also, einen Zaun drumherum zu ziehen. Also gut, das war erledigt. Unser Haus war von ihrem etwa so weit entfernt wie...» Er sah sich um, nickte seiner Frau geistesabwesend zu und fuhr vollkommen unangespannt fort: «So weit wie von hier bis zur Straßenbahn, so daß sie gar keine Ansprüche erheben konnten. Aber Sie müssen zugeben, den ganzen Herbst in Wilna ohne Strom zu verbringen, ist nicht gerade komisch. Na gut, also äußerst widerstrebend...»

Ich begriff nicht, wovon er eigentlich redete. Der Deutsche hörte mit halboffenem Mund pflichteifrig zu: Seine Russischkenntnisse waren gering, schon der bloße Versuch, den anderen zu verstehen, bereitete ihm Vergnügen. Lenotschka, die so nahe bei mir saß, daß ich unangenehm ihre Wärme spürte, begann in ihrer Handtasche zu kramen.

«Daß mein Vater krank war», fuhr Pawel Romanowitsch fort, «trug zu seinem Entschluß bei. Wenn Sie je dort gewohnt haben, wie Sie sagen, dann erinnern Sie sich natürlich an diese Straße. Nachts ist es dort dunkel, und nicht selten stößt man beim Zeitunglesen...»

«Pawlik», sagte Lenotschka, «hier ist dein Pincenez, ich habe es versehentlich in meine Handtasche gesteckt.»

«Nachts ist es dort dunkel», wiederholte Pawel Romanowitsch und klappte beim Sprechen das Brillenetui auf, das sie ihm über den Tisch zugeworfen hatte. Er setzte die Brille auf, zog einen Revolver und begann auf seine Frau zu schießen.

Laut aufheulend rutschte sie unter den Tisch und zog mich hinter sich her, während der Deutsche über uns stolperte und mit uns zusammen hinfiel, so daß wir drei auf dem Fußboden ziemlich durcheinander gerieten; doch ich hatte Zeit zu bemerken, wie ein Kellner von hinten auf den Angreifer losstürzte und ihm mit ungeheuerlicher Lust und Wucht einen eisernen Aschenbecher auf den Kopf hieb. Wie üblich in solchen Fällen, wurde die zertrümmerte Welt danach unter Mitwirkung von Zuschauern, Polizisten und Sanitätern langsam wieder aufgeräumt. Übertrieben stöhnend wurde Lenotschka (es hatte nur eine Kugel ihre fette, sonnengebräunte Schulter durchschlagen) ins Krankenhaus abtransportiert, doch irgendwie entging mir, wie sie Pawel Romanowitsch abführten.

Als alles vorüber war – das heißt, als alles wieder den ihm zukommenden Platz eingenommen hatte: Straßenlaternen, Häuser, Sterne, fand ich mich in Gesellschaft unseres deutschen Überlebenden auf einem menschenleeren Bürgersteig wieder: Dieser mächtige, gutaussehende Mann ohne Hut und in einem voluminösen Regenmantel schwebte neben mir her, und zunächst dachte ich, er bringe mich nach Hause, doch dann dämmerte mir, daß wir zu seiner Wohnung unterwegs waren. Wir blieben vor seinem Haus stehen, und er erklärte mir – langsam, gewichtig, doch nicht ohne einen gewissen Anflug von Poesie und aus irgendeinem Grund in schlechtem Französisch –, daß er mich nicht auf sein Zimmer mitnehmen könne, da er mit einem Kumpel zusammen lebe, der ihm Vater, Bruder und Frau ersetze. Seine Entschuldigungen fand ich derart beleidigend, daß ich ihn aufforderte, unverzüglich ein Taxi zu rufen und mich nach Hause zu bringen. Er lächelte verängstigt und schlug mir die Tür vor dem Gesicht zu, und da ging ich nun eine Straße entlang, die immer noch naß war, obwohl es schon vor Stunden aufgehört hatte zu regnen, und die den Eindruck tiefer Demütigung vermittelte – ja, da ging ich nun allein, so wie es von allem Anfang an mein Teil gewesen war, und vor den Augen sah ich immer wieder Pawel Romanowitsch, sah ich, wie er sich das Blut und die Asche von seinem armen Kopf wischte.

Mademoiselle O

1

Es ist mir immer wieder aufgefallen, daß jedesmal, wenn ich die Figuren meiner Romane mit irgendeinem mir teuren Bestandteil meiner Vergangenheit ausgestattet hatte, dieses in der künstlichen Welt, der es sich so unvermittelt ausgesetzt fand, zu verkümmern pflegte. Obwohl es in meinem Geist fortlebte, hatte es seine persönliche Wärme, seinen Charme als Erinnerung eingebüßt, und fortan gehörte es enger zu meinem Roman als zu meinem früheren Selbst, wo es doch einst vor der Zudringlichkeit des Künstlers so sicher schien. In meiner Erinnerung sind Häuser so lautlos wie einstmals in Stummfilmen zusammengestürzt, und das Portrait meiner alten französischen Gouvernante, die ich einmal an einen Knaben in einem meiner Bücher auslieh, verblaßt zusehends, da es in die Beschreibung einer Kindheit eingefügt ist, die mit der meinen nicht das mindeste zu tun hat. Der Mensch in mir empört sich gegen den Romancier, und hier ist mein verzweifelter Versuch, zu retten, was von der armen Mademoiselle zu retten ist.

Eine große, eine sehr stattliche Frau, so schneite Mademoiselle im Jahre 1905 in unser Leben, als ich sechs war und mein Bruder fünf. Da wäre sie denn. Mit aller Deutlichkeit sehe ich ihr volles dunkles Haar, das hoch nach oben gebürstet ist und insgeheim ergraut; die drei Falten auf ihrer strengen Stirn; die stahlblauen Augen hinter dem schwarzrandigen Zwicker; den Anflug eines Schnurrbarts; den fleckigen Teint, der in Augenblicken des Zorns in der Gegend der dritten und vollsten Kinnfalte, die sich stattlich über den Rüschenberg ihrer Bluse breitet, ein zusätzliches Erröten zustande bringt. Und nun setzt sie sich, oder vielmehr: Sie macht sich an die Arbeit des Hinsetzens, das Gallert ihrer Wange erbebt, ihr gewaltiges Hinterteil mit den drei Knöpfen an der Seite senkt sich behutsam; dann, in letzter Minute, liefert sie ihre Fülle dem Korbsessel aus, der aus schierer Angst in eine Salve von Knackgeräuschen ausbricht.

Der Winter, in dem sie kam, war der einzige in meiner Kindheit, den ich auf dem Land verbrachte. Es war ein Jahr der Streiks, Unruhen und polizeilich gesteuerten Gemetzel, und vermutlich wollte mein Vater die Familie fern der Stadt auf unserem ruhigen Landsitz in Sicherheit bringen, wo seine Beliebtheit bei den Bauern das Risiko bäuerlicher Unruhen verringern würde, wie er zu Recht annahm. Es war auch ein besonders strenger Winter, der so viel Schnee brachte, wie Mademoiselle im hyperboreischen Dämmer der fernen Muskowei nur erwartet haben kann. Als sie auf dem kleinen Bahnhof ausstieg, von dem aus sie noch ein halbes Dutzend Meilen bis zu unserem Haus per Schlitten zurückzulegen hatte, war ich nicht da, sie zu begrüßen; doch hole ich es jetzt nach, wenn ich mir vorzustellen versuche, was sie während der letzten Etappe ihrer phantastischen und unzeitigen Reise sah und fühlte. Ich weiß, ihr russischer Wortschatz bestand aus einem einzigen kurzen Wort, demselben einsamen Wort, das sie Jahre später mit in die Schweiz zurücknahm, wo französische Eltern ihr einst das Leben geschenkt hatten. Dieses Wort, das in ihrer Aussprache phonetisch als «giddi-eh» wiedergegeben werden könnte (in Wirklichkeit lautete es *«gdjä»*, mit einem offenen ä wie in «Lärm»), bedeutete «wo?». Und das war nicht wenig. Wenn sie es wie den heiseren Schrei eines verirrten Vogels ausstieß, war ihm so viel fragende Gewalt eigen, daß es für alle ihre Bedürfnisse ausreichte. «Giddi-eh? Giddi-eh?» jammerte sie, nicht nur um sich zu orientieren, sondern auch, um einen Abgrund an Elend auszudrücken: die Tatsache, daß sie ein Fremdling war, schiffbrüchig, mittellos, leidend, auf der Suche nach dem gesegneten Land, wo man sie endlich verstünde.

Dank meines Stellvertreters kann ich mir ein Bild davon machen, wie sie in der Mitte des Bahnsteigs steht, wo sie soeben ausgestiegen ist, und vergebens bietet ihr mein geisterhafter Gesandter einen Arm, den sie nicht sehen kann. Die Tür des Warteraums öffnet sich mit einem bebenden Wimmern, wie es Nächten starken Frostes eigentümlich ist; eine Wolke heißer Luft strömt heraus, fast so reichlich wie der Dampf aus dem großen Schornstein der keuchenden Lokomotive; und nun nimmt sich unser Kutscher Sachar ihrer an – ein stämmiger Mann im Schaffellmantel, dessen Leder nach außen gewendet ist; seine riesigen Handschuhe sehen unter der scharlachroten Schärpe hervor, unter die er sie geklemmt hat. Ich höre den Schnee unter seinen Filzstiefeln knirschen, während er sich mit dem Gepäck zu schaffen macht, höre das bimmelnde Pferdegeschirr und dann seine Nase, die er mit einem geschickten Schnippen von Daumen und Zeigefinger erleichtert, während er hinten um den Schlitten stapft. Langsam, voller schlimmer Befürchtungen, klettert Mademoiselle hinein; in Todesangst, daß der Schlitten sich in Bewegung setzen könnte, ehe ihre gewaltige Gestalt sicher untergebracht ist, klammert sie sich an ihren Helfer. Grunzend läßt sie sich schließlich fallen und schiebt die Fäuste in ihren unzureichenden Plüschmuff. Saftig schnalzt der Kutscher mit den Lippen, und die Pferde spannen die Schenkel, wechseln die Hufe und legen sich von neuem ins Zeug; und dann macht Mademoiselles Torso einen Ruck nach hinten, der schwere Schlitten wird seiner Stahl-, Pelz- und Fleischwelt entrissen und gleitet in ein reibungsloses Medium, indem er eine geisterhafte Straße entlangjagt, die er kaum zu berühren scheint.

Dort, wo der Bahnhofsplatz zu Ende ist, leuchtet eine einsame Lampe auf und macht, daß einen Augenblick lang ein stark übertriebener Schatten, ebenfalls mit einem Muff in den Händen, neben dem Schlitten einherläuft, einen Schneebuckel erklimmt, verschwunden ist und Mademoiselle zurückläßt, um von einer Landschaft verschlungen zu werden, von der sie später mit Schrecken und innigem Behagen als der «Steppe» sprechen wird. In dem grenzenlosen Dunkel um sie herum hält sie das unstete Gefunkel ferner Dorflichter für die gelben Augen von Wölfen. Sie friert, ist steifgefroren, «bis in die Mitte des Gehirns erstarrt», denn sie schwingt sich gern auf dem wildesten hyperbolischen Ausdruck empor, wenn sie sich nicht an das sicherste alte Sprichwort klammert. Hin und wieder sieht sie sich um, um sich zu vergewissern, daß der zweite Schlitten mit ihrem Koffer und der Hutschachtel auch richtig folgt – immer in demselben Abstand, einem jener geselligen Geisterschiffe in polaren Gewässern gleich, wie sie von Entdeckungsreisenden beschrieben wurden. Den Mond nicht zu vergessen – denn gewiß durfte der Mond nicht fehlen, die volle, unglaublich klare Scheibe, die so gut zum kernigen russischen Frost paßt. Da erscheint er denn, sucht sich seinen Weg aus einer Schar kleiner fleckiger Wolken, die er mit einem vagen Anflug irisierender Farben bedeckt; und beim Steigen glasiert er die Kufenspuren, die auf dem Weg zurückbleiben, wo jeder glitzernde Schneeklumpen seinen geschwollenen Schatten hat.

Wunderschön und sehr einsam. Doch was tue ich in jenem stereoskopischen Traumland? Irgendwie sind mir die beiden Schlitten davongeglitten; auf der blauweißen Straße zurückgelassen haben sie meinen imaginären Doppelgänger. Nein, selbst das Klingen in meinen Ohren sind nicht ihre sich entfernenden Glocken, es ist mein eigenes summendes Blut. Alles ist still, gebannt, verzaubert von jenem großen himmlischen O, das über der russischen Wildnis meiner Vergangenheit leuchtet. Der Schnee jedoch ist richtiger Schnee, und wenn ich mich bücke und eine Handvoll zusammenraffe, zerbröckeln fünfundvierzig Jahre zwischen meinen Fingern zu glitzerndem Froststaub.

2

Eine Kerosinlampe sucht sich ihren Weg ins Dämmerlicht; sacht schwebt sie heran und senkt sich; die Hand der Erinnerung, die jetzt in den weißen Baumwollhandschuhen eines Dieners steckt, stellt sie in die Mitte eines runden Tisches. Die Flamme wird zur Zufriedenheit eingestellt, und ein rosiger, gefältelter Seidenschirm krönt das Licht. Man erblickt: eine warme, helle Stube in einem verschneiten Haus – bald sollte es *le château* genannt werden –, das mein Urgroßvater erbaut hatte; er hatte Angst vor Bränden gehabt und darum die Treppe aus Eisen machen lassen, so daß schließlich, als das Haus einige Zeit nach der russischen Revolution wirklich bis auf den Grund niedergebrannt wurde, diese verhärmten Stufen stehenblieben – einsam zwar, doch immer noch aufwärts führend.

Bitte noch etwas über diese Stube. Den ovalen Spiegel. An straffen Schnüren aufgehängt, die reine Stirn geneigt, bemüht er sich, ein abschüssiges Stück hellen Fußbodens und die fallenden Möbel zu halten, die sich alle seiner Umarmung entziehen. Die Glasklunkern des Lüsters. Jedesmal, wenn sich im Zimmer darüber etwas bewegt, lassen sie ein sanftes Klirren hören. Buntstifte. Das winzige Häuflein smaragdgrünen Staubes auf dem Wachstuch, wo gerade ein Federmesser zu einer seiner häufigen Dienstleistungen herangezogen worden war. Wir sitzen am Tisch, mein Bruder und ich und Miss Robinson, die hin und wieder auf ihre Uhr blickt: Bei diesem Schnee müssen die Wege in furchtbarem Zustand sein; und sowieso erwartet ihre Nachfolgerin, diese vage Französin, manches Ungemach, das der Beruf so mit sich bringt.

Und jetzt Genaueres über die Buntstifte. Den grünen konnte man mit einer bloßen wirbelnden Bewegung des Handgelenks dazu veranlassen, einen aufgeplusterten Baum hervorzubringen oder auch den Rauch über dem Schornstein eines Hauses, in dem Spinat gekocht wird. Der blaue zog einen einfachen Strich quer über das Blatt – und der Horizont aller Meere war da. Der nicht beschreibbare stumpfe war einem immer wieder im Weg. Der braune war ständig abgebrochen und der rote auch, aber manchmal konnte man ihn weiter benutzen, selbst wenn man es schon knacken gehört hatte; man mußte ihn nur so halten, daß die lose Spitze recht und schlecht gegen einen vorragenden Splitter gedrückt wurde. Der purpurne Knirps, einer meiner besonderen Lieblinge, war derart aufgebraucht, daß er sich kaum noch handhaben ließ. Einzig und allein der weiße, der schlanke Albino unter den Stiften, behielt seine ursprüngliche Länge bei, wenigstens bis ich herausfand, daß er alles andere war als ein Betrüger, der keine Spur auf der Seite zurückließ, sondern vielmehr das ideale Werkzeug, um mir beim Kritzeln vorzustellen, was ich wollte.

Ach, auch diese Stifte sind unter die Figuren meiner Bücher verteilt worden, um erfundene Kinder zu beschäftigen; heute gehören sie mir nicht mehr ganz. Irgendwo im Wohnhaus eines Kapitels, in dem gemieteten Zimmer eines Absatzes, habe ich auch jenen geneigten Spiegel, die Lampe und die Glastropfen des Kronleuchters untergebracht. Wenig ist mir verblieben, viel ist vertan. Habe ich auch Box weggegeben (den Sohn und Gatten von Lulu, dem Schoßtier der Haushälterin), jenen alten braunen Dackel, der auf dem Sofa fest schläft? Nein, ich glaube, er gehört mir noch. Seine grauhaarige Schnauze mit der Warze im angezogenen Mundwinkel hat er in die Beugung seiner Flanke gebettet, und von Zeit zu Zeit dehnt ein tiefer Seufzer seinen Brustkorb. Er ist so alt, und sein Schlaf ist so vollgestopft mit Träumen (von kaubaren Pantoffeln und ein paar letzten Gerüchen), daß er sich nicht rührt, als draußen leises Geläut ertönt. Dann keucht in der Diele eine pneumatische Tür und schlägt zu. Sie ist also doch eingetroffen; ich hatte so gehofft, daß sie nicht käme.

3

Ein anderer Hund, der sanftmütige Stammvater einer wütigen Familie, eine Dänische Dogge, die das Haus nicht betreten durfte, spielte bei einem Abenteuer an einem der nächsten Tage – wenn nicht schon den Tag darauf – eine vergnügliche Rolle. Es ergab sich, daß mein Bruder und ich völlig der Obhut der neuen Gouvernante überlassen wurden. Wie ich es mir heute rekonstruiere, war meine Mutter wahrscheinlich für ein paar Stunden nach Petersburg (welches etwa fünfzig Meilen entfernt war) gefahren, wo mein Vater tief in die ernsten politischen Ereignisse jenes Winters verwickelt war. Sie war schwanger und sehr nervös. Anstatt dazubleiben und Mademoiselle einzugewöhnen, war auch Miss Robinson verschwunden – oder vielleicht hatte meine kleine dreijährige Schwester sie geerbt. Um zu zeigen, daß dies keine Art war, uns zu behandeln, faßte ich sofort den Plan, das aufregende Heldenstück vom Vorjahr zu wiederholen, als wir der amen Miss Hunt im heiteren, von Menschen wimmelnden Wiesbaden, einem Paradies von farbenfrohem welkem Laub, entwischt waren. Diesmal war die Landschaft ringsumher eine Schneewildnis, und es ist schwer zu sagen, was eigentlich das Ziel des geplanten Ausflugs gewesen sein könnte. Wir waren gerade von unserem ersten Nachmittagsspaziergang mit Mademoiselle zurückgekommen und bebten vor Enttäuschung und Haß. Mit einer fremden Sprache Schritt zu halten (unsere Französischkenntnisse beschränkten sich auf ein paar Brocken für den Hausgebrauch) und zu allem Überfluß auch noch unsere lieben Angewohnheiten über den Haufen geworfen zu sehen, war mehr, als wir uns gefallen lassen mochten. Aus der *bonne promenade*, die sie uns versprochen hatte, war ein langweiliger Bummel um das Haus geworden, auf Wegen, wo der Schnee geräumt und Sand auf den eisigen Boden gestreut war. Auf Mademoiselles Geheiß hatten wir andere Sachen als sonst anzuziehen, selbst an den kältesten Tagen – schreckliche Gamaschen und Kapuzen, die uns in allen unseren Bewegungen hinderlich waren. Sie hatte uns zurückgehalten, als wir uns versucht fühlten, die sahnigen, glatten Schneehöcker zu erforschen, die im Sommer Blumenbeete gewesen waren. Sie hatte uns nicht erlaubt, unter dem orgelpfeifenartigen System gewaltiger Eiszapfen entlangzugehen, die von den Dachrinnen herunterhingen und in der späten Sonne prachtvoll glitzerten. Sobald wir von diesem Spaziergang zurück waren, ließen wir Mademoiselle keuchend auf den Stufen zum Vestibül stehen und stürmten ins Haus, so daß sie den Eindruck haben mußte, wir wollten uns in irgendeinem entlegenen Zimmer verstecken. In Wirklichkeit liefen wir weiter, bis wir die andere Seite des Hauses erreichten und durch eine Veranda wieder in den Garten gelangten. Die oben erwähnte Dänische Dogge war im Begriff, sich umständlich auf eine nahegelegene Schneewehe einzurichten, doch während sie noch überlegte, welches Hinterbein sie heben sollte, bemerkte sie uns und kam sofort in fröhlichem Galopp herbei, um sich uns anzuschließen.

Zu dritt schlugen wir einen einigermaßen einfachen Pfad ein, wateten dann durch tieferen Schnee und erreichten schließlich die Straße, die zum Dorf führte. Inzwischen war dic Sonnc untergegangen. Die Dämmerung fiel mit unheimlicher Schnelligkeit ein. Mein Bruder erklärte, daß er friere und müde sei, doch ich nötigte ihn weiterzugehen und ließ ihn schließlich auf dem Hund reiten (dem einzigen in unserer Gesellschaft, dem noch wohl war). Wir waren über zwei Kilometer gelaufen, der Mond schien phantastisch klar, und seit einiger Zeit rutschte mein Bruder ohne einen Laut hin und wieder von seinem Reittier, als uns ein Diener mit einer Laterne einholte und nach Hause brachte. «Giddi-eh, giddi-eh?» schrie Mademoiselle verzweifelt vom Hauseingang aus. Ich eilte ohne ein Wort an ihr vorbei. Mein Bruder brach in Tränen aus und kapitulierte. Die Dänische Dogge, die auf den Namen Turka hörte, kehrte zu ihren unterbrochenen Geschäften in Zusammenhang mit dienlichen und aufschlußreichen Schneewehen um das Haus herum zurück.

4

In der Kindheit verstehen wir viel von Händen, denn sie leben und schweben in unserer Höhe; die von Mademoiselle waren wegen des froschartigen Glanzes auf ihrer straffen, mit braunen Altersflecken gesprenkelten Haut wenig angenehm. Vor ihrer Zeit hatte kein Fremder je mein Gesicht gestreichelt. Mademoiselle dagegen hatte mich völlig überrumpelt, als sie mir zum Zeichen spontaner Zuneigung die Wange tätschelte. Alle ihre schrulligen Angewohnheiten kommen mir wieder in den Sinn, wenn ich an ihre Hände denke. Ihr Trick, den Bleistift eher zu schälen als anzuspitzen, die Spitze auf den gewaltigen, sterilen, in grüne Wolle gehüllten Busen gerichtet. Ihre Art, den kleinen Finger ins Ohr zu stecken und schnell vibrieren zu lassen. Das Ritual, das sie jedesmal befolgte, wenn sie mir ein neues Schulheft gab. Da sie immer ein wenig außer Atem war, entfuhren ihrem ständig ein wenig geöffneten Mund in rascher Folge eine Reihe asthmatischer Atemstöße, wenn sie das Heft öffnete, um den Rand einzuknicken; das heißt, sie zog mit dem Daumennagel einen scharfen, senkrechten Strich, faltete den Blattrand nach innen, preßte ihn nach unten, ließ ihn los, glättete ihn mit dem Daumenballen, worauf das Heft flink umgedreht und gebrauchsfertig vor mich hingelegt wurde. Es folgte eine neue Feder; sie feuchtete die glänzende Stahlspitze zwischen ihren aufgeschürzten Lippen an, bevor sie sie im Tintenfaß taufte. Und glücklich über jeden Knick jedes klaren Buchstabens (um so mehr, als das vorangegangene Heft in völliger Schlamperei geendigt hatte), schrieb ich mit ungemeiner Sorgfalt das Wort *Dictée* hin, während Mademoiselle auf der Suche nach einer guten, schwierigen Stelle ihre Sammlung von Rechtschreibaufgaben durchstöberte.

5

Währenddessen ist das Bühnenbild gewechselt worden. Ein schweigsamer Requisiteur hat Rauhreif und Schnee beseitigt. Der Sommernachmittag wimmelt von steilen Wolken, die sich gegen die Bläue stemmen. Ovale Schatten huschen über die Gartenwege. Kurz darauf sind die Schulstunden aus, und Mademoiselle liest uns auf der Veranda etwas vor, wo die Matten und die geflochtenen Korbstühle in der Hitze würzige, biskuitartige Gerüche ausströmen. Auf den weißen Fensterbrettern, den langen, mit ausgeblichenem Kaliko bezogenen Fensterbänken wird das Sonnenlicht, das durch Rhomboide und Quadrate farbigen Glases hereindringt, zu geometrischen Edelsteinen gebrochen. Das ist die Zeit, da sich Mademoiselle von ihrer besten Seite zeigt.

Wie viele Bände hat sie uns auf jener Veranda vorgelesen! Ihre feine dünne Stimme eilte weiter und weiter, ohne je schwach zu werden, ohne das geringste Stocken oder Zögern, eine wunderbare Lesemaschine, völlig unabhängig von ihren kranken Bronchien. Es wurde uns alles zuteil: *Les Malheurs de Sophie*, *Le Tour du Monde en Quatre-Vingts Jours*, *Le Petit Chose*, *Les Misérables*, *Le Comte de Monte Christo* und vieles andere. Da saß sie und ließ dem stillen Gefängnis ihres Körpers die Lesestimme entrinnen. Außer ihren Lippen war eine ihrer Kinnfalten, die kleinste, aber richtige, der einzig bewegliche Teil ihrer buddhagleichen Masse. Das schwarzumrandete Pincenez spiegelte die Ewigkeit. Zuzeiten ließ sich eine Fliege auf ihrer gestrengen Stirn nieder, und sofort sprangen ihre drei Falten in die Höhe wie drei Läufer über drei Hürden. Doch nicht das geringste änderte sich an dem Ausdruck ihres Gesichts – dieses Gesichts, das ich so oft in meinem Zeichenblock festzuhalten versuchte, denn seine unbewegte und einfache Symmetrie brachte meinen heimlichen Bleistift viel stärker in Versuchung als die Blumenschale oder der Lockvogel vor mir auf dem Tisch, die ich vermeintlich zeichnete.

Bald darauf war ich mit meinen Gedanken noch weiter weg, und dann vielleicht erfüllte die seltene Reinheit ihrer rhythmischen Stimme ihren wahren Zweck. Ich sah zu einer Wolke hin, und noch Jahre später war ich imstande, mir ihre genaue Gestalt vorzustellen. Der Gärtner machte sich zwischen den Päonien zu schaffen. Eine Bachstelze tat ein paar Schritte, blieb stehen, als sei ihr etwas eingefallen – und stelzte ihrem Namen getreu mit wippendem Schwanz weiter. Aus dem Nirgendwo kam ein Kommafalter herbei und ließ sich auf der Schwelle nieder, breitete die eckigen, rötlichgelben Flügel aus, um sie von der Sonne bescheinen zu lassen, schloß sie plötzlich, so daß das winzige Kreideinitial auf ihrer dunklen Unterseite sichtbar wurde, und flog ebenso plötzlich davon. Aber die beständigste Quelle des Entzückens während dieser Lesestunden bildete das Harlekinmuster der bunten Glasscheiben auf beiden Seiten der Veranda, die in ein weißgetünchtes Rahmengestänge eingefaßt waren. Wenn man den Garten durch diese Zaubergläser betrachtete, so wirkte er seltsam still und fern. Sah man durch das blaue Glas, dann verwandelte sich der Sand in Asche, während tintige Bäume in einem tropischen Himmel schwammen. Das gelbe schuf eine Ambrawelt, die mit einem extra starken Sonnenscheingebräu durchtränkt war. Das rote ließ die Blätter der Bäume dunkel wie Rubine auf einen korallenroten Fußweg niederhangen. Das grüne badete das grüne Laub in einem grüneren Grün. Und wenn man sich nach all diesem Reichtum einem kleinen Quadrat gewöhnlichen, faden Glases mit seiner einsamen Mücke oder lahmen, langbeinigen Schnake zuwandte, war es, als nehme man einen Schluck Wasser, ohne durstig zu sein, und unter bekannten Bäumen erblickte man eine nüchterne weiße Bank. Doch von allen Fenstern ist gerade dies die Scheibe, durch die in späteren Jahren dürstende Sehnsucht zu spähen wünschte.

Mademoiselle erfuhr nie, welche Wirkungen der gleichmäßige Strom ihrer Stimme hatte. Die Ansprüche, die sie später geltend machte, waren ganz anderer Art. «Ach», seufzte sie, «*comme on s'aimait* – wie lieb hatten wir uns! Die guten alten Zeiten im *château*! Die tote Wachspuppe, die wir einmal unter der Eiche begruben! [Nein – eine mit Wolle ausgestopfte Negerpuppe.] Und wie ihr beide, du und Sergej, einmal weggerannt seid und mich stolpernd und jammernd mitten im Wald allein gelassen habt! [Übertrieben.] *Ah, la fessée que je vous ai flanquée* – Puh, was habe ich euch für eine Tracht Prügel verabreicht! [Sie hatte wirklich einmal versucht, mich zu ohrfeigen, aber der Versuch war nie wiederholt worden.] *Votre tante, la Princesse*, die du mit deinem Fäustchen geschlagen hast, weil sie frech zu mir gewesen war! [Nicht daß ich wüßte.] Und wie du mir deine kindlichen Kümmernisse ins Ohr geflüstert hast! [Nie.] Und die gemütliche Ecke in meinem Zimmer, in die du dich so gerne gekuschelt hast, weil du dich dort so warm und geborgen fühltest!»

Mademoiselles Zimmer, das auf dem Land wie das in der Stadt, war mir ein nicht geheurer Ort – eine Art Gewächshaus, das eine dickblättrige Pflanze beherbergte und von einem schweren, seltsam beißenden Geruch erfüllt war. Obwohl es gleich neben dem unseren lag, als wir noch klein waren, schien es doch nicht zu unserem angenehmen, gut gelüfteten Haus zu gehören. In jenem widerwärtigen Nebel, in dem unter anderen Ausdünstungen der braune Geruch oxydierter Apfelschalen hing, brannte die Lampe mit niedriger Flamme, und seltsame Dinge schimmerten auf dem Schreibtisch: eine lackierte Schachtel mit Lakritzestangen, von denen sie mit ihrem Federmesser schwarze Stückchen abhackte und unter der Zunge zergehen ließ; eine Ansichtskarte mit einem See und einem Schloß, dem glitzernde Perlmuttplättchen als Fenster dienten; eine höckrige Kugel aus fest zusammengerolltem Stanniolpapier, das von all der Schokolade stammte, an der sie sich abends gütlich tat; Photographien des verstorbenen Neffen, seiner Mutter, die ihr Portrait *Mater Dolorosa* gezeichnet hatte, und eines gewissen Monsieur de Marante, den seine Familie gezwungen hatte, eine reiche Witwe zu ehelichen.

Ein Bild in einem vornehmen, granatbesetzten Rahmen stach alle anderen aus; es zeigte schräg von vorn ein rankes, brünettes Mädchen mit eng sitzendem Kleid, tapferen Augen und vollem Haar. «Ein Zopf, so dick wie mein Arm, der mir bis an die Fußgelenke reichte!» war Mademoiselles melodramatischer Kommentar. Denn dies war sie gewesen – doch vergebens musterten meine Augen die vertraute Gestalt, um das liebliche Geschöpf, das diese verschlungen hatte, wieder zu extrahieren. Entdeckungen, wie mein entgeisterter Bruder und ich sie machten, erschwerten das Vorhaben nur noch; und die Erwachsenen, die tagsüber eine dicht bekleidete Mademoiselle vor Augen hatten, sahen nie, was wir Kinder sahen, wenn einer von uns schreiend aus einem bösen Traum aufschrak und sie weckte; aufgelöst, eine Kerze in der Hand, einen Schimmer goldener Spitzen auf ihrem blutroten Morgenrock, der ihre quabbelige Masse nicht ganz zu umwickeln vermochte, kam die gräßliche Jézabel aus Racines absurdem Stück barfuß in unser Schlafzimmer gestampft.

Im Einschlafen bin ich mein ganzes Leben lang schlecht gewesen. Wie groß meine Müdigkeit auch ist

– der Schmerz, mich vom Bewußtsein zu trennen, ist mir unaussprechlich zuwider. Ich verabscheue Somnus, diesen schwarz maskierten Scharfrichter, der mich an den Block fesselt; und wenn ich mich auch im Laufe der Jahre genügend an meine allnächtliche Prüfung gewöhnt habe, um mich fest in die Brust zu werfen, wenn das vertraute Beil aus dem großen, samtgefütterten Kasten genommen wird, hatte ich am Anfang keinen derartigen Trost oder Schutz: Nichts hatte ich – außer einer Tür zu Mademoiselles Zimmer, die einen Spalt weit aufblieb. Ihre Vertikale milden Lichts war etwas, woran ich mich klammern konnte, denn im völligen Dunkel überkam mich Schwindel, sobald sich die Seele in der Schwärze des Schlafes auflöste.

Immer konnte man sich auf die Samstagabende freuen, denn dies war die Zeit, da sich Mademoiselle den Luxus eines wöchentlichen Bades gönnte und so meinem dünnen Lichtstreif eine längere Frist gewährte. Doch dann hob eine ausgesuchtere Folter an. Das Kinderbadezimmer in unserem Petersburger Haus lag am Ende eines Z-förmigen Korridors, etwa zwanzig Herzschläge von meinem Bett entfernt, und während ich einerseits mit Schrecken Mademoiselles Rückkehr in ihr erleuchtetes Zimmer erwartete und andererseits das ungerührte Schnarchen meines Bruders beneidete, gelang es mir niemals, die mir geschenkte Zeit zu nutzen, indem ich geschwind einschlief, solange ein Spalt im Dunkel noch von einem Stückchen meiner selbst im Nichts Zeugnis ablegte. Schließlich näherten sie sich, jene unerbittlichen Schritte, die den Korridor entlangschlurften und irgendeinen kleinen, gläsernen Gegenstand, der im geheimen meine Wache geteilt hatte, auf seinem Regal vor Furcht erklirren ließen.

Jetzt ist sie wieder in ihrem Zimmer. Eine rasche Änderung der Helligkeit sagt mir, daß die Kerze auf dem Nachttisch die Aufgabe ihrer Tischlampe übernommen hat. Mein Lichtstreifen ist immer noch da, doch er ist alt und schwach geworden und flackert, wenn Mademoiselles Bett bei jeder Bewegung knarrt. Denn immer noch kann ich sie hören. Jetzt ist es ein silbriges Knistern, das «Suchard» bedeutet; jetzt das Ritsch-Ratsch eines Obstmessers, das die Seiten der *Revue des Deux Mondes* aufschneidet. Ich höre sie leise keuchen. Und die ganze Zeit über ist mir sterbenselend zumute, versuche ich verzweifelt, den Schlaf zu überreden, öffne ich alle paar Sekunden die Augen, um mich vom Vorhandensein des dunkler gewordenen Lichtschimmers zu überzeugen, und stelle ich mir das Paradies als einen Ort vor, wo ein schlafloser Nachbar beim Licht einer ewigen Kerze in einem endlosen Buche liest.

Das Unvermeidliche geschieht: Mit einem Schnappen schließt sich das Pincenez-Etui, die Zeitschrift wird raschelnd auf den Marmor des Nachttisches geschoben, und Mademoiselles gespitztem Mund entweicht ein vehementer Luftstoß; der erste Versuch schlägt fehl, eine unsichere Flamme krümmt und duckt sich; dann folgt ein zweiter Angriff, und das Licht bricht zusammen. In der pechschwarzen Nacht verliere ich die Orientierung, mein Bett scheint langsam davonzutreiben, in panischer Angst setze ich mich auf und starre; endlich unterscheiden meine an die Dunkelheit gewöhnten Augen zwischen lauter entoptischen Schwebewesen gewisse kostbarere Flecken, die in zielloser Gedächtnislosigkeit herumwandern, bis sie sich halb erinnern und als die undeutlichen Falten von Fenstervorhängen zur Ruhe kommen, hinter denen ferne Straßenlaternen am Leben sind.

Wie ganz und gar nicht paßten die Nöte der Nacht zu den erregenden Petersburger Morgen, wenn der wilde und sanfte, feuchte und blendende arktische Frühling krachende Eisschollen die meerleuchtende Newa hinuntertrieb! Er ließ die Dächer erglänzen, und dem Schneematsch auf den Straßen verlieh er eine satte, violette Färbung, die ich seitdem nirgends mehr gesehen habe. Mademoiselle, der ein Mantel aus imitiertem Sealskin auf dem Busen schwoll, saß hinten im Landauer, mein Bruder neben ihr und ich ihr gegenüber – beiden durch das Tal der Reisedecke verbunden; und wenn ich nach oben blickte, konnte ich sehen, wie sich große, straffe, halbdurchsichtige Fahnen blähten, die hoch über der Straße von Hausfront zu Hausfront ausgespannt waren und deren drei breite Streifen – hellrot, hellblau und einfach hell – durch die Sonne und die ziehenden Wolkenschatten jedes zu direkten Zusammenhangs mit einem Nationalfeiertag beraubt wurden; heute, in der Stadt der Erinnerung, feiern sie jedoch unzweifelhaft das Wesen jenes Frühlingstages, das Platschen des Matsches, den zerzausten exotischen Vogel mit einem blutunterlaufenen Auge auf Mademoiselles Hut.

Sieben Jahre wohnte sie bei uns, und die Unterrichtsstunden wurden immer seltener und ihre Launen immer schlechter. Dennoch schien sie im Vergleich zu der

Ebbe und Flut englischer Gouvernanten und russischer Hauslehrer wie ein Felsblock von ingrimmiger Beständigkeit. Sie stand mit allen von ihnen auf gespanntem Fuß. Selten fanden sich zu den Mahlzeiten weniger als ein Dutzend Leute ein, und zumal an Geburtstagen, wenn ihre Zahl auf dreißig oder mehr stieg, wurde die Frage der Tischordnung für Mademoiselle zu einem besonders brennenden Problem. Onkel und Tanten und Vettern kamen an solchen Tagen von den Nachbargütern herüber, der Dorfarzt traf in seinem Dogcart ein, und im kühlen Flur hörte man den Dorfschulmeister die Nase schneuzen, wenn er mit einem grünlichen, feuchten, knarrenden Maiglöckchenstrauß in der Faust oder einem aus himmelblauen Kornblumen von Spiegel zu Spiegel ging.

Wenn Mademoiselle meinte, daß sie zu weit unten am Tisch saß, und besonders wenn sie hinter einer gewissen armen Verwandten rangierte, die fast ebenso beleibt war wie sie (*«Je suis une sylphide à côté d'elle»*, pflegte Mademoiselle mit einem verächtlichen Achselzucken zu sagen), verzog ihr das Gefühl, daß ihr ein Schimpf angetan worden sei, die Lippen zu einem zuckenden, vermeintlich ironischen Lächeln – und wenn dann ein naiver Nachbar zurücklächelte, schüttelte sie, als komme sie aus tiefer Kontemplation, schnell den Kopf und bemerkte: *«Excusez-moi, je souriais à mes tristes pensées.»*

Und als hätte die Natur ihr nichts ersparen wollen, was einen überempfindlich macht, hörte sie schwer. Bei Tisch bemerkten wir Jungen bisweilen, wie zwei große Tränen Mademoiselles stattliche Wangen herunterkullerten. «Laßt euch nicht stören», sagte sie mit leiser Stimme und aß weiter, bis die nicht fortgewischten Tränen ihr die Sicht raubten; dann schluchzte sie gebrochenen Herzens auf, erhob sich und wankte aus dem Speisezimmer. Nach und nach kam die Wahrheit ans Licht. Das Tischgespräch hatte sich etwa um das Kriegsschiff gedreht, das unter dem Kommando meines Onkels stand, und sie hatte darin eine hinterhältige Stichelei gegen ihre Schweiz gesehen, die keine Marine besaß. Oder sie bildete sich ein, daß jedesmal, wenn Französisch gesprochen wurde, unser abgekartetes Spiel darin bestand, sie mutwillig daran zu hindern, die Konversation zu lenken und mit ihren Kleinodien zu zieren. Die arme Frau war immer in so nervöser Hast, sich verständlicher Tischgespräche zu bemächtigen, bevor sie wieder ins Russische verfielen, daß es kein Wunder war, wenn sie ihr Stichwort verpaßte.

«Und Ihr Parlament, mein Herr, was treibt es so?» platzte sie etwa an ihrem Tischende pfiffigerweise heraus, als Herausforderung an meinen Vater, der nach einem aufreibenden Tag wenig Lust verspürte, seine politischen Sorgen mit einem höchst unwirklichen Menschen zu erörtern, dem sie ebenso unbegreiflich wie gleichgültig sein mußten. Glaubte sie, daß von Musik die Rede war, so sprudelte sie: «Aber auch Stille kann schön sein. Wirklich, eines Abends habe ich in einem einsamen Alpental die Stille tatsächlich *gehört*.» Zumal als ihre zunehmende Taubheit sie Fragen beantworten ließ, die niemand gestellt hatte, führten Salven dieser Art zu peinlichem Schweigen, anstatt die Raketen einer angeregten *causerie* abzufeuern.

Und dabei war ihr Französisch so wunderschön! Sollte man an der Seichtheit ihrer Bildung, der Bitternis ihrer Launen, der Banalität ihres Geistes Anstoß nehmen, wenn ihre perlende Sprache rieselte und funkelte, so bar jedes Sinns wie die alliterativen Sünden in Racines frommen Versen? Die Bibliothek meines Vaters und nicht ihr begrenzter Wissensschatz lehrte mich wahre Poesie schätzen; dennoch haben Glanz und Transparenz ihrer Sprache höchst erfrischend auf mich gewirkt, wie eins jener Brausesalze, die man einnimmt, um das Blut zu reinigen. Darum auch macht es mich heute so traurig, daran zu denken, welche Seelenqual es Mademoiselle bereitet haben muß, die Nachtigallenstimme, die aus ihrem Elefantenkörper drang, so wenig beachtet und so gering geschätzt zu sehen. Sie wohnte lange, viel zu lange bei uns und hoffte beharrlich auf irgendein Wunder, das sie in eine Art Madame de Rambouillet verwandeln würde, die einen gülden-seidenen Salon von Dichtern, Fürsten und Staatsmännern in ihrem geistvollen Bann hält.

Sie hätte weiter gehofft, wäre nicht Lenskij dazwischengekommen, ein junger russischer Hauslehrer mit milden, kurzsichtigen Augen und entschiedenen politischen Ansichten, der engagiert worden war, um uns in verschiedenen Fächern zu unterrichten und mit uns Sport zu treiben. Er hatte mehrere Vorgänger gehabt, denen allen Mademoiselle nicht gewogen war, doch er, er war *«le comble»*, wie sie sich ausdrückte. Während er meinen Vater verehrte, gingen ihm gewisse Aspekte unseres Haushalts ziemlich wider den Strich, Diener und Französisch zum Beispiel, welch letzteres er für einen aristokratischen Brauch hielt, der im Hause eines Liberalen fehl am Platze war. Auf der anderen Seite kam Mademoiselle zu dem Schluß, daß es nicht an Lenskijs fehlenden Französischkenntnissen lag, wenn er ihre unverblümten Fragen nur mit einem kurzen Grunzen beantwortete (das er in Ermangelung einer besseren Sprache zu germanisieren suchte), sondern daß er sie vor allen Leuten beleidigen wollte.

Ich höre und sehe noch, wie Mademoiselle ihn mit honigsüßer Stimme und einem unheilvollen Beben ihrer Oberlippe ersuchte, ihr das Brot zu reichen; und ebenso sehe und höre ich Lenskij unbeirrt und bar aller Französischkenntnisse seine Suppe weiterlöffeln; schließlich stieß Mademoiselle mit einem schneidenden *«Pardon, Monsieur»* direkt über seinen Teller hinweg auf den Brotkorb nieder, raffte ihn an sich und lehnte sich mit einem *«Merci!»* zurück, in dem so viel Ironie steckte, daß Lenskijs flaumige Ohren geranienrot anliefen. «Der Halunke! Der Lump! Der Nihilist!» schluchzte sie später in ihrem Zimmer – das nicht mehr neben unserem, aber noch immer auf der gleichen Etage lag.

Wenn Lenskij zufällig die Treppe heruntergesprungen kam, während sie sich hinaufschleppte und alle zehn Schritte eine asthmatische Pause einlegen mußte (denn der kleine hydraulische Fahrstuhl in unserem Petersburger Haus verweigerte ständig und in ziemlich gemeiner Weise den Dienst), behauptete Mademoiselle, er habe sie boshaft angerempelt, zur Seite gestoßen, niedergeschlagen, und wir sahen schon, wie er ihren hingestreckten Körper mit Füßen trat. Immer häufiger verließ sie die Tafel, und das Dessert, welches ihr entgangen wäre, wurde ihr diplomatisch nachgeschickt. Aus ihrem entlegenen Zimmer schrieb sie einen sechzehnseitigen Brief an meine Mutter, die hinaufeilte und sie dabei antraf, wie sie theatralisch den Koffer packte. Und eines Tages wurde sie nicht am Weiterpacken gehindert.

6

Sie kehrte in die Schweiz zurück. Der Erste Weltkrieg kam, dann die Revolution. In den frühen zwanziger Jahren, lange nachdem unser Briefwechsel versickert war, fügte es eine zufällige Wendung in meinem Emigrantenleben, daß ich mit einem Kommilitonen nach Lausanne kam; ich sagte mir, daß ich ruhig Mademoiselle aufsuchen könne, falls sie noch am Leben wäre.

Sie lebte noch. Fülliger als je, stark ergraut und fast völlig taub, begrüßte sie mich mit einem ungestümen Ausbruch von Herzlichkeit. Die Stelle der Ansichtskarte von Schloß Chillon nahm jetzt ein Prunkstück von einer Troika ein. Sie fand so warme Worte für ihr Leben in Rußland, als handelte es sich um ihre eigene verlorene Heimat. Und wirklich entdeckte ich in der Nachbarschaft eine ganze Kolonie solcher alten Schweizer Gouvernanten. Sie hatten sich zusammengetan, um ihre konkurrierenden Reminiszenzen immer wieder von neuem durchzuhecheln, und bildeten ein kleines Eiland in einer Umwelt, die ihnen fremd geworden war. Mademoiselles Busenfreundin war jetzt die mumiengleiche Mademoiselle Golay, die frühere Gouvernante meiner Mutter, mit fünfundachtzig immer noch gedrechselt und pessimistisch; sie war lange nach der Heirat meiner Mutter in der Familie geblieben und nur ein paar Jahre vor Mademoiselle in die Schweiz zurückgekehrt; als beide noch unter unserem Dach wohnten, hatten sie nicht miteinander geredet. In seiner Vergangenheit ist man immer zu Hause, was zu einem Teil wenigstens die Liebe erklärt, die diese rührenden Damen einem Land entgegenbrachten, das sie niemals wirklich gekannt hatten und in dem keine von ihnen sehr glücklich gewesen war.

Da Mademoiselles Taubheit keine Unterhaltung zuließ, beschlossen mein Freund und ich, ihr am nächsten Tag das Gerät zu bringen, das sie sich anscheinend nicht leisten konnte. Anfangs hielt sie den unhandlichen Gegenstand falsch, aber kaum hatte sie ihn angesetzt, da wandte sie sich mir mit einem betroffenen Ausdruck feuchter Verwunderung und Glückseligkeit in ihren Augen zu. Sie schwor, daß sie jedes Wort, jedes Murmeln von mir hören könne. Sie konnte es nicht, denn da ich meine Zweifel hatte, hatte ich kein Wort gesprochen. Hätte ich es getan, so hätte ich ihr gesagt, daß sie sich bei meinem Freund, der das Instrument bezahlt hatte, bedanken solle. War es die Stille, die sie damals hörte, jene alpine Stille, von der sie einstmals gesprochen hatte? Einst hatte sie sich selber angelogen; jetzt log sie mich an.

Bevor ich nach Basel und Berlin weiterreiste, geschah es, daß ich in der kalten, nebligen Nacht am See entlangging. An einer Stelle verdünnte ein einsames, trübes Licht die Dunkelheit. In seinem Umkreis schien der Nebel in einen sichtbaren Nieselregen verwandelt. *«Il pleut toujours en Suisse»*, war eine jener beiläufigen Bemerkungen, die Mademoiselle früher zu Tränen gerührt hatten. Unten zog eine weite Welle und etwas undeutlich Weißes meinen Blick auf sich. Als ich mich dem platschenden Wasser näherte, sah ich, was es war – ein alter Schwan, ein großes, schwerfälliges, drontenhaftes Tier, das lächerliche Anstrengungen machte, in ein vertäutes Boot hinaufzuklettern. Er schaffte es nicht. Das schwere, ohnmächtige Flappen seiner Flügel, das schlüpfrige Geräusch, das sie an dem schwankenden und plätschernden Boot machten, der klebrige Glanz der dunklen Wogen, wo der Lichtschein sie traf – all dem schien für einen Augenblick jene seltsame Bedeutung eigen, die in Träumen bisweilen einem Finger zukommt, der an stumme Lippen gedrückt wird und dann auf etwas hinweist – aber der Träumer vermag es nicht mehr zu erkennen, ehe er aus seinem Schlaf hochfährt. Obwohl ich jene düstere Nacht bald vergaß, war es seltsam genug gerade sie, gerade dieses komplexe Bild – Schauder und Schwan und schwellende Woge –, das mir zuerst in den Sinn kam, als ich einige Jahre darauf erfuhr, daß Mademoiselle gestorben war.

Sie hatte ihr ganzes Leben damit zugebracht, sich elend zu fühlen; diese Misere war ihr ureigenes Element; allein ihre Schwankungen, ihre wechselnden Tiefen hatten ihr das Gefühl gegeben, sich zu bewegen und zu leben. Was mich stört, ist, daß die Empfänglichkeit für Elend und nichts außer ihm nicht hinlangt für eine unsterbliche Seele. Meine gewaltige und verdrossene Mademoiselle ist wohl auf Erden, nicht aber in der Ewigkeit möglich. Habe ich sie wirklich aus der Dichtung gerettet? Kurz bevor der Rhythmus, den ich vernehme, stockt und verklingt, ertappe ich mich bei der Frage, ob mir nicht während all der Jahre, da ich sie gekannt hatte, irgend etwas in ihr völlig entgangen war, das viel mehr war als ihre Kinnfalten oder ihre Eigenheiten oder selbst ihr Französisch – irgend etwas, das möglicherweise ihrem letzten Anblick verwandt war, dem sinnreichen Täuschungsmanöver, zu dem sie ihre Zuflucht genommen hatte, damit ich zufrieden über meine eigene Gefälligkeit von ihr gehe, oder jenem Schwan, dessen Qual künstlerischer Wahrheit so viel näher kam als die bleichen Arme einer niedersinkenden Tänzerin; kurz, irgend etwas, das ich erst gewahren konnte, als die Dinge und Wesen, die ich in der Sicherheit meiner Kindheit am meisten geliebt hatte, zu Asche geworden oder mitten ins Herz getroffen waren.

Frühling in Fialta

Der Frühling in Fialta ist wolkig und trüb. Alles ist feucht: die scheckigen Stämme der Platanen, die Wacholdersträucher, die Geländer, der Kies. Weit entfernt erblickt man zwischen den gezackten Kanten bläulichfahler Häuser, die sich wankend von den Knien erheben, um den Hang zu erklimmen (eine Zypresse weist ihnen den Weg), verschwommen den wässerig-verschleierten Mt. Sankt Georg, der seinem Abbild auf jenen Ansichtskarten unähnlicher denn je sieht, die seit etwa 1910 (diese Strohhüte, diese jugendlichen Droschkenkutscher!) den Touristen von ihrem traurigen Ständerkarussell aus umwerben, umgeben von Steinbrocken mit Amethystzähnen und den Konsolenträumen von Seemuscheln. Ein schwacher Geruch nach Verbranntem hängt in der Luft, die windstill ist und warm. Das Meer, dessen Salz von einer Regenlösung überspült wird, ist eher grau als bläulich-grün, und seine Wellen sind zu schwerfällig, um schäumend zu brechen.

An einem solchen Tag in den frühen dreißiger Jahren fand ich mich, alle meine Sinne weit geöffnet, in einer der steilen kleinen Straßen Fialtas und nahm alles gleichzeitig in mich auf – das maritime Rokoko in der Bude, die Korallenkruzifixe in einem Schaufenster, den verzagten Anschlag eines Wanderzirkus (eine Ecke des durchnäßten Papiers hatte sich von der Mauer gelöst) und ein gelbes Stück unreifer Apfelsinenschale auf dem alten, schieferblauen Gehsteig, der sich hier und da eine schwindende Erinnerung an ein uraltes Mosaikmuster bewahrt hatte. Ich liebe Fialta; ich liebe es, weil ich in der Höhlung dieser veilchenblauen Silben die süße, dunkle Feuchtigkeit der krumpeligsten aller kleinen Blumen spüre und weil seine Viola den Alt des Namens einer wunderschönen Stadt auf der Krim nachbildet; und auch darum liebe ich es, weil gerade in der Schlaftrunkenheit seiner feuchten Vorosterzeit etwas liegt, das der Seele besonders wohltut. So war ich denn glücklich, wieder dort zu sein, dem kleinen Bach im Rinnstein entgegen bergan zu steigen, ohne Hut, mit nassem Kopf, die Haut schon von Wärme durchtränkt, obwohl ich über dem Hemd nur einen leichten Regenmantel trug.

Ich war mit dem Capparabella-Express gekommen, der mit jenem leichtfertigen Schwung, welcher Eisenbahnzügen in gebirgiger Gegend eigen ist, sich donnernd Mühe gegeben hatte, während der Nacht so viele Tunnel wie möglich zu bewältigen. Einen oder zwei Tage, gerade so lange, wie es mir eine Atempause während einer Geschäftsreise erlaubte – länger gedachte ich nicht zu bleiben. Frau und Kinder hatte ich zu Hause gelassen, und sie bildeten eine Insel des Glücks, die im klaren Norden meines Wesens immerfort gegenwärtig war, die mich ständig begleitete, ja die, möchte ich sagen, durch mich hindurchtrieb, sich aber dennoch meist an der Außenseite meiner selbst hielt.

Ein Kind männlichen Geschlechts, ohne Hosen und

mit einem prallen, schlammgrauen kleinen Bauch, trat unsicher von einer Türstufe und tappelte o-beinig davon; es versuchte, drei Apfelsinen auf einmal zu tragen, doch dauernd ließ es die jeweils andere dritte fallen, bis es selber hinfiel, worauf ein etwa zwölfjähriges Mädchen mit einer schweren Perlenkette um den dunklen Hals und einem Rock, der so lang war wie der einer Zigeunerin, prompt alle drei mit ihren geschickteren und zahlreicheren Händen fortnahm. In der Nähe, auf der nassen Terrasse eines Cafés, wischte ein Kellner die Tischplatten ab; ein melancholischer Brigant, der die Bonbon-Spezialitäten des Ortes feilbot, kunstvoll aussehende Dinger mit mondartigem Glanz, hatte einen hoffnungslos vollen Korb auf die geborstene Balustrade gestellt, über die hinweg sich die beiden unterhielten. Der Nieselregen hatte entweder aufgehört, oder Fialta hatte sich so daran gewöhnt, daß es selber nicht mehr wußte, ob es feuchte Luft oder warmen Regen atmete. Ein Engländer in Knickerbockern, einer von der soliden, exportfähigen Sorte, der sich im Gehen aus einem Gummibeutel mit dem Daumen die Pfeife stopfte, kam unter einem Bogen hervor und betrat eine Apotheke, wo große, bleiche Schwämme in einem blauen Gefäß hinter dem Glas verdursteten. Wie köstlich das Wohlgefühl, das ich durch meine Adern rieseln spürte, wie dankbar antwortete alles in mir auf die Vibrationen und Emanationen dieses grauen Tages, der mit einer Frühlingsessenz gesättigt war, welcher er selber anscheinend nur langsam gewahr wurde! Meine Nerven waren nach einer schlaflosen Nacht ungewöhnlich empfänglich; ich sog alles in mich ein: den Gesang einer Drossel in den

Mandelbäumen jenseits der Kapelle, den Frieden der verfallenden Häuser, den Puls der entfernten See, die im Nebel keuchte, all das und dazu das eifersüchtige Grün des Flaschenglases, welches eine Mauerkrone stachelig bewehrte, und die haltbaren Farben eines Zirkusplakats, auf dem ein federgeschmückter Indianer auf dem Rücken eines aufgebäumten Pferdes zu sehen war, der mit seinem Lasso gerade ein kühnermaßen endemisches Zebra einfing, während einige gründlich genarrte Elefanten brütend auf ihren sternenübersäten Thronen saßen.

Nach kurzer Zeit überholte mich derselbe Engländer. Während ich ihn mit dem übrigen zusammen in mich aufnahm, bemerkte ich zufällig, wie sich sein großes blaues Auge plötzlich seitwärts bewegte, den geröteten Lidwinkel zu verziehen suchte und wie er schnell die Lippen befeuchtete – wegen der Trockenheit jener Schwämme, nahm ich an; doch dann folgte ich der Richtung seines Blickes und sah Nina.

Jedesmal, wenn ich ihr im Laufe der fünfzehn Jahre unserer – nun, das genaue Wort für unsere Art der Beziehung will mir nicht einfallen – begegnet war, hatte sie mich offenbar nicht sogleich erkannt; und auch dieses Mal verharrte sie auf dem Gehsteig gegenüber einen Augenblick lang ganz still, in sympathischer Ungewißheit, in die sich Neugier mischte, halb mir zugewandt, und nur ihr gelber Schal hatte sich schon in Bewegung gesetzt, wie jene Hunde, die einen noch vor ihren Herren erkennen – und dann stieß sie einen Schrei aus, ihre Hände flogen hoch, alle ihre zehn Finger vollführten einen Tanz, und mitten auf der Straße küßte sie mich dreimal mit mehr Mund als Gefühl, allein dank der freimütigen Impulsivität alter Freundschaft (genau wie sie jedesmal, wenn wir uns trennten, schnell ein Kreuz über mir schlug), und dann ging sie neben mir her, hängte sich ein, paßte ihren Schritt dem meinen an, von ihrem engen braunen, unten an der Seite sportlich geschlitzten Rock behindert.

«Aber ja, Ferdie ist auch hier», erwiderte sie und erkundigte sich ihrerseits sofort höflich nach Elena.

«Er muß mit Segur irgendwo herumbummeln», fuhr sie fort und meinte wieder ihren Mann. «Und ich muß noch etwas einkaufen; wir fahren nach dem Mittagessen. Warte mal, wo bringst du mich eigentlich hin, Victor, mein Guter?»

Zurück in die Vergangenheit, zurück in die Vergangenheit, wie jedesmal, wenn ich sie traf und alles wiederholte, was sich an Handlung angesammelt hatte, von den Anfängen an bis zu dem letzten Zuwachs – genau wie in russischen Märchen das bereits Erzählte bei jeder neuen Wendung der Geschichte noch einmal zusammengefaßt wird. Dieses Mal hatten wir uns im warmen und nebligen Fialta getroffen, und ich hätte die Gelegenheit nicht mit größerer Kunst feiern, hätte die Liste der früheren Dienste des Schicksals nicht mit leuchtenderen Vignetten ausschmücken können, selbst wenn ich gewußt hätte, daß dies sein letzter Dienst war; doch, der letzte – denn ich kann mir kein himmlisches Vermittlungsbüro vorstellen, das bereit wäre, dafür zu sorgen, daß ich ihr jenseits des Grabes noch einmal begegne.

Meine Eingangsszene mit Nina hatte sich vor ziemlich langer Zeit in Rußland abgespielt, um 1917, würde ich sagen, nach gewissem linkem Theatergepolter hinter der Bühne zu urteilen. Es war während einer Geburtstagsfeier auf dem Landsitz meiner Tante bei Luga, in den tiefsten Falten des Winters (wie gut erinnere ich mich an das erste Anzeichen dafür, daß wir uns dem Ort näherten: eine rote Scheune in einer weißen Wildnis). Ich hatte soeben die Abschlußprüfung am Kaiserlichen Lyzeum bestanden; Nina war bereits verlobt: Obwohl sie genauso alt war wie ich und das Jahrhundert, sah sie mindestens wie zwanzig aus, und das trotz oder gerade wegen ihrer zierlichen, schlanken Figur, während sie dank eben dieser Zierlichkeit mit zweiunddreißig jünger wirkte. Ihr Verlobter war bei der Garde und hatte gerade Fronturlaub – ein gutaussehender, schwerer Mensch, unglaublich wohlerzogen und phlegmatisch, der jedes Wort auf die Waagschale des allergenauesten gesunden Menschenverstandes legte und in einem samtenen Bariton sprach, welcher noch weicher wurde, wenn sich seine Worte an sie richteten; seine Anständigkeit und Ergebenheit gingen ihr schließlich wohl auf die Nerven; und heute ist er ein erfolgreicher, wenngleich etwas einsamer Ingenieur in einem weit entlegenen tropischen Land.

Fenster werden hell und strecken ihre leuchtende Länge über den dunklen, buckligen Schnee; zwischen ihnen bleibt Raum für den Widerschein des fächerförmigen Lichtes über der Haustür. Jede der beiden Säulen zur Seite ist mit einem flaumigen Weiß überzogen, was die Linien des Bildes einigermaßen verdirbt, das sonst ein vollkommenes Exlibris für das Buch unserer beider Lebensläufe abgegeben hätte. Ich kann mich nicht entsinnen, warum wir alle aus dem hallenden Flur in die stille Dunkelheit hinausgetreten waren, die von Tannen bevölkert war, welche der Schnee zu ihrer doppelten Größe hatte anwachsen lassen; hatte der Wächter uns nahegelegt, einen düsteren roten Schein am Himmel zu besichtigen, ein schlimmes Vorzeichen kommender Brandstiftung? Möglich. Waren wir hinausgegangen, um einer Pferdestatue aus Eis Bewunderung zu zollen, die der Schweizer Hauslehrer meiner Cousins in der Nähe des Teiches geschaffen hatte? Auch das ist möglich. Mein Gedächtnis erwacht erst auf dem Rückweg zum symmetrisch erleuchteten Herrenhaus wieder zum Leben: Wir gingen im Gänsemarsch eine enge Furche zwischen Schneewehen entlang, und nur das Knirschen unserer Schritte war zu hören – der einzige Kommentar, den eine schweigsame Winternacht über menschliche Wesen abgibt. Ich war der letzte; drei knirschende Schritte vor mir eine kleine, gebeugte Gestalt; ernst wiesen die Tannen ihre beladenen Pfoten. Ich rutschte aus und ließ die tote Taschenlampe fallen, die mir jemand aufgezwungen hatte; sie wiederzufinden, erwies sich als verteufelt schwer; und von meinem Geschimpf sogleich angelockt, drehte sich Nina, eines Spaßes gewärtig, mit einem begierigen, tiefen Lachen undeutlich nach mir um. Ich nenne sie Nina, aber noch konnte ich ihren Namen kaum wissen, noch hatten wir beide keine Zeit für irgendwelche Präliminarien gehabt. «Wer ist denn das?» fragte sie interessiert – und schon küßte ich ihren Hals, der glatt war und brennend heiß von dem langen Fuchspelz ihres Mantelkragens, welcher mir in den Weg kam, bis sie mir die Hand auf die Schulter legte und mit der ihr eigenen Freimütigkeit sanft ihre großzügigen, pflichteifrigen Lippen auf die meinen preßte.

Doch als plötzlich wie mit einer Heiterkeitsexplosion im Dunkel das Thema «Schneeballschlacht» seinen Anfang nahm, trennten wir uns, und jemand klomm – fliehend, fallend, knirschend, lachend und keuchend – auf eine Schneewehe, versuchte zu rennen und stöhnte schrecklich auf: Tiefer Schnee hatte die Amputation eines Filzstiefels bewirkt. Und bald darauf trennten wir uns alle, und jeder fuhr nach Hause, ohne daß ich mit Nina gesprochen oder irgendwelche Zukunftspläne gemacht hätte, Pläne für jene fünfzehn Jahre der Wanderschaft, die bereits am trüben Horizont aufgezogen waren, beladen mit den Einzelteilen unserer niemals zusammengefügten Wiedersehen. Während ich sie in dem Durcheinander der Gebärden und der Schatten von Gebärden beobachtete, aus dem der Rest des Abends bestand (wahrscheinlich Gesellschaftsspiele – und Nina beharrlich auf der gegnerischen Seite), staunte ich, wie ich mich entsinne, nicht so sehr darüber, daß sie mir nach jener Wärme im Schnee keinerlei Aufmerksamkeit schenkte, sondern vielmehr über die naive Natürlichkeit dieser Unaufmerksamkeit, denn ich wußte noch nicht, daß es nur eines Wortes von mir bedurft hätte, und schon hätte sich ihre Gleichgültigkeit in eine wundervoll aufleuchtende Freundlichkeit verwandelt, wäre sie munter und anteilnehmend zu jeglicher Mitwirkung aufgelegt gewesen, ganz als wäre die Liebe einer Frau ein Quellwasser voller gesunder Salze, von dem sie jedermann auf den leisesten Wink bereitwilligst zu trinken gab.

«Warte, wo haben wir uns zuletzt gesehen?» begann ich (zu Ninas Fialta-Version gewandt), um auf ihr kleines Gesicht mit den vorstehenden Backenknochen und den dunkelroten Lippen einen bestimmten, wohlbekannten Ausdruck zurückkehren zu sehen; und wirklich, wie sie den Kopf schüttelte und die Stirn runzelte, das schien nicht so sehr auf Vergeßlichkeit zu deuten, wie die Plattheit eines alten Scherzes zu beklagen; oder um genauer zu sein, so war es, als seien all die Städte, in denen das Schicksal unsere verschiedenen Rendezvous arrangiert hatte, ohne ihnen jemals persönlich beizuwohnen, als seien all die Bahnsteige und Treppen und dreiwändigen Zimmer und dunklen Seitenstraßen banale Szenerien, Überbleibsel irgendwelcher anderer, längst abgeschlossener Lebensläufe, und als hätten sie so wenig mit dem weiteren Ausagieren unseres eigenen, ziellosen Schicksals zu tun, daß es fast schlechter Geschmack war, sie überhaupt zu erwähnen.

Ich begleitete sie in einen Laden unter den Arkaden; dort, im Zwielicht hinter einem Perlenvorhang, betastete sie ein paar Geldbeutel aus rotem Leder, die mit Seidenpapier ausgestopft waren, und spähte auf die Preisschilder, als wolle sie ihre Museumsnamen lernen. Sie wünsche, sagte sie, genau diese Form, aber in rehbraun, und als der alte Dalmatiner nach zehn Minuten fieberhafter Raschelei durch ein Wunder, das mir immer noch ein Rätsel ist, eben solch eine Rarität ausfindig gemacht hatte, da besann sich Nina, die schon drauf und dran gewesen war, mir etwas Geld aus der Hand zu nehmen, eines anderen und verließ den Laden durch die wehenden Perlenschnüre, ohne etwas gekauft zu haben.

Draußen war es so milchig trübe wie zuvor; der gleiche Geruch nach Verbranntem, der tatarische Erinnerungen weckte, kam aus den bloßen Fenstern der bleichen Häuser; ein kleiner Mückenschwarm war damit beschäftigt, über einer Mimose, die lustlos blühte und ihre Ärmel bis auf den Boden sinken ließ, die Luft zu stopfen; zwei Arbeiter mit breitkrempigen Hüten aßen Käse und Knoblauch zu Mittag; ihre Rücken ruhten an einem Zirkusplakat, auf dem ein roter Husar und eine Art orangefarbener Tiger abgebildet waren; komisch – in der Absicht, das Tier so wild wie möglich zu machen, war der Künstler so weit gegangen, daß er schließlich von der anderen Seite zurückkam, denn das Gesicht des Tigers hatte geradezu menschliche Züge.

«*Au fond* wollte ich einen Kamm», sagte Nina in verspäteter Reue.

Wie vertraut waren mir ihr Zögern, ihre Nachgedanken, ihre Nachgedanken zu den Nachgedanken, die die frühesten widerspiegelten, ihre kurzlebigen Kümmernisse zwischen zwei Eisenbahnzügen. Immer war sie gerade eingetroffen oder im Aufbruch, und es fällt mir schwer, daran zu denken, ohne daß mich die Vielzahl komplizierter Reiserouten demütigt, denen man fieberhaft folgt, nur um jene abschließende Verabredung einzuhalten, um deren Unvermeidbarkeit selbst der eingeschworenste Weltenbummler weiß. Wäre ich gezwungen, Richtern unseres irdischen Daseins ein Musterbeispiel ihrer durchschnittlichen Haltung zu unterbreiten, so würde ich sie sich vielleicht auf einen Ladentisch im Reisebüro Cook's lehnen lassen, die linke Wade über dem rechten Schienbein, während der linke Zeh auf den Fußboden trommelt, ihre spitz angewinkelten Ellbogen zusammen mit einer Handtasche, aus der die Geldstücke quellen, auf dem Ladentisch ruhen und die Angestellte, einen Bleistift in der Hand, mit ihr über den Plan eines ewigen Schlafwagens berät.

Nach dem Exodus aus Rußland sah ich sie – und das war das zweite Mal – im Haus einiger Bekannter in Berlin. Es war kurz vor meiner Hochzeit; sie hatte sich gerade von ihrem Verlobten getrennt. Als ich das Zimmer betrat, erblickte ich sie sofort, und nach einem Blick auf die anderen Gäste war mir instinktiv klar, welche der anwesenden Männer mehr von ihr wußten als ich. Sie saß in der Ecke einer Couch, die Füße angezogen, den kleinen Körper bequem zu einem Z gefaltet; neben ihren Absätzen stand schräg auf der Couch ein Aschenbecher; sie schielte zu mir herüber, hörte sich meinen Namen an, dann nahm sie ihre langstielige Zigarettenspitze aus dem Mund und sagte langsam und voller Freude: «Also daß ich gerade dich treffe...» – und sofort wurde es allen klar, bei ihr angefangen, daß wir seit langem innig miteinander befreundet waren: Zweifellos hatte sie den tatsächlichen Kuß völlig vergessen, doch dank jenem trivialen Vorkommnis erinnerte sie sich undeutlich an ein Stück warmer, wohltuender Freundschaft, die es in Wahrheit zwischen uns niemals gegeben hatte. So beruhte die ganze Form unserer Beziehung fälschlich auf einer eingebildeten Freundschaft – die nichts mit ihrem blindlings bewiesenen guten Willen zu tun hatte. Was die Worte anbetraf, die wir einander sagten, so erwies sich unsere Wiederbegegnung als völlig bedeutungslos; aber es gab keine Schranken mehr zwischen uns; und als ich an jenem Abend beim Essen zufällig neben sie zu sitzen kam, erprobte ich schamlos das Ausmaß ihrer geheimen Geduld.

Dann verschwand sie wieder; und als meine Frau und ich ein Jahr darauf meinen Bruder an den Zug nach Posen gebracht hatten und auf der anderen Seite des Bahnsteigs dem Ausgang zustrebten, erblickte ich neben einem Wagen des D-Zugs nach Paris plötzlich Nina, das Gesicht in einen Blumenstrauß gesteckt, den sie in der Hand hielt; im Kreis um sie herum stand eine Gruppe von Menschen, mit denen sie sich ohne mein Wissen angefreundet hatte und die sie anstarrten wie müßige Passanten eine Rauferei auf der Straße, ein Kind, das sich verlaufen hat, oder das Opfer eines Verkehrsunfalls. Strahlend winkte sie mir mit ihren Blumen zu; ich stellte sie Elena vor, und in der belebenden Atmosphäre eines großen Bahnhofs, wo alles bebend am Rand einer Veränderung steht und daher festgehalten und mit Liebe umgeben werden muß, genügten ein paar Worte, um zwei völlig verschiedene Frauen dahin zu bringen, sich bei ihrem nächsten Zusammentreffen bei ihren Kosenamen zu nennen. An jenem Tage wurde im blauen Schatten des Wagens nach Paris Ferdinand zum ersten Mal erwähnt: Es verursachte mir einen lächerlichen Schmerz, zu erfahren, daß sie im Begriff stand, ihn zu heiraten. Schon wurden die Türen zugeschlagen; hastig, aber andächtig küßte sie ihre Freunde, kletterte in den Gang, verschwand; und dann sah ich durch das Glas, wie sie sich in ihrem Abteil einrichtete – wir waren plötzlich vergessen, oder sie war in eine andere Welt eingegangen –, und wir alle, die Hände in den Taschen, schienen ein völlig ahnungsloses Leben zu bespitzeln, das sich dort in jenem Aquariumsdämmer bewegte, bis sie unserer gewahr wurde, erst an die Fensterscheibe trommelte, dann die Augen hob und sich an dem Fensterrahmen zu schaffen machte, als wolle sie ein Bild aufhängen; doch nichts geschah; ein Mitreisender half ihr, und sie lehnte sich heraus, hörbar und wirklich, strahlend vor Freude; neben dem unmerklich anfahrenden Wagen einherlaufend, reichte ihr einer von uns eine Zeitschrift und einen Tauchnitz-Band (sie las nur auf Reisen englische Bücher); alles entglitt mit wunderschöner Leichtigkeit, und ich hielt eine bis zur Unkenntlichkeit zerknüllte Bahnsteigkarte in der Hand, während ein Lied aus dem vergangenen Jahrhundert (wie Gerüchte behaupten, hing es mit irgendeinem Pariser Liebesdrama zusammen) mir unablässig durch den Kopf ging, Gott weiß warum aus der Musikbox des Gedächtnisses aufgetaucht, eine rührselige Romanze, die eine alte, unverheiratete Tante von mir einstmals zu singen pflegte, eine Frau mit einem Gesicht so gelb wie russisches Kirchenwachs, der die Natur indessen eine so mächtige, so hinreißend volle Stimme gegeben hatte, daß sie in der Pracht einer feurigen Wolke aufzugehen schien, sobald sie anhob:

On dit que tu te maries,
tu sais que j'en vais mourir

– und diese Melodie, der Schmerz, das Unrecht, die vom Rhythmus hergestellte Verbindung zwischen Hymen und Tod und die Stimme der toten Sängerin selbst, welche als alleinige Eigentümerin des Liedes die Erinnerung begleitete, ließen mich für einige Stunden nach Ninas Abreise nicht zur Ruhe kommen und stiegen sogar später noch in immer größer werdenden Abständen in mir auf, wie die letzten, niedrigen kleinen Wellen, die ein vorüberfahrendes Schiff an den Strand schickt und deren Anschlag immer seltener und verträumter wird, oder wie die bronzene Agonie eines vibrierenden Glockenstuhls, nachdem sich der Glöckner bereits wieder im frohen Kreis seiner Familie niedergesetzt hat. Und wiederum nach ein oder zwei Jahren hielt ich mich geschäftlich in Paris auf; und eines Morgens, auf dem Treppenabsatz eines Hotels, in dem ich einen Filmschauspieler aufgesucht hatte, sah ich sie wieder – sie trug ein graues Kostüm, wartete auf den Fahrstuhl, der sie hinunterbringen sollte, ein Schlüssel hing an ihrer Hand. «Ferdinand ist fechten gegangen», sagte sie gesprächsweise; ihr Blick ruhte auf der unteren Hälfte meines Gesichts, als wollte sie mir etwas von den Lippen ablesen, und nach kurzem Nachdenken (ihr erotisches Verständnis hatte nicht seinesgleichen) drehte sie sich um und führte mich wiegenden Ganges auf schmalen Fußgelenken schnell den mit meerblauen Teppichen ausgelegten Flur entlang. Ein Stuhl an der Tür ihres Zimmers trug ein Tablett mit den Überresten des Frühstücks – ein honigbeschmiertes Messer, Krümel auf grauem Porzellan; doch das Zimmer war bereits aufgeräumt, und in dem plötzlichen Luftzug, den wir verursachten, wurde eine Welle mit weißen Dahlien bestickten Musselins flatternd und knatternd zwischen die empfindlichen Hälften eines französischen Fensters gesaugt, und erst, als die Tür verriegelt war, ließen sie mit einer Art wollüstigem Seufzer den Vorhang wieder los; eine Weile später trat ich auf den winzigen Gußeisenbalkon jenseits des Vorhangs hinaus und atmete einen aus welkem Ahornlaub und Benzin gemischten Geruch – der Abhub der dunstigen, blauen, morgendlichen Straße; und da ich von der wachsenden krankhaften Rührung, die meine folgenden Begegnungen mit Nina so vergällen sollte, noch nichts merkte, war ich wahrscheinlich ebenso gefaßt und unbekümmert wie sie, als ich sie vom Hotel zu irgendeinem Büro begleitete, um einen Koffer, der ihr abhanden gekommen war, wiederzufinden, und von dort aus zu dem Café, wo ihr Mann eine Sitzung mit seinem augenblicklichen Hofstaat abhielt.

Ich werde den Namen dieses Mannes, dieses französisch-ungarischen Schriftstellers nicht nennen (und die Bestandteile, die ich hier dennoch preisgebe, erscheinen in geziemender Verkleidung)... Lieber wäre es mir, mich gar nicht mit ihm zu befassen, aber ich kann nicht anders – mit Gewalt bringt er sich unter meinem Federhalter zur Geltung. Heutzutage macht er nicht mehr viel von sich reden; und das ist gut so, denn es beweist, daß ich recht tat, seinem bösen Zauber zu widerstehen, ein Frösteln mein Rückgrat entlangkriechen zu spüren, wenn dieses oder jenes neue Buch von ihm meine Hand berührte. Der Ruhm von seinesgleichen breitet sich geschwind aus, doch bald wirkt er schwer und abgestanden; und was die Literaturhistorie angeht, so wird dieser Umstand seinen Lebenslauf auf den Bindestrich zwischen zwei Daten beschränken. Hager und arrogant, jederzeit bereit, mit einem giftigen Wortspiel nach einem zu züngeln, und einen seltsam erwartungsvollen Blick in seinen mattbraunen, verschleierten Augen, hatte dieser falsche Witzbold allerdings eine unwiderstehliche Wirkung auf kleine Nagetiere. Da er es in der Kunst verbaler Erfindung zur Meisterschaft gebracht hatte, war es sein besonderer Stolz, ein Wörterdrechsler zu sein, ein Titel, der ihm mehr galt als der eines Schriftstellers; ich für mein Teil konnte niemals einsehen, wozu es gut sein sollte, sich Bücher auszudenken und Dinge niederzuschreiben, die sich nicht in der einen oder anderen Form tatsächlich ereignet haben; und ich entsinne mich, wie ich einmal dem Hohn seines ermutigenden Nickens die Stirn bot und ihm sagte, daß ich, wäre ich ein Schriftsteller, allein meinem Herzen Phantasie zubilligen und mich für alles übrige auf mein Gedächtnis verlassen würde, diesen langen Sonnenuntergangsschatten der ureigenen Wahrheit.

Ich kannte seine Bücher, bevor ich ihn selbst kennenlernte; ein leichter Ekel trat bereits an die Stelle des ästhetischen Vergnügens, das ich mir noch von seinem ersten Roman bereiten ließ. Zu Beginn seiner Laufbahn war es vielleicht noch möglich gewesen, durch die Glasfenster seiner erstaunlichen Prosa irgendeine menschliche Landschaft, einen alten Garten, eine wie aus einem Traum her vertraute Baumgruppe zu erkennen – doch mit jedem neuen Buch wurden die Farben noch dichter, das Rot und das Purpur noch unheildrohender; heute kann man durch dieses heraldisch bemalte, gräßlich bunte Glas überhaupt nichts mehr sehen, und es hat den Anschein, als müßte sich die schaudernde Seele einer völligen schwarzen Leere gegenüber finden, wenn man es zerschlüge. Indessen, wie gefährlich war er in seinen besten Jahren, was verspritzte er für Gift, was für Peitschenschläge teilte er aus, sobald er provoziert wurde! Der Tornado seines vorüberziehenden Spottes ließ kahle Verwüstung zurück, eine Reihe gefällter Eichen – noch wirbelte der Staub, und der unglückselige Verfasser irgendeiner unfreundlichen Besprechung drehte sich brüllend vor Schmerz wie ein Kreisel im Sand.

Zu der Zeit, als wir uns kennenlernten, erregte sein *Passage à niveau* gerade in Paris Aufsehen; er hatte, wie man so sagt, ein Gefolge, und Nina (deren Anpassungsfähigkeit ein erstaunlicher Ersatz für die Bildung war, die ihr abging) hatte bereits die Rolle wenn nicht einer Muse, so doch wenigstens einer Seelengefährtin und klugen und feinfühligen Ratgeberin übernommen, die Ferdinands schöpferischen Konvolutionen folgte und seinen künstlerischen Geschmack getreulich teilte; denn obwohl es mehr als unwahrscheinlich ist, daß sie sich auch nur durch ein einziges seiner Bücher hindurchgequält hatte, so besaß sie doch ein übernatürliches Geschick dafür, sich die besten Stellen aus der Fachsimpelei seiner literarischen Freunde zusammenzustoppeln.

Eine Damenkapelle spielte, als wir das Café betraten; als erstes bemerkte ich in einer der Spiegelsäulen die Straußenkeule einer Harfe, dann sah ich den zusammengesetzten Tisch (bestehend aus mehreren kleinen Tischen, die man aneinandergeschoben hatte, um einen langen zu bilden), an dem, den Rücken zur Plüschwand, Ferdinand den Vorsitz führte; und seine ganze Haltung, die Stellung seiner ausgebreiteten Hände, die sämtlich ihm zugewandten Gesichter seiner Tischgenossen erinnerten mich einen Augenblick lang auf groteske, alptraumhafte Art an etwas, das mir nicht sogleich ganz klar wurde, aber als es mir nachträglich einfiel, schien mir der angedeutete Vergleich kaum weniger blasphemisch als das Wesen seiner Kunst. Er trug einen weißen Rollkragenpullover unter einer Tweedjacke; sein glänzendes Haar war von den Schläfen aus zurückgekämmt, und darüber hing Zigarettenrauch wie ein Heiligenschein; sein knochiges, pharaohaftes Gesicht verzog sich nicht: Nur die Augen wanderten bald hier-, bald dorthin, voll von trüber Genugtuung. Die zwei oder drei wahrscheinlichen Lokale, wo naive Liebhaber montparnassischen Lebens ihn anzutreffen erwartet hätten, hatte er aufgegeben und dafür dieses durch und durch bürgerliche Etablissement zu frequentieren begonnen, seinem eigenartigen Sinn für Humor zuliebe, aufgrund dessen er auch der erbärmlichen *spécialité de la maison* ein teuflisches Vergnügen abgewann – dieser Kapelle aus einem halben Dutzend müde wirkender, verlegener Damen, die auf einem überfüllten Podium milde Harmonien ineinander verwoben und (wie er sagte) nicht wußten, wohin mit ihren mütterlichen Busen, welche in der Welt der Musik durchaus überflüssig waren. Nach jeder Nummer schüttelte ihn ein Anfall von epileptischem Applaus, von dem die Damen keine Notiz mehr nahmen und der, glaubte ich, bereits einige Zweifel bei dem Inhaber und den Stammkunden des Cafés wachgerufen hatte, Ferdinands Freunden indessen höchst amüsant vorkam. Unter diesen erinnere ich mich an einen Maler mit einem makellos kahlen, obwohl leicht abgeplatzt aussehenden Schädel, den er unter den verschiedensten Vorwänden immer wieder in seine Augen-und-Gitarre-Bilder hineinmalte; an einen Dichter, dessen besonderer Gag in seiner Fähigkeit bestand, auf Verlangen mit Hilfe von fünf Streichhölzern Adams Sündenfall darzustellen; an einen bescheidenen Geschäftsmann, der surrealistische Veröffentlichungen finanzierte (und die Apéritifs bezahlte), wenn ihm gestattet wurde, in einer Ecke Elogen auf die von ihm ausgehaltene Schauspielerin anzubringen; an einen Pianisten, der, was sein Gesicht anging, ganz präsentabel war, dessen Finger jedoch einen gräßlichen Ausdruck hatten; an einen forschen, aber sprachlich impotenten sowjetischen Schriftsteller frisch aus Moskau mit einer alten Pfeife und einer neuen Armbanduhr, der lächerlicherweise nicht die mindeste Ahnung hatte, in was für einer Gesellschaft er sich da befand; es waren noch mehrere andere Herren anwesend, die in meiner Erinnerung durcheinandergeraten sind, und zwei oder drei aus der Schar hatten ohne Zweifel intime Beziehungen zu Nina gehabt. Sie war die einzige Frau am Tisch; gebückt saß sie da, saugte eifrig an einem Strohhalm, der Spiegel ihrer Limonade sank mit einer Art kindlicher Schnelligkeit, und erst, als der letzte Tropfen gurgelnd und glucksend verschwunden war und sie den Halm mit der Zunge fortgeschoben hatte, erst dann fing ich ihren Blick auf, den ich beharrlich gesucht hatte, immer noch dem Umstand nicht ganz gewachsen, daß sie Zeit gehabt hatte, zu vergessen, was am Morgen geschehen war – es so gründlich zu vergessen, daß sie meinen Blick mit einem ausdruckslosen, fragenden Lächeln erwiderte und sich erst nach genauerem Hinsehen plötzlich besann, was für ein Lächeln ich zur Antwort erwartete. Da die Damen ihre Instrumente wie gleichgültige Möbelstücke beiseite geschoben und das Podium zeitweise verlassen hatten, machte Ferdinand inzwischen seine Kumpane hämisch auf einen ältlichen Esser in einer entfernten Ecke des Lokals aufmerksam, der an seinem Revers wie viele Franzosen aus irgendeinem Grund ein kleines rotes Band oder etwas Ähnliches trug und dessen grauer Vollbart zusammen mit einem schmatzenden Mund ein gemütliches gelbliches Nest bildete. Die Attribute des Alters pflegten Ferdie zu erheitern.

Ich blieb nicht lange in Paris, doch diese eine Woche reichte, um zwischen ihm und mir jene falsche Vertraulichkeit einreißen zu lassen, die er einem mit soviel Talent aufzudrängen wußte. In der Folge erwies ich mich ihm sogar nützlich: Meine Firma erwarb die Filmrechte an einer seiner verständlicheren Geschichten, und er hatte seinen Spaß daran, mir mit Telegrammen zuzusetzen. Die Jahre vergingen, und hin und wieder ergab es sich, daß wir uns irgendwo anstrahlten, doch ich fühlte mich nie wohl in seiner Gegenwart, und auch an jenem Tag in Fialta empfand ich dasselbe wohlbekannte Mißvergnügen, als ich erfuhr, daß er in der Nähe herumstrich; etwas jedoch heiterte mich beträchtlich auf: daß sein neues Stück durchgefallen war.

Und da kam er uns auch schon entgegen, in einem absolut wasserdichten Mantel mit Gürtel und Taschenklappen, einen Photoapparat über der Schulter, doppelte Gummisohlen an seinen Schuhen, und mit einer Unerschütterlichkeit, die komisch wirken sollte, lutschte er an einer langen Stange zuckrigen Mondgesteins, dieser Spezialität von Fialta. Neben ihm ging der schmucke, puppenhafte, rosige Segur, ein Kunstfreund und ein Dummkopf obendrein; ich habe niemals herausbekommen, wozu Ferdinand ihn benötigte; und immer noch höre ich Nina mit einer stöhnenden Zärtlichkeit, die sie auf nichts festlegte, ausrufen: «Ach, Segur, der ist so ein lieber Kerl!» Sie kamen näher, Ferdinand und ich begrüßten uns herzlich, indem wir versuchten, in unser Händeschütteln und Auf-den-Rücken-Klopfen soviel Wärme wie möglich zu legen – aus Erfahrung wußten wir, daß dies auch schon alles war, doch wir taten, als sei es nur der Auftakt; und so war es jedesmal: Nach jeder Trennung wurden beim Wiedersehen in geschäftiger Herzlichkeit und einem Durcheinander Platz nehmender Gefühle aufgeregt die Saiten gestimmt; doch dann schlossen die Platzanweiser die Türen, und niemand wurde eingelassen.

Segur beklagte sich bei mir über das Wetter, und zuerst verstand ich gar nicht, wovon er eigentlich redete; selbst wenn das feuchte, graue Gewächshausklima Fialtas «Wetter» genannt werden konnte, so lag es allem, was uns als Gesprächsgegenstand dienen konnte, ebenso fern wie etwa Ninas schlanker Ellbogen, den ich zwischen Zeigefinger und Daumen hielt, oder ein Stückchen Stanniolpapier, das jemand fallen gelassen hatte und das in einiger Entfernung in der Mitte der kopfsteingepflasterten Straße glitzerte.

Zu viert gingen wir weiter, vage Einkäufe vor uns. «Meine Güte, was für ein Indianer!» rief Ferdinand plötzlich mit stürmischer Befriedigung, indem er mir einen kräftigen Rippenstoß versetzte und auf ein Plakat deutete. Ein Stück weiter, an einem Brunnen, gab er seine Zuckerstange einem einheimischen Kind, einem dunkelhäutigen Mädchen mit Perlen um den hübschen Hals; wir blieben stehen, um auf ihn zu warten: Er hatte sich hingekauert und redete auf ihre rußschwarzen gesenkten Wimpern hinab, dann holte er uns grinsend ein und machte eine jener Bemerkungen, mit denen er seine Reden zu würzen liebte. Darauf zog ein unglückseliger Gegenstand in einem Andenkenladen seine Aufmerksamkeit auf sich: eine fürchterliche Marmorimitation des Mt. Sankt Georg mit einem schwarzen Tunnel in seinem Fuß, der sich als die Öffnung eines Tintenfasses erwies, und mit einer Rinne für Federhalter, die Geleise vorstellen sollte. Mit offenem Mund, bereit herauszuprusten und ganz aus dem Häuschen vor höhnischem Triumph, wendete er das staubige, hinderliche und völlig schuldlose Ding in den Händen hin und her, bezahlte ohne zu feilschen und kam immer noch offenen Munds mit dem Monstrum in der Hand heraus. Wie ein Herrscher, der sich mit Buckligen und Zwergen umgibt, wandte er seine Zuneigung diesem oder jenem greulichen Gegenstand zu; seine Huld währte von fünf Minuten bis zu mehreren Tagen, oder sogar noch länger, wenn das Ding zufällig lebendig war.

Nina deutete sehnsüchtig an, daß es Mittagsessenszeit sei, und als Ferdinand und Segur in ein Postamt gingen, ergriff ich die Gelegenheit und führte sie eilig hinweg. Immer noch frage ich mich, was sie mir eigentlich bedeutete, diese kleine dunkle Frau mit den schmalen Schultern und den «lyrischen Gliedmaßen» (um den Ausdruck zu gebrauchen, den ein gezierter Emigrantendichter geprägt hatte, einer der wenigen Männer, die ihr platonisch nachgeseufzt hatten), und noch weniger verstehe ich, welchen Zweck das Schicksal damit verfolgte, daß es uns immer wieder zusammenführte. Nach meinem Aufenthalt in Paris hatte ich sie eine ganze Zeitlang nicht gesehen, und als ich eines Tages aus dem Büro nach Hause kam, saß sie da, trank Tee mit meiner Frau und prüfte auf ihrer seidenbespannten Hand – der Ehering glänzte durch die Seide hindurch – das Gewebe irgendwelcher auf der Tauentzienstraße billig erstandenen Strümpfe. Einmal zeigte man mir ihr Bild in einer Modezeitschrift voller Herbstblätter und Handschuhe und windiger Golfplätze. An einem bestimmten Weihnachtsfest schickte sie mir eine Ansichtskarte mit Schnee und Sternen. An einem Rivierastrand entging sie hinter ihrer Sonnenbrille und ihrem Terracotta-Teint beinahe meiner Aufmerksamkeit. Als mich ein andermal eine Besorgung zur Unzeit in das Haus unbekannter Leute führte, wo gerade eine Gesellschaft gegeben wurde, erblickte ich ihren Schal und ihren Pelzmantel unter fremden Vogelscheuchen auf einem Garderobenständer. In einem Buchladen nickte sie mir aus einer Seite in einer der Geschichten ihres Mannes entgegen, aus einer Seite, auf der von einem episodischen Dienstmädchen die Rede ist und Nina gegen den Willen des Verfassers hereingeschmuggelt wird: «Ihr Gesicht», schrieb er, «war eher ein Schnappschuß der Natur als ein genaues Portrait, so daß..., als er es sich vorzustellen suchte, nur flüchtige Eindrücke zusammenhangloser Gesichtszüge vor Augen hatte: den flaumigen Umriß ihrer *pommettes* in der Sonne, die bernsteinbraune Dunkelheit munterer Augen, ihre Lippen, zu einem freundlichen Lächeln verzogen, das immer bereit war, sich in einen feurigen Kuß zu verwandeln.»

Immer wieder tauchte sie flüchtig am Rand meines Lebens auf, ohne seinen eigentlichen Text auch nur im mindesten zu beeinflussen. An einem Sommermorgen (einem Freitag – denn die Dienstmädchen klopften im sonnenstaubigen Hof Teppiche), meine Familie war auf dem Land, döste und rauchte ich im Bett, als es wie wild klingelte – und dann stand sie in der Diele, ein unerwarteter Besuch, der (nebenbei) eine Haarnadel und (hauptsächlich) einen großen, mit Hotelschildern illustrierten Reisekoffer zurückließ, den ein netter österreichischer Junge vierzehn Tage später für sie abholte – nach ungreifbaren, aber sicheren Symptomen zu schließen, gehörte er zu der gleichen, recht kosmopolitischen Genossenschaft wie ich. Gelegentlich fiel mitten in einer Unterhaltung ihr Name, und ohne den Kopf zu wenden, lief sie die Stufen eines zufälligen Satzes hinab. Auf einer Reise in die Pyrenäen verbrachte ich eine Woche in einem Château, das Leuten gehörte, bei denen sie und Ferdinand sich gerade aufhielten, und nie werde ich meine erste Nacht dort vergessen: wie ich wartete, wie ich sicher war, daß sie aus eigenem Antrieb in mein Zimmer schleichen würde, wie sie nicht kam, und den Lärm, den Tausende von Grillen in der delirierenden Tiefe des felsigen, von Mondschein triefenden Gartens vollführten, die tollen murmelnden Bäche und meinen Kampf zwischen wohltuender südlicher Müdigkeit nach einem langen Tag der Jagd auf den Geröllhängen und dem wilden Verlangen nach ihrem heimlichen Kommen, ihrem tiefen Lachen, ihren rosa Fußgelenken über dem Schwanendaunenbesatz hochhackiger Pantoffeln; die Nacht indessen tobte weiter, ohne daß sie kam, und als ich ihr am Tag darauf im Laufe einer gemeinschaftlichen Bergwanderung von meinem Warten erzählte, faltete sie bestürzt die Hände – und taxierte sofort mit schnellem Blick, ob die Rücken Ferdinands (er gestikulierte) und seines Freundes weit genug entfernt waren. Ich erinnere mich, über halb Europa hinweg (in einer geschäftlichen Angelegenheit ihres Mannes) mit ihr telephoniert und ihre eifrige, bellende Stimmc anfangs gar nicht erkannt zu haben; und ich erinnere mich, wie ich einmal von ihr träumte: Ich träumte, meine älteste Tochter käme hereingelaufen, um mir zu sagen, daß der Hausmeister in arger Bedrängnis sei – und als ich zu ihm hinunterging, sah ich Nina in tiefem Schlaf auf einem Koffer liegen, eine Rolle grober Leinwand unter dem Kopf, mit bleichen Lippen und in ein wollenes Tuch gehüllt, so wie elende Flüchtlinge auf gottverlassenen Bahnhöfen schlafen. Und was mir oder ihr in der Zwischenzeit auch zustieß, es kam nie zu irgendwelchen Aussprachen zwischen uns, da wir in den Pausen unseres Schicksals niemals aneinander dachten, so daß sich bei jedem Wiedersehen das Tempo des Lebens auf der Stelle änderte, alle seine Atome neu kombiniert wurden und wir in ein anderes, leichteres Zeitmedium gerieten, dessen Maß nicht die langwierigen Trennungen, sondern die wenigen Begegnungen waren, aus denen auf diese Weise künstlich ein kurzes, vermeintlich leichtfertiges Leben entstand. Und mit jeder neuen Begegnung wurde ich besorgter; nein, meine Gefühle wurden nicht aus der Bahn geworfen, nicht geisterte der Schatten der Tragödie durch unsere Freuden, meine Ehe wurde nicht in Mitleidenschaft gezogen, während auf der anderen Seite ihr in erotischer Hinsicht eklektischer Ehegatte ihre beiläufigen Affairen übersah, obwohl er aus ihnen einigen Vorteil in Form angenehmer und nützlicher Beziehungen schlug. Ich wurde besorgt, weil etwas Wunderschönes, Zartes und Unwiederholbares vergeudet wurde: etwas, das ich mißbrauchte, wenn ich mir in großer Eile armselige helle Stückchen davon abbrach und dabei den bescheidenen, aber wahren Kern verschmähte, den es mir möglicherweise in einem Mitleid heischenden Wispern darbot. Ich war besorgt, weil ich schließlich Ninas Leben irgendwie doch akzeptierte, die Lügen, die Vergeblichkeit, das Kauderwelsch dieses Lebens. Obwohl es keinerlei Gefühlsdissonanz gab, fühlte ich mich verpflichtet, nach einer vernünftigen, wenn auch nicht moralischen Erklärung meines Daseins zu suchen, und das hieß, zwischen der Welt zu wählen, in der ich Modell saß für mein Portrait, mit meiner Frau, meinen kleinen Töchtern, dem Dobermannpinscher (idyllische Girlanden, ein Siegelring, ein dünner Spazierstock), zwischen dieser glücklichen, weisen und guten Welt... und was? Bestand irgendeine praktische Chance, ein Leben gemeinsam mit Nina zu führen? Ich vermochte es mir schwer auch nur vorzustellen, denn ich wußte, es wäre mit einer leidenschaftlichen, unerträglichen Bitterkeit durchtränkt, und jeder seiner Augenblicke wäre sich einer Vergangenheit bewußt, in der es von proteischen Partnern nur so wimmelte. Nein, das Ganze war absurd. Und war sie darüber hinaus nicht durch etwas Stärkeres als Liebe an ihren Gatten gekettet – die unerschütterliche Freundschaft zwischen zwei Strafgefangenen? Absurd! Doch was denn hätte ich mit dir anfangen sollen, Nina, wie hätte ich mich dieser aufgespeicherten Traurigkeit entledigen können, die sich als Ergebnis unserer scheinbar unbekümmerten, in Wahrheit jedoch hoffnungslosen Begegnungen angesammelt hatte?

Fialta besteht aus einer Alt- und einer Neustadt; hier und da sind Vergangenheit und Gegenwart miteinander verflochten und liegen im Kampf, um sich entweder voneinander freizumachen oder gegenseitig vollends auszustoßen; jede hat ihre eigenen Methoden: Die Neue liefert einen ehrlichen Kampf – sie importiert Palmen, richtet schmucke Reisebüros ein und bemalt die rote Fläche der Tennisplätze mit hellgelben Linien; wohingegen die heimtückische Stadt von dazumal hinter einer Ecke in Gestalt einer auf Krücken gehenden Gasse hervorkommt oder in der von Treppenstufen, die nirgendwo hinführen. Auf unserem Weg zum Hotel kamen wir an einer halbfertigen, weißen, innen mit Abfällen übersäten Villa vorbei, an deren einer Wand wieder die gleichen Elefanten auf gewaltigen, buntbemalten Trommeln saßen, ihre ungetümen Babyknie weit gespreizt; eine (bereits mit einem Bleistiftschnurrbart versehene) Kunstreiterin in ätherischem Ballettröckchen ruhte auf der breiten Kruppe eines Pferdes; und ein Clown mit Tomatennase lief über ein Drahtseil, einen Schirm balancierend, der mit jenen immer wiederkehrenden Sternen geschmückt war – eine auf vage Weise sinnbildhafte Erinnerung an die himmlische Heimat der Zirkuskünstler. Hier, in Fialtas Rivierateil, knirschte der nasse Kies luxuriöser, deutlicher war das träge Aufseufzen der See zu vernehmen. Im Hinterhof des Hotels jagte ein mit einem Messer bewaffneter Küchenjunge hinter einem Huhn her, das wild gluckend um sein Leben lief. Ein Schuhputzer bot mir mit zahnlosem Lächeln seinen uralten Thron. Unter den Platanen standen ein Motorrad deutscher Herkunft, eine schlammbespritzte Limousine und ein gelber, langrumpfiger Icarus, der wie ein gigantischer Skarabäus aussah («Das ist unser – Segurs, meine ich», sagte Nina und fügte hinzu: «Warum kommst du nicht mit, Victor?» – obwohl sie sehr wohl wußte, daß ich nicht mitkommen konnte). In den Lack seiner Flügeldecken war ein Gouachebild mit Himmel und Gezweig versenkt; das Metall eines seiner bombenförmigen Scheinwerfer spiegelte einen Augenblick lang uns selbst, hagere Fußgänger aus dem Lande des Films, die über die konvexe Oberfläche glitten; und dann, nach einigen Schritten, warf ich einen Blick zurück und sah sozusagen beinahe optisch voraus, was in Wirklichkeit erst etwa eine Stunde später geschah: wie die drei in Sturzhelmen einstiegen, lächelten und mir zuwinkten, durchsichtig für mich wie Gespenster, durch welche die Farbe der Welt hindurchleuchtet, und sich dann in Bewegung setzten, sich entfernten, kleiner wurden (Ninas letzter zehnfingriger Abschied); in Wirklichkeit jedoch rührte sich das Automobil, glatt und heil wie ein Ei, noch nicht von der Stelle, und Nina schritt unter meinem ausgestreckten Arm durch einen von Lorbeer flankierten Eingang, und als wir uns setzten, konnten wir durch das Fenster Ferdinand und Segur, die einen anderen Weg genommen hatten, langsam näher kommen sehen.

Auf der Veranda, wo wir unsere Mittagsmahlzeit einnahmen, befand sich niemand außer dem Engländer, der mir unlängst aufgefallen war; vor ihm warf ein hohes Glas mit einem knallroten Drink ein ovales Lichtmuster auf das Tischtuch. In seinen Augen nahm ich das gleiche blutunterlaufene Verlangen wahr, aber jetzt stand es mit Nina in keinem Zusammenhang; der gierige Blick galt nicht ihr, er war unverwandt auf die obere rechte Ecke des breiten Fensters gerichtet, neben dem er saß.

Nina hatte die Handschuhe von den kleinen, dünnen Händen gestreift und aß zum letzten Mal in ihrem Leben jene Krustentiere, für die sie eine solche Vorliebe hatte. Auch Ferdinand beschäftigte sich mit dem Essen, und ich nutzte seinen Hunger aus, ein Gespräch anzufangen, das mir einen Anschein von Macht über ihn gab: Genauer gesagt, ich erwähnte den Mißerfolg seines neuen Stückes. Nach einer kurzen Periode religiösen Umgangs, wie er gerade in Mode war, in deren Verlauf er der Gnade teilhaftig wurde und mehrere reichlich zweideutige Pilgerfahrten unternahm, die in einem entschieden skandalösen Abenteuer endeten, hatte er seinen matten Blick gen Moskau gewandt, das barbarische Moskau. Nun habe ich mich, offen gesagt, immer über die selbstgefällige Überzeugung geärgert, daß ein kleines Wellchen Bewußtseinsstrom, ein paar gesunde Obszönitäten und eine Prise Kommunismus in irgendeinem alten Spüleimer auf alchimistische Weise und ganz von allein ultramoderne Literatur ergäben; und bis man mich erschießt, werde ich darauf beharren, daß Kunst, sobald sie mit Politik in Berührung gebracht wird, unvermeidlich auf das Niveau beliebigen ideologischen Plunders herabsinkt. In Ferdinands Fall allerdings war all dies unerheblich: Die Muskeln seiner Muse waren außergewöhnlich kräftig, ganz zu schweigen von dem Umstand, daß ihm das Elend der Unterdrückten völlig egal war; doch wegen gewisser, auf dunkle Weise bösartiger Unterströmungen dieser Art war seine Kunst noch widerwärtiger geworden. Bis auf ein paar Snobs hatte kein Mensch das Stück verstanden; selber hatte ich es nicht gesehen, aber jene komplizierte kremleske Nacht, an deren unmöglichen Spiralen entlang er verschiedene Räder zerstückelter Symbole kreisen ließ, konnte ich mir gut vorstellen; und jetzt fragte ich ihn nicht ohne Schadenfreude, ob er kürzlich eine bestimmte kleine Kritik gelesen hätte.

«Kritik!» rief er. «Schöne Kritik! Jeder geleckte Affe hält es für angebracht, mir Lehren zu erteilen. Keine Ahnung zu haben von meinem Werk, ist ihr Stolz. Meine Bücher werden behutsam angefaßt, wie etwas, das in die Luft gehen könnte. Kritik! Man untersucht sie unter jedem Aspekt, nur unter dem wesentlichen nicht. Es ist, als ob ein Naturforscher, der das *genus equus* beschreiben will, anfinge, über Sättel oder Madame de V. zu quasseln [er nannte eine bekannte literarische Salondame, die in der Tat große Ähnlichkeit mit einem grinsenden Pferd hatte]. Ich möchte auch etwas von diesem Taubenblut», fuhr er im gleichen scharfen Ton fort, jetzt an den Kellner gewandt, der seinen Wunsch erst begriff, als er in die Richtung des Fingers mit dem langen Nagel blickte, der unmanierlich auf das Glas des Engländers deutete. Aus irgendeinem Grund erwähnte Segur Ruby Rose, die Dame, die Blumen auf ihren Busen malte, und die Unterhaltung nahm einen weniger beleidigenden Charakter an. Inzwischen kam der große Engländer plötzlich zu einem Entschluß, stieg auf einen Stuhl, trat von da auf das Fensterbrett und reckte sich, bis er die erstrebte Ecke des Fensterrahmens erreichte, wo ein kompakter, pelziger Nachtfalter saß, den er behende in eine kleine Schachtel steckte.

«... etwa wie Wouwermans Schimmel», sagte Ferdinand in Zusammenhang mit dem, worüber er gerade mit Segur sprach.

«Tu es très hippique ce matin», bemerkte letzterer.

Bald gingen sie beide telephonieren. Ferdinand hatte eine besondere Vorliebe für Ferngespräche und dazu ein besonderes Geschick, sie – egal, über welche Entfernung hin – mit freundlicher Wärme auszustatten, wenn es galt, wie zum Beispiel jetzt, eine kostenlose Übernachtung zu ergattern.

Von weit her kamen Musikgeräusche – eine Trompete, eine Zither. Nina und ich begaben uns wieder nach draußen und bummelten durch die Straßen. Offenbar hatte der Zirkus auf seinem Weg nach Fialta eine Vorausabteilung vorgeschickt: Eine Reklameprozession zog vorüber. Ihr Anfang allerdings entging uns, da sie bergauf in eine Nebenallee abgebogen war: Die vergoldete Rückwand irgendeines Gefährts entschwand, ein Mann im Burnus führte ein Kamel, vier hintereinander gehende mittelmäßige Indianer trugen an Stangen Plakate, und hinter ihnen saß dank einer Sondererlaubnis der kleine Sohn eines Touristen im Matrosenanzug andächtig auf einem winzigen Pony.

Wir kamen an einem Café vorbei, wo die Tische jetzt fast trocken, aber immer noch leer waren; der Kellner begutachtete einen gräßlichen Findling (hoffentlich adoptierte er ihn später), das absurde Tintenfaßungeheuer, das Ferdinand im Vorübergehen auf der Balustrade ausgesetzt hatte. An der nächsten Ecke zog uns eine alte steinerne Treppe an, wir stiegen hinauf, und ich blickte unverwandt auf den spitzen Winkel, den Ninas Schritt beim Hinaufsteigen bildete – sie hob ihren Rock, und seine Enge erforderte die gleiche Geste wie früher die Rocklänge; eine mir vertraute Wärme ging von ihr aus, und während ich neben ihr hinaufstieg, kam mir unser letztes Wiedersehen in den Sinn. Es war in einem Haus in Paris gewesen, viele Leute waren anwesend, und mein guter Freund Jules Darboux, im Wunsch, mir einen erlesenen ästhetischen Gefallen zu erweisen, hatte mich am Ärmel berührt und gesagt: «Darf ich dich vorstellen...», und mich dann zu Nina geführt, die in der Ecke einer Couch saß, ihre Gestalt zu einem Z gefaltet, einen Aschenbecher neben dem Schuhabsatz; sie hatte eine lange Türkiszigarettenspitze von den Lippen genommen und freudig und langsam gerufen: «Also daß ich gerade dich treffe...» – und dann, den ganzen Abend lang, war mir, als wolle mir das Herz zerspringen, während ich mit einem klebrigen Glas in der Faust von Gruppe zu Gruppe ging, hin und wieder aus der Ferne nach ihr Ausschau hielt (ihre Augen suchten mich nicht), einzelne Gesprächsbrocken erhaschte und mithörte, wie ein Mann zu einem anderen sagte: «Komisch, daß sie alle gleich riechen, durch jedes Parfum hindurch nach verbranntem Laub, diese dunkelhaarigen Mädchen mit den scharfen Gelenken», und wie es oft geschieht, klammerte sich eine triviale Bemerkung über irgendeinen unbekannten Gegenstand an die eigene vertraute Erinnerung, hielt sich daran fest und krümmte sich, ein Parasit ihrer Traurigkeit.

Oben auf der Treppe angekommen, fanden wir uns auf einer Art Terrasse. Von hier aus war der zarte Umriß des taubengrauen Mt. Sankt Georg mit einem Haufen knochenweißer Flecken (irgendein kleines Dorf) auf einem seiner Hänge zu sehen; der Rauch eines unsichtbaren Zuges wellte sich um seinen runden Fuß – und verschwand plötzlich; noch weiter unten, über dem Dächergewirr, konnte man eine einsame Zypresse erkennen, die Ähnlichkeit hatte mit der feuchten, gezwirbelten schwarzen Spitze eines Tuschpinsels; zur Rechten sah man einen kleinen Teil des Meeres, das grau war und silbrige Falten warf. Zu unseren Füßen lag ein rostiger alter Schlüssel, und an der Wand des halbverfallenen Hauses neben der Terrasse hingen immer noch irgendwelche Drahtenden... Es kam mir in den Sinn, daß es hier einst Leben gegeben, eine Familie die Kühle der Abenddämmerung genossen hatte, daß ungeschickte Kinder im Licht einer Lampe mit Malbüchern beschäftigt gewesen waren... Wir verweilten dort oben, als horchten wir auf irgend etwas; Nina, die höher stand als ich, legte mir eine Hand auf die Schulter und lächelte, und mit Sorgfalt, auf daß ihr Lächeln nicht knitterte, küßte sie mich. Mit unerträglicher Heftigkeit erlebte ich noch einmal (so scheint es mir wenigstens) alles, was, angefangen mit einem ähnlichen Kuß, je zwischen uns gewesen war; und ich sagte (anstelle unseres billigen, förmlichen «Du» jenes seltsam volle und bedeutungsschwere «Sie» verwendend, zu dem der Weltumsegler in jeder Hinsicht bereichert zurückkehrt): «Schauen Sie – was wäre, wenn ich Sie liebe?» Nina sah mich kurz an, ich wiederholte die Worte, ich wollte hinzusetzen... aber etwas wie eine Fledermaus strich kurz über ihr Gesicht, ein schneller, sonderbarer, fast häßlicher Ausdruck, und sie, die in völliger Unschuld grobe Worte in den Mund nehmen konnte, wurde verlegen; auch ich war verlegen... «Keine Sorge, ich habe nur Spaß gemacht», sagte ich rasch und legte leicht den Arm um ihre Taille. Von irgendwoher erschien ein fester Strauß kleiner, dunkler, selbstlos duftender Veilchen in ihren Händen, und bevor sie zu ihrem Gatten und Auto zurückkehrte, standen wir noch eine kurze Weile an der Steinbrüstung, und unsere Affaire war hoffnungsloser denn je. Doch der Stein war warm wie Menschenhaut, und plötzlich verstand ich etwas, das ich gesehen hatte, ohne es zu begreifen – warum ein Stückchen Stanniolpapier auf dem Pflaster so geglitzert, warum auf einem Tischtuch der Abglanz eines Glases gezittert hatte, warum die See ein einziger Lichtschimmer war: Irgendwie hatte sich allmählich der weiße Himmel über Fialta unmerklich mit Sonnenschein gesättigt, und nun war er ganz und gar von Sonne durchdrungen, und das überströmende weiße Leuchten wurde weiter und weiter, alles löste sich darin auf, alles verschwand, alles verging, und ich stand auf dem Bahnsteig von Mlech, in der Hand eine soeben gekaufte Zeitung, aus der ich erfuhr, daß der gelbe Wagen, den ich unter den Platanen gesehen hatte, hinter Fialta einen Unfall gehabt hatte, als er in voller Geschwindigkeit in den Lastwagen eines Wanderzirkus auf dem Weg in die Stadt gerast war, einen Unfall, aus dem Ferdinand und sein Freund, diese unverwundbaren Schurken, diese Salamander des Schicksals, diese glücklichen Basilisken mit örtlichen und heilbaren Verletzungen ihrer Schuppenhaut hervorgegangen waren, während Nina trotz ihrer anhaltenden und getreulichen Versuche, es ihnen gleichzutun, sich am Ende doch als sterblich erwiesen hatte.

Wolke, Burg, See

Einer meiner Vertreter – ein bescheidener, freundlicher Junggeselle, sehr tüchtig – gewann auf einem von russischen Flüchtlingen veranstalteten Wohltätigkeitsball eine Vergnügungsreise. Es war 1936 oder 1937. Der Berliner Sommer stand in vollen Fluten (es war die zweite Woche kalten und feuchten Wetters und ein Jammer zu sehen, was alles umsonst grün geworden war, und nur die Spatzen blieben guter Dinge); er hatte keine Lust, irgendwohin zu fahren, aber als er versuchte, im Büro für Vergnügungsreisen seine Fahrkarte zu verkaufen, erfuhr er, daß es dazu einer besonderen Genehmigung des Verkehrsministeriums bedürfe; als er es dort versuchte, stellte sich heraus, daß er zuvor bei einem Notariat einen komplizierten vorgedruckten Antrag einreichen müsse; und außerdem mußte man sich bei der Polizei eine sogenannte «Nichtabwesenheitsbescheinigung für die Sommermonate» beschaffen.

Also seufzte er ein wenig und beschloß, zu reisen. Er lieh sich von Freunden eine Aluminiumflasche, ließ seine Schuhe besohlen, kaufte einen Gürtel und ein modisches Flanellhemd – eines jener feigen Biester, die sich schon in der ersten Wäsche ganz klein machen. Übrigens war es zu weit für diesen liebenswerten kleinen Mann mit dem immer sorgfältig geschnittenen Haar und den klugen und gütigen Augen. Ich kann mich im Augenblick nicht an seinen Namen erinnern. Ich glaube, er hieß Wassilij Iwanowitsch.

Er schlief schlecht in der Nacht vor der Abreise. Und warum? Weil er ungewöhnlich früh aufstehen mußte und daher das feine, zerbrechliche Gesicht der Uhr, die auf dem Nachttisch tickte, mit in seine Träume nahm; hauptsächlich aber, weil er ausgerechnet in dieser Nacht und ohne jeden Grund anfing, sich einzubilden, daß diese Reise, die ihm von einem weiblichen Fatum in tief ausgeschnittenem Ballkleid aufgedrängt worden war, diese Reise, die er so widerstrebend angenommen hatte, ihm ein wunderbares bebendes Glück bescheren würde. Dieses Glück hätte etwas mit seiner Kindheit gemein und mit der Erregung, in die ihn russische Lyrik versetzte, und mit einem Abendhorizont, wie er ihn einmal im Traum gesehen hatte, und mit jener Dame, der Frau eines anderen Mannes, die er sieben Jahre hindurch hoffnungslos geliebt hatte – aber es würde erfüllter und bedeutungsvoller sein als alles andere. Und außerdem hatte er das Gefühl, daß das wirklich lebenswerte Leben auf etwas oder jemanden gerichtet sein müsse.

Der Morgen war trübe, aber dampfend warm und schwül, mit einem inneren Licht, und es war nicht unangenehm, in einer Straßenbahn zum entfernten Bahnhof zu rattern, der zum Treffpunkt bestimmt war: Es sollten – leider – mehrere Personen an dieser Reise teilnehmen. Wer würden sie sein, diese schläfrigen Geschöpfe, so schläfrig, wie uns alle noch unbekannten Wesen erscheinen? Am Schalter 6, um 7 Uhr früh, wie in der Anweisung angegeben, die an die Fahrkarte geheftet war, sah er sie (sie warteten schon; es war ihm gelungen, ungefähr drei Minuten zu spät zu kommen).

Ein hochaufgeschossener, blonder junger Mann in Tirolertracht fiel sogleich auf. Er war rotgebrannt wie ein Hahnenkamm, hatte ziegelrote Knie mit goldenen Härchen darauf, und seine Nase sah aus wie lackiert. Er war der Führer, den das Reisebüro stellte, und sobald der Neuankömmling die Gruppe erreicht hatte (die aus vier Frauen und ebenso vielen Männern bestand), führte er alle an einen Zug, der hinter anderen Zügen verborgen stand, trug dabei seinen monströsen Rucksack mit schreckenerregender Leichtigkeit und stampfte mit seinen Nagelschuhen fest auf.

In einem leeren Wagen, eindeutig dritter Klasse, fand jeder Platz, und Wassilij Iwanowitsch, der sich abseits gesetzt und einen Pfefferminzbonbon in den Mund gesteckt hatte, öffnete einen kleinen Band Tjuttschew, den er schon lange wieder einmal lesen wollte; aber er wurde ersucht, das Buch zur Seite zu legen und sich der Gruppe anzuschließen. Ein älterer, bebrillter Postbeamter, dessen Schädel, Kinn und Oberlippe stachelig blau waren, als hätte er speziell für diese Reise einen außerordentlich üppigen und harten Bartwuchs abrasiert, verkündete sofort, daß er in Rußland gewesen sei und etwas Russisch könne – zum Beispiel ‹*pazlui*› –, und begann in Erinnerung an irgendwelche Techtelmechtel in Zarizyn so mit den Augen zu zwinkern, daß seine beleibte Frau in der Luft mit dem Handrücken eine Ohrfeige beschrieb. Die Gesellschaft begann laut zu werden. Vier Angestellte der gleichen Baufirma warfen einander schwere Scherze zu: ein Mann mittleren Alters, Schultz; ein jüngerer Mann, auch Schultz, und zwei zappelige Frauen mit großem Mund und großem Hinterteil. Die rothaarige, ziemlich burleske Witwe im Sportrock kannte Rußland auch ein wenig (den Strand von Riga). Außerdem gab es noch einen dunkelhaarigen jungen Mann namens Schramm mit glanzlosen Augen und einer vagen, samtweichen Niedertracht in Wesen und Manieren, der ständig die Unterhaltung auf diesen oder jenen Vorzug der Reise lenkte und das erste Signal zu entzücktem Lob gab; er war, wie sich später herausstellte, ein vom Büro für Vergnügungsreisen mitgeschickter Stimmungsmacher.

Die Lokomotive eilte mit fuchtelnden Ellbogen durch einen Kiefernwald, dann – gelassener – zwischen Feldern hindurch. Da er vorläufig die ganze Absurdität und Schrecklichkeit der Situation nur dunkel ahnte und sich vielleicht einzureden versuchte, daß dies alles doch sehr nett sei, brachte Wassilij Iwanowitsch es fertig, die schnell dahinfliegenden Gaben der Straße zu genießen. Und wahrhaftig, wie verlockend doch alles ist, welchen Charme die Welt gewinnt, wenn sie aufgezogen wird und sich dann wie ein Karussell bewegt! Die Sonne kroch auf eine Ecke des Fensters zu und ergoß sich plötzlich über die gelbe Bank. Der schlecht gebügelte Schatten des Wagens raste wie verrückt an der grasbewachsenen Böschung entlang, wo Blumen zu Farbstreifen verschmolzen. Ein Bahnübergang: ein Radfahrer wartete, einen Fuß auf dem Boden. Bäume tauchten auf, einzeln und in Gruppen, drehten sich kühl und gefällig und führten die neuesten Moden vor. Die blaue

Feuchte eines Hohlwegs. Eine Liebeserinnerung, als Wiese verkleidet. Wuschelige Wolken – Windspiele des Himmels.

Uns beide, Wassilij Iwanowitsch und mich, hat die Anonymität aller Teile einer Landschaft, die der Seele so gefährlich ist, immer beeindruckt, die Unmöglichkeit, jemals herauszufinden, wohin der Pfad, den man gerade sieht, führt – und schau, was für ein verlockendes Dickicht! Es kam vor, daß an einem entfernten Hang oder in einer Lücke zwischen den Bäumen für einen Augenblick ein bezaubernder Fleck auftauchte, einen Augenblick verhielt, wie in den Lungen angehaltene Luft, ein Rasen, eine Terrasse – ein so vollkommener Ausdruck zarter, wohlmeinender Schönheit –, daß es schien, wenn es gelänge, den Zug anzuhalten und dorthin zu wandeln, auf immer zu dir, Geliebte... Aber schon jagten tausend Buchenstämme wild vorüber, wirbelten in einem siedenden Sonnentümpel, und schon war die Gelegenheit zum Glücklichsein vorüber.

An den Stationen betrachtete Wassilij Iwanowitsch die Formen irgendwelcher völlig bedeutungsloser Gegenstände – eines Schmutzflecks auf dem Bahnsteig, eines Kirschkerns, eines Zigarettenstummels – und sagte sich, daß er sich nie, nie wieder an diese drei kleinen Dinge hier in dieser besonderen Beziehung zueinander erinnern würde, an dieses Muster, das er jetzt in so unsterblicher Genauigkeit sehen konnte; oder wenn er eine Gruppe Kinder sah, die auf einen Zug warteten, versuchte er mit aller Macht, wenigstens einen bemerkenswerten Lebenslauf herauszufinden – in Form einer Violine oder einer Krone, eines Propellers oder einer

Leier –, und schaute so lange, bis die Gruppe Dorfschuljungen aussah wie auf einer alten, nunmehr abgebildeten Photographie mit einem kleinen weißen Kreuz über dem Gesicht des letzten Jungen ganz rechts: des Helden Kindheit.

Aber man konnte immer nur kurze Zeit aus dem Fenster sehen. Es waren an alle vom Reisebüro Noten mit Versen verteilt worden:

Spinne nicht, sei unverdrossen,
Nimm den Knotenstock zur Hand,
Such dir muntre Weggenossen
Und durchstreife Feld und Land.

Gras und Stoppeln untern Sohlen,
Muntre Burschen um dich her:
Sorgen soll der Teufel holen.
Sei kein Eigenbrötler mehr!

Es marschiert und schwitzt ein jeder,
Und die Feldmaus stirbt und schreit.
Kerle ganz aus Stahl und Leder
In der Heideeinsamkeit.

Das sollte gemeinsam gesungen werden: Wassilij Iwanowitsch, der nicht nur nicht singen, sondern nicht einmal die deutschen Worte klar aussprechen konnte, nutzte den ohrenbetäubenden Lärm dazu, einfach nur den Mund weit aufzureißen und sich leise hin und her zu wiegen, als ob er wirklich sänge – aber auf ein Zeichen des heimtückischen Schramm stoppte der Führer plötzlich den allgemeinen Gesang und forderte Wassilij Iwanowitsch mit einem seitlichen Blick auf, allein zu singen. Wassilij Iwanowitsch räusperte sich, begann zaghaft, und nach einer Minute einsamer Qual stimmten alle ein; aber danach wagte er es nicht mehr, auszusetzen.

Er hatte sich seine Lieblingsgurke aus dem russischen Laden mitgenommen, einen Laib Brot und drei Eier. Als es Abend wurde und die niedere rote Sonne voll in den verschmutzten, seekranken, vom eigenen Lärm betäubten Wagen schien, wurden alle aufgefordert, ihren Reiseproviant abzugeben, damit er redlich geteilt werde – das war besonders einfach, weil alle außer Wassilij Iwanowitsch das gleiche mithatten. Die Gurke belustigte alle, wurde für ungenießbar erklärt und aus dem Fenster geworfen. In Anbetracht seines unzureichenden Beitrags zur Mahlzeit bekam Wassilij Iwanowitsch eine kleinere Portion Wurst.

Er mußte Karten spielen. Sie zerrten ihn herum, fragten ihn aus, prüften, ob er die Reiseroute auf der Karte zeigen könne – mit einem Wort, alle befaßten sich mit ihm, zuerst gutmütig, dann voller Bosheit, die mit dem Herannahen der Nacht zunahm. Beide Mädchen hießen Greta; die rothaarige Witwe sah irgendwie dem hahnenhaften Führer ähnlich; Schramm, Schultz und der andere Schultz, der Postbeamte und seine Frau, alle wuchsen sie nach und nach zusammen, verschmolzen miteinander, bildeten ein kollektives, wabbelndes, vielhändiges Wesen, dem man nicht entfliehen konnte. Es drang von allen Seiten auf ihn ein. Aber plötzlich stiegen an irgendeiner Station alle aus, und es war schon dunkel, obwohl im Westen noch immer eine sehr lange, sehr rosarote Wolke hing, und ein Stück weiter das Gleis entlang zitterte der Stern einer Lampe mit herzzerreißendem Licht durch den schwerfälligen Rauch der Lokomotive, und Grillen zirpten im Dunkeln, und von irgendwoher kam der Duft von Jasmin und Heu, Geliebte.

Sie verbrachten die Nacht in einem baufälligen Gasthof. Eine ausgewachsene Wanze ist schauderhaft, aber es liegt eine gewisse Grazie in den Bewegungen eines seidigen Silberfischchens. Der Postbeamte wurde von seiner Frau getrennt, die mit der Witwe untergebracht wurde; er wurde für die Nacht Wassilij Iwanowitsch zugeteilt. Die beiden Betten nahmen den ganzen Raum ein. Steppdecke obendrauf, Nachttopf untendrunter. Der Postmensch sagte, daß er irgendwie gar nicht müde sei, und fing an, von seinen russischen Abenteuern zu erzählen, weit ausführlicher als im Zug. Er war ein tyrannischer Kerl, gründlich und hartnäckig, in langen, baumwollenen Unterhosen, mit perlmutternen Krallen an den schmutzigen Zehen und Bärenfell zwischen den fetten Brüsten. Ein Nachtfalter stieß flatternd an die Decke und spielte mit seinem Schatten. «In Zarizyn», sagte er, «gibt es jetzt drei Schulen, eine deutsche, eine tschechische und eine chinesische. Jedenfalls hat mir mein Schwager das erzählt; er war dort in einer Traktorenfabrik.»

Am nächsten Tag wirbelten sie vom frühen Morgen bis fünf Uhr nachmittags den Staub entlang einer Landstraße auf, die sich von Hügel zu Hügel wellte; dann schlugen sie einen grünen Weg durch dichten Tannenwald ein. Wassilij Iwanowitsch, der am wenigsten zu tragen hatte, mußte ein riesiges rundes Brot unter den Arm nehmen. Wie ich dich hasse, du unser tägliches! Aber noch immer bemerkten seine kostbaren, erfahrenen Augen alles Notwendige. Vor dem Hintergrund des Tannendunkels hing vertikal eine dürre Nadel an einem unsichtbaren Faden.

Wieder drängelten sie sich mit Sack und Pack in einen Zug, und wieder war der kleine, abteillose Wagen leer. Der andere Schultz versuchte, Wassilij Iwanowitsch das Mandolinespielen beizubringen. Es wurde viel gelacht. Als sie dessen müde wurden, dachten sie sich ein großartiges Spiel aus, das von Schramm überwacht wurde. Es ging so: Die Frauen legten sich auf die Bänke, die sie sich auszusuchen hatten und unter denen schon die Männer versteckt waren, und wenn unter einer solchen Bank hervor dann ein rotes Gesicht mit Ohren oder eine große gespreizte Hand auftauchte, mit gekrümmten Fingern den Rock anhob (was viel Kreischen verursachte), dann kam heraus, welche Pärchen sich ergeben hatten. Dreimal legte sich Wassilij Iwanowitsch in die schmutzige Finsternis nieder, und dreimal stellte sich heraus, daß niemand auf der Bank lag, als er wieder hervorkroch. Er wurde zum Verlierer erklärt und gezwungen, einen Zigarettenstummel zu essen.

Sie verbrachten die Nacht auf Strohsäcken in einer Scheune und brachen am frühen Morgen wieder zu Fuß auf. Tannen, tiefe Schluchten, schäumende Flüsse. Von der Hitze, von den Liedern, die man ständig grölen mußte, war Wassilij Iwanowitsch dermaßen erschöpft, daß er bei der Mittagsrast sofort einschlief und erst wieder erwachte, als sie anfingen, nach Pferdebremsen zu schlagen, die angeblich auf ihm saßen. Aber nach einer weiteren Stunde Marsches ward plötzlich jenes Glücksgefühl entdeckt, von dem er einst halb geträumt hatte.

Es war ein klarer blauer See mit einem ungewöhnlichen Ausdruck des Wassers. In der Mitte spiegelte sich eine große Wolke in ihrer ganzen Größe. Auf der anderen Seite, auf einem dicht mit Grün bedeckten Hügel (und je dunkler das Grün, desto poetischer ist es), ragte eine alte schwarze Burg, die von Daktylus anstieg zu Daktylus. Gewiß, es gab viele solcher Ansichten in Mitteleuropa, aber gerade diese – in der unbeschreiblichen und einzigartigen Harmonie ihrer drei wesentlichen Teile, in ihrem Lächeln, in einer ihr eigenen geheimnisvollen Unschuld, Geliebte! Gehorsame! – war etwas so Einzigartiges und so Vertrautes und so lang Verheißenes, und sie *verstand* ihren Betrachter so gut, daß Wassilij Iwanowitsch gar die Hand aufs Herz preßte, als wolle er sehen, ob sein Herz noch da sei, damit er es hergeben könne.

In einiger Entfernung machte Schramm, indem er mit dem Alpenstock des Führers in die Luft stach, die Ausflügler auf dieses oder jenes aufmerksam; sie hatten sich im Gras niedergelassen, in Posen, wie man sie auf Amateurschnappschüssen sieht, während der Führer auf einem Baumstumpf saß, das Hinterteil dem See zugekehrt, und ein Vesper einnahm. Ganz still, sich im eigenen Schatten verbergend, folgte Wassilij Iwanowitsch dem Ufer und kam an eine Art Gasthaus. Ein noch recht junger Hund begrüßte ihn; er kroch auf dem Bauch, mit lachenden Lefzen, während der Schwanz heftig den Boden schlug. Wassilij Iwanowitsch begleitete den Hund ins Haus, ein buntscheckiges, zweistöckiges Gebäude mit einem blinkenden Fenster unter einem konvexen Ziegellid; und er fand den Eigentümer, einen großen alten Mann, der fast wie ein russischer Kriegsveteran aussah und so schlecht mit einem so weichen schleppenden Akzent Deutsch sprach, daß Wassilij Iwanowitsch zu seiner Muttersprache überwechselte, aber wie in einem Traum verstand ihn der Mann und sprach selber in der Sprache seiner Umgebung, seiner Familie weiter.

Oben war ein Zimmer für Feriengäste. «Wissen Sie, ich werde es für den Rest meines Lebens mieten», soll Wassilij Iwanowitsch gesagt haben, sobald er es betreten hatte. Das Zimmer selbst hatte nichts Bemerkenswertes. Im Gegenteil, es war ein ganz gewöhnliches Zimmer mit rotem Fußboden, Gänseblümchen waren an die weißen Wände gekleckst, und ein kleiner Spiegel war halb voll mit der gelben Infusion der reflektierten Blumen – aber vom Fenster aus konnte man deutlich den See mit seiner Wolke und seiner Burg sehen, in einer reglosen und vollkommenen Wechselbeziehung des Glücks. Ohne zu überlegen, ohne nachzudenken ergab er sich völlig einer Neigung, deren Wahrheit in ihrer Kraft lag, einer Kraft, die er nie zuvor erfahren hatte, und in einer strahlenden Sekunde erkannte Wassilij Iwanowitsch, daß hier, in diesem kleinen Zimmer mit diesem Ausblick, der bis an den Rand der Tränen schön war, das Leben endlich sein würde, wie er es sich immer gewünscht hatte. Wie es genau sein würde, was hier geschehen würde, das natürlich wußte er nicht, aber alles um ihn her war Hilfe, Verheißung und Trost – so daß es keinen Zweifel darüber geben konnte, daß er hier leben müßte. In einem Augenblick hatte er sich überlegt, wie es anzufangen sei, daß er nicht wieder nach Berlin zurückzukehren hätte, wie er sein weniges Hab und Gut hierher bekommen konnte – Bücher, den blauen Anzug, ihre Photographie. Wie einfach sich alles ergab! Als mein Vertreter verdiente er genug für das bescheidene Leben eines russischen Flüchtlings.

«Freunde!» rief er, als er wieder zur Wiese am Seeufer hinabgerannt war. «Freunde, auf Wiedersehen! Ich bleibe für immer in dem Haus da drüben. Wir können nicht zusammen weiterreisen. Ich gehe nicht weiter. Ich gehe nirgends mehr hin. Auf Wiedersehen.»

«Was soll das heißen?» sagte der Führer mit sonderbarer Stimme nach einer kurzen Pause, während deren das Lächeln auf den Lippen Wassilij Iwanowitschs langsam verlosch und die Leute, die im Gras gesessen hatten, sich halb aufrichteten und ihn mit versteinertem Blick anstarrten.

«Aber was denn?» stammelte er. «Hier habe ich...»

«Ruhe!» brüllte plötzlich der Postbeamte mit außerordentlicher Kraft. «Komm zur Besinnung, du besoffenes Schwein!»

«Moment mal, meine Herren», sagte der Führer, und nachdem er sich mit der Zunge über die Lippen gefahren war, wandte er sich Wassilij Iwanowitsch zu.

«Sie haben wahrscheinlich getrunken», sagte er ruhig. «Oder Sie haben den Verstand verloren. Sie machen mit uns eine Vergnügungsreise. Morgen – sehen Sie auf Ihre Fahrkarte – fahren wir laut festgelegter Reiseroute nach Berlin zurück. Es kommt gar nicht in Frage, daß jemand – in diesem Falle Sie – sich weigert, an dieser gemeinsamen Reise weiter teilzunehmen. Wir haben heute ein gewisses Lied gesungen – versuchen Sie sich an seinen Text zu erinnern. So, das wäre alles. Kommt, Kinder, es geht weiter.»

«In Ewald gibt es Bier», sagte Schramm mit schmeichelnder Stimme. «Fünf Stunden mit der Bahn. Wanderungen. Eine Jagdhütte. Kohlenbergwerke. Viele interessante Dinge.»

«Ich werde mich beschweren», jammerte Wassilij Iwanowitsch. «Geben Sie mir meine Tasche wieder. Ich habe das Recht, zu bleiben, wo ich will. Was, dies ist ja geradezu eine Einladung zur Enthauptung» – so schrie er, wie er mir erzählte, als sie ihn an den Armen packten.

«Wenn nötig, tragen wir Sie», sagte der Führer grimmig, «aber das wird dann für Sie kein Spaß. Ich bin für jeden von euch verantwortlich und werde jeden einzelnen von euch wieder zurückbringen, tot oder lebendig.»

Wassilij Iwanowitsch, wie in einem gräßlichen Märchen über einen Waldweg geschleift, gequetscht und gezerrt, konnte sich nicht einmal mehr umsehen und spürte nur, wie das Strahlen in seinem Rücken langsam zurückwich, von Bäumen gebrochen wurde – und dann war es entschwunden, und die dunklen Tannen ringsum erbosten sich, aber sie konnten nicht eingreifen. Sobald alle in den Wagen gestiegen waren und der Zug sich in Bewegung gesetzt hatte, fingen sie an, ihn zu schlagen – sie schlugen ihn lange und mit großer Erfindungsgabe. Es fiel ihnen unter anderem ein, einen Korkenzieher an seinen Handflächen zu probieren; dann an seinen Füßen. Der Postbeamte, der in Rußland gewesen war, machte aus einem Stock und einem Gürtel eine russische Knute und gebrauchte sie mit teuflischer Geschicklichkeit. Gut so, gib's ihm! Die anderen Männer verließen sich mehr auf ihre eisenbeschlagenen Absätze, während die Frauen sich damit begnügten, zu kneifen und zu schlagen. Alle hatten einen Heidenspaß.

Als er nach Berlin zurückgekehrt war, suchte er mich auf, war sehr verändert, setzte sich still nieder, legte die Hände auf die Knie, erzählte seine Geschichte; wiederholte ständig, daß er seinen Posten aufgeben müsse, bat mich, ihn gehen zu lassen, bestand darauf, daß er nicht weitermachen könne, daß er nicht die Kraft habe, länger der Menschheit anzugehören. Natürlich ließ ich ihn gehen.

Tyrannenvernichtung

1

Je mehr seine Macht und sein Ruhm anwuchsen, desto höher war auch die Strafe, die ich ihm in meiner Vorstellung zudachte. Ganz zu Anfang hätte ich mich noch mit einer Wahlniederlage begnügt, einer Abkühlung der allgemeinen Begeisterung. Später hielt ich schon seine Inhaftierung für nötig; noch später seine Verbannung auf irgendeine entlegene flache Insel mit einer einzigen Palme, die einen wie ein schwarzer Asterisk auf den Grund einer ewigen Hölle aus Einsamkeit, Schande und Ohnmacht verwiese. Heute schließlich wäre ich mit nichts mehr zufrieden als mit seinem Tod.

Wie in den Schaubildern, die seinen Aufstieg demonstrieren, indem sie die Zahl seiner Anhänger durch die allmähliche Größenzunahme einer kleinen Figur verdeutlichen, die erst ziemlich groß und dann riesig wird, so schwoll in der Mitte des Raums, der meine Seele war, mein Haß auf ihn unheildrohend an, die Arme verschränkt wie die seines Bildes, bis er ihn nahezu ausfüllte und mir nur einen schmalen, gekrümmten Lichtrand übrig ließ (mehr der Aura des Wahnsinns ähnlich denn dem Heiligenschein des Martyriums), obschon ich eine völlige Verfinsterung voraussehe, die noch bevorsteht.

Seine ersten Konterfeis in den Zeitungen und Schaufenstern und auf den Plakaten – die in unserem reichlich bewässerten, weinenden und blutenden Land ebenfalls anwuchsen – sahen einigermaßen verschwommen aus: Das war, als ich an dem tödlichen Ausgang meines Hasses noch Zweifel hatte. Etwas Menschliches, gewisse Möglichkeiten seines Scheiterns, seines Zusammenbruchs, seiner Erkrankung, weiß der Himmel was noch, lag leise zitternd über manchen seiner Photos, deren noch nicht standardisierte Posen von einer zufälligen Vielfalt waren und die einen unsteten Blick zeigten, welcher seinen historischen Ausdruck noch nicht gefunden hatte. Nach und nach aber konsolidierten sich seine Züge: Über seine Wangen und Wangenknochen legte sich in den offiziellen Portraits ein göttlicher Glanz, das Olivenöl der öffentlichen Zuneigung, der Firnis eines vollendeten Meisterwerks; es wurde unmöglich, sich vorzustellen, daß diese Nase geschneuzt wurde oder dieser Finger in diesem Mund herumstocherte, um hinter einem faulen Schneidezahn einen Essensrest hervorzuholen. Der experimentellen Vielfalt folgte eine kanonisierte Uniformität, die den inzwischen vertrauten, steinernen und glanzlosen Blick seiner weder intelligenten noch grausamen, aber irgendwie unerträglich unheimlichen Augen festlegte. Ebenfalls festgelegt wurde die feste Fleischigkeit seines Kinns, die Bronze seiner Kinnladen und ein Zug, der bereits in den gemeinsamen Besitz aller Karikaturisten der Welt übergegangen war und den Trick der Ähnlichkeit fast schon automatisch besorgte – eine dicke Falte über die ganze Breite seiner Stirn, natürlich eher die Fettablagerung des Denkens als dessen Narbe. Ich muß annehmen, daß sein Gesicht mit allen Arten von Patentlotionen eingerieben worden ist, anders könnte ich mir seine metallische Gediegenheit nicht erklären, denn ich kannte es einst, als es kränklich, aufgedunsen und schlecht rasiert war, so daß man bei jeder Drehung des Kopfes die Stoppeln an seinem schmutzigen gestärkten Kragen scheuern hörte. Und die Brille – was wurde aus der Brille, die er als junger Mensch getragen hatte?

2

Nicht nur, daß mich die Politik nie interessiert hat; ich habe kaum je einen Leitartikel gelesen oder auch nur einen kurzen Bericht über einen Parteitag. Soziologische Probleme haben mich nie beschäftigt, und bis heute kann ich mir nicht vorstellen, daß ich mich an einer Verschwörung beteilige oder einfach unter politisch erregten, angespannt ernsten Leuten in einer verräucherten Stube sitze und mit ihnen erörtere, welche Strategien des Kampfes die jüngsten Entwicklungen erforderlich machen. Die Wohlfahrt der Menschheit ist mir schnurz, und nicht nur glaube ich nicht, daß irgendeine Mehrheit automatisch recht hat, sondern ich neige dazu, die Frage zu überdenken, ob Verhältnisse, bei denen jeder, aber auch jeder halb gesättigt und halb gebildet ist, denn überhaupt so erstrebenswert sind.

Des weiteren weiß ich, daß mein gegenwärtig von ihm versklavtes Vaterland in der fernen Zukunft gewißlich manche andere Erschütterung erleben wird, die unabhängig ist von allem, was *dieser* Tyrann anstellt. Trotzdem, er muß dran glauben.

3

Als die Götter noch irdische Gestalt anzunehmen pflegten, als sie, angetan mit veilchenfarbenen Gewändern, mit muskulösen Füßen in noch staubfreien Sandalen bescheidentlich, aber kraftvoll den Erdboden betraten und Feldarbeitern oder Berghirten erschienen, tat das ihrer Göttlichkeit nicht den mindesten Abbruch; im Gegenteil war der sie umwehende Charme der Menschlichkeit eine höchst sprechende Bestätigung ihrer himmlischen Natur. Doch wenn ein beschränkter, ungehobelter, ungebildeter Mann – auf den ersten Blick ein drittklassiger Fanatiker und in Wahrheit ein sturer, brutaler und finsterer Parvenü voller krankhaften Ehrgeizes – wenn ein solcher Mann sich als Gott verkleidet, möchte man die Götter um Verzeihung bitten. Es wäre zwecklos, mich davon überzeugen zu wollen, daß er in Wirklichkeit nichts dafür könne, daß nur die unerbittliche Entwicklung dunkler, zoologischer, zoorländischer Ideen, die es meinem Vaterland angetan haben, ihn auf seinen Thron aus Eisen und Beton gehievt hat und ihn jetzt dort festhält. Eine Idee wählt nur den Stiel; der Mensch ist frei, die Axt zu vervollständigen – und zu gebrauchen.

Doch noch einmal wiederhole ich, daß ich mich nicht darauf verstehe zu unterscheiden, was gut oder schlecht ist für den Staat und wie es kommt, daß Blut an ihm abrinnt wie Wasser an einer Gans. Unter allem und allen ist es nur eine Person, die mich interessiert. Das ist meine Krankheit, meine Besessenheit und gleichzeitig etwas, das zu mir gehört und einzig meinem Urteil anvertraut ist. Seit meiner Jugend – und ich bin nicht mehr jung – erschien mir das Böse in den Menschen als besonders widerwärtig, als bis zum Ersticken unerträglich, als etwas, das auf der Stelle der Lächerlichkeit preisgegeben und vernichtet werden muß, während ich auf der andern Seite das Gute in den Menschen kaum je bemerkt habe, so sehr kam es mir immer als die normale, unerläßliche Verfassung vor, etwas Selbstverständliches und Unabdingbares, so, wie beispielsweise die Fähigkeit des Atmens bedingt ist durch den Umstand, daß man lebt. Mit den Jahren habe ich einen äußerst feinen Spürsinn für das Böse bekommen, aber auch meine Einstellung zum Guten hat sich ein wenig gewandelt, seit ich eingesehen habe, daß seine Gewöhnlichkeit, die meine Gleichgültigkeit bestimmt hatte, in Wahrheit so *ungewöhnlich* war, daß ich nicht sicher sein konnte, es bei Bedarf in meiner Nähe vorzufinden. Darum habe ich ein schweres, einsames, immer ärmliches Leben in schäbigen Unterkünften geführt; doch unweigerlich hatte ich das Gefühl, mein wirkliches Zuhause liege nur um die Ecke und warte auf mich, so daß ich es betreten könnte, sobald ich die tausend imaginären Angelegenheiten erledigt hätte, von denen mein Leben voll war. Gütiger Himmel, wie verachtete ich die stumpfsinnigen Pedanten, wie ungerecht konnte ich zu einem gutherzigen Menschen sein, in dem ich zufällig etwas Komisches wahrnahm, etwa Geiz oder Achtung vor den Wohlhabenden! Und jetzt habe ich nicht nur eine schwache Lösung des Bösen vor mir, wie man sie aus jedem Menschen gewinnen könnte, sondern die hochkonzentrierte, unverdünnte Bosheit in einem riesigen Gefäß, voll bis zum Hals und versiegelt.

4

Mein wild blühendes Land verwandelte er in einen großflächigen Gemüsegarten, wo man Runkelrüben, Kohl und roten Beeten besondere Fürsorge angedeihen läßt; so wurden alle Leidenschaften der Nation auf die Leidenschaft fürs fette Kraut im guten Boden reduziert. Ein Gemüsegarten neben einer Fabrik mit dem unvermeidlichen Begleitgeräusch einer Lokomotive, die irgendwo im Hintergrund rangiert; der trostlose, trübe Himmel der Vorstädte und alles, was die Vorstellung mit der Szene verbindet: ein Zaun, eine rostige Konservendose zwischen Disteln, Glassplitter, Kot, eine schwarze, summende Explosion von Fliegen unter den Füßen – das ist das Bild, das mein Land heute bietet. Ein Bild größter Trübsal, aber Trübsal steht hierzulande in hohem Ansehen, und eine Losung, die er einst fallen ließ (und zwar in die Müllgrube der Dummheit) – «die eine Hälfte unseres Landes muß beackert werden und die andere asphaltiert» –, wird von Hohlköpfen nachgeplappert, als handele es sich um den erhabensten

Ausdruck irdischen Glücks. Es wäre noch halbwegs entschuldbar, fütterte er uns einfach mit dem angelesenen Maximenschund, den er sich früher bei Sophisten banalsten Zuschnitts zusammengeklaubt hat; aber er füttert uns mit dem Häcksel jener Wahrheiten, und die Denkweise, die uns abverlangt wird, beruht nicht einfach auf irriger Philosophie, sondern auf deren Abfall und Schnitzern. Für mich jedoch ist auch das noch nicht die Crux der Sache, denn es liegt auf der Hand, daß Sklaverei Sklaverei bleibt, solange uns die Idee aufgezwungen wird – und da könnte die Idee, die uns versklavt, noch so inspiriert, fabelhaft und erfrischend feucht und sonnig durch und durch sein. Nein, das Entscheidende ist, daß mir während des Anwachsens seiner Macht auffiel, wie die Pflichten der Bürger, die Ermahnungen, die Einschränkungen, die Anordnungen und all die anderen Formen des Drucks, denen wir ausgesetzt sind, nach und nach dem Mann immer ähnlicher wurden, daß sie eine unverkennbare Beziehung zu gewissen seiner Charakterzüge und zu gewissen Einzelheiten seiner Vergangenheit aufwiesen, so daß man anhand jener Ermahnungen und Anordnungen seine Persönlichkeit rekonstruieren konnte wie einen Kraken anhand seiner Saugarme – diese seine Persönlichkeit, die ich als einer von wenigen genau kennengelernt habe. Die Gesetzgebung ließ eine lachhafte Ähnlichkeit mit seinem Gang und seiner Gestik erkennen. In erstaunlicher Menge begannen Gemüsehändler, Gurken zu führen, auf die er in seiner Jugend so scharf gewesen war. Das Zigeunerringen, bei dem er sich vor fünfundzwanzig Jahren mit meinem Bruder auf dem Fußboden gewälzt hatte, gehört mittlerweile zum Lehrplan der Schulen. Zeitungsartikel und die Romane sykophantischer Schriftsteller weisen jene stilistische Abruptheit auf, jene angeblich lapidare Qualität (im Grunde sinnloserweise, denn jeder markige Satz wiederholt nur ein und dieselbe Binsenweisheit in anderer Tonart), jene Sprachwucht bei gleichzeitiger Gedankenschlappheit und all jene anderen Stilmarotten, die für ihn typisch sind. Ich hatte bald das Gefühl, daß er, so wie er mir in Erinnerung war, überall hindrang, mit seiner Gegenwart die Denkweise und den Alltag von jedermann ansteckte, so daß seine Mittelmäßigkeit, sein Stumpfsinn, seine grauen Gewohnheiten nachgerade das Leben meines Landes ausmachten. Und schließlich ging das Gesetz, dem er zur Herrschaft verhalf – die unerbittliche Macht der Mehrheit, das unaufhörliche Opfer, das dem Götzen Mehrheit dargebracht wird – jeden sozialen Sinns verlustig, denn die Mehrheit ist er selber.

5

Er war ein Kamerad meines Bruders Gregor, der in den letzten Jahren seines kurzen Lebens eine fieberhafte, poetische Passion für die extremen Formen organisierter Gesellschaft hatte (Formen, die unsere damalige kleinlaute Verfassung schon lange in Unruhe versetzt hatten): Mit dreiundzwanzig Jahren ertrank er, als er eines Sommerabends in einem breiten, sehr breiten Fluß badete, so daß mir jetzt, immer wenn ich an meinen Bruder denke, zuallererst eine glänzende Wasserfläche in den Sinn kommt, eine mit Erlengebüsch bewachsene kleine Insel (die er nie erreichte, auf die er durch den zitternden Dunst meiner Erinnerung jedoch immer noch zuschwimmt) und eine lange schwarze Wolke, die sich über eine andere hinwegschiebt, welche üppig gebauscht und von orangener Farbe ist, Überbleibsel eines Samstagmorgengewitters am klaren, türkisgrünen Samstagabendhimmel, an dem gleich ein Stern erscheinen wird, an dem nie ein Stern erscheinen wird. Zu jener Zeit war ich zu sehr beschäftigt mit der Geschichte der Malerei und mit meiner Dissertation über ihre Ursprünge in der Höhle, um wachsam die Gruppe junger Leute im Auge zu behalten, die meinen Bruder aufgewiegelt hatten; eigentlich gab es gar keine bestimmte Gruppe, sondern einfach mehrere junge Leute, die zufällig zusammengefunden hatten und sich in vieler Hinsicht unterschieden, im Augenblick aber durch eine gemeinsame Vorliebe für aufrührerische Abenteuer miteinander verbunden waren. Die Gegenwart übt jedoch immer einen so perversen Einfluß auf das Gedächtnis aus, daß ich heute einzig ihn von jenem undeutlichen Hintergrund abhebe, einzig ihn (der weder der engste noch der lautstärkste von Gregors Kameraden war) mit jenem düsteren, konzentrierten, tief seines grämlichen Selbsts bewußten Willen ausstatte, der einen unbedarften Menschen schließlich zu einem triumphierenden Ungeheuer macht.

Ich erinnere mich, wie er in dem düsteren Eßzimmer unseres bescheidenen Hauses in der Provinz auf meinen Bruder wartete; er hockte sich auf den nächstbesten Stuhl und machte sich unverzüglich an die Lektüre einer zerknitterten Zeitung, die er aus der Tasche seiner schwarzen Jacke hervorzog, und sein von dem Gestell einer rauchfarbenen Brille halb verdecktes Gesicht nahm einen angeekelten und weinerlichen Ausdruck an, als wäre er auf Unflat gestoßen. Ich erinnere mich, daß seine schlampig zugebundenen Stadtstiefel immer schmutzig waren, als hätte er viele Meilen auf einem Feldweg zwischen unbemerkten Wiesen zurückgelegt. Sein kurz geschnittenes Haar endete auf der Stirn in einem stacheligen Keil (noch nichts deutete auf seine heutige cäsarische Kahlheit hin). Die Nägel seiner großen, feuchten Hände waren so kurz geknabbert, daß es weh tat, die festen kleinen Polster an den Kuppen seiner schrecklichen Finger anzusehen. Er roch nach Ziegenbock. Er war abgebrannt und anspruchslos, was seine Nachtquartiere anging.

Meinen Bruder begrüßte er ohne ein Lächeln, wenn dieser schließlich eintraf (und in meiner Erinnerung kommt Gregor immer zu spät, tritt außer Atem ein, als müsse er sich mit dem Leben schrecklich beeilen, schaffe es aber trotzdem nicht, so daß es schließlich dahin kam, daß das Leben ihn hinter sich ließ) – jählings erhob er sich und reichte ihm mit einem seltsamen Ruck, einer Art vorweggenommenen Rückziehers die Hand; es sah so aus, als würde seine Hand, wenn man sie nicht rechtzeitig ergriffe, mit einem federnden Klicken in ihre abnehmbare Manschette zurückschnellen. Wenn irgendein Mitglied unserer Familie hereinkam, beschränkte er sich auf ein säuerliches Kopfnicken; dafür schüttelte er demonstrativ die Hand der Köchin, die überrumpelt keine Zeit mehr fand, die

Hand vor dem Zugriff abzuwischen und das hinterher sozusagen in einer Wiederholung der Szene nachholte. Meine Mutter starb nicht lange vor seinen ersten Besuchen, während mein Vater sich ihm gegenüber so geistesabwesend verhielt wie zu allem und jedem – zu uns, zu den Wechselfällen des Lebens, zu der Anwesenheit schmuddeliger Hunde, denen Gregor Obdach gewährte, und anscheinend sogar zu seinen Patienten. Auf der anderen Seite begegneten zwei ältliche Tanten von mir dem «Exzentriker» mit offenem Mißtrauen (wenn je jemand das Gegenteil eines Exzentrikers war, dann er), wie im übrigen auch Gregors anderen Kumpeln.

Jetzt, fünfundzwanzig Jahre später, habe ich oft Gelegenheit, seine Stimme, sein bestialisches Gebrüll zu hören, das von donnernden Radios verbreitet wird; damals jedoch sprach er immer leise, wenn ich mich recht entsinne, sogar mit etwas angerauhter Stimme, einem gewissen säuselnden Lispeln. Nur jenes sein berühmtes, gemeines bißchen Atemlosigkeit am Ende eines Satzes gab es schon, ja, das gab es schon. Wenn er, Kopf und Arme gesenkt, vor meinem Bruder stand, der ihn mit freundschaftlichen Rufen begrüßte und immer noch versuchte, wenigstens seinen Ellbogen oder seine knochige Schulter zu erhaschen, schien er sonderbar kurzbeinig, wahrscheinlich dank seiner Jacke, die ihm bis über die Hüfte reichte; und man konnte nicht ausmachen, ob die Trübseligkeit seiner Haltung von einer bedrückten Schüchternheit herrührte oder daher, daß er all seine Geisteskräfte zusammennahm, um irgendeine tragische Nachricht von sich zu geben. Später schien es mir, als habe er sie endlich herausgebracht und die Sache nun hinter sich, als er eines schrecklichen Sommerabends mit etwas, das wie ein Kleiderbündel aussah, das aber nur Gregors Hemd und Leinenhose war, vom Fluß heraufkam; heute jedoch glaube ich, daß die Nachricht, mit der er immer schwanger zu gehen schien, jene überhaupt nicht war, sondern die gedämpfte Vorankündigung seiner eigenen monströsen Zukunft.

Manchmal konnte ich durch eine angelehnte Tür hören, wie er sich in seiner ungewöhnlich stockenden Art mit meinem Bruder unterhielt; oder er saß am Teetisch und brach eine Brezel und wandte seine Nachtvogelaugen dabei vom Licht der Petroleumlampe weg. Er hatte die seltsame und unangenehme Angewohnheit, mit seiner Milch den Mund zu spülen, ehe er sie hinunterschluckte, und wenn er von der Brezel abbiß, verzog er vorsichtig die Lippen; er hatte schlechte Zähne, und um den brennenden Schmerz eines bloßliegenden Nervs mit einem kurzen kühlen Luftzug zu täuschen, saugte er mit einem seitlichen Pfeifton wiederholt Luft ein. Ich erinnere mich, daß ihm mein Vater einmal einen Wattebausch mit ein paar braunen Tropfen tränkte, die Opium enthielten, und ihm mit einem gegenstandslosen Lachen riet, zum Zahnarzt zu gehen. «Das Ganze ist stärker als seine Teile», entgegnete er mit schroffem Ungeschick, «ergo werde ich meinen Zahn besiegen.» Ich bin indessen nicht mehr sicher, ob ich diese hölzernen Worte von ihm persönlich hörte, oder ob man sie mir später als einen Ausspruch des «Exzentrikers» hinterbrachte; nur war er, wie bereits erwähnt, nichts dergleichen, denn wie kann man den tierhaften Glauben an den eigenen trüben Leitstern für etwas Besonderes und Seltenes halten? Doch ob man es glaubt oder nicht, mit seiner Mittelmäßigkeit beeindruckte er die Leute, wie andere sie mit ihrem Talent beeindrucken.

6

Manchmal unterbrachen Anfälle unangenehmer, schartiger Fröhlichkeit seinen angeborenen Trübsinn, und dann hörte sich sein Lachen so schrill und unerwartet an wie das Jaulen einer Katze, an deren samtenes Schweigen man sich derart gewöhnt hat, daß ihre nächtliche Stimme etwas Wahnsinniges, Dämonisches an sich hat. Wenn er so kreischte, verwickelten seine Gefährten ihn immer wieder in Spiele und Raufereien; dabei stellte sich heraus, daß er die Arme eines Schwächlings hatte, aber Beine so stark wie Stahl. Bei einer Gelegenheit steckte ihm ein besonders zu Streichen aufgelegter Junge eine Kröte in die Tasche, worauf er, der sich nicht traute, sie mit den Fingern hervorzuholen, sich die beschwerte Jacke vom Leib zu reißen begann und in diesem Zustand – das Gesicht dunkelrot angelaufen, die Haare zerzaust und mit nichts als einer Hemdbrust über dem zerrissenen Unterhemd – einem herzlosen buckligen Mädchen anheimfiel, deren dicker Zopf und tintenblaue Augen manchen so attraktiv vorkamen, daß sie ihr die Ähnlichkeit mit einem schwarzen Schachspringer gern verziehen.

Über seine amourösen Neigungen und Balzmethoden weiß ich durch eben jenes Mädchen Bescheid, das mittlerweile leider verstorben ist, wie die meisten, die ihn in seiner Jugend näher kannten (ganz als hätte er den Tod zum Bundesgenossen, der ihm gefährliche Zeugen seiner Vergangenheit aus dem Weg räumte). Dieser lebhaften Buckligen schrieb er entweder in lehrhaftem Tonfall mit Abschweifungen – populär erzieherischer Art – in die Geschichte (die er aus Flugblättern kannte), oder er beklagte sich in dunklen und klitschigen Worten über eine andere Frau (ebenfalls mit einem körperlichen Gebrechen, glaube ich), die mir unbekannt blieb und mit der er einmal im finstersten Teil der Stadt Tisch und Bett geteilt hatte. Heute gäbe ich viel dafür, jene anonyme Frau aufzuspüren und auszufragen, doch zweifellos ist auch sie tot und somit ungefährlich. Ein kurioser Zug seiner Episteln war deren widerliche Langatmigkeit: Andeutungsweise sprach er von den Machenschaften geheimnisvoller Feinde; polemisierte lang und breit gegen einen Dichterling, dessen dünne Verse er in einem Kalender gelesen hatte – ach, wäre es doch möglich, jene kostbaren, mit seiner winzigen, kurzsichtigen Handschrift bedeckten Schulheftseiten wieder zum Leben zu erwecken! Leider ist mir kein einziger Satz aus ihnen mehr in Erinnerung (zu jener Zeit hatte ich kein sonderliches Interesse daran, selbst wenn ich zugehört und gelacht habe), und nur sehr undeutlich erkenne ich in den Tiefen des Gedächtnisses die Schleife an jenem Zopf, das magere Schlüsselbein und die schnelle, dunkle Hand mit dem granatroten Armband, die seine Briefe zerknüllt; und dazu höre ich den gurrenden Laut perfiden weiblichen Gelächters.

7

Der Unterschied zwischen dem Traum von einer neu geordneten Welt und dem Traum, sie nach eigenem Ermessen eigenhändig neu zu ordnen, ist ein tiefer und verhängnisvoller; doch keiner seiner Freunde, auch nicht mein Bruder, machte offenbar einen Unterschied zwischen ihrer abstrakten Rebellion und seiner erbarmungslosen Machtgier. Einen Monat nach dem Tod meines Bruders verschwand er, verlegte seine Tätigkeit in die Nordprovinzen (der Zirkel meines Bruders welkte und zerfiel, und meines Wissens hat keines seiner sonstigen Mitglieder in der Politik Karriere gemacht), und bald wußten Gerüchte, daß die dortige Arbeit in ihren Zielen wie in ihren Methoden allem diametral entgegenstand, was in jenem jungen Zirkel am Anfang gesagt, gedacht, gehofft worden war. Wenn ich mir ins Gedächtnis rufe, wie er zu jener Zeit aussah, dann finde ich es erstaunlich, daß niemand den langen, eckigen Schatten des Verrats bemerkte, den er auf Schritt und Tritt hinter sich her schleppte, dessen Rand er unter die Möbel steckte, wenn er sich setzte, und der sich seltsam über den Schatten des Geländers an der Wand des Treppenhauses lagerte, wenn man ihn im Schein einer Petroleumlampe zur Tür hinunter brachte. Oder ist es unsere dunkle Gegenwart, die sich dort abzeichnete?

Ich weiß nicht, ob sie ihn mochten, aber jedenfalls hielten mein Bruder und die anderen seine Verdrossenheit fälschlich für die Intensität eines starken Geistes. Die Grausamkeit seiner Gedanken schien eine natürliche Folge rätselhafter Kalamitäten, die er durchlitten hatte; und seine ganze uneinnehmende Schale mußte sozusagen einen sauberen, hellen Kern enthalten. Ich kann ruhig zugeben, daß ich selber einmal den flüchtigen Eindruck hatte, er sei fähig zum Mitleid; erst später wurde mir dessen wahre Schattierung klar. Leuten, die billige Paradoxa mögen, ist schon vor langem die Sentimentalität der Henker aufgefallen; und tatsächlich ist vor Fleischerläden der Bürgersteig immer feucht.

8

Die ersten Tage nach der Tragödie tauchte er immer wieder auf, und mehrmals verbrachte er die Nacht in unserem Haus. Sichtbare Zeichen der Trauer rief jener Tod nicht in ihm hervor. Er benahm sich wie immer, was uns nicht im mindesten schockierte, da bereits sein üblicher Zustand einer der Trauer war – er saß nur wie gewöhnlich in irgendeiner Ecke, las etwas Uninteressantes, kurz, verhielt sich so, wie sich Menschen verhalten, die sich in einem Haus befinden, wo ein großes Unglück geschehen ist, und die weder enge Vertraute noch völlige Fremde sind. Jetzt konnten seine ständige Gegenwart und sein verdrossenes Schweigen zudem als verbissenes Mitleid gelten, das Mitleid eines starken, schweigsamen Mannes, nicht wahr, unauffällig, doch allgegenwärtig – geradezu eine Säule der Sympathie –, von dem man später erfährt, er selber sei damals, als er jene schlaflosen Nächte auf einem Stuhl unter den tränenblinden Angehörigen zubrachte, ernsthaft krank gewesen. In seinem Fall war dies jedoch ein schreckliches Mißverständnis: Wenn er sich damals von unserm Haus angezogen fühlte, so einzig darum, weil er nirgends so natürlich atmete wie in einer Atmosphäre von Unheil und Verzweiflung, wenn schmutziges Geschirr auf dem Tisch herumsteht und Nichtraucher um Zigaretten bitten.

Lebhaft ist mir in Erinnerung, wie ich mich mit ihm aufmachte, eine geringfügige Formalität zu erledigen, eine jener peinvoll trüben Verrichtungen, in die der Tod (der etwas Bürokratisches an sich hatte, wie er das immer hat) die Überlebenden so lange wie möglich zu verstricken sucht. Wahrscheinlich sagte jemand zu mir: «Da, er wird mitgehen», und mit einem diskreten Räuspern kam er mit. Bei jener Gelegenheit war es (wir gingen eine häuserlose Straße entlang, die flockig war von Staub, vorbei an Zäunen und Holzstapeln), daß ich etwas tat, dessen Erinnerung mich wie ein elektrischer Schlag unerträglicher Schande von Kopf bis Fuß durchfährt: Von weiß Gott welchem Gefühl bewegt – vielleicht nicht so sehr von Dankbarkeit als von Beileid für das Beileid eines anderen – griff ich in einer Aufwallung von Nervosität und unzeitiger Gerührtheit seine Hand und drückte sie (was uns beide leicht zum Stolpern brachte). Es dauerte das alles nur einen Augenblick, und doch, hätte ich ihn damals umarmt und meine Lippen an seine schrecklichen goldenen Stoppeln gedrückt, könnte ich jetzt keine größere Qual empfinden. Jetzt, fünfundzwanzig Jahre später, überlege ich: Wir beide gingen allein durch eine verlassene Gegend, und in der Tasche hatte ich Gregors geladenen Revolver, den ich aus irgendeinem Grund weiterhin verstecken wollte; ich hätte ihn mit einem Schuß aus nächster Nähe ohne weiteres ins Jenseits befördern können, und dann gäbe es nichts von all dem, was es heute gibt – keine verregneten Feiertage, keine gigantischen Festivitäten, bei denen Millionen meiner Mitbürger mit Schaufeln, Hacken und Rechen über ihren Sklavenschultern vorbeimarschieren; keine Lautsprecher, die immer dieselbe unentrinnbare Stimme betäubend vervielfältigen; keine geheime Trauer in jeder zweiten Familie, kein Sortiment von Foltern, keine geistige Starre, keine Kolossalportraits – nichts. Wäre es doch nur möglich, sich in die Vergangenheit hineinzukrallen, eine verpaßte Gelegenheit am Schopf in die Gegenwart zurückzuzerren, jene staubige Straße aufs neue zum Leben zu erwecken, die öden Parzellen, das Gewicht in meiner Hüftentasche, den jungen Mann, der an meiner Seite ging!

9

Ich bin träge und dick wie Prinz Hamlet. Was kann ich schon tun? Zwischen mir, einem einfachen Zeichenlehrer an einem Provinzgymnasium, und ihm, der hinter unzähligen stählernen und eichenen Türen in einem unbekannten Gemach des Hauptgefängnisses der Hauptstadt sitzt, das für ihn in ein Schloß verwandelt wurde (denn dieser Tyrann nennt sich «Gefangener des Willens seines Wahlvolkes»), liegt ein unausdenkbarer Abstand. Nachdem sich jemand mit mir im Keller eingeschlossen hatte, erzählte er mir von einer alten

Witwe, einer entfernten Verwandten, der es gelungen war, eine achtzigpfündige Rübe zu züchten und sich damit eine Audienz bei dem Erhabenen zu verdienen. Sie wurde durch einen Marmorkorridor nach dem andern geleitet, und eine endlose Folge von Türen wurde vor ihr auf- und hinter ihr wieder zugeschlossen, bis sie sich in einem weißen, grell erleuchteten Saal befand, dessen ganzes Mobiliar aus zwei vergoldeten Stühlen bestand. Hier hieß man sie stehen und warten. Nach einiger Zeit hörte sie zahlreiche Schritte hinter der Tür, und mit respektvollen Verbeugungen einander den Vortritt lassend, kam ein halbes Dutzend seiner Leibwächter herein. Mit verängstigten Augen suchte sie in ihrer Mitte ihn; die Blicke der Männer waren nicht auf sie gerichtet, sondern auf einen Punkt hinter ihrem Kopf; dann wandte sie sich um und sah, daß er in ihrem Rücken durch eine andere, unbemerkte Tür lautlos eingetreten war, hinter einem der beiden Stühle stand, eine Hand auf die Lehne gelegt hatte und den Staatsgast mit seinem gewohnheitsmäßigen aufmunternden Gesichtsausdruck musterte. Dann nahm er selber Platz und forderte sie auf, mit eigenen Worten ihre ruhmreiche Tat zu beschreiben (an dieser Stelle brachte ein Bediensteter eine Lehmnachbildung ihrer Gemüsepflanze herein und stellte sie auf den zweiten Stuhl), und zehn unvergeßliche Minuten lang erzählte sie, wie sie die Rübe gepflanzt hatte; wie sie daran gezogen und gezogen hatte, ohne sie aus dem Boden herauszukriegen, obwohl ihr war, als zöge ihr verstorbener Mann mit; wie sie erst ihren Sohn, dann ihren Neffen und sogar ein paar Feuerwehrleute zu Hilfe rufen mußte, die auf dem Heuboden ein Schläfchen hielten; und wie sie, hintereinander aufgereiht zurückweichend, schließlich das Ungeheuer herausgerissen hatten. Anscheinend war er von ihrem Bericht überwältigt. «Also das ist echte Poesie», sagte er zu seinem Gefolge. «Hier ist jemand, von dem die Herren Dichter lernen sollten.» Und schroff ordnete er an, das Modell in Bronze zu gießen, und ging. Ich jedoch pflanze keine Rüben an, so daß ich nicht zu ihm gelangen kann; und selbst wenn ich es täte, wie sollte ich meine in Ehren gehaltene Waffe in seinen Bau bringen?

Gelegentlich erscheint er vor dem Volk, und obwohl niemand in seine Nähe gelassen wird, obwohl allen ein Banner zugeteilt wurde, dessen schwere Stange hochgehalten werden muß, auf daß die Hände etwas zu tun haben, und obwohl alle von einer Wachmannschaft von unermeßlichen Proportionen beobachtet werden (zu schweigen von den Geheimagenten und den Geheimagenten, die die Geheimagenten beobachten), könnte es jemandem, der sehr geschickt und entschlossen vorginge, dennoch glücken, ein Schlupfloch, einen durchsichtigen Augenblick, einen winzigen Spalt des Schicksals zu finden, um durch ihn vorwärts zu stürzen. Im Geist habe ich eine nach der andern alle Arten von Vernichtungsmitteln in Erwägung gezogen, vom klassischen Dolch zum plebejischen Dynamit, aber es war alles umsonst, und mit gutem Grund träume ich häufig, wie ich immer wieder den Abzug einer Waffe drücke, die mir in der Hand zerfällt, während die Kugeln aus dem Lauf tröpfeln oder wie harmlose Erbsen von der Brust meines grinsenden Feindes abprallen, der mir ohne Eile den Brustkasten einzudrücken beginnt.

10

Gestern lud ich einige Männer ein, die einander nicht kannten, die aber ein und dieselbe Aufgabe vereinte, welche sie so verwandelt hatte, daß sich eine unbeschreibbare Ähnlichkeit zwischen ihnen bemerkbar machte, wie sie zum Beispiel unter älteren Freimaurern vorkommt. Es waren Männer aus verschiedenen Berufen – ein Schneider, ein Masseur, ein Arzt, ein Friseur, ein Bäcker –, aber alle legten sie das nämliche würdevolle Gebaren an den Tag, die nämliche Sparsamkeit der Gestik. Und kein Wunder! Einer nähte seine Kleidung, und das heißt, er nahm Maß an seinem mageren, doch breithüftigen Körper mit dem seltsam weibischen Becken und dem runden Rücken, faßte respektvoll in seine Achselhöhlen und blickte mit ihm zusammen in einen Spiegel, den eine vergoldete Efeugirlande umwand; der zweite und der dritte waren noch weiter vorgedrungen: Sie hatten ihn nackt gesehen, hatten seine Muskeln geknetet und seinem Herzen gelauscht, nach dessen Schlag, heißt es, demnächst unsere Uhren gestellt werden sollen, so daß sein Puls im wortwörtlichen Sinn zur Grundeinheit der Zeit werden wird; der vierte rasierte ihm mit knisternden Abwärtsbewegungen die Wangen und die Kehle, und das mit einem Messer, das mich verlockend scharf dünkt; der fünfte und letzte backte sein Brot und tat dabei aus schierer Gewohnheit Rosinen statt Arsen in seinen Lieblingsteig, der Idiot. Ich wünschte diese Leute zu betasten, um wenigstens auf diese Weise an ihren geheimnisvollen Riten teilzuhaben, an ihren teuflischen Handreichungen; es kam mir vor, als hafte sein Geruch an ihren Händen, als sei durch diese Leute auch er anwesend. Es ging alles sehr nett zu bei diesem Treffen und sehr steif. Wir sprachen über Dinge, die ihn nicht betrafen, und ich wußte, in den Augen eines jeden von ihnen würde die gleiche priesterhafte Unruhe aufblitzen, wenn ich seinen Namen erwähnte. Und als ich mich plötzlich dabei ertappte, daß ich einen Anzug trug, den mein Nachbar zur Rechten zugeschnitten hatte, und das Blätterteiggebäck meines Gegenübers aß, das ich mit einem Spezialmineralwasser hinunterspülte, welches mir mein Nachbar zur Linken verschrieben hatte, da überkam mich ein plötzliches Traumgefühl, das mich auf der Stelle weckte – in meinem Armenzimmer mit einem Armenmond im gardinenlosen Fenster.

Ich bin der Nacht sogar für einen solchen Traum dankbar: In jüngster Zeit martert mich die Schlaflosigkeit. Es ist, als gewöhnten mich seine Helfer schon vorher an die beliebteste Folter, der man heutige Verbrecher unterwirft. Ich schreibe «heutige», da eine völlig neue Art sozusagen politischer Verbrecher aufgekommen ist, seit er an der Macht ist (das andere, das strafrechtliche Verbrechen gibt es gar nicht mehr, da man den kleinsten Diebstahl zu einer Unterschlagung aufbläst, die ihrerseits als Versuch gewertet wird, das Regime zu unterminieren), außerordentlich gebrechliche Gestalten mit durchsichtiger Haut und vorspringenden Augen, die helle Strahlen ausströmen. Es ist dies ein seltener und sehr geschätzter Schlag, wie ein junges Okapi oder die kleinste Lemurenart; sie werden leidenschaftlich und selbstvergessen gejagt, und jedes gefangene Exemplar wird mit öffentlichem Beifall bedacht, obwohl die Jagd eigentlich keine besondere Schwierigkeit oder Gefahr mit sich bringt, denn sie sind ja ganz zahm, diese seltsamen, durchsichtigen Tiere.

Furchtsame Gerüchte behaupten, er selber verschmähe es nicht, der Folterkammer gelegentlich einen Besuch abzustatten, aber wahrscheinlich treffen sie nicht zu: Weder trägt der Postminister selber Briefe aus, noch ist der Marineminister notwendig ein Schwimmchampion. Mich widert ganz allgemein der familiäre, tratschige Ton an, in dem schüchterne Gegner von ihm sprechen und der sie zu einer besonderen Art primitiver Witzelei verleitet, so, wie in alten Zeiten das gemeine Volk seine abergläubische Furcht durch die Erfindung von Geschichten über den Teufel mit hanswursthaftem Humor drapierte. Ordinäre, hastig zurechtgeschneiderte Anekdoten (die zum Beispiel auf keltische Prototypen zurückgehen) oder geheime Informationen «aus für gewöhnlich zuverlässiger Quelle» (beispielsweise darüber, wer im Augenblick die Gunst genießt und wer nicht) riechen immer nach der Lakaienstube. Es gibt aber noch schlimmere Beispiele: Wenn mein Freund N., dessen Eltern vor nur drei Jahren hingerichtet wurden (ganz zu schweigen von der schandbaren Verfolgung, der N. selber ausgesetzt war), nach der Rückkehr von einer offiziellen Festlichkeit, wo er ihn gehört und gesehen hat, die Bemerkung macht: «Weißt du, trotz allem, also eine gewisse Kraft ist dem Mann nicht abzusprechen» – dann möchte ich N. am liebsten in die Visage hauen.

11

In den gedruckt vorliegenden Briefen seiner *Jahre des Sonnenuntergangs* erwähnt ein weltbekannter ausländischer Schriftsteller, alles lasse ihn heutzutage kalt, enttäuscht, gleichgültig, alles mit einer Ausnahme: das belebende romantische Feuer, das ihn bis heute bei dem Gedanken an die Erbärmlichkeit seiner Jugendjahre im Vergleich zu der üppigen Erfüllung seines späteren Lebens und an den schneeigen Glanz ihres jetzt erreichten Gipfels überkomme. Jene anfängliche Unwichtigkeit, jener Halbschatten aus Poesie und Pein, in dem der junge Künstler mit Millionen anderer unwichtiger Mitmenschen auf einer Stufe steht, wirke jetzt verlockend auf ihn und erfülle ihn mit Erregung und Dankbarkeit – für sein Schicksal, für seine Kunst und für seinen eigenen schöpferischen Willen. Die Orte wiederzusehen, wo er einst in Not gelebt hatte, Gleichaltrige wiederzutreffen, ältere Männer, die sich durch rein gar nichts auszeichnen, davon gehe für ihn ein derartig komplexer und reicher Zauber aus, daß die detaillierte Erforschung dieser Empfindungen ihm für die künftige Muße seiner Seele im Jenseits vollauf reichen werde.

Wenn ich mir vorzustellen versuche, was unser trister Herrscher bei der Berührung mit seiner Vergangenheit verspürt, dann wird mir klar, daß erstens der wahre Mensch ein Dichter und zweitens er, unser Herrscher, die leibhafte Negation eines Dichters ist. Zeitungen im Ausland, vor allem solche, deren Titel auf die Abendstunden hindeuten und die darauf achten, daß sich «Wahres» und «Bares» reimen, betonen trotzdem gern den mythischen Zuschnitt seines Schicksals, führen ihre Leserscharen in sein riesiges schwarzes Geburtshaus, wo angeblich bis zum heutigen Tage ähnliche Arme hausen und endlos die Wäsche hinaushängen (Arme haben viel Wäsche zu waschen); und sie drucken auch ein Gott weiß woher beschafftes Photo seiner Erzeugerin (Vater unbekannt), einer drallen Frau mit breiter Nase und in die Stirn hängenden Haaren, die in einer Bierschenke am Stadttor arbeitete. Es gibt nur noch so wenige Zeugen seiner Kindheit und Jugend, und die es gibt, antworten dermaßen vorsichtig (leider hat niemand mich gefragt), daß ein Journalist viel Erfindungsgabe benötigt, um zu schildern, wie der heutige Herrscher sich als kleiner Junge bei Kriegsspielen hervortat oder als Heranwachsender bis zum Hahnenschrei Bücher las. Sein demagogisches Glück wird als die elementare Macht des Schicksals gedeutet, und natürlich entfällt ein großer Teil der Aufmerksamkeit auf jenen verhangenen Wintertag nach seiner Wahl ins Parlament, als er und seine Bande das Parlament verhafteten (woraufhin die Armee, schüchtern blökend, sofort auf seine Seite überwechselte).

Kein großartiger Mythos, aber ein Mythos dennoch (in dieser subtilen Beziehung irrte der Journalist nicht), ein Mythos, der ein geschlossener Kreis und ein in sich selbst beschlossenes Ganzes ist, bereit, sein eigenes insulares Leben zu beginnen, und schon ist es unmöglich, es durch die echte Wahrheit zu ersetzen, obwohl der Held noch am Leben ist: unmöglich, weil er, der einzige, der die Wahrheit wissen könnte, als Zeuge nicht in Frage kommt, und das nicht etwa, weil er voreingenommen oder unaufrichtig wäre, sondern weil er wie ein davongelaufener Sklave sich «nicht erinnert»! O ja, natürlich erinnert er sich an seine alten Feinde und an zwei oder drei Bücher, die er einst gelesen hat, und auch daran, wie ihn der Mann verprügelt hat, weil er von einem Holzstapel gefallen war und dabei ein paar Küken zerdrückt hatte: Das heißt, ein grober Erinnerungsmechanismus funktioniert bei ihm zwar, doch wenn ihm die Götter das Angebot machten, er möge sich selber aus seinen Erinnerungen zusammensetzen, und zum Lohn dafür würde seinem also zusammengesetzten Bild Unsterblichkeit gewährt, dann wäre das Ergebnis ein undeutlicher Embryo, ein frühgeborenes Baby, ein blinder und tauber Zwerg, in keiner Hinsicht der Unsterblichkeit fähig.

Sollte er einmal dem Haus einen Besuch abstatten, wo er wohnte, als er arm war, so liefe ihm kein Schauer der Erregung über die Haut – nicht einmal ein Schauer boshafter Eitelkeit. Ich aber habe seine einstige Behausung aufgesucht! Nicht das Mehrzweckgebäude, in dem er angeblich geboren wurde und in dem sich heute ein ihm gewidmetes Museum befindet (alte Plakate, eine von Gossenschmutz verschmierte Fahne, am Ehrenplatz unter einer Glasglocke ein Knopf: mehr war von seiner knauserigen Jugend nicht erhalten geblieben), sondern jene scheußlichen möblierten Zimmer, wo er in der Zeit, als er und mein Bruder sich nahestanden, mehrere Monate zugebracht hatte. Der frühere Besitzer war seit langem tot, Untermieter waren nie registriert worden, also war keine Spur seines einstigen Aufenthalts mehr vorhanden. Und der Gedanke, daß auf der ganzen Welt allein ich davon wußte (denn er hat diese seine Unterkunft vergessen – es hatte so viele gegeben), erfüllte mich mit einer Genugtuung eigener Art, so als spürte ich, als ich jene toten Möbelstücke berührte und einen Blick aus dem Fenster auf das Dach des Nebenhauses warf, wie meine Hand sich um den Schlüssel zu seinem Leben schloß.

12

Eben habe ich wieder einmal Besuch gehabt: einen sehr heruntergekommenen Alten, der sich offensichtlich in einem Zustand äußerster Erregung befand: Seine Hände mit der straffen Haut und dem glänzenden Rükken zitterten, eine abgestandene Greisenträne befeuchtete den rosa Saum seiner Augenlider, und eine blasse Folge unwillkürlicher Ausdrucksbewegungen, vom törichten Lächeln bis zur gekrümmten Schmerzensfalte, strich über sein Gesicht hin. Mit der Feder, die ich ihm lieh, kritzelte er die Zahlen eines denkwürdigen Jahrs, Tags und Monats auf ein Stück Papier: das – nahezu ein halbes Jahrhundert zurückliegende – Geburtsdatum des Herrschers. Mit erhobener Feder ließ er seinen Blick auf mir ruhen, als wage er nicht fortzufahren, oder als nutze er einfach den Anschein des Zögerns, um das kleine Kunststück zu betonen, das zu vollführen er sich anschickte. Ich antwortete mit einem ermunternden und ungeduldigen Lächeln, woraufhin er ein anderes Datum neun Monate vor dem ersten hinschrieb, es doppelt unterstrich, die Lippen öffnete, als wolle er in ein triumphierendes Lachen ausbrechen, plötzlich jedoch die Hände vors Gesicht schlug. «Los, nun kommen Sie schon zur Sache», sagte ich und schüttelte diesen faden Schauspieler an der Schulter. Schnell gewann er die Fassung zurück, kramte in der Tasche und reichte mir eine dicke, steife Photographie, über die sich im Laufe der Jahre ein undurchsichtiger, milchiger Film gelegt hatte. Auf ihr war ein stämmiger junger Bursche in Soldatenuniform zu sehen; seine spitze Mütze lag auf einem Stuhl, seine Hand ruhte mit hölzerner Ungezwungenheit auf dessen Lehne, und hinter ihm konnte man die Balustrade und die Urne eines konventionellen Prospekts erkennen. Mit Hilfe einiger verbindender Blicke überzeugte ich mich, daß zwischen den Gesichtszügen meines Besuchers und dem schattenlosen, flachen Gesicht des Soldaten (das von einem dünnen Lippenbart geschmückt und von einem Bürstenschnitt gekrönt war, der die Stirn kleiner wirken ließ) zwar wenig Ähnlichkeit bestand, daß aber der Soldat und er nichtsdestoweniger ein und dieselbe Person waren. Auf dem Photo war er etwa zwanzig, das Photo selbst war etwa fünfzig Jahre alt, und es war leicht, den dazwischenliegenden Zeitraum mit dem banalen Verlauf eines dieser drittklassigen Leben zu füllen, deren Abdruck man (mit einem quälenden, zuweilen ungerechtfertigten Gefühl der Überlegenheit) auf den Gesichtern alter Lumpensammler, Parkwächter und verbitterter Invaliden früherer Kriege liest. Ich war drauf und dran, ihn auszufragen, wie es sich anfühle, mit einem solchen Geheimnis zu leben, die Bürde solcher ungeheuerlichen Vaterschaft zu tragen und diesen seinen Sproßling unaufhörlich in der Öffentlichkeit zu sehen und zu hören – doch dann bemerkte ich, daß das labyrinthische und ausweglose Tapetenmuster durch seinen Körper hindurchschien; ich streckte die Hand aus, um meinen Besucher zurückzuhalten, doch bebend von der Kälte des Verschwindens, löste der Tattergreis sich auf.

Und dennoch gibt es ihn, diesen Vater (oder es gab ihn doch bis vor kurzem), und wenn das Schicksal ihn nicht in gnädiger Unkenntnis über die Identität seiner flüchtigen Bettgenossin gehalten hat, weiß Gott, welche Qual dann unter uns weilt, sich nicht zu offenbaren wagt und vielleicht noch verschärft wird durch den Umstand, daß der unglückselige Kerl seiner Vaterschaft nicht ganz sicher ist, denn die Dirne führte ein lockeres Leben, und folglich könnte es mehrere wie ihn geben, unermüdlich Daten berechnend, in der Hölle zu vieler Zahlen und zu karger Erinnerungen herumtapernd, gemeinerweise davon träumend, Vorteil zu schlagen aus dem Dunkel der Vergangenheit, augenblickliche Bestrafung befürchtend (für irgendeinen Irrtum, eine Blasphemie, für die gar zu abscheuliche Wahrheit), im Grunde ihres Herzens trotzdem ziemlich stolz (schließlich ist er ja der Herrscher!), den Verstand verlierend zwischen Kalkül und Konjektur – schrecklich, schrecklich!

13

Die Zeit vergeht, und inzwischen bleibe ich in wilden, bedrückenden Phantasievorstellungen stecken. In gewisser Weise erstaunt es mich, denn mir ist bewußt, daß ich eine beträchtliche Zahl entschlossener und sogar wagemutiger Aktionen auf meiner Kappe habe, auch habe ich nicht die geringste Angst vor den gefährlichen Folgen, die ein Attentatsversuch für mich hätte; im Gegenteil, während ich mir überhaupt nicht klar vorstellen kann, wie sich die Tat selber zuträgt, sehe ich deutlich das Handgemenge vor mir, das ihr auf der Stelle folgt – den menschlichen Wirbelsturm, der mich packt, die marionettenhafte Abgehacktheit meiner Bewegungen inmitten gieriger Hände, das Ratschen reißender Kleidung, das blendende Rot der Schläge und schließlich (sollte ich aus diesem Handgemenge lebend hervorgehen) den eisernen Griff der Wärter, das Gefängnis, den eiligen Prozeß, die Folterkammer, das Schafott, alles dies zu der donnernden Begleitung meines gewaltigen Glücks. Ich erwarte nicht, daß meine Mitbürger ihrer Befreiung sogleich gewahr werden; ich räume sogar ein, daß das Regime aus bloßer Trägheit noch harscher werden könnte. Ich habe nichts an mir von dem Volkshelden, der für seine Mitmenschen stirbt. Ich sterbe nur für mich selber, im Namen meines eigenen Wohls und meiner eigenen Wahrheit, für das Wohl und die Wahrheit, die heute in mir und um mich herum entstellt und mit Füßen getreten werden, und wenn sie für einen anderen ebenso kostbar sind wie für mich, dann um so besser; wenn nicht, wenn mein Vaterland Menschen anderen Schlags braucht, dann akzeptiere ich willig meine Unbrauchbarkeit, werde meine Aufgabe aber dennoch erfüllen.

Mein Haß beschäftigt und überschwemmt mein Leben zu sehr, als daß es die mindeste Annehmlichkeit für mich haben könnte, und ich fürchte nicht den schwarzen Ekel und nicht die Agonie des Todes, vor allem da ich mit einem Glück, einem überirdischen Daseinsgefühl rechne, wie es sich weder Barbaren noch die heutigen Anhänger alter Religionen erträumen. Darum ist mein Kopf klar, und meine Hand ist frei – und dennoch weiß ich nicht, weiß ich nicht, wie ich seine Ermordung bewerkstelligen soll.

Manchmal meine ich, es liege daran, daß ein Mord, daß schon die Tötungsabsicht etwas unerträglich Abgeschmacktes ist und daß die Phantasie, die Mordmethoden und Waffengattungen Revue passieren läßt, eine entwürdigende Arbeit verrichtet, deren Scharlatanerie man um so akuter empfindet, je rechtschaffener die Macht ist, die einen treibt. Oder vielleicht könnte ich ihn aus Zimperlichkeit nicht töten, so wie manche Leute zwar eine tiefe Abscheu gegen alles empfinden, was kriecht, aber außerstande sind, auch nur einen Regenwurm zu zertreten, weil es für sie wäre, als träten sie auf die staubstarrenden Enden ihrer eigenen Eingeweide. Doch welche Erklärungen ich für meine Unentschlossenheit auch heraufbeschwöre, es wäre dumm, vor mir selber die Tatsache zu verbergen, daß ich ihn vernichten muß. O Hamlet, o verträumter Tor!

Soeben hat er bei der Grundsteinlegung für ein neues, mehrstöckiges Gewächshaus eine Rede gehalten, und dabei kam er auf die Gleichheit der Menschen und die Gleichheit der Weizenähren auf dem Felde zu sprechen, und um der Poesie willen sprach er von der Ehre, die der Ähre gebührt, verstieg sich gar zu der Formulierung «ährt das Ährenkleid der Ährde» – ich habe keine Ahnung, welcher Kitschier von einem Schulmeister ihm diesen fragwürdigen Kunstgriff angeraten hat, aber dafür wird mir jetzt klar, warum Verse in den Illustrierten neuerdings Archaismen enthalten wie:

Wie kundig werken Veterinäre,
Die Ärzte lactiferer Fährsen.

Zwei Stunden lang dröhnte die gewaltige Stimme durch unsere Stadt, brach mit unterschiedlicher Stärke aus diesem oder jenem Fenster hervor, so daß man, wenn man eine Straße entlangging (was übrigens als gefährliche Unehrerbietigkeit gilt: setz dich und hör zu), den Eindruck hatte, er begleite einen, krache von den Dachfirsten herunter, schlängele sich einem auf allen vieren zwischen den Beinen hindurch, raffe sich wieder auf, um einem nach dem Kopf zu hacken, kakele, krächze und quake in einer Karikatur auf die menschliche Rede, und nirgendwo kann man sich vor der Stimme verstecken, und das gleiche geschieht in jeder Stadt und jedem Dorf meines erfolgreich betäubten Landes. Offenbar ist niemandem außer mir ein interessanter Zug seines frenetischen Redeschwalls aufgefallen, nämlich die Pause, die er nach jedem besonders wirkungsvollen Satz macht, etwa wie ein Betrunkener, der in der für Betrunkene typischen unabhängigen, aber unbefriedigten Einsamkeit in der Straßenmitte steht und Bruchstücke aus einem Schimpfmonolog deklamiert, welcher in seinem Zorn, seiner Leidenschaft und Überzeugung voller Nachdruck ist, aber dunkel in seiner Bedeutung und seinem Ziel, dabei häufig innehält, um seine Kräfte zu sammeln, über den nächsten Passus nachzudenken, das Gesagte wirken zu lassen; und dann, wenn er die Pause abgewartet hat, wörtlich das soeben Ausgespiene wiederholt, jedoch in einem Ton, als wäre ihm ein neues Argument eingefallen, ein weiterer völlig neuer und unwiderleglicher Gedanke gekommen.

Als der Herrscher sich endlich erschöpft hatte und die gesichts- und wangenlosen Trompeten unsere Agrarhymne anstimmten, fühlte ich mich nicht nur nicht erleichtert, sondern hatte im Gegenteil das bedrückende Gefühl, ich hätte etwas verloren, das mir nun fehlte: Während er redete, konnte ich ihn wenigstens überwachen, konnte ich wissen, wo er war und was er machte; jetzt löste er sich wieder in Luft auf, die ich zwar atme, die indessen keinen greifbaren Brennpunkt hat.

Ich kann die glatthaarigen Frauen unserer Bergstämme verstehen; wenn ein Liebhaber sie verlassen hat, drücken sie jeden Morgen mit ihren hartnäckigen braunen Fingern den Türkiskopf einer Nadel in den Nabel einer kleinen, den Geflohenen darstellenden

Tonfigur. In letzter Zeit habe ich oft die ganze Kraft meines Geistes zusammengenommen, um mir in einem bestimmten Augenblick den Fluß seiner Sorgen und Gedanken vorzustellen, denn ich wollte den Rhythmus seines Daseins duplizieren, auf daß dieses nachgebe und zusammenbreche, wie eine Hängebrücke, deren Eigenschwingungen mit dem Gleichschritt einer Soldatenkolonne übereinstimmen, welche über sie hinweg marschiert. Die Soldaten kommen mit um – so wie ich, wenn ich in dem Moment den Verstand verliere, da ich den Rhythmus treffe, während er in seinem fernen Schloß tot umfällt; welche Methode des Tyrannenmords ich auch wählte, ich überlebte ihn nicht. Wenn ich morgens etwa um halb neun aufwache, bemühe ich mich, mir sein Erwachen vorzustellen: Er steht weder früh noch spät auf, sondern zu einer durchschnittlichen Zeit, so wie er sich auch – ich glaube, sogar offiziell – einen «Durchschnittsmenschen» nennt. Um neun nehmen er und ich ein frugales Frühstück zu uns, ein Glas Milch und ein Brötchen, und wenn ich an dem Tag nicht zum Dienst in die Schule muß, fahre ich in der Verfolgung seiner Gedanken fort. Er liest mehrere Zeitungen, und ich lese sie mit ihm, auf der Suche nach etwas, das seine Aufmerksamkeit fesseln könnte, obwohl ich weiß, daß ihm der ungefähre Inhalt meiner Morgenzeitung, ihre Leitartikel, ihre Nachrichtenzusammenfassungen, ihre Inlandsmeldungen schon am Vorabend bekannt waren, so daß ihm seine Lektüre keinen Anlaß zu administrativen Überlegungen liefern kann. Woraufhin seine Adjutanten mit Berichten und Anfragen erscheinen. Zusammen mit ihm erfahre ich, wie sich die Bahnverbindungen heute anfühlen, wie die Schwerindustrie vor sich hin schwitzt und wie viele Zentner pro Hektar dieses Jahr die Winterweizenernte erbracht hat. Nachdem er mehrere Gnadengesuche durchgesehen und seine unweigerliche Ablehnung darauf vermerkt hat – ein Bleistift-X, das Symbol für das Analphabetentum seines Herzens –, unternimmt er seinen üblichen Vormittagsspaziergang: Wie bei vielen nicht sonderlich klugen Leuten, denen es an Phantasie gebricht, ist das Gehen sein Lieblingssport; er geht in seinem ummauerten Garten umher, der früher ein großer Gefängnishof war. Auch der Speisezettel seines anspruchslosen Mittagessens ist mir bekannt, und danach teile ich seine Mittagsruhe mit ihm und mache mir mit ihm Gedanken über den weiteren Ausbau seiner Macht oder über neue Maßnahmen zur Unterdrückung aufrührerischer Machenschaften. Am Nachmittag besichtigen wir ein neues Gebäude, eine Festung, einen Platz oder eine andere Manifestation staatlicher Wohlhabenheit, und mit ihm gemeinsam erteile ich dem neuartigen Ventilator irgendeines Erfinders mein Plazet. Das Abendessen überspringe ich, das gewöhnlich eine Galaangelegenheit ist, zu der verschiedene Funktionäre ihre Aufwartung machen, aber dafür verdoppelt sich bei Anbruch der Nacht die Stärke meiner Gedanken, und ich erteile Zeitungsredakteuren Befehle, höre mir Berichte von abendlichen Sitzungen an und flüstere in meinem dunkel werdenden Zimmer, gestikuliere und hoffe immer wahnsinniger, daß doch endlich einer meiner Gedanken in seinen Schritt einfallen möge – dann, das weiß ich, reißt die Brücke wie eine Violinsaite.

Doch es verfolgt mich das Pech, das zu eifrige Spieler haben, ich bekomme nie die richtige Karte, obwohl ich doch eine gewisse geheime Liaison mit ihm hergestellt haben muß, denn etwa um elf, wenn er zu Bett geht, verspürt alles in mir einen Kollaps, eine Leere, eine Schwächung und eine melancholische Erleichterung. Bald sinkt er in Schlaf, schläft er, und da ihn auf seiner Häftlingspritsche kein einziger hypnagoger Gedanke bekümmert, bin auch ich frei, und nur gelegentlich und ohne jede Hoffnung auf Erfolg versuche ich, mir seine Träume auszudenken, indem ich Bruchstücke seiner Vergangenheit mit Eindrücken der Gegenwart verbinde; wahrscheinlich aber träumt er gar nicht, und all meine Arbeit ist umsonst, und nie, nie wird sein königliches Todesröcheln die Nacht zerreißen und die Historie zu der Bemerkung veranlassen: «Der Diktator starb im Schlafe.»

15

Wie nur kann ich ihn loswerden? Ich halte es nicht länger aus. Alles ist von ihm erfüllt, alles, was mir lieb ist, ist besudelt, alles ist zu seinem Ebenbild geworden, seinem Spiegelbild, und in den Gesichtern der Passanten und den Augen meiner armen Schulkinder zeigen sich immer deutlicher und immer hoffnungsloser seine Züge. Nicht nur, daß die Plakate, die ich sie in Farbe abzeichnen zu lassen verpflichtet bin, immer und immer wieder sein Charaktermuster ausdeuten – selbst der einfache weiße Würfel, den ich den unteren Klassen als Zeichenvorlage gebe, wirkt auf mich wie sein Portrait – vielleicht sein bestes Portrait. O kubisches Monster, wie kann ich dich auslöschen?

16

Und plötzlich ging mir auf, daß es einen Weg gab! Es war an einem frostigen, reglosen Morgen mit einem blaßrosa Himmel und Eisklumpen in den Rachen der Abflußrohre; überall herrschte unheilvolle Stille: In einer Stunde würde die Stadt erwachen, und wie sie erwachen würde! An jenem Tag sollte sein fünfzigster Geburtstag gefeiert werden, und schon krochen Leute, die vor dem Schnee wie schwarze Viertelnoten wirkten, auf die Straßen hinaus, um sich rechtzeitig an den Treffpunkten einzufinden, wo sie aufgrund ihrer Berufszugehörigkeit verschiedenen Marschkolonnen zugewiesen werden sollten. Auf die Gefahr hin, meinen mageren Lohn einzubüßen, rüstete ich mich nicht zur Teilnahme an irgendeiner Festprozession; mich beschäftigte etwas anderes, ein wenig Wichtigeres. Während ich am Fenster stand, konnte ich die ersten fernen Fanfaren und von der Kreuzung her die Anfeuerungsrufe des Radioanimators hören, und ich fand Trost in dem Gedanken, daß ich und nur ich all dem ein Ende bereiten konnte. Ja, die Lösung war gefunden: Die Ermordung des Tyrannen erwies sich als so einfach und schnell auszuführen, daß ich dazu noch nicht einmal das Zimmer zu verlassen brauchte. Die einzigen Waffen, die hierfür benötigt wurden, waren entweder ein alter, aber sehr gut erhaltener Revolver oder ein Haken über dem Fenster, an dem einst eine Gardinenstange befestigt gewesen sein mußte. Letzterer war sogar noch besser, denn ich hatte meinen Zweifel, ob die fünfundzwanzig Jahre alte Patrone noch ihren Dienst täte.

Indem ich mich umbrächte, brächte ich auch ihn um, denn gemästet von der Intensität meines Hasses, befand er sich zur Gänze in mir. Zusammen mit ihm brächte ich die Welt um, die er geschaffen hatte, die ganze Dummheit, Feigheit und Grausamkeit dieser Welt, die zusammen mit ihm riesig angewachsen war in mir und alle angesammelten Schätze bis hin zur letzten besonnten Landschaft und zur letzten Kindheitserinnerung hinausgedrängt hatte. Ich schwelgte in der Macht, die mir nunmehr bewußt war, bereitete mich ohne Hast auf die Selbstvernichtung vor, sichtete meine Besitztümer, korrigierte diesen meinen Bericht. Und plötzlich dann machte die unglaubliche Verschärfung der Sinne, die mich überwältigt hatte, eine seltsame, fast alchemistische Metamorphose durch. Vor meinem Fenster breiteten sich die Festlichkeiten aus, die Sonne verwandelte die blauen Schneewehen in glitzernden Flaum, und über entfernten Dächern spielte ein neuartiges (vor kurzem von einem bäuerlichen Genie erfundenes) Feuerwerk, dessen Farben selbst im hellen Tageslicht leuchteten. Der allgemeine Jubel; das diamantene Portrait des Herrschers, das pyrotechnisch am Himmel aufblitzte; die fröhlichen Farben der Prozession, die sich über die Schneedecke des Flusses schlängelte; die entzückenden Pappsymbole für den Wohlstand des Vaterlands; die abwechslungsreichen und eleganten Spruchbänder, die über den Schultern der Marschierer auf und ab wippten; die forsche primitive Musik; die Fahnenorgie; die zufriedenen Gesichter der jungen Bauernlümmel und die Nationaltrachten der derben Mägde – alles dies lies eine scharlachrote Rührung in mir aufwallen, und ich begriff meine Sünde wider unsern großen und barmherzigen Herrscher. Ist nicht er es, der unsere Felder düngte, der den Armen Schuhe machen ließ, er, dem wir für jede Sekunde unseres bürgerlichen Daseins zu danken haben? Tränen der Reue, heiße, gute Tränen flossen mir aus den Augen und auf das Fensterbrett, wenn ich daran dachte, wie ich die Güte des Herrn von mir gewiesen hatte, wie blind ich die Schönheit seiner ganzen Schöpfung verleugnet hatte, die soziale Ordnung, den Lebensstil, die vorzüglichen neuen Nußbaumimitationszäune, und wie ich das Komplott geschmiedet hatte, Hand an mich zu legen, und mir damit herausgenommen hatte, das Leben eines seiner Untertanen aufs Spiel zu setzen! Die Festlichkeiten breiteten sich aus, wie gesagt; ich stand am Fenster, über und über feucht von Tränen und geschüttelt von Lachen, lauschte den Versen unseres führenden Dichters, im Radio vorgetragen von der knackigen, an baritonalen Modulationen reichen Stimme eines Schauspielers:

Bedenkt es, Bürger, immer wieder:
Das Land war vaterlos und wüst.
Der stärkste Durst zeugt weder Lieder
Noch Bier, wenn nicht der Hopfen sprießt.

Stellt euch doch vor, es fehlten Bollen,
Tomaten, Rüben, Wirsingkohl:
In ihren erdgen Wurzelknollen
Verfaulten die Gedichte wohl.
Wir gingen vielbegangne Wege,
Und Fliegenpilze aßen wir,
Bis durch gewaltge Hammerschläge
Erdröhnte der Geschichte Tür!
Bis er vor uns in seinem Glanze,
In schicker weißer Toga trat,
Und lächelnd ging er stracks aufs Ganze –
Der Herrliche, der Chef vom Staat!

Ja, «Glanze», ja, «Fliegenpilze», ja, «lächelnd», das ist wohl wahr. Ich, ein kleiner Mensch, ich, der blinde Bettler, dem heute das Augenlicht geschenkt ward, falle auf die Knie und bereue vor dir. Richte mich hin – nein, noch besser, begnadige mich, denn der Richtblock ist deine Gnade, und deine Gnade der Richtblock, der mit schmerzhaftem, mildem Licht meine ganze Ruchlosigkeit erleuchtet. Du bist unser Stolz, unser Ruhm, unser Banner! O großartiger gutherziger Gigant, der du aufmerksam und liebend über uns wachst, ich schwöre, daß ich dir hinfort dienen werde, ich schwöre, daß ich wie all deine anderen Kreaturen sein werde, ich schwöre, daß ich dein bin unverbrüchlich, und so weiter, und so weiter, und so weiter.

17

Tatsächlich hat mich das Lachen gerettet. Nachdem ich alle Grade von Haß und Verzweiflung durchlebt hatte, erreichte ich jene Höhen, aus denen man das Lächerliche in der Vogelperspektive daliegen sieht. Ein Ausbruch herzhafter Fröhlichkeit kurierte mich, so wie es in einem Kinderbuch dem Herrn geschieht, «in dessen Kehle beim Anblick der amüsanten Faxen eines Pudels ein Geschwür platzte». Wenn ich meine Niederschrift überlese, dann sehe ich, daß meine Anstrengungen, ihn schrecklich zu machen, ihn nur lächerlich gemacht und damit vernichtet haben – eine alte, bewährte Methode. So bescheiden ich mein stümperhaftes Werk auch einschätze, so sagt mir dennoch etwas, daß es nicht mit einer gewöhnlichen Feder geschrieben ist. Obwohl mir literarischer Ehrgeiz fernliegt, bin ich dennoch voll von Worten, die ich in den Jahren meines zornerfüllten Schweigens geschmiedet habe, und habe meine Sache aufrichtig und mit vollem Gefühl ausgedrückt, wo ein anderer sich auf Kunstgriffe und Erfindungen verlassen hätte. Dies ist eine Beschwörung, ein Exorzismus, auf daß in Zukunft jeder die Knechtschaft bannen könne. Ich glaube an Wunder. Ich glaube, daß dieser Bericht auf irgendeine mir unbekannte Art andere Menschen erreichen wird, zwar weder heute noch morgen, wohl aber in einer fernen Zeit, wenn die Welt ein paar Tage Muße hat für archäologische Grabungen, am Vorabend neuer Unannehmlichkeiten, die nicht weniger komisch sein werden als die gegenwärtigen. Und wer weiß – vielleicht tue ich recht daran, nicht auszuschließen, daß sich meine beiläufige Arbeit als unsterblich erweist und durch die Zeiten fortlebt, bald verfolgt, bald gepriesen, oft gefährlich und immer nützlich. Während ich, ein «Schatten ohne Knochen», *un fantôme sans os*, zufrieden sein werde, wenn die Frucht meiner vergessenen schlaflosen Nächte lange Zeit als eine Art Geheimmittel gegen künftige Tyrannen dient, gegen tigroide Ungeheuer, gegen die schwachköpfigen Peiniger der Menschen.

Lik

Von dem bekannten französischen Autor Suire gibt es aus den zwanziger Jahren ein Stück mit dem Titel *L'Abîme* (Der Abgrund). Es ist inzwischen von der Bühne direkt in die Kleine Lethe gelangt (diejenige, die für das Theater zuständig ist – ein Fluß übrigens, der nicht ganz so hoffnungslos ist wie der Hauptstrom und eine schwächere Vergessenslösung enthält, so daß angelnde Regisseure auch noch Jahre später etwas herausfischen können). Dieses Stück – eine absolute, ja ideale Idiotie oder, anders ausgedrückt, eine ideale, auf die soliden Konventionen traditioneller Dramaturgie gegründete Konstruktion – handelt von der Seelenpein einer reichen und frommen Französin mittleren Alters, die plötzlich in sündiger Leidenschaft zu einem jungen Russen namens Igor entbrennt, der in ihrem *château* aufgetaucht ist und sich in ihre Tochter Angélique verliebt hat. Ein alter Freund des Hauses, ein hartnäckiger, mißmutiger Frömmler, den der Autor sich aus Mystizismus und Geilheit handlich zusammengebastelt hat, ist eifersüchtig auf das Interesse der Heldin für Igor, während diese wiederum eifersüchtig ist auf die Aufmerksamkeit, die Igor Angélique schenkt; mit einem Wort, es ist alles sehr zwingend und lebenswahr, jeder Dialog trägt das Warenzeichen einer respektablen Tradition, und es versteht sich von selbst, daß kein einziger Stoß von Talent den ordnungsgemäßen Gang der Handlung stört, die anschwillt, wo sie zu schwellen hat, und wann immer nötig von einer lyrischen Szene oder einem schamlos erklärenden Dialog zwischen zwei betagten Faktoten unterbrochen wird.

Der Apfel der Zwietracht ist gewöhnlich eine frühe, saure Frucht und sollte gekocht werden. So droht der junge Mann des Dramas etwas farblos zu geraten, und in dem vergeblichen Bemühen, ihn ein wenig zu retuschieren, hat ihn der Autor zu einem Russen gemacht – mit all den offenkundigen Folgen solchen Schwindels. Suires optimistischen Absichten gemäß, ist er ein emigrierter russischer Aristokrat, unlängst von einer alten Dame adoptiert, der russischen Gattin eines Gutsbesitzers aus der Nachbarschaft. Eines Nachts, auf dem Höhepunkt eines Gewitters, kommt Igor und pocht an unsere Pforte, tritt ein, die Reitgerte in der Hand, und tut aufgeregt kund, daß der Fichtenwald auf dem Besitz seiner Wohltäterin brenne und auch unsere Fichten in Gefahr seien. Das berührt uns weniger als der jugendliche Schick des Besuchers, und wir fühlen uns bemüßigt, auf einen Pouf niederzusinken und versonnen mit unserer Halskette zu spielen, woraufhin unser bigotter Freund bemerkt, daß die Spiegelung der Flammen zuweilen gefährlicher sei als die Feuersbrunst selbst... Eine solide Handlung von prima Qualität, wie man sieht, denn es ist sofort klar, daß der Russe ein regelmäßiger Gast des Hauses wird, und tatsächlich, der zweite Akt ist ganz schönes Wetter und helle Sommerkleidung.

Nach dem gedruckten Text des Stückes zu urteilen, drückt sich Igor (zumindest in den ersten Szenen, bevor der Autor es leid wird) nicht unkorrekt, aber sozusagen ein wenig stockend aus, indem er immer wieder ein «heißt das auch so auf französisch?» einfügt. Später indessen, wenn der turbulente Verlauf des Dramas dem Autor keine Zeit für derlei Bagatellen läßt, werden alle ausländischen Spracheigentümlichkeiten getilgt, und spontan macht sich der junge Russe den reichen Wortschatz eines gebürtigen Franzosen zu eigen; erst gegen Ende, während der Flaute vor der letzten Handlungsbö, erinnert sich der Stückeschreiber reumütig an Igors Herkunft, worauf dieser die folgenden Worte an den alten Diener richtet: *«J'étais trop jeune pour prendre part à la... comment dit-on... welika woina... grande, grande guerre...»* Gerechterweise muß man dem Autor zugute halten, daß er außer diesem *«welika woina»* und einem bescheidenen *«doswidanja»* seine Bekanntschaft mit der russischen Sprache nicht mißbraucht und sich mit der Regieanweisung begnügt: «Slawischer Singsang verleiht Igors Aussprache einen gewissen Charme.»

In Paris, wo das Stück großen Erfolg hatte, wurde Igor von François Coulot gespielt, und zwar nicht schlecht, doch aus irgendeinem Grund mit einem starken italienischen Akzent, den er offenbar als russischen auszugeben gedachte und der keinen einzigen Pariser Kritiker in Erstaunen setzte. Als das Stück später in die Provinz hinabrieselte, bekam zufällig ein wirklicher russischer Schauspieler die Rolle, Lik (Künstlername von Lawrentij Iwanowitsch Krushewnizyn), ein magerer, blonder Mensch mit kaffeebraunen Augen, der sich dank einem Film, in dem er hervorragend die Nebenrolle eines Stotterers verkörperte, einigen Ruhm errungen hatte.

Es war jedoch schwer zu sagen, ob Lik (das Wort bedeutet im Russischen und Mittelenglischen «Antlitz») wirkliches Bühnentalent besaß oder ein Mann vieler unbestimmter Neigungen war, der sich aufs Geratewohl für eine davon entschieden hatte, aber ebensogut Maler, Juwelier oder Rattenfänger hätte werden können. Solch ein Mensch gleicht einem Raum mit verschiedenen Türen, unter denen möglicherweise eine ist, die direkt in einen großen Garten führt, in die mondhellen Tiefen einer wundersamen menschlichen Nacht, wo die Seele den Schatz entdeckt, der ihr allein bestimmt war. Aber wie dem auch sei, diese Tür hatte Lik jedenfalls nicht geöffnet, sondern statt dessen den thespischen Weg eingeschlagen, dem er ohne Begeisterung folgte, mit der Geistesabwesenheit eines Mannes, der nach Wegweisern sucht, die es nicht gibt, aber die ihm vielleicht im Traum erschienen waren oder in der unentwickelten Photographie einer anderen Gegend zu erkennen sind, die er niemals aufsuchen wird. Auf der konventionellen Ebene äußerer irdischer Lebensumstände war er – wie auch das Jahrhundert – in den Dreißigern. Bei nicht mehr jungen Menschen, die nicht nur außerhalb ihrer Heimat, sondern auch außerhalb ihres eigenen Lebens gestrandet sind, entwickelt sich das Heimweh zu einem außerordentlich komplizierten Organ, das ununterbrochen in Tätigkeit ist und dessen Sekrete alles Verlorene kompensieren; oder aber es wird zu einem tödlichen Seelentumor, der das Atmen, das Schlafen und den

Umgang mit unbekümmerten Ausländern schmerzhaft macht. Bei Lik blieb diese Erinnerung an Rußland im Embryonalzustand, beschränkt auf nebelhafte Kindheitsreminiszenzen wie den harzigen Duft eines ersten Frühlingstages auf dem Land oder die eigentümliche Gestalt der Schneeflocke auf der Wolle seiner Kapuze. Seine Eltern waren tot. Er lebte allein. Alles, was ihm an Liebe und Freundschaft über den Weg kam, hatte etwas Dünnes, Substanzloses. Niemand schrieb ihm geschwätzige Briefe, niemand interessierte sich mehr für seine Sorgen als er selber, und es gab niemanden, zu dem er gehen konnte, um sich über die unverdiente Gefährdung seines Lebens zu beklagen, als er von zwei Ärzten, einem Franzosen und einem Russen, erfahren hatte, daß er (wie viele Protagonisten) ein unheilbares Herzleiden hatte – während es auf den Straßen von robusten Greisen nur so wimmelte. Zwischen dieser seiner Krankheit und seiner Vorliebe für feine, teure Dinge schien eine Beziehung zu bestehen; er konnte zum Beispiel seine letzten zweihundert Franken für einen Schal oder einen Füllfederhalter ausgeben, doch trotz der peinlichen, ja ehrfürchtigen Sorgfalt, mit der er die Sachen behandelte, wurde der Schal unweigerlich schmutzig, und der Füller ging ihm entzwei.

In seinem Verhältnis zu den anderen Mitgliedern der Theatergruppe, der er so gleichgültig beigetreten war, wie ein von einer Frau abgelegter Pelz auf diesem oder jenem anonymen Stuhl landet, blieb er der gleiche Fremde, der er bei der ersten Probe gewesen war. Er hatte sogleich das Gefühl gehabt, überflüssig zu sein oder jemandem den Platz wegzunehmen. Der Prinzipal der Truppe war gleichbleibend freundlich zu ihm, doch Liks überempfindliche Seele malte sich unablässig die Möglichkeit eines Krachs aus – als könnte man ihn jeden Augenblick entlarven und einer unerträglichen Schandtat bezichtigen. Ja, daß die Haltung des Prinzipals immer die gleiche blieb, deutete er als äußerste Gleichgültigkeit seiner Arbeit gegenüber, so als hätte sich jedermann längst mit deren Minderwertigkeit abgefunden, und als duldete man ihn lediglich, weil es keinen handlichen Vorwand für seine Entlassung gab.

Es kam ihm vor – und vielleicht war es wirklich so –, als wäre er für diese lauten, wendigen französischen Schauspieler, die durch ein Netz persönlicher und beruflicher Leidenschaften miteinander verbunden waren, nicht minder ein zufälliger Gegenstand als das alte Fahrrad, das eine der Figuren im zweiten Akt geschickt auseinandernahm; wenn ihn also jemand besonders herzlich grüßte oder ihm eine Zigarette anbot, meinte er, es handele sich um ein Mißverständnis, das sich leider sogleich aufklären werde. Seiner Krankheit wegen mied er Alkohol, aber daß er an freundschaftlichen Zusammenkünften nicht teilnahm, wurde nicht etwa seinem Mangel an Geselligkeit zugeschrieben (was ihm den Vorwurf des Hochmuts eingetragen und ihn somit immerhin wenigstens mit dem Anschein einer Persönlichkeit versehen hätte), sondern einfach nicht zur Kenntnis genommen, als könnte es gar nicht anders sein; und wenn sie ihn dennoch irgendwohin einluden, geschah es immer in einer vage fragenden Weise («du kommst doch mit, oder...?»), die für denjenigen besonders schmerzlich ist, der sich danach sehnt, zum

Mitkommen überredet zu werden. Von den Witzen, Anspielungen und Spitznamen, mit denen die anderen in geheimnisvoller Ausgelassenheit um sich warfen, verstand er wenig. Fast wünschte er sich, daß einige dieser Scherze auf seine Kosten gingen, aber selbst das traf nicht zu. Gleichzeitig hatte er einige seiner Kollegen recht gern. Der Darsteller des Frömmlers war im wirklichen Leben ein angenehmer, dicklicher Mann, der unlängst einen Sportwagen erworben hatte, über den er mit echter Inspiriertheit zu reden wußte. Und auch die junge Naive war überaus reizend – dunkelhaarig und schlank, mit wunderbar strahlenden, sorgfältig geschminkten Augen –, hatte am Tage jedoch hoffnungslos vergessen, welche Geständnisse sie des Abends auf der Bühne machte, in der gesprächigen Umarmung ihres russischen Verlobten, an den sie sich so freimütig klammerte. Lik sagte sich gern, daß sie nur auf der Bühne ihr wahres Leben lebe und in der übrigen Zeit periodischen Anwandlungen von Geistesverwirrung ausgeliefert sei, während deren sie ihn nicht mehr erkannte und sich selber einen anderen Namen gab. Mit der Hauptdarstellerin wechselte er bis auf ihrer beider Dialogstellen nie ein Wort, und wenn diese untersetzte, intensive, schöne Frau hinter den Kulissen mit bebenden Wangen an ihm vorüberkam, hatte er das Gefühl, nur ein Stück flaches Bühnendekor zu sein, das umkippen würde, sobald jemand es anstieß.

Tatsächlich ist es schwer zu sagen, ob alles so war, wie der arme Lik es sich dachte, oder ob diese völlig harmlosen, egozentrischen Leute ihn sich selber überließen, weil er ihre Gesellschaft nicht suchte, und kein

Gespräch mit ihm anknüpften, genau wie Reisende, die miteinander bekannt geworden sind, auch keinen Ausländer ansprechen, der in sein Buch vertieft in einer Ecke des Abteils sitzt. Doch selbst wenn Lik sich in seltenen Augenblicken des Selbstvertrauens von der Irrationalität seiner unbestimmten Qualen zu überzeugen suchte, war die Erinnerung an ähnliche Qualen zu frisch, und zu oft wiederholten sie sich unter neuen Umständen, als daß er imstande gewesen wäre, sie jetzt zu überwinden. Der Einsamkeit als einer Situation kann abgeholfen werden, als Geistesverfassung jedoch ist sie eine unheilbare Krankheit.

Seine Rolle spielte er gewissenhaft und, wenigstens was seinen Akzent betraf, erfolgreicher als sein Vorgänger, da er Französisch mit russischem Tonfall sprach – seine Sätze zog er weich in die Länge, ließ die Betonung vor ihrem Ende fallen und filterte mit übermäßiger Sorgfalt den Schaum überschüssiger Ausdrücke heraus, die einem Franzosen so behende und schnell von der Zunge gehen. Seine Rolle war so klein und trotz ihrer dramatischen Wirkung auf die Handlungen der anderen Figuren so unbedeutend, daß es sich nicht lohnte, Gedanken daran zu verlieren; dennoch dachte er über sie nach, vor allem zu Beginn der Tournee, und das nicht so sehr aus Liebe zu seiner Kunst als vielmehr darum, weil das Mißverhältnis zwischen der Bedeutungslosigkeit der Rolle selbst und der Bedeutung des komplexen dramatischen Geschehens, dessen Hauptursache er war, ihm ein Paradox schien, welches ihn irgendwie persönlich demütigte. Und obwohl ihm alle Verbesserungsmöglichkeiten, die Kunst und Eitelkeit ihm nahelegten (zwei Dinge, die oft zusammenfallen), bald gleichgültig wurden, eilte er doch mit unveränderter, geheimnisvoller Freude auf die Bühne, als erhoffe er sich jedesmal eine besondere Belohnung – die natürlich nichts mit der üblichen Dosis neutralen Beifalls zu tun hätte. Sie bestand auch nicht in der inneren Befriedigung des Darstellers. Vielmehr lauerte sie in gewissen ungewöhnlichen Furchen und Falten, die er im Leben des Stückes selbst gewahrte, so banal und hoffnungslos spießig es auch war, denn wie jedes Stück, das von lebenden Menschen dargestellt wird, erwarb es Gott weiß woher eine individuelle Seele, versuchte ein paar Stunden lang zu existieren, seine eigene Hitze und Energie zu entwickeln, hatte nichts mehr mit dem jämmerlichen Entwurf seines Autors oder der Mittelmäßigkeit der Schauspieler zu tun, sondern erwachte zum Leben, wie in einem von der Sonne erwärmten Gewässer Leben erwacht. Zum Beispiel hoffte Lik, an einem unbestimmten und herrlichen Abend mitten in der üblichen Vorstellung sozusagen auf eine Treibsandstelle zu treten; etwas würde nachgeben, und er versänke für alle Zeiten in einem neuen Element, keinem bekannten ähnlich, in dem sich die fadenscheinigen Themen des Stückes in völlig neuer Art und Weise entwickelten. Unwiderruflich wäre sein Übergang in dieses Element, er würde Angélique heiraten, über die niedrige und trockene Heide reiten, alle materiellen Güter sein eigen nennen, auf die im Stück angespielt wurde, in jenem Schloß leben und sich darüber hinaus in einer Welt unaussprechlicher Zärtlichkeit befinden – einer bläulichen, sanften Welt, in der sich wundersame Abenteuer der Sinne ereignen und unerhörte Verwandlungen des Geistes. Wenn er über alles dies nachgrübelte, stellte sich Lik aus irgendeinem Grunde vor, daß, wenn sein Herz versagte – und bald sterben würde er –, ihn der Anfall gewiß auf der Bühne ereilen würde, wie bei dem armen Molière, der inmitten der Ärzte sein Küchenlatein herausbellte; aber daß er seinen Tod gar nicht bemerken, sondern statt dessen in die wirkliche Welt eines zufälligen Dramas hinüberwechseln würde, welches dank seiner Ankunft neu erblühte, indes sein lächelnder Leichnam auf den Brettern läge und der Zeh eines Fußes unter den Falten des herabgelassenen Vorhangs hervorragte.

Ende des Sommers wurden *Der Abgrund* und zwei andere Stücke des Repertoires in einer Stadt am Mittelmeer gegeben. Lik trat nur im *Abgrund* auf, so daß er zwischen der ersten und der zweiten Aufführung (es waren nur zwei vorgesehen) eine Woche frei hatte, ohne zu wissen, was er mit dieser Zeit anfangen sollte. Zu allem Überfluß vertrug er das südliche Klima nicht; während der ersten Vorstellung befand er sich in den Nebelschwaden eines Treibhausdeliriums – bald hing ihm ein heißer Tropfen Bühnenschminke an der Nasenspitze, bald brannte er auf seiner Oberlippe. Während der ersten Pause trat er auf die Terrasse hinaus, die die Rückfront des Theaters von einer anglikanischen Kirche trennte. Er hatte plötzlich das Gefühl, er würde die Vorstellung nicht überstehen, sondern sich auf der Bühne auflösen, inmitten vielfarbiger Ausdünstungen, durch die im letzten Augenblick seines sterblichen Daseins der glückselige Strahl eines anderen Lebens zucken würde – ja, eines anderen Lebens. Dennoch hielt er irgendwie bis zum Ende durch, auch wenn er des Schweißes in seinen Augen wegen alles doppelt sah, während die Berührung der glatten, kühlen, bloßen Arme seiner Partnerin das Gefühl, seine Handflächen seien im Begriff zu schmelzen, nur noch erhöhte. Ziemlich zerschlagen kehrte er in seine Pension zurück, mit stechenden Schultern und widerhallenden Schmerzen im Hinterkopf. Im dunklen Garten stand alles in Blüte und roch nach Zuckerzeug, und ohne Unterlaß zirpten die Grillen, die er (wie alle Russen) fälschlicherweise für Zikaden hielt.

Sein erleuchtetes Zimmer war antiseptisch weiß im Vergleich zu der vom offenen Fenster eingerahmten südlichen Dunkelheit. Er zerdrückte eine rotbäuchige, betrunkene Mücke an der Wand und saß dann lange auf der Bettkante, denn er fürchtete sich vor dem Hinlegen, er fürchtete sich vor dem Klopfen seines Herzens. Die Nähe des Meeres, dessen Vorhandensein hinter dem Zitronenhain ihm ahnungsvoll bewußt war, bedrückte ihn, als wäre dieser weite, zähflüssig glänzende Raum, über den sich nichts als eine straffe Membrane aus Mondschein spannte, dem ebenso straff gespannten Gefäß seines klopfenden Herzens verwandt und wie dieses qualvoll entblößt, als trennte nichts es vom Himmel, von dem Geschlurre menschlicher Füße und dem unerträglichen Andringen der Musik aus einer nahen Bar. Er schaute auf seine teure Armbanduhr und stellte bedauernd fest, daß er das Glas verloren hatte; ja, er hatte mit dem Handgelenk eine Steinbrüstung gestreift, als er vor einer Weile bergan gestolpert war. Die

Uhr war noch am Leben, schutzlos und nackt, wie ein lebendes Organ, welches das Messer des Chirurgen bloßgelegt hat.

Lik verbrachte seine Tage auf der Suche nach Schatten und in der Sehnsucht nach Kühle. Der Anblick der See und des Strandes, wo gebräunte Dämonen sich auf sengendem Kies sonnten, hatte für ihn etwas Höllisches. Die Sonnenseite der engen Straßen war ihm so streng verboten, daß er komplizierte Orientierungsaufgaben zu lösen gehabt hätte, hätten seine Wege Zweck und Ziel gehabt. Indessen, er wußte nicht wohin. Planlos streifte er an den Ladenfronten entlang, wo unter anderem einige recht neckische Armbänder aus einem Material ausgestellt waren, das wie rosa Bernstein aussah, und dazu ungemein reizvolle lederne Lesezeichen sowie goldgeprägte Geldbörsen. Unter der orangeroten Markise eines Cafés sank er auf einen Stuhl nieder, dann ging er nach Hause und legte sich aufs Bett – splitternackt, schrecklich dünn und weiß – und dachte über die gleichen Dinge nach wie immer, unausgesetzt.

Er überlegte, daß er verurteilt war, in den Außenbezirken des Lebens zu verweilen, daß es immer so gewesen war und immer so bleiben würde und daß er, falls der Tod ihm keinen Ausweg in die wahre Wirklichkeit eröffnete, das Leben darum einfach niemals kennenlernen würde. Er überlegte auch, daß er, wenn seine Eltern am Leben geblieben und nicht ganz zu Anfang der Emigrationsära gestorben wären, seine fünfzehn erwachsenen Jahre im warmen Schoß einer Familie zugebracht hätte; daß er, wäre sein Schicksal weniger unstet gewesen, eine der drei Oberschulen beendet hätte, die er an zufälligen Orten im mittelmäßigen Mitteleuropa besucht hatte, und jetzt einer braven, anständigen Arbeit unter braven und anständigen Leuten nachginge. Doch so sehr er seine Phantasie auch anspannte, er konnte sich weder diese Arbeit noch diese Leute vorstellen, wie er sich auch nicht zu erklären vermochte, warum er als junger Mann auf eine Schauspielschule für den Filmnachwuchs gegangen war, statt sich auf Musik oder Numismatik, Fensterputzen oder Buchhaltung zu verlegen. Und wie immer wanderten seine Gedanken von jedem Punkt ihrer Kreisbahn den Radius entlang zurück zum dunklen Mittelpunkt, zu der Vorahnung des nahenden Todes, für den er, der keine geistigen Güter aufgehäuft hatte, doch kaum eine lohnende Beute darstellte. Dennoch hatte der Tod offenbar beschlossen, ihn mit Vorrang abzufertigen.

Als er eines Abends in einem Liegestuhl auf der Veranda ruhte, belästigte ihn wieder einer der Pensionsgäste, ein redseliger alter Russe, dem es bereits zweimal gelungen war, Lik sein Leben zu erzählen, das erste Mal in der einen Richtung, aus der Gegenwart in die Vergangenheit, dann in der anderen, wider den Strich, mit dem Ergebnis zweier verschiedener Lebensläufe, von denen der eine erfolgreich war, der andere nicht. «Ein Freund von mir ist hier aufgetaucht; das heißt ‹Freund› *c'est beaucoup dire* – ich habe ihn in Brüssel ein paarmal getroffen, das ist alles. Leider ist er völlig heruntergekommen. Gestern – doch, ich glaube, es war gestern – erwähnte ich zufällig Ihren Namen, und er sagte: ‹Was, natürlich kenne ich ihn – wir sind ja sogar miteinander verwandt.›»

«Verwandt?» fragte Lik überrascht. «Ich hatte so gut wie nie irgendwelche Verwandte. Wie heißt er denn?»

«Ein gewisser Koldunow – Oleg Petrowitsch Koldunow ... Petrowitsch, nicht wahr? Sie kennen ihn?»

«Das kann doch nicht sein!» rief Lik und bedeckte das Gesicht mit den Händen.

«Aber ja! Denken Sie nur!» sagte der andere.

«Das kann nicht sein!» wiederholte Lik. «Ich dachte ... Sie haben ihm meine Adresse nicht gegeben, nicht wahr?»

«Doch. Ich verstehe allerdings. Es verursacht einem Abscheu und Mitleid zugleich. Überall hinausgeworfen, verbittert, mit einer Familie, und so weiter.»

«Hören Sie, tun Sie mir einen Gefallen. Sagen Sie ihm, daß ich nicht mehr hier wäre.»

«Wenn ich ihn sehe, gerne. Aber ... Na ja, ich habe ihn bloß so getroffen, unten am Hafen. Meine Güte, was für schmucke Jachten sie dort haben. Das nenne ich mir glückliche Leute. Man lebt auf dem Wasser und segelt, wohin man gerade will. Champagner, Mädels, alles blankgeputzt ...» Und der Alte schmatzte mit den Lippen und schüttelte den Kopf.

Wie konnte so etwas Verrücktes passieren, dachte Lik den ganzen Abend lang. Was für eine Bescherung ... Er hatte keine Ahnung, wieso er zu der Meinung gekommen war, daß Oleg Koldunow nicht mehr unter den Lebenden weile. Es handelte sich um einen von jenen Grundsätzen, die die Vernunft nicht im aktiven Dienst beläßt, sondern in die entlegensten Tiefen des Bewußtseins versetzt, so daß er jetzt, bei Koldunows Wiederauferstehung, zugeben mußte, daß sich zwei Parallelen vielleicht doch schneiden; aber es war qualvoll schwierig, sich von der alten Vorstellung frei zu machen, die fest in seinem Kopf verankert war – als könnte die Beseitigung dieses einen Irrtums die ganze Ordnung seiner anderen Vorstellungen und Ansichten in Mitleidenschaft ziehen. Und jetzt konnte er sich einfach nicht entsinnen, welche Informationen ihn zu dem Schluß geführt hatten, daß Koldunow umgekommen wäre, und warum sich in den vergangenen zwanzig Jahren die Kette vagen ursprünglichen Wissens, aus der Koldunows Verhängnis geschmiedet worden war, derart gefestigt hatte.

Ihre Mütter waren Cousinen gewesen. Oleg Koldunow war zwei Jahre älter als er; vier Jahre lang hatten sie die gleiche Oberschule in der Provinz besucht, und die Erinnerung an diese Jahre war Lik immer so verhaßt gewesen, daß er lieber überhaupt nicht an seine Knabenjahre zurückdachte. Ja, vielleicht war sein Rußland gerade darum so dunkel umwölkt, weil er keinerlei persönliche Erinnerungen werthielt. Träume jedoch kamen ihm auch jetzt noch, denn ihnen war nicht zu gebieten. Manchmal tauchte Koldunow leibhaftig auf, ganz er selber, in der Umgebung der Jugend, die vom Traumregisseur aus einigen Zubehörteilen – etwa einem Klassenzimmer, Pulten, einer Wandtafel nebst ihrem trockenen, gewichtlosen Schwamm – in aller Eile zusammengestellt worden war. Neben diesen nüchternen Träumen gab es auch romantische, ja dekadente – das heißt, ihnen fehlte zwar Koldunows offensichtliche Gegenwart, aber sie waren von ihm verschlüsselt, gesättigt mit seinem bedrückenden Geist oder von Gerüchten über ihn erfüllt, mit Situationen und deren Schatten, die irgendwie sein Wesen ausdrückten. Und diese peinigende Koldunowsche Bühnenausstattung, vor der sich die Handlung eines nebensächlichen Traumes abspielte, war viel schlimmer als die direkten Traumvisitationen Koldunows, wie Lik ihn im Gedächtnis hatte – ein grober, muskulöser Schüler mit kurzem Haar und einem unangenehm hübschen Gesicht. Die Regelmäßigkeit seiner kräftigen Gesichtszüge wurde durch die Augen verdorben, die zu dicht beieinanderlagen und mit schweren, lederartigen Lidern versehen waren. Kein Wunder, daß man ihm den Spitznamen «das Krokodil» gegeben hatte. (Auch hatte sein Blick etwas vom trüben, schlammigen Nil.)

Koldunow war ein hoffnungslos schlechter Schüler gewesen; seine eigentümlich russische Hoffnungslosigkeit war die des anscheinend verhexten Dummkopfs, der in aufrechter Haltung durch die transparenten Schichten verschiedener wiederholter Klassen niedersinkt, so daß die Jüngsten starr vor Furcht allmählich seine Höhe erreichen und ihn ein Jahr später erleichtert hinter sich lassen. Koldunow zeichnete sich durch seine Dreistigkeit, seine Unsauberkeit und seine wilde Körperkraft aus; nach einer Prügelei mit ihm roch der Raum immer nach Menagerie. Lik andererseits war zart, sensibel, von verletzlichem Stolz und stellte darum eine ideale, unbegrenzt ergiebige Beute dar. Koldunow pflegte sich wortlos über ihn herzumachen und das eingequetschte, aber sich immer windende Opfer am Fußboden mit Fleiß zu martern. Koldunows ungeheure, gespreizte Hand vollführte eine obszöne Schöpfbewegung, wenn sie in die zuckenden, von Panik ergriffenen Tiefen drang, die sie suchte. Darauf dann ließ er Lik, dessen Rücken mit Kreide beschmiert und dessen Ohren flammend rot waren, ein oder zwei Stunden lang in Ruhe und begnügte sich damit, irgendeine Beschimpfung zu wiederholen. Wenn dann das Bedürfnis wiederkehrte, seufzte Koldunow fast widerwillig, ehe er sich wieder auf ihn türmte, seine hornartigen Fingernägel in Liks Rippen grub oder sich auf das Gesicht des Opfers setzte und dort ausruhte. Gründlich kannte er sich mit allen gemeinen Kniffen aus, um den stärksten Schmerz zuzufügen, ohne Spuren zu hinterlassen, und darum auch brachten ihm seine Schulkameraden eine untertänige Achtung entgegen. Gleichzeitig nährte er eine unbestimmt sentimentale Zuneigung zu seinem Dauerpatienten, legte Wert darauf, während der Pause dem anderen den Arm um die Schulter zu legen und so mit ihm herumzuspazieren, wobei seine schwere, zerstreute Pranke das dünne Schlüsselbein befühlte und Lik sich vergeblich bemühte, einen Anschein von Unabhängigkeit und Würde zu wahren. Liks Schulzeit war eine durch und durch absurde und unerträgliche Qual. Er schämte sich, jemandem sein Leid zu klagen, und seine nächtlichen Überlegungen, wie er Koldunow schließlich umbringen würde, brachten seinen Geist vollends um die letzte Kraft. Glücklicherweise trafen sie außerhalb der Schule fast nie zusammen, obwohl Liks Mutter gerne engere Beziehungen zu ihrer Cousine unterhalten hätte, die viel reicher war als sie und eigene Pferde besaß. Dann begann die Revolution das Mobiliar umzustellen, und Lik fand sich in einer anderen Stadt.

Der fünfzehnjährige Oleg, bereits eitler Träger eines Schnurrbartes und gänzlich vertiert, verschwand im allgemeinen Durcheinander, und eine glückliche Ruhepause setzte ein. Sie war kurz, es folgten ihr andere, feinere Qualen, zugefügt von den kleinen Nachfolgern des ersten Foltermeisters.

Bei den seltenen Gelegenheiten, da Lik von seiner Vergangenheit sprach, geschah es mit jenem künstlichen Lächeln, mit dem wir eine ferne Zeit ins Auge fassen («das waren glückliche Tage»), die mit vollem Bauch in einer Ecke ihres übelriechenden Käfigs schläft. Jetzt jedoch, als sich herausstellte, daß Koldunow am Leben war, konnte Lik – welche erwachsenen Argumente er auch ins Treffen führte – sich des gleichen Gefühls der Ohnmacht nicht erwehren, das (von der Wirklichkeit zwar verwandelt, aber darum um so offenkundiger) in den Träumen auf ihn eindrang, wenn der Herr des Traumes grinsend und an seiner Gürtelschnalle fummelnd hinter dem Vorhang hervortrat, ein dunkler, ein schrecklicher Schuljunge. Und obwohl sich Lik völlig darüber im klaren war, daß der wirkliche, lebendige Koldunow ihm jetzt nichts mehr zuleide tun würde, erschien ihm die Möglichkeit, ihm wiederzubegegnen, unheildrohend, schicksalsträchtig, undeutlich zu dem ganzen System des Bösen mit seinen Vorahnungen von Qual und Mißhandlung passend, das ihm so vertraut war.

Nach seinem Gespräch mit dem Alten beschloß Lik, so wenig wie möglich zu Hause zu bleiben. Bis zur letzten Vorstellung waren es nur noch drei Tage, so daß es die Mühe nicht lohnte, in eine andere Pension umzuziehen; aber er konnte beispielsweise den Tag über Ausflüge nach Italien hinein oder in die Berge machen, zumal da es viel kühler geworden war – ein Sprühregen fiel, und es wehte ein frischer Wind. Als er früh am anderen Morgen einen schmalen Pfad zwischen blumenbehangenen Mauern entlangging, sah er einen untersetzten, stämmigen Mann auf sich zukommen, dessen Kleidung sich von der üblichen Uniform des Mittelmeerurlaubers an sich nicht unterschied – Baskenmütze, Hemd mit offenem Kragen, Espadrilles –, aber irgendwie weniger auf die Ungezwungenheit der Ferien als auf den Zwang der Armut hindeutete. Im ersten Augenblick fiel Lik vor allem der Umstand auf, daß die monströse Figur, deren Massigkeit sein Gedächtnis füllte, in Wirklichkeit kaum größer war als er selber.

«Lawrentij, Lawruscha, erkennst du mich nicht?» fragte Koldunow dramatisch gedehnt und blieb mitten auf dem Pfad stehen.

Die großen Züge jenes fahlen Gesichts mit dem stoppligen Schatten auf den Wangen und der Oberlippe, der flüchtige Anblick schlechter Zähne, die große, dreiste Römernase, der trübe, fragende Blick – alles das war unbestreitbar koldunowisch, auch wenn die Zeit es verwischt hatte. Doch während Lik hinschaute, löste sich die Ähnlichkeit geräuschlos auf, und vor ihm stand ein elender Fremder mit dem massiven Gesicht eines Cäsar, eines sehr heruntergekommenen allerdings.

«Küssen wir uns wie gute Russen», sagte Koldunow ingrimmig und preßte seine kalte, salzige Wange einen Augenblick lang an Liks kindliche Lippen.

«Ich habe dich gleich erkannt», babbelte Lik. «Erst gestern erzählte mir Wie-heißt-er-doch-noch von dir... Gawriljuk...»

«Eine zweifelhafte Type», unterbrach Koldunow. «*Méfie-toi*. Na also so was – hier ist mein Lawruscha. Doll! Ich freue mich. Ich freue mich, dich wiederzusehen. Des Schicksals Wege! Erinnerst du dich, Lawruscha, wie wir immer zusammen Gründlinge gefangen haben? So deutlich, als wäre es gestern gewesen. Eine meiner liebsten Erinnerungen. Doch.»

Als Junge hatte Lik niemals mit Koldunow Fische gefangen, aber Verwirrung, Langeweile und Schüchternheit hinderten ihn daran, diesen Fremden zu beschuldigen, sich eine nichtexistente Vergangenheit angeeignet zu haben. Er fühlte sich plötzlich unsicher auf den Beinen und zu vornehm angezogen.

«Wie oft», fuhr Koldunow fort und nahm Liks hellgraue Hosen interessiert in Augenschein, «wie oft in den letzten Jahren... ja, doch, ich habe an dich gedacht. Bestimmt! Und wo, dachte ich, wo steckt mein Lawruscha? Ich habe meiner Frau von dir erzählt. Sie war einmal eine hübsche Person. Und was bist du von Beruf?»

«Ich bin Schauspieler», seufzte Lik.

«Wenn ich mir eine taktlose Frage gestatten darf», sagte Koldunow in vertraulichem Ton. «Ich habe gehört, daß es in den Vereinigten Staaten eine Geheimgesellschaft gibt, die das Wort ‹Geld› für unanständig hält, und wenn etwas bezahlt werden muß, wickeln sie die Dollars in Klosettpapier. Klar, nur Reiche gehören dazu – die Armen haben keine Zeit für so was. Worauf ich hinauswill, ist dies» – und die Augenbrauen fragend hochgezogen, machte Koldunow eine vulgäre Bewegung mit zwei Fingern und dem Daumen, als betaste er etwas – bares Geld.

«Ach, leider nicht!» rief Lik harmlos. «Die meiste Zeit über bin ich arbeitslos, und die Gagen sind miserabel.»

«Ich weiß, wie das ist, und verstehe vollkommen», sagte Koldunow lächelnd. «Auf jeden Fall habe ich da einen Plan, den ich mit dir bei Gelegenheit gern besprochen hätte. Du könntest ganz hübsch was dran verdienen. Hast du im Augenblick etwas vor?»

«Nun, weißt du ... um die Wahrheit zu sagen, ich fahre mit dem Bus nach Bordighera, den ganzen Tag lang ... Und morgen ...»

«Schade, schade – wenn du mir das gesagt hättest; ich kenne hier einen russischen Chauffeur mit einem schicken Privatwagen, und ich hätte dir die ganze Riviera gezeigt. Du Schafskopf! Na ja, schon gut. Ich bringe dich zur Bushaltestelle.»

«Und außerdem fahre ich überhaupt bald», warf Lik ein.

«Sag mir, wie geht's der Familie? ... Was macht Tante Nataschа?» fragte Koldunow zerstreut, während sie eine von Menschen wimmelnde kleine Straße entlanggingen, die zum Meer hinunterführte. «Aha, aha», nickte er als Antwort auf Liks Auskünfte. Plötzlich huschte ein schuldbewußter, geisteskranker Ausdruck über sein boshaftes Gesicht. «Hör zu, Lawruscha», sagte er, stieß ihn unwillkürlich an und brachte auf dem schmalen Bürgersteig sein Gesicht in die Nähe von

Liks. «Daß ich dich getroffen habe, ist ein gutes Omen für mich. Es ist ein Zeichen, daß noch nicht alles aus ist, und ich muß gestehen, daß ich gestern noch geglaubt habe, alles ist verloren. Verstehst du, was ich sage?»

«Ach was, jeder hat ab und zu solche Gedanken», sagte Lik.

Sie erreichten die Promenade. Das Meer war glanzlos und gerippt unter dem bedeckten Himmel, der sich neben der Brüstung in den trüben Pfützen spiegelte, wo Schaum auf das Pflaster gespritzt war. Niemand war in der Nähe außer einer einsamen Dame in Hosen, die auf einer Bank saß, ein geöffnetes Buch auf dem Schoß.

«Du, gib mir fünf Franken, und ich kaufe dir Zigaretten für die Reise», sagte Koldunow hastig. Während er das Geld in Empfang nahm, fügte er in einem anderen, gelasseneren Ton hinzu: «Sieh mal, das ist meine Ehehälfte da drüben – leiste ihr doch einen Moment Gesellschaft, ich bin gleich zurück.»

Lik ging zu der blonden Dame hinüber und sagte schauspielerhaft automatisch: «Ihr Gatte ist gleich zurück und hat vergessen, mich vorzustellen. Ich bin ein Cousin von ihm.»

Im gleichen Augenblick besprühte ihn der kühle Staub eines Brechers. Die Dame sah mit blauen, englischen Augen zu Lik auf, schloß ohne Eile ihr rotes Buch und ging wortlos davon.

«Nur ein Witz», sagte Koldunow, als er atemlos wieder auftauchte. «*Voilà*. Ich nehme mir selbst ein paar. Ja, ich fürchte, meine Teure hat keine Zeit, auf einer Bank herumzusitzen und das Meer anzustarren. Ich flehe dich an, versprich mir, daß wir uns wiedersehen.

Denk an das Omen. Morgen, übermorgen, wann immer du willst. Versprich's mir! Warte, ich gebe dir meine Adresse.»

Er nahm Liks nagelneues Notizbuch mit dem goldgeprägten Ledereinband, setzte sich, neigte seine schwitzende Stirn mit den geschwollenen Adern, preßte die Knie zusammen und schrieb seine Adresse auf, las sie mit peinlichster Sorgfalt durch, versah ein i mit einem neuen Punkt, unterstrich ein Wort und zeichnete zu alledem noch einen Straßenplan: so, so, dann so. Offenbar hatte er das schon mehr als einmal getan, und mehr als einmal hatten ihn die Leute sitzenlassen und die vergessene Adresse als Entschuldigung angeführt; darum schrieb er mit großer Sorgfalt und viel Nachdruck – einem Nachdruck, der fast etwas von einer Beschwörung hatte.

Der Bus kam. «Ich warte also auf dich!» rief Koldunow, während er Lik beim Einsteigen half. Dann machte er voller Energie und Hoffnung kehrt und ging entschlossen die Promenade hinunter, als hätte er etwas Dringendes und Wichtiges zu erledigen, obwohl es keine Täuschung darüber geben konnte, daß er ein Nichtstuer war, ein Säufer und ein Flegel.

Am folgenden Tag, einem Mittwoch, machte Lik einen Ausflug in die Berge, und den Donnerstag verbrachte er zum größten Teil mit starken Kopfschmerzen liegend in seinem Zimmer. Die Vorstellung fand an diesem Abend statt, die Abreise am Tag darauf. Am Abend gegen sechs verließ er das Haus, um seine Uhr vom Uhrmacher abzuholen und ein Paar hübscher weißer Schuhe zu kaufen – eine Errungenschaft, die er seit langem im zweiten Akt vorzuführen gedachte. Er teilte den Perlenvorhang, trat mit dem Schuhkarton unter dem Arm auf die Straße und lief geradewegs Koldunow in die Arme.

Dessen Gruß entbehrte der früheren Begeisterung und hatte statt dessen einen leicht spöttischen Unterton. «Oho! Diesmal windest du dich nicht heraus», sagte er und packte Lik fest am Ellbogen. «Ich will, daß du siehst, wie ich lebe und arbeite.»

«Ich habe heute Vorstellung», wandte Lik ein, «und morgen fahre ich!»

«Das ist es ja gerade, Freundchen, das ist es ja gerade. Nimm die Gelegenheit beim Schopf! Nutze sie! Sie kehrt nie wieder. Die Karte ist gestochen! Komm. Los.»

Während er unzusammenhängende Worte wiederholte und mit seinem ganzen abstoßenden Wesen die sinnlose Freude eines Mannes spielte, der die Grenze erreicht und sie vielleicht sogar schon überschritten hat (er spielt schlecht, dachte Lik vage), schritt Koldunow schnell aus und trieb auch seinen schwächlichen Begleiter an. Die ganze Schauspieltruppe saß auf der Terrasse eines Eckcafés, und als sie Lik gewahrte, grüßte sie ihn mit einem umlaufenden Lächeln, das wie ein Sonnenreflex über die Lippen eines jeden Mitglieds der Truppe huschte.

Koldunow führte Lik eine krumme kleine Straße hinauf, die hie und da von gelbsüchtigem und ebenfalls irgendwie krummem Sonnenschein gesprenkelt war. In diesem armseligen alten Viertel war Lik niemals gewesen. Die hohen, nackten Fassaden der schmalen Häuser schienen sich von beiden Seiten über die Pflaster zu neigen und oben fast zu berühren; manchmal gingen sie ganz ineinander über und bildeten einen Bogen. Abstoßende Kinder lungerten neben den Türöffnungen; schwarzes, stinkendes Wasser floß den Rinnstein am Gehsteig entlang. Indem er unversehens die Richtung änderte, schob Koldunow Lik in einen Laden und verlangte angeberisch im billigsten Argot (in der Weise vieler russischer Habenichtse) für Liks Geld zwei Flaschen Wein. Offenbar war er hier schon lange Geld schuldig, und in seinem ganzen Gebaren wie in seinem lautstarken, drohenden Gruß lag jetzt eine verzweifelte Fröhlichkeit, die beim Ladeninhaber und seiner Schwiegermutter allerdings nicht das geringste Echo auslöste, so daß es Lik noch unbehaglicher zumute wurde. Sie gingen weiter und bogen in eine Gasse ein, und obwohl es den Anschein gehabt hatte, als stellte die elende Straße, die sie gerade heraufgekommen waren, das Äußerste an Erbärmlichkeit, Dreck und Menschengewühl dar, gelang es diesem Durchgang mit seiner über den Köpfen hängenden schlaffen Wäsche, eine noch größere Verkommenheit zu verkörpern. An der Ecke eines schiefen Platzes sagte Koldunow, er würde vorgehen, ließ Lik stehen und ging auf die schwarze Höhle einer offenen Tür zu. Im gleichen Moment kam ein blonder kleiner Junge herausgestürzt, machte jedoch kehrt, als er Koldunow erblickte, und stieß dabei gegen einen Eimer, der mit einem Scheppern antwortete. «Warte, Wasjuk!» rief Koldunow und schleppte sich in seine düstere Behausung. Er war kaum eingetreten, als innen eine hysterische Frauenstimme erscholl und in anscheinend ständig überreiztem Ton etwas schrie, doch das Geschrei brach plötzlich ab, und eine Minute später linste Koldunow heraus und winkte Lik grimmig herbei.

Lik trat über die Schwelle und fand sich sofort in einem dunklen Zimmer mit niedriger Decke, dessen nackte Wände unbegreifliche Krümmungen und Ecken bildeten, als hätten sie sich unter einem entsetzlichen Druck von oben verzogen. Das Zimmer war vollgestopft mit den schäbigen Requisiten der Armut. Der Junge von eben saß auf dem eingedrückten Ehebett; eine riesige blonde Frau mit dicken bloßen Füßen tauchte aus einer Ecke auf und begrüßte Lik wortlos, ohne jedes Lächeln auf ihrem aufgedunsenen bleichen Gesicht (dessen sämtliche Züge, selbst die Augen, von Müdigkeit, Melancholie oder Gott weiß was verschmiert schienen).

«Na, nun macht euch mal miteinander bekannt», murmelte Koldunow aufmunternd und hämisch und machte sich sofort daran, den Wein zu entkorken. Seine Frau stellte etwas Brot und einen Teller Tomaten auf den Tisch. Sie war so still, daß Lik Zweifel kamen, ob es diese Frau gewesen war, die gerade geschrien hatte.

Sie setzte sich hinten im Zimmer auf eine Bank und machte sich irgendwie zu schaffen, putzte etwas ... mit einem Messer auf einer ausgebreiteten Zeitung, schien es – Lik fürchtete sich, zu genau hinzusehen –, während der Junge mit glänzenden Augen zur Wand hinüberschlich und nach einem behutsamen Manöver auf die Straße entwischte. Es gab unzählige Fliegen in dem Raum, und mit manischer Unbeirrbarkeit umschwirrten sie den Tisch und ließen sich auf Liks Stirn nieder.

«Also dann, trinken wir», sagte Koldunow.

«Ich kann nicht, ich darf nicht», wollte Lik einwenden, doch dem bedrückenden Einfluß gehorchend, der ihm von seinen Alpträumen her vertraut war, nahm er einen Schluck – und bekam einen Hustenanfall.

«Schon besser», sagte Koldunow seufzend und wischte sich die zitternden Lippen mit dem Handrücken ab. «Nämlich so sieht's aus», fuhr er fort und füllte Liks Glas und sein eigenes. «Das wird eine geschäftliche Unterredung! Wenn du erlaubst, erzähle ich dir kurz die ganze Geschichte. Anfang des Sommers habe ich hier ungefähr einen Monat mit ein paar anderen Russen gearbeitet, Abfälle am Strand aufgesammelt. Aber wie du genau weißt, rede ich frei von der Leber weg und liebe die Wahrheit, und wenn so ein Dreckskerl kommt, halte ich nicht hinterm Berg und sage, du bist ein Dreckskerl, und wenn nötig gebe ich ihm eins in die Fresse. Also eines Tages...»

Koldunow machte sich umständlich, mit gewissenhaften Wiederholungen daran, eine langweilige, elende Episode zu erzählen, und man hatte das Gefühl, daß sein Leben seit langem aus derartigen Episoden bestanden hatte; daß Demütigung und Versagen, lastende Perioden armseliger Untätigkeit und ebenso armseliger Plackerei, in der unvermeidlichen Schlägerei gipfelnd, ihm seit langem zum Beruf geworden waren. Lik begann sich derweil schon nach dem ersten Glas betrunken zu fühlen, nippte jedoch mit verhohlenem Ekel weiter. Eine Art kitzelnder Nebel breitete sich in jedem Teil seines Körpers aus, aber er wagte nicht aufzuhören, als zöge die Ablehnung des Weines eine schimpfliche Strafe nach sich. Auf einen Ellbogen gestützt, redete Koldunow ohne Unterbrechung, strich mit einer Hand über die Tischkante und schlug gelegentlich darauf, um einem besonders düsteren Wort Nachdruck zu verleihen. Sein Kopf, der die Farbe gelblichen Lehms hatte (er war nahezu völlig kahl), die Säcke unter den Augen, der rätselhafte gehässige Ausdruck seiner beweglichen Nasenflügel – alles das hatte jede Beziehung zu dem Bild des kräftigen, hübschen Schülers eingebüßt, der Lik einst zu quälen pflegte; der Alptraumkoeffizient jedoch war der gleiche geblieben.

«Das wäre es, mein Lieber... Aber darauf kommt es jetzt nicht mehr an», sagte Koldunow in anderem Ton. «Eigentlich hatte ich diese kleine Geschichte schon das letzte Mal für dich in petto, als mir aufging, daß das Schicksal – ich bin ein alter Fatalist – unserem Wiedersehen eine gewisse Bedeutung gegeben hatte, daß du sozusagen als Retter gekommen warst. Aber jetzt stellt sich heraus, daß du erstens – entschuldige – so geizig bist wie ein Jude, und zweitens... Wer weiß, vielleicht bist du wirklich nicht in der Lage, mir was zu leihen... Keine Angst, keine Angst... Dieses Thema ist erledigt! Außerdem hätte es sich nur um einen kleinen Betrag gehandelt, der mir – nun, nicht wieder auf die Beine geholfen hätte, das wäre Luxus, aber doch auf alle viere. Weil ich es nämlich satt habe, mit dem Gesicht im Dreck zu liegen. Ich habe nicht vor, dich um was zu bitten; Betteln ist nicht meine Art. Alles, was ich will, ist deine Meinung. Es ist eine philosophische Frage. Damen können weghören. Wie erklärst du das alles? Wenn es nämlich eine bestimmte Erklärung gibt, dann gut, dann will ich mich auch mit dem Dreck zufrieden geben, denn es würde bedeuten, daß alles irgendwie logisch und berechtigt ist und vielleicht mir oder anderen Nutzen bringt, was weiß ich. Also erkläre mir folgendes: Ich bin ein Mensch – das wirst du doch sicher nicht abstreiten, oder? Schön, also ich bin ein Mensch, und in meinen Adern fließt das gleiche Blut wie in deinen. Ob du es glaubst oder nicht, für meine Mutter war ich ihr Einziger und ihr Liebling. Als Junge habe ich dummes Zeug gemacht; als junger Mann bin ich in den Krieg gezogen, und die Kugel begann zu rollen – mein Gott, wie ist sie gerollt! Was ist schiefgegangen? Nein, *du* sollst es mir sagen – was ist schiefgegangen? Ich will nur wissen, was schiefgegangen ist, dann bin ich ja zufrieden. Warum hat mich das Leben systematisch so herumgehetzt? Warum ist mir die Rolle eines elenden Schurken zugefallen, den alle anspucken, drangsalieren, herumkommandieren, ins Kittchen sperren? Hier hast du ein Beispiel: Als sie mich nach einem bestimmten Vorfall in Lyon abführten – und ich könnte hinzufügen, daß ich völlig im Recht war und es heute bedauere, ihn nicht ganz erledigt zu haben –, also als die Polizei mich abführte, ohne sich um meine Proteste zu scheren, weißt du, was sie da gemacht haben? Sie haben mir einen kleinen Haken hier in das lebendige Fleisch meines Halses gestochen – geht man so mit Menschen um, frage ich dich? –, und ab ging's zur Polizeiwache, und ich mit wie ein Schlafwandler, denn bei jeder zusätzlichen Bewegung wurde mir vor Schmerz schwarz vor den Augen. Also kannst du erklären, warum man das mit anderen nicht macht und dann auf einmal mit mir? Warum ist meine erste Frau mit einem Tscherkessen durchgebrannt? Warum haben mich 32 in einem kleinen Zimmer in Antwerpen sieben Leute beinahe totgeschlagen? Und dann sieh dir das alles an – was ist der Grund dafür? –, diese Lumpen, diese Wände, diese Katja da drüben? ... Die Geschichte meines Lebens interessiert mich, und das schon seit geraumer Zeit! Eine Jack-London- oder Dostojewskij-Geschichte für dich ist es nicht! Ich lebe in einem korrupten Land – nun gut. Ich bin bereit, mich mit den Franzosen abzufinden. Schön! Aber wir müssen eine Erklärung finden, meine Herren! Einmal rede ich mit jemand, und er fragt mich: ‹Warum gehst du nicht zurück nach Rußland?› Ja, warum eigentlich nicht? Der Unterschied ist minimal! Dort würden sie mich ganz genauso verfolgen, mir die Zähne einschlagen, mich hinter Gitter setzen und mich dann zu meiner Erschießung bitten – und wenigstens das wäre ehrlich. Du siehst, ich bin sogar bereit, ihnen Respekt zu zollen – sie sind weiß Gott ehrliche Mörder –, während sich diese Gauner hier solche Foltern für einen ausdenken, daß man fast Sehnsucht kriegt nach der guten alten russischen Kugel. He, warum guckst du mich nicht an ... du, du, du ... oder verstehst du nicht, was ich dir sage?»

«Doch, ich verstehe schon», sagte Lik. «Aber du mußt mich bitte entschuldigen. Ich fühle mich nicht wohl. Ich muß gehen. Ich muß bald im Theater sein.»

«Nichts da. Gedulde dich noch etwas. Einige Sachen kapiere ich auch. Du bist ein seltsamer Vogel ... Los, mach mir schon irgendein Angebot ... versuch's! Vielleicht überschüttest du mich am Ende doch noch mit Gold, wie? Hör zu, weißt du was? Ich verkaufe dir ein

Gewehr – es wird dir auf der Bühne zupaß kommen: peng, und der Held geht zu Boden. Es ist nicht einmal hundert Franken wert, aber ich brauche mehr als hundert – ich überlasse es dir für tausend. Willst du's haben?»

«Nein», sagte Lik teilnahmslos. «Und ich habe wirklich kein Geld. Ich habe das selbst alles durchgemacht, die Hungerei und so weiter... Nein, ich möchte nicht mehr, mir ist schlecht.»

«Trink weiter, du Miststück, dann ist dir nicht schlecht. Schon gut, ich habe es nur gemacht, um zu sehen, was du sagen würdest – ich bin sowieso nicht käuflich. Nur bitte beantworte mir meine Frage. Wer hat beschlossen, daß ich leiden soll, und mein Kind dann zum gleichen lausigen russischen Schicksal verdammt? Einen Moment mal – nimm an, auch ich will mich im Morgenmantel hinsetzen und Radio hören? Was ist schiefgegangen, he? Nimm dich zum Beispiel – was macht dich besser als mich? Du stolzierst herum, wohnst in Hotels, poussierst mit Schauspielerinnen... Wieso? Warum? Los, erklär mir das.»

Lik sagte: «Es hat sich gezeigt, daß ich... ich hatte nun einmal... ach, ich weiß nicht... ein bescheidenes schauspielerisches Talent, so könnte man wohl sagen...»

«Talent?» rief Koldunow. «Also ich muß sagen, das ist ein guter Witz!» Koldunow begann sich in einer sehr primitiven Nachahmung zwerchfellerschütternden Gelächters zu schütteln. «Du bist ein Lumpenhund, mein Guter. Das ist dein einziges Talent. So bin ich deiner Ansicht nach der niedrigste, dreckigste Wurm und verdiene mein gemeines Ende? Wunderbar, einfach wunderbar. Alles ist erklärt – hurra, hurra! Die Karte ist gestochen, der Nagel drin, das Viech abgeschlachtet!»

«Oleg Petrowitsch ist aufgebracht – vielleicht sollten Sie jetzt lieber gehen», ließ sich plötzlich Koldunows Frau mit einem starken estländischen Akzent aus ihrer Ecke vernehmen. In ihrer Stimme war nicht die geringste Spur von Bewegung, so daß ihre Bemerkung hölzern und sinnlos klang. Koldunow drehte sich in seinem Stuhl langsam um, ohne seine Hand zu bewegen, die wie leblos auf dem Tisch lag, und starrte seine Frau mit einem hingerissenen Blick an.

«Ich halte niemand ab», sagte er sanft und fröhlich. «Und ich werde dankbar dafür sein, wenn mich auch andere nicht aufhalten. Oder wenn ich keine Ratschläge kriege, was ich zu tun und zu lassen habe. Guten Abend, der Herr», fügte er hinzu, ohne Lik anzusehen, der es aus irgendeinem Grund für notwendig hielt zu sagen: «Ich schreibe aus Paris, ganz gewiß.»

«Er schreibt also, wirklich?» sagte Koldunow sanft, scheinbar noch an seine Frau gewandt. Mit einiger Mühe befreite sich Lik aus dem Stuhl und ging auf sie zu, taumelte jedoch und stieß gegen das Bett.

«Gehen Sie, es ist schon gut», sagte sie ruhig, und mit einem höflichen Lächeln stolperte Lik aus dem Haus.

Sein erstes Gefühl war das der Erleichterung. Er war dem Umkreis jenes betrunkenen, moralisierenden Kretins entronnen. Dann stieg ein Grauen in ihm auf: Es war ihm übel im Magen, und seine Arme und Beine gehörten verschiedenen Menschen. Wie sollte er an diesem Abend auftreten? Das Schlimmste von allem jedoch war, daß sein ganzer Körper, der aus Wellen und Punkten zu bestehen schien, einen Herzanfall nahen fühlte. Es war, als wäre ein unsichtbarer Pfahl auf ihn gerichtet, und jeden Augenblick könnte er sich aufspießen. Darum mußte er im Zickzack gehen und ab und zu sogar stehenbleiben und ein paar Schritte rückwärts machen. Dennoch blieb sein Geist einigermaßen klar, er wußte, daß nur sechsunddreißig Minuten bis zum Anfang der Vorstellung verblieben, und er wußte den Weg nach Hause... Es wäre jedoch wohl ratsamer, hinunter zur Ufermauer zu gehen und am Meer zu sitzen, bis er sich besser fühlte. Das geht vorbei, das geht vorbei, sagte er sich, wenn ich nur nicht sterbe... Er begriff auch den Umstand, daß die Sonne soeben untergegangen und der Himmel bereits leuchtender und zarter war als die Erde. Welch ein unnötiger, widerwärtiger Unfug. Er ging und berechnete jeden Schritt, doch manchmal irrte er sich, und Vorübergehende drehten sich nach ihm um. Glücklicherweise traf er nicht viele, da es die geheiligte Stunde des Abendessens war, und als er das Wasser erreichte, fand er das Ufer leer; auf dem Pier brannten die Lichter und warfen lange Lichtreflexe auf das farbige Wasser, und diese hellen Punkte und umgedrehten Ausrufezeichen schienen durchsichtig in seinem eigenen Kopf zu schimmern. Er setzte sich auf eine Bank, stieß sich dabei schmerzhaft das Steißbein und schloß die Augen. Aber dann begann sich alles zu drehen; sein Herz zeichnete sich als eine grauenerregende Kugel auf der dunklen Innenseite seiner Augenlider ab.

Es schwoll qualvoll weiter an, und um dem ein Ende zu bereiten, öffnete er die Augen und versuchte, seinen Blick auf einzelne Gegenstände zu heften – auf den Abendstern, auf diese schwarze Boje im Meer, auf einen gedunkelten Eukalyptusbaum am Ende der Promenade. Ich kenne das alles, dachte er, ich verstehe das alles, und im Zwielicht ähnelt der Eukalyptusbaum seltsam einer großen russischen Birke. Kann dies das Ende sein? Ein so idiotisches Ende... Ich fühle mich immer schlechter... Was geschieht mir?... Oh Gott!

Etwa zehn Minuten vergingen, mehr nicht. Seine Uhr tickte weiter und versuchte taktvoll, ihn nicht anzusehen. Der Gedanke an den Tod fiel genau mit dem Gedanken zusammen, daß er in einer halben Stunde auf die erleuchtete Bühne hinaustreten und die ersten Worte seiner Rolle sprechen werde: *«Je vous prie d'excuser, Madame, cette invasion nocturne.»* Und diese Worte, die klar und elegant in sein Gedächtnis eingraviert waren, schienen weitaus wirklicher als das Platschen und Schlappen der matten Wellen, als der Klang zweier fröhlicher Frauenstimmen hinter der Steinmauer einer nahen Villa, als das, was Koldunow gerade gesagt hatte oder selbst als das Hämmern seines eigenen Herzens. Seine Übelkeit erreichte plötzlich eine so panikartige Heftigkeit, daß er aufstand und an der Brüstung entlangging, über die er betäubt die Hand streichen ließ, während er zu den farbigen Tuschen des abendlichen Meeres schaute.

«Auf jeden Fall», sagte Lik laut, «muß ich mich abkühlen. Sofortbehandlung. Entweder sterbe ich, oder sie hilft.»

Er ließ sich dort, wo das Geländer zu Ende war, die abgeböschte Kante des Gehsteigs hinuntergleiten und ging knirschend über den Kieselstrand. Es war niemand am Ufer, mit Ausnahme eines ärmlich gekleideten Mannes, der mit weit gespreizten Beinen neben einem Felsblock auf dem Rücken lag. Etwas an den Umrissen seiner Beine und Schultern erinnerte Lik aus irgendeinem Grund an Koldunow. Schwankend und sich bereits bückend, ging er verlegen bis zum Rand des Wassers und stand schon im Begriff, sich mit den Händen etwas zu schöpfen und über den Kopf zu schütten; doch das Wasser lebte, es bewegte sich und drohte ihm die Füße naß zu machen. Vielleicht bleibt mir genügend Koordinationsvermögen, meine Schuhe und Socken abzuschütteln, überlegte er und erinnerte sich im gleichen Augenblick des Kartons mit seinen neuen Schuhen. Er hatte ihn bei Koldunow vergessen!

Und sobald er sich dessen erinnerte, erwies sich das Bild als so stimulierend, daß alles sofort weniger kompliziert war, und das rettete Lik, wie zuweilen eine Situation durch ihre rationale Formulierung gerettet wird. Er mußte die Schuhe auf der Stelle zurückbekommen, es blieb gerade genug Zeit, sie zu holen, und sobald das getan wäre, würde er in ihnen auf die Bühne treten. (Alles völlig klar und logisch.)

Ohne des Drucks in seiner Brust weiter zu achten, des nebeligen Gefühls, der Übelkeit, kletterte Lik auf die Promenade zurück und rief mit sang- und klangvoller Stimme ein Taxi herbei, das gerade am Bürgersteig vor der Villa gegenüber anfuhr. Seine Bremsen antworteten mit einem zerreißenden Stöhnen. Er gab dem

Fahrer die Adresse aus seinem Notizbuch, und obschon die ganze Fahrt – erst dorthin und von da zum Theater – nicht länger als fünf Minuten dauern würde, drängte er ihn, so schnell wie möglich zu fahren.

Das Taxi näherte sich Koldunows Behausung von der anderen Seite des Platzes her. Ein Menschenauflauf hatte sich angesammelt, und der Fahrer konnte sich nur vermittels unentwegter Drohungen mit seiner Hupe einen Weg bahnen. Koldunows Frau saß auf einem Stuhl neben dem Brunnen. Ihre Stirn und linke Wange glänzten von Blut, ihr Haar war verklebt, und sie saß aufrecht und reglos, umgeben von den Neugierigen, während ihr zunächst und ebenso reglos ihr Sohn stand, in einem blutbefleckten Hemd, die geschlossene Hand vor dem Gesicht – eine Art Tableau. Ein Polizist, der Lik irrtümlich für den Arzt hielt, geleitete ihn in das Zimmer. Der Tote lag zwischen zerbrochenem Tongeschirr auf dem Fußboden, das Gesicht von dem Gewehrschuß in den Mund zerschmettert, seine weit gespreizten Füße in neuen, weißen...

«Die da gehören mir», sagte Lik auf französisch.

Der Museumsbesuch

Als vor ein paar Jahren einer meiner Pariser Bekannten – milde gesagt: ein etwas wunderlicher Mann – erfuhr, daß ich zwei oder drei Tage in Montisert verbringen würde, bat er mich, das dortige Museum aufzusuchen, wo, wie er gehört hatte, ein Portrait von Leroy hängen sollte, das seinen Großvater darstellte. Lächelnd und mit ausgebreiteten Händen erzählte er eine ziemlich vage Geschichte, der ich, offen gesagt, wenig Aufmerksamkeit schenkte, einesteils, weil ich an anderer Leute aufdringlichen Affairen keinerlei Gefallen finde, hauptsächlich aber, weil ich immer schon Zweifel an der Fähigkeit meines Bekannten hatte, diesseits der Phantasterei zu bleiben.

Ungefähr lautete sie folgendermaßen: Nachdem zur Zeit des Russisch-Japanischen Krieges der Großvater in dem Petersburger Haus der Familie gestorben war, wurde das Inventar seiner Pariser Wohnung versteigert. Das Portrait wurde nach einiger Zeit dunkler Wanderschaft von dem Museum in Leroys Geburtsstadt erworben. Mein Bekannter wollte wissen, ob das Bild wirklich dort war; wenn ja, ob man es käuflich erwerben könne; und gegebenenfalls zu welchem Preis. Als ich ihn fragte, warum er sich nicht selber mit dem Museum in Verbindung setze, antwortete er, daß er wohl mehrere Male geschrieben, indessen nie eine Antwort erhalten habe.

Ganz für mich faßte ich den Entschluß, seine Bitte nicht zu erfüllen – ich konnte mich immer damit herausreden, ich sei krank geworden oder hätte meine Reiseroute geändert. Schon die Vorstellung, Sehenswürdigkeiten zu besichtigen, ob es sich nun um Museen oder alte Gebäude handelt, ist mir ein Greuel; außerdem schien mir der Auftrag dieses harmlosen Kauzes reiner Unfug. Während ich jedoch auf der Suche nach einer Schreibwarenhandlung durch die leeren Straßen Montiserts ging und den immer gleichen Turm einer langhalsigen Kathedrale verwünschte, der am Ende jeder Straße von neuem auftauchte, traf es sich, daß ein heftiger Regenguß mich überraschte, der sogleich den Fall der Ahornblätter beschleunigte – das freundliche Wetter eines südlichen Oktobers hing nämlich nur noch an einem einzigen Faden. Ich suchte mir schnell einen Unterstand und fand mich auf der Treppe des Museums.

Es war ein Gebäude von bescheidenen Ausmaßen – die Mauern aus vielfarbigem Stein, Säulen, eine güldene Inschrift über den Giebelfresken, eine steinerne Bank auf Löwenfüßen beiderseits der Bronzetür. Einer ihrer Flügel stand offen, und gegen den Schimmer des Schauers schien das Innere dunkel. Eine Weile stand ich auf den Stufen, doch trotz des vorspringenden Daches sprenkelten sie sich allmählich. Ich sah, daß der Regen so schnell nicht wieder nachlassen würde, und da ich nichts Besseres zu tun hatte, entschloß ich mich hineinzugehen. Kaum hatte ich meinen Fuß auf die glatten, hallenden Fliesen des Vestibüls gesetzt, als aus einer fernen Ecke das Geräusch eines gerückten Stuhles zu mir drang und der Wärter – wie üblich ein Veteran mit einem leeren Ärmel – seine Zeitung weglegte, mich über seine Brille hinweg ins Auge faßte, aufstand und mir entgegenkam. Ich zahlte meinen Franken, versuchte, die paar Statuen nahe dem Eingang zu übersehen (sie waren so konventionell und belanglos wie die erste Nummer eines Zirkusprogramms) und ging weiter in den Hauptsaal.

Alles war, wie es sein soll: graue Farbtöne, der Schlaf der Substanz, dematerialisierte Materie. Die übliche Vitrine mit alten, abgegriffenen Münzen, die im schrägen Samt ihrer Fächer ruhten. Oben auf der Vitrine ein Eulenpaar, ein Uhu und eine Waldohreule, deren französische Namen übersetzt «Großherzog» und «Mittelherzog» ergaben. Ehrwürdige Mineralien lagen in ihren offenen Gräbern aus staubigem Pappmaché; die Photographie eines verwunderten spitzbärtigen Herrn wachte über einer Sammlung verschieden großer, seltsamer schwarzer Klumpen. Sie hatten Ähnlichkeit mit gefrorenem Larvenkot, und ich blieb unwillkürlich vor ihnen stehen, denn es wollte mir nicht gelingen, ihre Natur, Zusammensetzung und Bestimmung zu erraten. Der Pedell war mir mit filzgedämpften Schritten nachgegangen, immer in respektvollem Abstand; jetzt jedoch kam er heran, eine Hand auf dem Rücken, den Geist der anderen in der Tasche; nach seinem Adamsapfel zu urteilen, mußte er schlucken.

«Was ist das?» fragte ich.

«Die Wissenschaft hat es bislang noch nicht geklärt», erwiderte er; ohne Zweifel hatte er den Satz auswendig gelernt. Im gleichen gekünstelten Ton fuhr er fort: «Sie wurden 1895 von dem Stadtrat und Ritter der Ehrenlegion Louis Pradier aufgefunden», und sein zitternder Finger wies auf die Photographie.

«Schön und gut», sagte ich, «aber wer hat entschieden, und warum, daß sie einen Platz im Museum verdienen?»

«Und jetzt darf ich Ihre Aufmerksamkeit auf diesen Schädel lenken!» rief der Alte energisch; offenbar wünschte er das Thema zu wechseln.

«Ich würde wenigstens gern wissen, woraus sie bestehen», unterbrach ich ihn.

«Die Wissenschaft...», begann er von vorn, hielt dann aber inne und betrachtete mürrisch seine Finger, die sich an dem Staub auf dem Glas schmutzig gemacht hatten.

Ich ging daran, eine chinesische Vase in Augenschein zu nehmen, die vermutlich ein Schiffsoffizier mit zurückgebracht hatte; eine Gruppe poröser Fossilien; einen bleichen Wurm in wolkigem Alkohol; eine rote und grüne Karte Montiserts aus dem siebzehnten Jahrhundert; sowie ein Trio rostiger, mit einer Trauerschleife zusammengehaltener Werkzeuge – einen Spaten, eine Queraxt, eine Spitzhacke. «Um in der Vergangenheit zu graben», dachte ich geistesabwesend, doch diesmal ersuchte ich den Wärter, der mir geräuschlos und demütig zwischen den Vitrinen hin und her folgte, nicht um Aufklärung. Hinter dem ersten Saal war ein zweiter, augenscheinlich der letzte, und in seiner Mitte stand wie eine schmutzige Badewanne ein großer Sarkophag, während die Wände voller Bilder hingen.

Sogleich fiel mein Blick auf das Bildnis eines Mannes, das zwischen zwei unsäglichen Landschaften (mit Rindvieh und «Atmosphäre») hing. Ich trat näher und entdeckte zu meiner nicht geringen Verwunderung genau den Gegenstand, dessen Existenz ich bis dahin für die Ausgeburt eines nicht ganz gefestigten Geistes gehalten hatte. Der Mann, der in erbärmlichen Ölfarben dargestellt war, trug einen Frack, einen Schnurrbart und ein großes Pincenez an einer Schnur; er sah Offenbach ein wenig ähnlich, doch trotz der elenden, konventionellen Gewöhnlichkeit des Werkes hatte ich das Gefühl, daß man in seinen Zügen sozusagen den Horizont einer Ähnlichkeit mit meinem Bekannten ausmachen konnte. In einer Ecke aufs sorgfältigste in Karminrot auf einen schwarzen Hintergrund gesetzt, stand die Signatur «Leroy», in einer Handschrift, die genauso gewöhnlich war wie das Werk selbst.

Ich spürte einen essigsauren Atem neben meiner Schulter und wandte mich um, um den freundlichen Blick des Wärters aufzufangen. «Sagen Sie», fragte ich, «mit wem müßte man sprechen, wenn man eins dieser Gemälde kaufen wollte?»

«Die Schätze des Museums sind der Stolz der Stadt», erwiderte der Alte, «und Stolz ist nicht verkäuflich.»

Aus Furcht vor seiner Beredsamkeit stimmte ich ihm eilig zu, erkundigte mich aber dennoch nach dem Namen des Museumsdirektors. Er versuchte, mich mit der Geschichte des Sarkophags abzulenken, aber ich blieb hartnäckig. Endlich gab er mir den Namen eines gewissen Monsieur Godard und erklärte mir, wo ich ihn finden würde.

Offen gesagt, der Gedanke, daß das Portrait doch existierte, erfüllte mich mit Freude. Es machte Spaß zu erleben, wie ein Traum Wahrheit wird, selbst wenn es kein eigener ist. Ich beschloß, die Sache unverzüglich zu erledigen. Wenn ich in die richtige Stimmung komme, hält niemand mich zurück. Schnellen, hallenden Schritts verließ ich das Museum und stellte fest, daß der Regen aufgehört hatte; Bläue hatte sich über den Himmel gebreitet, eine Frau mit bespritzten Strümpfen fuhr auf einem silbrig glänzenden Fahrrad vorbei, und nur über den umliegenden Hügeln hing noch Gewölk. Wieder einmal begann die Kathedrale, mit mir Versteck zu spielen, aber ich überlistete sie. Als ich die asphaltierte Hauptstraße überquerte, entging ich mit Not den ungestümen Reifen eines wütenden roten Busses, der voller singender Jungen war, und eine Minute später läutete ich am Gartentor M. Godards. Er entpuppte sich als ein dünner Mann mittleren Alters mit Stehkragen und gestärktem Hemdeinsatz, einer Perle im Knoten seiner Krawatte und einem Gesicht, das einem russischen Wolfshund sehr ähnlich sah; als wäre das noch nicht genug, leckte er sich die Lippen auf höchst hundemäßige Manier, während er eine Briefmarke auf einen Umschlag klebte, als ich in sein kleines, jedoch reichlich möbliertes Zimmer trat; auf dem Tisch stand ein Tintenfaß aus Malachit und auf dem Kaminsims eine mir seltsam bekannt vorkommende chinesische Vase. Zwei Floretts hingen gekreuzt über dem Spiegel, in dem sein schmaler grauer Hinterkopf zu sehen war. Hier und da lockerten photographische Aufnahmen eines Kriegsschiffs die blaue Flora der Tapete auf angenehme Weise auf.

«Womit kann ich Ihnen dienen?» fragte er und warf den Brief, den er soeben zugeklebt hatte, in den Papierkorb. Dies zwar schien mir ungewöhnlich, doch hielt ich es nicht für angebracht, mich einzumischen. In aller Kürze erklärte ich den Grund meines Kommens und nannte sogar die beträchtliche Summe, die mein Freund auszugeben bereit war, obwohl er mich gebeten hatte, sie nicht zu erwähnen, sondern statt dessen die Bedingungen des Museums abzuwarten.

«Das ist ja alles reizend», sagte M. Godard. «Die Sache ist nur die, daß Sie sich irren – in unserem Museum gibt es kein solches Bild.»

«Was soll das heißen: gibt es kein solches Bild?» rief ich. «Ich habe es doch eben gesehen! Bildnis eines russischen Adligen, von Gustave Leroy.»

«Wir haben allerdings einen Leroy», sagte M. Godard, nachdem er ein schwarzes, in Wachstuch gebundenes Notizbuch durchgeblättert hatte und sein schwarzer Fingernagel bei der fraglichen Eintragung stehengeblieben war. «Es ist jedoch kein Portrait, sondern eine Landschaft: die Rückkehr der Herde.»

Ich wiederholte, daß ich das Bild vor fünf Minuten noch mit eigenen Augen gesehen hätte und daß nichts auf Erden mich veranlassen könnte, an seinem Vorhandensein zu zweifeln.

«Einverstanden», sagte Godard, «aber auch ich bin nicht verrückt. Seit fast zwanzig Jahren bin ich jetzt Kustos an unserem Museum und kenne diesen Katalog so genau wie das Vaterunser. Hier steht Rückkehr der Herde, und das heißt, die Herde kehrt zurück, und wenn der Großvater Ihres Bekannten nicht gerade als

Schafhirt dargestellt ist, kann sich sein Portrait unmöglich in unserem Museum befinden.»

«Er hat einen Frack an», rief ich. «Ich schwöre, er trägt einen Frack.»

«Und wie hat Ihnen unser Museum so im allgemeinen gefallen?» fragte M. Godard mißtrauisch. «Haben Sie den Sarkophag zu würdigen gewußt?»

«Hören Sie», sagte ich (und ich glaube, meine Stimme zitterte bereits), «tun Sie mir einen Gefallen – wir gehen sofort hinüber und machen zwischen uns aus, daß Sie mir das Portrait verkaufen, wenn es da ist.»

«Und wenn nicht?» erkundigte sich M. Godard.

«Dann zahle ich Ihnen den Betrag trotzdem.»

«Na gut», sagte er. «Hier, nehmen Sie diesen roten und blauen Stift und geben Sie es mir schriftlich, aber in Rot, in Rot, bitte.»

In meiner Erregung tat ich wie geheißen. Er warf einen kurzen Blick auf meine Unterschrift und beklagte die schwierige Aussprache russischer Eigennamen. Dann setzte er seine eigene Unterschrift dazu, faltete das Blatt hastig und steckte es in seine Westentasche.

«Gehen wir», sagte er und befreite eine Manschette.

Auf dem Weg trat er in einen Laden und kaufte eine Tüte klebrig aussehender Bonbons, die er mir hartnäckig aufzunötigen versuchte; als ich rundheraus ablehnte, versuchte er, mir einige davon in die Hand zu schütten. Ich zog meine Hand fort. Mehrere Bonbons fielen auf den Gehsteig; er blieb stehen, um sie aufzuheben, und holte mich laufend wieder ein. Als wir uns dem Museum näherten, sahen wir, daß der rote Reisebus (leer jetzt) davor parkte.

«Aha», sagte M. Godard erfreut. «Offenbar haben wir heute viele Besucher.»

Er nahm seinen Hut ab, hielt ihn vor sich und schritt würdig die Treppe hinan.

Etwas stimmte nicht im Museum. Aus dem Innern drangen Rowdyrufe, dreckiges Lachen und anscheinend sogar die Geräusche eines Handgemenges. Wir betraten den ersten Saal; hier hielt der ältliche Pedell zwei Frevler zurück, die irgendwelche festlichen Embleme an ihren Jackenaufschlägen trugen und mit violett angelaufenen Gesichtern und sehr tatkräftig versuchten, die Exkremente des Stadtrats unter dem Glas hervorzuholen. Die übrigen Jungen, Mitglieder irgendeiner dörflichen Sportorganisation, vergnügten sich geräuschvoll – einige mit dem Wurm im Alkohol, andere mit dem Totenschädel. Ein Witzbold bewunderte verzückt die Rohre der Dampfheizung, als handele es sich um einen Ausstellungsgegenstand; ein anderer zielte mit Faust und Zeigefinger auf eine der Eulen. Alles in allem waren etwa dreißig da, die hin und her liefen und redeten, so daß Gedränge und großer Lärm herrschten.

M. Godard klatschte in die Hände und deutet auf ein Schild, auf dem zu lesen war: «Von den Museumsbesuchern wird erwartet, daß sie anständig gekleidet sind.» Dann bahnte er sich den Weg in den zweiten Saal, und ich folgte ihm. Die ganze Gesellschaft schwärmte sofort hinterdrein. Ich lenkte M. Godard zu dem Portrait; er blieb davor wie erstarrt stehen, die Brust geschwellt, trat dann einen Schritt zurück, als betrachte er es bewundernd, und sein femininer Schuhabsatz trat jemandem auf den Fuß.

«Ein hervorragendes Gemälde», rief er mit ungekünstelter Aufrichtigkeit. «Na, da wollen wir nicht kleinlich sein. Sie hatten recht, es muß sich um einen Fehler im Katalog handeln.»

Während er redete, rissen seine Finger, die sich gleichsam selbständig gemacht hatten, unser Abkommen in kleine Fetzen, die wie Schneeflocken in einen massiven Spucknapf fielen.

«Wer ist der alte Affe?» fragte ein Individuum in einem gestreiften Jersey, und da der Großvater meines Bekannten mit einer brennenden Zigarre in der Hand abgebildet war, nahm ein anderer Spaßvogel eine Zigarette und schickte sich an, das Portrait um Feuer anzugehen.

«Also gut, einigen wir uns über den Preis», sagte ich, «und machen wir auf jeden Fall, daß wir hier wegkommen.»

«Platz da, bitte»! rief M. Godard und schob die Neugierigen zur Seite.

Am Ende des Saales gab es einen Ausgang, den ich vorher nicht bemerkt hatte, und wir drängten uns zu ihm durch.

«Ich kann hier keine Entscheidung treffen», brüllte M. Godard über den Lärm hinweg. «Entschiedenheit ist nur dann von Wert, wenn sie das Recht auf ihrer Seite hat. Ich muß die Sache erst mit dem Bürgermeister durchsprechen, der gerade gestorben und noch nicht gewählt ist. Ich bezweifle, daß es Ihnen möglich sein wird, das Bild zu kaufen, aber dessen ungeachtet würde ich Ihnen gerne andere Schätze unseres Museums zeigen.»

Wir befanden uns in einem Saal von beträchtlichen

Ausmaßen. Braune Bücher mit rauhen, stockfleckigen Seiten, die halb gebacken aussahen, lagen geöffnet unter Glas auf einem langen Tisch. An den Wänden standen Soldatenfiguren mit Stulpenstiefeln.

«Ich bitte Sie, wir wollen darüber reden», rief ich verzweifelt und versuchte, M. Godards Evolutionen auf ein Plüschsofa in einer Ecke hinzulenken. Der Wärter hinderte mich daran. Seinen einen Arm wie einen Dreschflegel schwingend, kam er uns nachgelaufen, verfolgt von einer Schar fröhlicher Jungen, von denen sich einer einen rembrandtisch leuchtenden Kupferhelm auf den Kopf gesetzt hatte.

«Nehmen Sie das doch ab, nehmen Sie es ab!» rief M. Godard, und jemand stieß den Helm klappernd vom Kopf des Lümmels.

«Gehen wir weiter», sagte M. Godard und zog mich am Ärmel, und wir gelangten in die Abteilung antiker Skulpturen.

Für einen Augenblick verirrte ich mich zwischen enormen Marmorfüßen, und zweimal rannte ich um ein riesiges Knie, bis ich M. Godards wieder ansichtig wurde, der hinter dem weißen Fußgelenk einer benachbarten Riesin nach mir suchte. Hier fiel ein Mensch mit steifem Hut, der auf sie hinaufgeklettert sein mußte, plötzlich aus großer Höhe auf den Steinfußboden. Einer seiner Kameraden begann, ihm aufzuhelfen, doch sie waren beide betrunken, und sie mit einer Handbewegung fortscheuchend, stürzte M. Godard in den nächsten Raum, wo orientalische Gewebe prunkten; Hunde liefen hier über Azurteppiche, und auf einem Tigerfell lagen Bogen und Köcher.

Seltsamerweise jedoch vermittelte mir die Weite und das bunte Durcheinander nur ein Gefühl von Bedrückung und Ungenauigkeit, und vielleicht, weil neue Besucher vorüberstürzten oder weil es mich drängte, das sich unnötigerweise weitende Museum zu verlassen und meine Geschäftsverhandlungen mit M. Godard in Ruhe und Freiheit zu Ende zu bringen, begann ich mich auf undeutliche Weise beunruhigt zu fühlen. Inzwischen hatten wir uns wiederum in einen anderen Saal begeben, der nun wirklich riesig sein mußte, denn er beherbergte das vollständige Gerippe eines Wals, das aussah wie das Spantenwerk einer Fregatte; dahinter waren weitere Säle zu erkennen, der schräge Glanz großer Gemälde, die voll waren von Sturmwolken, zwischen denen die zarten Idole frommer Kunst in blauen und rosaroten Gewändern schwebten; und all das ging in die jähe Turbulenz nebelhafter Vorhänge über, und Kronleuchter glitzerten auf, und Fische mit Flossen wie aus Gaze mäanderten durch beleuchtete Aquarien. Als wir eine Treppe hinaufstürmten, sahen wir von der Galerie oben eine Schar grauhaariger Leute mit Regenschirmen, die eine gigantische Nachbildung des Universums betrachteten.

Zuletzt, in einem düsteren, aber großartigen Raum, welcher der Geschichte der Dampfmaschine gewidmet war, gelang es mir, meinen unbesorgten Führer einen Augenblick lang anzuhalten.

«Genug!» rief ich. «Ich gehe. Wir sprechen uns morgen noch.»

Er war bereits verschwunden. Ich drehte mich um und erblickte, kaum drei Zentimeter entfernt, die hohen Räder einer schwitzenden Lokomotive. Lange bemühte ich mich, zwischen Bahnhofsmodellen den Weg zurückzufinden. Wie seltsam glühten die violetten Signale in der Dunkelheit hinter dem Fächer nasser Geleise, wie krampfte sich mein armes Herz zusammen! Plötzlich änderte sich alles von neuem: Vor mir dehnte sich ein unendlich langer Gang, der zahlreiche Büroräume und scheue, hastende Menschen enthielt. Ich bog um eine Ecke und fand mich inmitten von tausend Musikinstrumenten; die Wände, Spiegel alle, reflektierten eine Kolonne von Konzertflügeln, während sich in der Mitte ein Teich mit einem bronzenen Orpheus auf einem grünen Felsen befand. Das Thema Wasser war damit noch nicht zu Ende, denn als ich zurücklief, landete ich in der Abteilung Brunnen und Bäche, und es war gar nicht leicht, an den gewundenen, schlüpfrigen Rändern jener Gewässer entlangzugehen.

Hin und wieder stiegen auf der einen oder anderen Seite steinerne Treppen mit Pfützen auf den Stufen, die mir eine seltsame Furcht einflößten, in neblige Abgründe hinab, aus denen Pfiffe, Geschirr- und Schreibmaschinengeklapper, Hammerschläge und viele andere Geräusche heraufdrangen, als befänden sich dort unten irgendwelche Ausstellungshallen, die bereits schlossen oder noch nicht fertig waren. Dann fand ich mich im Dunkeln und rannte gegen unbekannte Möbelstücke, bis ich endlich ein rotes Licht erblickte und auf eine Plattform hinaustrat, die unter mir erdröhnte – und auf der anderen Seite lag unerwartet ein heller Salon mit geschmackvollem Empire-Mobiliar, aber es gab keine lebende Seele, keine lebende Seele ... Mittlerweile erfüllte mich unbeschreibliche Angst, doch jedes Mal, wenn ich mich umwandte und meinen Weg durch die Gänge, die ich gekommen war, zurückfinden wollte, fand ich mich an bislang unbekannten Orten – einem Treibhaus mit Hortensien und zerbrochenen Fensterscheiben, hinter denen eine künstliche Nacht zu sehen war; oder einem verlassenen Laboratorium mit verstaubten Destillierkolben auf den Tischen. Endlich rannte ich in irgendeinen Raum mit Kleiderhaken, die auf ungeheuerliche Weise mit schwarzen Mänteln und Astrachanpelzen überladen waren; hinter einer Tür brauste Beifall auf, aber als ich sie aufstieß, war da kein Theater, sondern nur ein weiches, milchiges Licht und ein hervorragend gefälschter Nebel mit völlig überzeugenden Flecken undeutlicher Straßenlaternen. Mehr als überzeugend! Ich trat näher, und sofort ersetzte ein freudiges und unmißverständliches Gefühl der Wirklichkeit endlich den Spuk, zwischen dem ich hin und her geeilt war. Der Stein unter meinen Füßen war richtiger Gehsteig, der mit wunderbar duftendem neuem Schnee bedeckt war, und seltene Fußgänger hatten darin bereits frische schwarze Spuren zurückgelassen. Nach meinen fiebrigen Wanderungen war mir die stille und schneeige, irgendwie sehr bekannt vorkommende Kühle der Nacht zunächst angenehm. Vertrauensvoll begann ich zu mutmaßen, wo genau ich herausgekommen war, warum Schnee lag und was diese Lichter waren, die übertrieben groß, aber undeutlich hier und dort durch die braune Dunkelheit strichen. Ich betrachtete einen runden Steinpoller an der Bordsteinkante, bückte mich, berührte ihn sogar und sah dann auf meine Handfläche, die voll war von nasser, körniger Kälte, als hoffte ich, dort eine Erklärung zu lesen. Ich fühlte, wie leicht, wie naiv ich gekleidet war, aber der deutliche Gedanke, dem Labyrinth des Museums entronnen zu sein, war immer noch so stark, daß ich in den ersten zwei oder drei Minuten weder Überraschung noch Furcht empfand. Ich setzte meine gelassene Untersuchung fort und blickte an dem Haus hinauf, neben dem ich stand, und sofort fielen mir die eisernen Stufen und Geländer ins Auge, die auf ihrem Weg zum Keller in den Schnee hinabstiegen. Mein Herz krampfte sich zusammen, und mit neuer, erschreckter Neugier blickte ich auf das Straßenpflaster, auf seine weiße Decke, über die sich schwarze Linien zogen, auf den braunen Himmel, über den immer noch ein geheimnisvolles Licht strich, und auf die massive Brüstung in einiger Entfernung. Ich fühlte, daß es dahinter abwärts ging; etwas krachte und gurgelte dort. Noch weiter weg, jenseits der trüben Mulde, erstreckte sich eine Kette verschwommener Lichter. Ich machte in meinen durchweichten Schuhen ein paar Schritte durch den Schnee und behielt die ganze Zeit über das dunkle Haus zu meiner Rechten im Auge; nur in einem einzigen Fenster leuchtete eine Lampe sanft unter ihrem grünen Glasschirm. Hier ein verriegeltes Holztor... Dort offenbar die Fensterläden eines kleinen schlafenden Geschäfts... Und im Licht der Straßenlaterne, deren Form mir schon lange ihre unmögliche Botschaft zugerufen hatte, entzifferte ich den hinteren Teil eines Schildes: *«... inka sapog»* («... uhreparatur») – aber nein, der Schnee war es nicht, der das Härtezeichen am Ende ausgelöscht hatte. (Nach der

Revolution wurde das Härtezeichen, das nach Konsonanten am Ende eines Wortes stand, aus dem Alphabet gestrichen.) «Nein, nein, gleich wache ich auf», sagte ich laut, und zitternd, klopfenden Herzens wandte ich mich um, ging weiter, blieb stehen. Irgendwoher kam der sich entfernende Klang von Hufen, gedämpft, träge und gleichmäßig; der Schnee saß wie eine Schlafmütze auf einem leicht geneigten Steinpoller, zeigte sich undeutlich weiß auf dem Holzstapel jenseits des Zaunes, und schon wußte ich auch unwiderruflich, wo ich war. Ach, es war nicht das Rußland meiner Erinnerung, sondern das tatsächliche heutige Rußland, das mir verboten war, hoffnungslos unterwürfig und hoffnungslos meine Heimat. Ein Semiphantom in einem leichten ausländischen Anzug, so stand ich in einer Oktobernacht auf dem teilnahmslosen Schnee an dem Moika- oder dem Fontanka-, vielleicht auch am Obwodnyj-Kanal, und ich mußte etwas tun, mußte irgendwohin gehen, rennen, verzweifelt mein gefährdetes, ungesetzliches Leben schützen. Oh, wie oft hatte ich im Schlaf ein ähnliches Gefühl erlebt! Jetzt jedoch war es Wirklichkeit. Alles war wirklich – die Luft, die sich mit verstreuten Schneeflocken zu vermischen schien, der noch nicht zugefrorene Kanal, das schwimmende Fischhaus und jene eigentümliche Viereckigkeit der dunklen und der gelben Fenster. Ein Mann mit einer Pelzmütze und einer Aktentasche unter dem Arm kam mir aus dem Nebel entgegen, warf mir einen verwunderten Blick zu und drehte sich noch einmal nach mir um. Ich wartete, bis er verschwunden war, und begann dann in ungeheurer Eile meine Taschen auszuleeren, Papiere zu zerreißen, sie in den Schnee zu werfen und hineinzutreten. Einige Dokumente waren dabei, ein Brief meiner Schwester in Paris, fünfhundert Franken, ein Taschentuch, Zigaretten; um jedoch die ganze Hülle des Exils abzustreifen, mußte ich mir die Kleidung vom Leibe reißen und sie vernichten, meine Unterwäsche, meine Schuhe, alles, bis ich splitternackt war; und obwohl ich bereits vor Qual und Kälte zitterte, tat ich das Mögliche.

Doch genug. Ich werde nicht erzählen, wie ich verhaftet wurde, noch will ich berichten, was ich im folgenden erduldete. Es muß genügen, wenn ich sage, daß es mich unglaubliche Geduld und Anstrengung kostete, wieder ins Ausland zu gelangen, und daß ich mir seither geschworen habe, nie wieder Aufträge auszuführen, mit denen einen die Tollheit anderer betraut hat.

Wassilij Schischkow

Ich habe nur spärliche Erinnerungen an ihn, und das wenige, was ich noch weiß, trug sich mitten im letzten Frühjahr zu, dem Frühjahr des Jahres 1939. Ich hatte an irgendeinem «Abend russischer Exilliteratur» teilgenommen – einer jener langweiligen Affairen, die seit Beginn der zwanziger Jahre in Paris an der Tagesordnung waren. Als ich die Treppe hinunterlief (eine Pause hatte mir die Gelegenheit zur Flucht gegeben), schien mir, als hörte ich den Galopp hartnäckiger Verfolgung hinter mir. Ich blickte zurück, und in diesem Augenblick sah ich ihn zum ersten Mal. Er hatte ein paar Stufen über mir haltgemacht und sagte von dort: «Mein Name ist Wassilij Schischkow. Ich bin Dichter.»

Dann kam er herab auf meine Höhe – ein kompakt gebauter junger Mann, unleugbar Russe, mit dicken Lippen und grauen Augen, einer tiefen Stimme und einem geräumigen, bequemen Handschlag.

«Ich möchte Ihren Rat in einer bestimmten Angelegenheit», fuhr er fort. «Ich würde es sehr begrüßen, wenn wir uns einmal treffen könnten.»

Ich bin jemand, der mit derlei Anträgen nicht gerade verwöhnt wird. Meine Zusage floß fast vor Zuneigung und Rührung über. Wir verabredeten, daß er am folgenden Tag in meinem schäbigen Hotel (das sich großsprecherisch Royal Versailles nannte) vorbeikommen sollte. Pünktlich stieg ich in den Abklatsch einer Lounge hinab, wo es zu dieser Stunde vergleichsweise ruhig war, wenn man die konvulsivischen Anstrengungen des Aufzugs und die Unterhaltung von vier deutschen Flüchtlingen, die an ihrem Stammtisch in einer Ecke gewisse Kniffligkeiten des *carte d'identité*-Verfahrens diskutierten, außer acht ließ. Einer von ihnen war offensichtlich der Meinung, seine Lage sei weniger miserabel als die der anderen, und die anderen wiesen ihm nach, daß sie sich in nichts von der ihren unterschied. Dann tauchte ein fünfter auf und grüßte seine Landsleute aus irgendeinem Grunde auf französisch: Spaß? Angeberei? Die Verlockung einer neuen Sprache? Er hatte sich gerade einen Hut gekauft; sie probierten ihn alle auf.

Schischkow trat ein. Mit ernstem Gesichtsausdruck und einem ähnlichen Ernst in der Stemmbewegung seiner Schulter überwand er den rostigen Widerstand der Drehtür und hatte kaum Zeit, sich umzusehen, als er mich auch schon erblickte. Ich registrierte mit Vergnügen, daß er sich das herkömmliche Grinsen versagte, das ich so sehr fürchte – und zu dem ich selber neige. Ich hatte einige Schwierigkeiten, zwei zu prall gestopfte Polstersessel zusammenzurücken, und erneut fand ich es äußerst wohltuend, daß er, anstatt eine mechanische Geste der Hilfsbereitschaft anzudeuten, ungezwungen, die Hände in den Taschen seines alten Trenchcoats, dastand und wartete, bis ich unsere Sitzgelegenheit gruppiert hätte. Sobald wir uns gesetzt hatten, holte er ein bräunliches Notizbuch hervor.

«Zunächst», sagte Schischkow und sah mich mit sympathischen, pelzigen Augen starr an, «hat man sich ja wohl auszuweisen – nicht wahr? Bei der Polizei hätte ich meine Kennkarte gezeigt, und Ihnen, Gospodin Nabokov, lege ich ein Heft mit Gedichten vor.»

Ich blätterte darin. Die feste Handschrift mit leichter Linksneigung atmete Gesundheit und Begabung. Sobald ich jedoch meinen Blick die Zeilen hinunterzickzacken ließ, verspürte ich einen Stich der Enttäuschung. Die Gedichte waren fürchterlich, schal, grell und erbärmlich prätentiös. Ihre nicht zu überbietende Mittelmäßigkeit wurde durch den schwindlerischen Schick der Alliterationen und den buhlerischen Reichtum banausenhafter Reime noch hervorgehoben. Der Hinweis mag genügen, daß sich *teatr* auf *gladiator*, *mustang* auf *tank*, *madonna* auf *belladonna* reimten. An die Themen rührte man besser nicht: Der Autor besang mit unwandelbarem Gusto alles, was vor seine Leier kam. Seine Gedichte eines nach dem anderen zu lesen, war eine Qual für einen empfindlichen Menschen. Da aber meine Gewissenhaftigkeit dadurch gestärkt wurde, daß der Autor mich nicht aus den Augen ließ und die Richtung meines Blicks wie die Tätigkeit meiner Finger überwachte, konnte ich nicht umhin, ein paar Augenblicke bei jeder Seite zu verweilen.

«Nun, wie lautet der Richterspruch?» fragte er, als ich geendet hatte. «Nicht allzu furchtbar?»

Ich betrachtete ihn. Sein glänzendes Gesicht mit den geweiteten Poren drückte nicht das Gefühl kommenden Unheils aus. Ich antwortete, daß seine Gedichte hoffnungslos schlecht seien. Schischkow schnalzte mit der

Zunge, steckte sein Notizbuch wieder in die Trenchcoattasche und sagte:

«Diese Ausweispapiere sind nicht meine. Ich will sagen, ich habe das Zeug zwar selber verfaßt, es ist aber trotzdem eine Fälschung. Dieser ganze Haufen von zwanzig Gedichten wurde heute vormittag geschrieben, und um ehrlich zu sein, fand ich die Aufgabe, das Ergebnis der Reimsucht zu parodieren, ziemlich schwer. Dafür weiß ich aber jetzt, daß Sie unnachsichtig sind – man kann Ihnen also trauen. Hier ist mein richtiger Ausweis.» (Schischkow reichte mir ein anderes, viel strapazierteres Notizbuch.) «Lesen Sie aufs Geratewohl irgendein Gedicht, das wird ausreichen für Sie und mich. Im übrigen möchte ich, um jedes Mißverständnis zu vermeiden, darauf hinweisen, daß ich mir aus Ihren Romanen nichts mache – sie irritieren mich wie grelles Licht oder eine laute Unterhaltung unter Fremden, wenn man nicht reden, sondern denken möchte. Trotzdem, Sie verfügen rein physiologisch gesehen, wenn Sie mir diesen Ausdruck erlauben, über ein Geheimnis des Schreibens, über das Geheimnis gewisser Grundfarben, was etwas äußerst Seltenes und Wichtiges ist, wissen allerdings, innerhalb der engen Grenzen Ihrer allgemeinen Fähigkeiten, nur wenig daraus zu machen – Sie fahren sozusagen in einem starkmotorigen Rennwagen durch die Gegend, mit dem Sie nicht das geringste anzufangen wissen, der Sie aber ständig darüber nachzudenken zwingt, wohin Sie als nächstes losdonnern sollen. Da Sie aber nun einmal dieses Geheimnis besitzen, muß man mit Ihnen rechnen – und deswegen wäre mir Ihre Unterstützung in einer bestimmten Angelegenheit so sehr willkommen. Aber sehen Sie sich, bitte, zuerst einmal meine Gedichte an.»

(Ich muß zugeben, daß dieser unerwartete und unerbetene Vortrag über das Wesen meiner literarischen Arbeiten mir weit unverfrorener vorkam als das harmlose Täuschungsmanöver, das sich mein Besucher hatte einfallen lassen. Ich schreibe um eines ganz konkreten Vergnügens willen und veröffentliche meine Arbeiten um des weit weniger konkreten Geldes willen. Letzteres setzt zwar auf diese oder jene Art die Existenz eines Käufers voraus, doch will mir scheinen, daß die Zufallsereignisse ihrer Laufbahn um so unwirklicher und unbedeutender werden, je weiter sich meine publizierten Bücher im Laufe ihrer natürlichen Entwicklung von ihrer sich selber genügenden Quelle entfernen. Was das sogenannte Leserurteil angeht, so fühle ich mich vor diesem Gericht nicht als Angeklagter, sondern allenfalls als ein entfernter Verwandter des unbedeutendsten Zeugen. In anderen Worten: das Lob eines Kritikers scheint mir eine seltsame Art von *sans gêne* und sein Verriß ein fruchtloser Ausfall gegen ein Phantom. Im Augenblick versuchte ich mir klarzuwerden, ob Schischkow jedem stolzen Schriftsteller, der ihm in den Weg kam, seine unverbrämten Ansichten hinwarf oder ob er nur mir gegenüber so direkt war, weil er glaubte, ich verdiene das. Ich kam zu dem Schluß: Wie der Schwindel mit diesen Knittelversen das Ergebnis eines kindischen, doch echten Durstes nach Wahrheit war, so ging die Verkündung seiner Ansichten über mich auf den Drang zurück, die gegenseitige Offenheit bis zum Extrem zu treiben.)

Undeutlich fürchtete ich, daß das echte Produkt Spuren all jener Unvollkommenheiten aufweisen könnte, die in der Parodie monströs übertrieben worden waren, aber meine Furcht erwies sich als unbegründet. Die Gedichte waren vorzüglich – ich hoffe, zu späterem Zeitpunkt näher auf sie eingehen zu können. Vor kurzem gelang es mir, eines davon in einer Emigrantenzeitschrift zu veröffentlichen, und Liebhabern der Dichtkunst fiel seine Originalität auf. Dem Verfasser, der so scharf war auf die Ansichten eines anderen, tat ich die meinen ohne Umschweife kund, fügte aber als Korrektiv hinzu, daß sein Gedicht winzige Stilschwankungen enthalte, zum Beispiel das nicht ganz idiomatische *w soldatskich mundirach*; hier hätte statt *mundir* (Uniform) eher *forma* gepaßt, da von den unteren Rängen die Rede war. Die Zeile war jedoch viel zu gut, um an ihr herumzupfuschen.

«Wissen Sie was», sagte Schischkow, «da wir uns einig sind, daß an meinen Gedichten was dran ist, möchte ich das Büchlein in Ihrer Obhut lassen. Man weiß nie, was alles passieren kann; mir kommen sonderbare, sonderbare Gedanken, und ... Wie dem auch sei, das alles läßt sich ganz prächtig an. Sehen Sie, der Zweck meines Besuches war, Sie zu bitten, an einer neuen Zeitschrift mitzuarbeiten, die ich herausgeben will. Am Sonnabend findet bei mir eine Versammlung statt, wo eine Entscheidung fallen muß. Natürlich mache ich mir nicht die geringsten Illusionen über Ihre Bereitschaft, sich mit den Problemen unserer Zeit herumzuschlagen, ich glaube aber, daß die Konzeption der Zeitschrift Sie unter stilistischen Gesichtspunkten interessieren könnte. Ich bitte Sie daher zu kommen. Wir erwarten übrigens [Schischkow nannte einen sehr berühmten russischen Schriftsteller] und andere bekannte Leute. Sie müssen verstehen – ich habe eine gewisse Grenze erreicht, ich muß unbedingt diese Spannung loswerden, sonst werde ich verrückt. Ich bin bald dreißig; letztes Jahr bin ich hierher nach Paris gekommen, nach einer ganz und gar unproduktiven Jugend auf dem Balkan und dann in Österreich. Ich arbeite hier als Buchbinder, ich war aber auch schon Setzer und sogar Bibliothekar – kurz: ich habe mich immer mit Büchern abgegeben. Doch mein Leben war, wie schon gesagt, unproduktiv, und in letzter Zeit drängt es mich, etwas zu tun – ein höchst quälendes Gefühl – denn Sie müssen doch auch sehen, aus anderem Blickwinkel möglicherweise, aber Sie *müssen* einfach sehen, wieviel Leid, Dummheit und Schmutz uns umgibt; die Menschen meiner Generation aber bemerken nichts, unternehmen nichts, obwohl die Tat einfach ebenso notwendig ist wie etwa Luft oder Brot. Ich spreche wohlgemerkt nicht von den großen, brennenden Fragen, an denen sich alle zu Tode gelangweilt haben, sondern von einer Unzahl von Kleinigkeiten, die die Leute nicht wahrnehmen wollen, obwohl sie, diese Trivialitäten, die Embryonen sich klar abzeichnender Monstren sind. Erst vor ein paar Tagen zum Beispiel ertränkte eine Mutter, die mit ihrer Geduld am Ende war, ihre zweijährige Tochter in der Badewanne und nahm dann ein Bad in demselben Wasser, denn es war heiß, und heißes Wasser vergeudet man nicht. Guter Gott, wie weit ist das entfernt von jener Bauersfrau in einer von Turgenjews empfindsamen Geschichtchen, deren Sohn gerade gestorben war und die die feine Dame, die sie in ihrer Isba besuchte, dadurch empörte, daß sie ihre Schüssel mit Kohlsuppe zu Ende aß, ‹weil Salz dran war›! Halten Sie es meinethalben für schiere Spinnerei, wenn die unzähligen Belanglosigkeiten dieser Art – tagein, tagaus, überall, von unterschiedlicher Wichtigkeit und verschiedener Gestalt, geschwänzte, punktförmige, kubische Mikroben – jemandem so zusetzen, daß er keine Luft mehr bekommt und den Appetit verliert – nur kommen Sie!»

Ich habe hier unsere Unterhaltung im Royal Versailles mit Auszügen aus einem weitschweifigen Brief Schischkows kombiniert, den er mir am Tage darauf schickte, um die Einladung zu bestätigen.

Am folgenden Sonnabend kam ich ein wenig zu spät zu der Versammlung, so daß, als ich seine *chambre garnie* betrat, die ebenso bescheiden wie sauber war, alle außer dem berühmten Schriftsteller schon da waren. Von den Anwesenden kannte ich vom Sehen den Herausgeber einer eingegangenen Zeitschrift; die anderen sah ich zum ersten Mal – eine üppige Dame (Übersetzerin, glaube ich, vielleicht auch Theosophin) mit einem mißmutigen kleinen Mann, der einer schwarzen Berlocke glich, ihre bejahrte Mutter, zwei heruntergekommene Herren in jenen schlechtsitzenden Anzügen, mit denen der Exilkarikatúrist Mad seine Geschöpfe ausstaffierte, und einen energisch aussehenden blonden Typ, den Freund unseres Gastgebers. Ich bemerkte, daß Schischkow bange die Ohren spitzte, bemerkte außerdem, wie herzhaft und fröhlich er auf den Tisch schlug und aufstand, bevor ihm klar wurde, daß die Klingel, die er gehört hatte, zu einer anderen Wohnung gehörte, und hoffte sehnlichst, daß die Berühmtheit endlich einträfe, aber der alte Knabe tauchte nicht auf.

«Meine Damen und Herren», sagte Schischkow und begann, mit Eloquenz und Engagement seine Pläne für eine Monatszeitschrift auszubreiten, die «Studien über das Leid und die Gemeinheit» heißen und in der Hauptsache aus einer Sammlung einschlägiger Zeitungsartikel des jeweiligen Monats bestehen sollte, wobei Bedingung sei, sie nicht in chronologischer, sondern in «aszendierender» und «künstlerisch unaufdringlicher» Folge zu arrangieren. Der ehemalige Herausgeber legte einige Zahlen vor und erklärte, er sei völlig sicher, daß sich eine russische Exilzeitschrift dieser Art nie und nimmer verkaufen werde. Der Gatte der üppigen literarischen Dame nahm sein Pincenez ab und sagte, während er sein Nasenbein massierte, unter fürchterlichen Hms und Ähs, daß es, falls man vorhabe, etwas gegen das menschliche Elend zu tun, möglicherweise wesentlich praktischer sei, die Summe, die man für die Publikation aufzubringen habe, unter die Armen zu verteilen, und da er es war, von dem man dieses Geld erwartete, überlief ein Schauer die Zuhörer. Hierauf wiederholte der Freund des Gastgebers – in lebhafteren, aber auch weniger gewählten Worten –, was Schischkow schon vorgebracht hatte. Auch ich wurde um meine Ansicht gebeten. Der Ausdruck auf Schischkows Gesicht war so tragisch, daß ich mein Bestes tat, seinen Plänen das Wort zu reden. Wir gingen ziemlich früh auseinander. Als er uns hinaus ins Treppenhaus begleitete, rutschte

Schischkow aus und blieb ein wenig länger, als nötig gewesen wäre, um dem allgemeinen Gelächter Nahrung zu geben, mit fröhlichem Lächeln und unmöglichen Augen auf dem Boden sitzen.

Vierzehn Tage später besuchte er mich wieder, und wieder diskutierten die vier deutschen Emigranten ihre Paßprobleme, und ein fünfter kam herein und sagte fröhlich: «*Bonjour, Monsieur Weiss, bonjour, Monsieur Meyer.*» Auf meine Fragen antwortete Schischkow ziemlich abwesend und sogar widerstrebend, daß sich seine Pläne für eine neue Zeitschrift nicht realisieren ließen und daß er es aufgegeben habe, über die Sache nachzudenken.

«Was ich Ihnen erzählen wollte», begann er nach einem unbehaglichen Schweigen, «ich habe immer wieder versucht, zu einer Entscheidung zu kommen, und glaube, daß mir jetzt mehr oder weniger eine Idee gekommen ist. *Warum* ich in dieser schrecklichen Verfassung bin, kann Sie kaum interessieren; ich habe mich, so gut ich es vermochte, in meinem Brief zu erklären versucht, doch betraf das in der Hauptsache mein Vorhaben, die Zeitschrift. Das Problem ist umfassender, das Problem ist aussichtsloser. Ich habe versucht, mir darüber klar zu werden, was zu tun ist, wie man den Dingen Einhalt gebietet, wie man ihnen entkommt. Sich absetzen nach Afrika, in die Kolonien? Aber es lohnt wohl kaum die Herkulesarbeit, sich die nötigen Papiere zu besorgen, nur um unter Dattelpalmen und Skorpionen über die gleichen Dinge nachzugrübeln wie im Pariser Regen. Versuchen, irgendwie nach Rußland zurückzukommen? Das wäre die Traufe nach dem Regen. Ins Kloster gehen? Aber Religion langweilt mich und bedeutet mir nichts und hat nicht mehr Bezug zu dem, was für mich die Wirklichkeit des Geistes ist, als eine Schimäre. Selbstmord? Aber ich finde die Todesstrafe zu widerwärtig, um mein eigener Scharfrichter werden zu können, und darüber hinaus habe ich ein Grauen vor möglichen Folgen, von denen Hamlets Philosophie nicht zu träumen wagte. Daher bleibt mir nur ein Ausweg: zu verschwinden, mich aufzulösen.»

Er fragte, ob sein Manuskript sicher verwahrt sei, und kurz darauf ging er, breitschultrig, doch ein wenig gebeugt, im Trenchcoat, ohne Hut, und sein Nacken hatte einen Haarschnitt nötig – ein außergewöhnlich anziehender, reiner, melancholischer Mensch, und ich wußte nicht, was ich ihm hätte sagen, wie ich ihm hätte helfen sollen.

Ende Mai reiste ich in einen anderen Teil Frankreichs, und als ich Ende August wieder zurück in Paris war, traf ich zufällig Schischkows Freund. Er erzählte mir eine eigentümliche Geschichte: Kurz nach meiner Abreise war «Wassja» unter Hinterlassung seines spärlichen Besitzes verschwunden. Die Polizei fand keine Spur von ihm – und entdeckte nichts, außer der Tatsache, daß *le sieur Chichkoff* seine abgelaufene *karta*, wie die Russen das nannten, nicht hatte verlängern lassen.

Das ist alles. Mit einem jener Vorfälle, mit denen eine Kriminalgeschichte beginnt, endet meine Erzählung. Ich erhielt von seinem Freund, der eigentlich eher eine Zufallsbekanntschaft war, Bruchstücke dürftiger Information über Schischkows Leben und habe sie mir notiert – sie mögen sich eines Tages als nützlich herausstellen. Was aber, zum Teufel, war denn nun aus ihm geworden? Und was meinte er nur, als er sagte, er wolle verschwinden, sich auflösen? Ist völlig auszuschließen, daß er in einem ganz wörtlichen Sinn, der sich dem Verstand verschloß, beabsichtigte, in seiner Kunst zu verschwinden, sich in seinen Versen aufzulösen, um von sich selber, von seiner nebulösen Person, nichts zurückzulassen als Poesie? Überschätzte er vielleicht, so fragt man sich

> Die Transparenz und Haltbarkeit
> Solch eines ungewöhnlichen Sarges?

Der Zauberer

«Welchen Vers nur soll ich mir auf mich machen?» dachte er, wenn er dachte. «Lüsternheit kann es nicht sein. Die grobe Sinnlichkeit ist eine Allesfresserin; die raffinierte Sorte setzt Sättigung voraus. Zwar habe ich fünf oder sechs normale Affairen gehabt – doch wie läßt sich ihre fade Beliebigkeit mit meiner einzigartigen Flamme vergleichen? Wie es erklären? Gewiß nicht mit der Arithmetik orientalischer Ausschweifung, bei der die Zartheit der Beute ihrem Alter umgekehrt proportional ist. O nein, für mich ist es nicht der Grad eines Allgemeinen, sondern etwas völlig anderes als das Allgemeine; nicht etwas besonders Schätzenswertes, sondern unschätzbar. Was also ist es dann? Eine Krankheit? Eine kriminelle Neigung? Und verträgt es sich mit Gewissen und Scham, mit Skrupelhaftigkeit und Furcht, mit Selbstbeherrschung und Empfindlichkeit? Denn auch nur in Erwägung zu ziehen, daß ich Schmerz verursache oder unvergeßlichen Widerwillen errege, bringe ich nicht über mich. Unfug – ich bin keiner, der vergewaltigt. Den Grenzen, die ich meinem Verlangen gesetzt habe, den Masken, die ich dafür erfinde, wenn ich mir im wirklichen Leben eine absolut unsichtbare Methode herbeizaubere, meine Leidenschaft zu stillen, ist eine gnädige Spitzfindigkeit eigen. Ich bin ein Taschendieb, kein Einbrecher. Obwohl, auf einer kreisrunden Insel vielleicht, mit meinem kleinen weiblichen Freitag... (es wäre keine Frage bloß der Sicherheit, sondern der Lizenz, ein Wilder zu werden – oder ist das ein Teufelskreis mit einer Palme in der Mitte?).

Da ich mit dem Verstand weiß, daß die Euphrat-Aprikose nur als Konserve schädlich ist; daß Sünde und bürgerliche Sitte untrennbar sind; daß jede Hygiene ihre Hyäne hat; da ich darüber hinaus weiß, daß eben dieser Verstand nicht abgeneigt ist, zu vulgarisieren, wozu ihm sonst der Zugang verwehrt ist... Doch ich will alles dies beiseite lassen und mich auf eine höhere Ebene begeben.

Was, wenn der Weg zur wahren Wollust tatsächlich durch eine noch zarte Membran führte, die noch keine Zeit hatte, hart zu werden, sich überwuchern zu lassen, den Duft und den Schimmer einzubüßen, durch die man zu dem funkelnden Stern jener Wollust dringt? Selbst innerhalb dieser Grenzen gehe ich auf kultivierte Weise wählerisch vor; nicht zu jedem Schulmädchen, das mir über den Weg läuft, fühle ich mich hingezogen, ganz und gar nicht – wie viele bekommt man auf einer grauen Morgenstraße zu sehen, die drall sind oder dünn oder ein Halsband aus Pickeln haben oder eine Brille auf – diese Art interessiert mich in amouröser Hinsicht so wenig wie andere vielleicht irgendeine unansehnliche Bekannte. Jedenfalls fühle ich mich mit Kindern allgemein ganz einfach wohl, unabhängig von irgendwelchen besonderen Empfindungen; ich weiß, daß ich einen höchst liebevollen Vater im üblichen Sinn des

Wortes abgäbe, und kann bis heute nicht entscheiden, ob es sich da um ein natürliches Komplement handelt oder um einen dämonischen Widerspruch.

Hier berufe ich mich auf das Gesetz der Gradation, das ich verworfen habe, wo ich es beleidigend fand: Oft habe ich versucht, mich beim Übergang von einer Art der Zärtlichkeit zu einer anderen zu ertappen, von der einfachen zur besonderen, und sehr gern wüßte ich, ob sie sich gegenseitig ausschließen, ob sie schließlich doch verschiedenen Gattungen zugewiesen werden müssen oder ob die eine in der Walpurgisnacht meiner düsteren Seele eine seltene Blüte der anderen ist; denn wenn sie zwei verschiedene Wesenheiten sind, dann muß es auch zwei verschiedene Arten von Schönheit geben, und wenn der ästhetische Sinn zum Essen geladen wird, setzt er sich krachend zwischen zwei Stühle (das Los eines jeglichen Dualismus). Andererseits finde ich die Rückreise vom Besonderen zum Einfachen ein wenig verständlicher: Jenes wird sozusagen im Moment der Befriedigung subtrahiert, und das scheint doch darauf hinzudeuten, daß die Summe der Empfindungen in der Tat homogen ist, falls die Regeln der Arithmetik hier tatsächlich anwendbar sind. Es ist sonderbar, sonderbar – und am sonderbarsten ist vielleicht, daß ich unter dem Vorwand, mir bemerkenswerte Gedanken zu machen, lediglich eine Rechtfertigung suche für meine Schuld.»

Solchermaßen ungefähr zappelten seine Gedanken. Er hatte das Glück, einen kultivierten, präzisen und recht einträglichen Beruf auszuüben, einen, der seinen Geist erfrischte, seinen Tastsinn zufriedenstellte, seinem Gesichtssinn mit einem glänzenden Punkt auf schwarzem Samt Nahrung gab. Es gab da Zahlen und Farben und ganze Kristallsysteme. Zu Zeiten war seine Phantasie monatelang gefesselt, und nur gelegentlich einmal klirrte die Kette. Da er sich mit vierzig Jahren zudem durch fruchtlose Selbstaufopferung ausreichend gequält hatte, hatte er seine Begierde beherrschen gelernt und sich heuchlerisch mit dem Gedanken abgefunden, daß schon überaus glückliche Umstände zusammenzukommen hätten, das Schicksal ihm höchst unversehens ein günstiges Blatt zuteilen müßte, damit es je zu einem augenblicksweisen Anschein des Unmöglichen kommen konnte.

Sein Gedächtnis bewahrte jene wenigen Augenblicke mit melancholischer Dankbarkeit (sie waren ihm ja doch zuteil geworden) und melancholischer Ironie (er hatte schließlich das Leben doch überlistet). So hatte er in seinen Studententagen am Polytechnikum kein einziges Mal die jüngere Schwester eines Kommilitonen gestreift, der er Nachhilfeunterricht in Geometrie gegeben hatte – ein schläfriges, blasses Mädchen mit samtenem Blick und einem Paar schwarzer Zöpfe –, doch die bloße Nähe ihres Wollkleids hatte genügt, daß die Zeilen auf dem Papier erzitterten und sich auflösten, daß alles in angespanntem, heimlichem Trott in eine andere Dimension hinüberwechselte – und hinterher war da wieder der Holzstuhl, die Lampe, das kritzelnde Schulmädchen. Seine anderen Glücksmomente waren von der gleichen lakonischen Art gewesen: ein zappeliges Kind mit einer Haarlocke über einem Auge in einem ledergepolsterten Büro, wo er auf ihren Vater wartete (das Klopfen in seiner Brust – «Sag mal, bist du kitzlig?»); oder jene andere, die mit den pfefferkuchenfarbenen Schultern, die ihm in der durchgestrichenen Ecke eines sonnenhellen Hofs etwas schwarzen Salat zeigte, der ein grünes Kaninchen fraß. Es waren dies armselige, hastige Augenblicke gewesen, zwischen denen Jahre des Umherstreifens und der Suche lagen, doch hätte er sich jeden von ihnen sonst etwas kosten lassen. (Kuppler jedoch blieben aufgefordert, sich herauszuhalten.)

Wenn er sich jene äußerst seltenen Vorkommnisse ins Gedächtnis rief, jene kleinen Geliebten, die des Inkubus nicht einmal gewahr geworden waren, dann staunte er auch, wie ihm ihr späteres Schicksal auf geheimnisvolle Weise hatte entgehen können; und dennoch, wie oft hatte ihn auf einem schäbigen Rasen, in einem vulgären Stadtbus oder auf einem Stück Strandsand, der höchstens als Futter für ein Stundenglas zu brauchen war, eine schlimme, voreilige Wahl betrogen, hatte das Schicksal seine innigen Bitten ignoriert, war seine Augenfreude unterbrochen worden von der rücksichtslosen Wende, die die Dinge nahmen.

Dünn, mit trockenen Lippen, einem schon leicht kahl werdenden Schädel und immer wachsamen Augen – so nahm er jetzt Platz auf einer Bank in einem städtischen Park. Der Juli hatte die Wolken abgeschafft, und einen Augenblick später setzte er den Hut auf, den er in seinen weißen, schmalfingrigen Händen gehalten hatte. Die Spinne hält inne, der Herzschlag setzt aus.

Links von ihm saß eine ältliche Brünette mit roter Stirn, die Trauerkleidung trug; zu seiner Rechten strickte eine Frau mit schlaffem, stumpfblondem Haar fleißig vor sich hin. Mechanisch folgte sein Blick den Kindern, die im farbigen Dunst hin und her flitzten, und seine Gedanken waren anderswo – bei seiner gegenwärtigen Arbeit, der einnehmenden Form seiner neuen Fußbekleidung –, als er neben seinem Schuhabsatz zufällig eine große, von den Kieseln teilweise verdeckte Nickelmünze bemerkte. Er hob sie auf. Das lippenbärtige Weib zur Linken reagierte auf seine entsprechende Frage nicht; das farblose zur Rechten sagte:

«Stecken Sie sie ein. An ungeraden Tagen bringt sie Glück.»

«Wieso nur an ungeraden Tagen?»

«So sagt man in meiner Heimat, in...»

Sie nannte den Namen einer kleinen Stadt, wo er einst die verschnörkelte Architektur einer winzigen schwarzen Kirche bewundert hatte.

«... naja, wir wohnen auf der anderen Flußseite. Am Hang sind überall Gemüsegärten, es ist reizend da, es gibt weder Staub noch Lärm...»

Eine Geschwätzige, dachte er – sieht aus, als müßte ich mich woandershin setzen.

Und an dieser Stelle geht der Vorhang hoch.

Auf Rollschuhen, die nicht rollten, sondern auf dem Kies knirschten, wenn es sie mit kleinen japanischen Trippelschritten hob und senkte, kam schnell und bestimmt ein veilchenblau gekleidetes zwölfjähriges Mädchen (er irrte nie) durch das unstete Glück des Sonnenscheins auf ihre Bank zu. In der Folge (solange es eine Folge gab) kam es ihm vor, als hätte er sie auf der Stelle, gleich im allerersten Moment ganz und gar, von Kopf bis Fuß in sich aufgenommen: die Lebhaftigkeit ihrer rostbraunen (unlängst geschnittenen) Locken; das Strahlen ihrer großen, ein wenig leeren Augen, das irgendwie an durchscheinende Stachelbeeren erinnerte; ihren fröhlichen warmen Teint; ihren rosa Mund, der leicht offen stand, so daß zwei große Schneidezähne knapp auf der vorspringenden Unterlippe auflagen; die sommerliche Färbung ihrer bloßen Arme mit den glatten, fuchsartigen Härchen auf den Unterarmen; die undeutliche Zartheit ihrer immer noch engen, aber schon nicht mehr ganz flachen Brust; die Art, wie sich die Falten ihres Rocks bewegten; deren Knappheit und weiche Höhlungen; die Schlankheit und das Glühen ihrer unbesorgten Beine; die groben Riemen ihrer Rollschuhe.

Sie blieb vor seiner redseligen Nachbarin stehen, die sich abwandte, um in etwas zu kramen, das zu ihrer Rechten lag, eine Scheibe Brot mit einem Stück Schokolade darauf zutage förderte und sie dem Mädchen aushändigte. Unter raschem Kauen löste letzteres mit seiner freien Hand die Riemen und mit ihnen die ganze gewichtige Masse der Stahlsohlen und massiven Räder. Dann kehrte sie heim zu unseresgleichen auf die Erde, richtete sich mit einer sogleich sich einstellenden Empfindung himmlischer Barfüßigkeit auf, die nicht sofort als das Gefühl rollschuhloser Schuhe identifizierbar war, und ging bald zögernd, bald leichtfüßig davon, bis sie schließlich (wahrscheinlich weil sie mit dem Brot fertig war) geschwind davonschoß, die befreiten Arme schwenkend, bald sichtbar und bald unsichtbar, sich mit dem verwandten Spiel des Lichts unter dem Veilchenblau und Grün der Bäume vermengend.

«Ihre Tochter», bemerkte er unsinnigerweise, «ist schon ein großes Mädchen.»

«Aber nicht doch – wir sind nicht verwandt», sagte die Strickerin. «Ich selber habe keine, und ich bereue es nicht.»

Die Alte in Trauerkleidung begann zu schluchzen und ging. Die Strickerin sah ihr nach, setzte ihre flinke Arbeit fort und zog von Zeit zu Zeit mit einer blitzartigen Bewegung den schleppenden Schwanz ihres Wollfetus zurecht. Lohnte es sich, das Gespräch fortzusetzen?

Die Fersenstützen der Rollschuhe glänzten neben dem Fuß der Bank, und die lederbraunen Riemen starrten ihm ins Gesicht. Dieses Starren war das Starren des Lebens. Seine Verzweiflung war jetzt verdoppelt. Die noch immer lebendigen früheren Verzweiflungen waren überlagert von einem neuen und besonderen Ungeheuer... Nein, er durfte nicht bleiben. Er lüftete den Hut («Adieu», erwiderte die Strickerin freundlich) und entfernte sich quer über den Platz. Seinem Selbsterhaltungstrieb zum Trotz wehte ihn ein geheimer Wind zur Seite, und sein ursprünglich als gerade Transversale angelegter Weg wich nach rechts in Richtung der Bäume ab. Obwohl er aus Erfahrung wußte, daß jeder weitere Blick seine hoffnungslose Sehnsucht nur verschärfen würde, vollendete er die Schwenkung hin in den schillernden Schatten, und verstohlen suchten seine

Augen inmitten der anderen Farben den veilchenblauen Tupfen.

Auf der Asphaltbahn ertönte betäubender Rollschuhlärm. Am Rand war ein privates Hopse-Spiel im Gange. Und da... Sie wartete, daß sie an die Reihe käme, hatte einen Fuß seitwärts ausgestreckt, verschränkte die glühenden Arme über der Brust, hielt den verschleierten Kopf gesenkt, strahlte eine wilde, kastanienbraune Hitze aus, und unter seinem schrecklichen, unbemerkten Blick schwand sie, schwand die veilchenblaue Schicht, löste sich auf in Asche... Nie zuvor jedoch war der Nebensatz seines furchtsamen Lebens von dem Hauptsatz vervollständigt worden, und mit zusammengebissenen Zähnen ging er vorüber, erstickte seine Ausrufe und Seufzer und lächelte flüchtig einem kleinen Kind zu, das ihm zwischen die scherengleichen Beine gelaufen war.

«Zerstreutes Lächeln», dachte er übertrieben gefühlvoll. «Aber schließlich sind nur Menschen fähig zur Zerstreutheit.»

Bei Tagesanbruch ließ er benommen sein Buch sinken, so wie ein toter Fisch die Flosse anzieht, und begann sich plötzlich selber Vorwürfe zu machen: Warum, fragte er, hast du der Niedergeschlagenheit der Verzweiflung nachgegeben, warum hast du nicht versucht, eine richtige Unterhaltung anzuknüpfen und dich dann mit dieser Strickerin, dieser Schokoladenfrau, dieser Gouvernante oder was weiß ich anzufreunden? Und er stellte sich einen jovialen Herrn vor (dessen innere Organe im Augenblick seinen eigenen glichen), der auf diese Weise – dank eben seiner Jovialität – die Gelegenheit herbeizuführen vermochte, «Dich-schlimmes-kleines-Mädchen-dich» zu sich auf den Schoß zu nehmen. Er wußte, er war nicht sehr umgänglich, doch erfinderisch, hartnäckig und imstande, sich Liebkind zu machen; mehr als einmal hatte er in anderen Gefilden seines Lebens einen Tonfall improvisieren oder sich zähe Mühe geben müssen, unbeirrt davon, daß sein unmittelbares Ziel bestenfalls in mittelbarer Beziehung zu seiner entfernteren Absicht stand. Doch wenn das Ziel dich blendet, dir die Luft raubt, dir die Kehle zuschnürt, wenn gesunde Scham und kränkliche Feigheit jeden deiner Schritte verfolgen...

Inmitten der anderen kam sie über den Asphalt gerasselt, schwang weit vornübergeneigt rhythmisch die entspannten Arme, sauste mit siegesgewisser Geschwindheit vorbei. Als sie sich behende umwandte, flappte ihr Rock hoch und entblößte ihren Schenkel. Dann saß ihr das Kleid hinten so eng, daß es einen kleinen Spalt zeichnete, während sie mit einer kaum wahrnehmbaren Schlängelbewegung ihrer Waden langsam rückwärts rollte. War es sinnliche Begierde, diese Qual, die er empfand, während er sie mit den Augen verschlang, ihr gerötetes Gesicht anstaunte, die Kompaktheit und Vollkommenheit jeder ihrer Bewegungen (besonders wenn sie, kaum daß sie zur Bewegungslosigkeit erstarrt war, wieder davonschoß und dabei geschwind mit den vorstehenden Knien pumpte)? Oder war es die Pein, die stets einherging mit seinem hoffnungslosen Verlangen, der Schönheit etwas zu entnehmen, es für einen Augenblick festzuhalten, etwas mit ihm zu machen – gleichgültig was, solange es nur irgendeine Art von Kontakt gab, der irgendwie, gleichgültig wie, jene Sehnsucht zu stillen vermochte? Warum darüber rätseln? Sie wurde wieder schneller und verschwand – und morgen würde eine andere vorübersausen, und so verginge sein Leben, ein Verschwinden nach dem andern.

Oder doch nicht? Er sah dieselbe Frau auf derselben Bank stricken, und mit dem Gefühl, statt eines kavalierhaften Lächelns höhnisch gegrinst und einen Fangzahn unter der bläulichen Lippe vorgeschoben zu haben, setzte er sich.

Sein Unbehagen und das Zittern seiner Hände währten nicht lange. Es entspann sich eine Unterhaltung, die ihm schon für sich genommen eine sonderbare Befriedigung verschaffte; das Gewicht auf seiner Brust löste sich auf, und er fühlte sich fast froh. Auf klappernden Rollschuhen erschien sie, wie sie am Vortag erschienen war. Ihre hellgrauen Augen ruhten einen Augenblick auf ihm, obwohl nicht er sprach, sondern die Strickerin, und nachdem sie ihn akzeptiert hatte, wandte sie sich unbekümmert wieder ab. Dann saß sie neben ihm, hielt sich an der Kante des Sitzes mit rosigen, scharfknöcheligen Händen, auf denen sich bald eine Ader regte, bald ein tiefes Grübchen in der Nähe des Handgelenks, indes ihre hochgezogenen Schultern bewegungslos verharrten und ihre sich weitenden Pupillen einen Ball verfolgten, der über den Kies rollte. Über ihn hinweg langend, händigte seine Nachbarin der Rollschuhläuferin wie am Vortag ein Brot aus, und diese begann beim Essen ihre ein wenig verschrammten Knie leicht aneinanderzuschlagen.

«... ihre Gesundheit natürlich; aber vor allen Dingen eine erstklassige Schule», sagte eine ferne Stimme, als er plötzlich bemerkte, daß sich der kastanienbraune Lockenkopf zu seiner Linken stumm zu seiner Hand hinabgebeugt hatte.

«Sie haben die Zeiger Ihrer Uhr verloren», sagte das Mädchen.

«Nein», antwortete er und räusperte sich, «die muß so sein. Sie ist ein seltenes Stück.»

Sie langte mit der Linken herüber (die Rechte hielt das Brot), griff nach seinem Handgelenk und untersuchte das leere, mittelose Ziffernblatt, unter dem die Zeiger befestigt waren und wie zwei schwarze Tröpfchen inmitten der silbrigen Ziffern nur ihre Spitzen sehen ließen. Ein verschrumpeltes Blatt zitterte in ihrem Haar ganz in der Nähe ihres Halses über dem zarten Vorsprung eines Wirbels – und während seiner nächsten Phase der Schlaflosigkeit riß er den Geist jenes Blattes immer wieder los, faßte hin und riß daran, mit zwei Fingern, mit dreien, dann mit allen fünf.

Am Tag darauf und an allen folgenden Tagen saß er am gleichen Ort und gab die amateurhafte, aber ganz passable Vorstellung eines exzentrischen Einzelgängers: gleiche Zeit, gleicher Ort. Die Ankunft des Mädchens, ihr Atmen, ihre Beine, ihr Haar, alles, was sie tat, ob sie sich am Schienbein kratzte und weiße Markierungen darauf zurückließ oder einen kleinen schwarzen Ball hoch in die Luft warf oder ihn beim Hinsetzen mit einem bloßen Ellenbogen streifte – alles rief eine unerträgliche Empfindung sanguinischer, dermaler, multivaskulärer Kommunion mit ihr hervor (während er in angenehme Konversation vertieft schien), als erstreckte sich die monströse Halbierungslinie, die alle Säfte aus den Tiefen seines Wesens heraufpumpte, wie eine pulsierende gepunktete Linie in sie hinein, als wüchse dieses Mädchen aus ihm heraus, als zerrte und schüttelte sie mit jeder ihrer unbekümmerten Bewegungen an ihren Lebenswurzeln, die fest in den Eingeweiden seines Wesens steckten, so daß er einen Ruck verspürte, ein barbarisches Reißen, einen momentweisen Verlust des Gleichgewichts, wenn sie plötzlich die Stellung wechselte oder davonschoß: Plötzlich wird man auf dem Rücken durch den Staub geschleift, schlägt mit dem Hinterkopf auf, um am Ende an den Gedärmen aufgehängt zu werden. Und währenddessen saß er still, hörte zu, lächelte, nickte, zupfte an einem Hosenbein, um sein Knie freizumachen, kritzelte mit dem Spazierstock im Kies, sagte «Ah ja?» oder «Tja, wissen Sie, so was kann schon mal passieren ...», verstand indessen die Worte seiner Nachbarin nur, wenn das Mädchen nicht in der Nähe war. Von dieser umständlichen Plaudertasche erfuhr er, daß sie und die Mutter des Mädchens, eine zweiundvierzigjährige Witwe, seit fünf Jahren befreundet waren (der verstorbene Ehegatte der Witwe hatte die Ehre ihres Mannes gerettet); daß diese Witwe nach langer Krankheit eine schwere Darmoperation durchgemacht hatte; daß sie, da sie seit langem ihre ganze Familie verloren hatte, sich sofort und hartnäckig an den Vorschlag des hilfsbereiten Ehepaars geklammert hatte, die Tochter solle zu ihm in die Provinzstadt ziehen; und daß jene jetzt mitgenommen worden war, um ihre Mutter zu besuchen, da der Gatte der geschwätzigen Dame in der Hauptstadt eine lästige Angelegenheit zu erledigen hatte, daß es jedoch bald wieder nach Hause ginge – je eher desto besser, denn die Anwesenheit des Mädchens mache die Witwe nur gereizt, die zwar hochanständig sei, sich aber letztens etwas gehen lasse.

«Sagen Sie, hatten Sie nicht erwähnt, daß sie irgendwelche Möbel zu verkaufen hat?»

Diese Frage hatte er (zusammen mit ihrer Fortsetzung) in der Nacht vorbereitet und mit leiser Stimme an der tickenden Stille ausprobiert; da er sich davon überzeugt hatte, daß sie sich natürlich anhörte, wiederholte er sie am Tag darauf gegenüber seiner neugefundenen Bekannten. Sie bejahte und erklärte in unzweideutigen Worten, daß es keine schlechte Idee wäre, wenn die Witwe sich etwas Geld beschaffte – die ärztliche Behandlung sei kostspielig und würde auch weiterhin eine Menge kosten, ihre Mittel seien sehr begrenzt, sie bestehe darauf, für den Unterhalt ihrer Tochter aufzukommen, zahle aber nur recht sporadisch – und wir sind auch nicht gerade reich ... Mit einem Wort, die Ehrenschuld hielt man offenbar für beglichen.

«Eigentlich», fuhr er fort, ohne die mindeste Zeit zu verlieren, «könnte ich selber gewisse Möbelstücke gebrauchen. Meinen Sie, daß es gelegen käme und nicht ungehörig wäre, wenn ich ...» Er hatte den Rest des Satzes vergessen, improvisierte ihn aber höchst geschickt, da er sich in dem künstlichen Stil des immer noch nicht ganz verständlichen, vielspiraligen Traums zu Hause zu fühlen begann, in den er undeutlich, aber tief bereits derart verschlungen war, daß er beispielsweise nicht mehr wußte, was das war und wem es gehörte: ein Teil seines eigenen Beins oder der Teil eines Kraken.

Sie war offensichtlich hocherfreut und bot ihm an, ihn auf der Stelle hinzubegleiten, wenn er wollte – die Wohnung der Witwe, wo auch sie und ihr Gatte untergekommen seien, sei gar nicht weit, gleich jenseits der Brücke über die elektrische Bahnstrecke.

Sie machten sich auf den Weg. Das Mädchen ging vor ihnen her, schwenkte energisch einen Leinenbeutel an einer Schnur, und schon war alles an ihr in seinen Augen schrecklich und unersättlich vertraut – die Biegung ihres schmalen Rückens, die Spannkraft der beiden kleinen runden Muskeln weiter unten, die genaue Art, wie sich die Karos ihres Kleides (des anderen, braunen) strafften, wenn sie einen Arm hob, die zarten Fußgelenke, die recht hohen Fersen. Sie mochte ein wenig introvertiert sein, lebhafter in der Bewegung als im Gespräch, weder verschämt noch direkt, mit einer Seele, die wie untergetaucht schien, aber in einem strahlenden Naß. Schillernd an der Oberfläche, aber durchscheinend in den Tiefen, mochte sie bestimmt Süßigkeiten und junge Hunde und die unschuldigen Tricks der Wochenschauen. Diese warmhäutigen, kastanienbraun schimmernden, offenmundigen Mädchen bekamen früh ihre Tage, und es bedeutete ihnen wenig mehr als ein Spiel, wie die Reinigung der Puppenküche... Und sie hatte keine sehr glückliche Kindheit, die einer Halbwaise: Die Güte dieser unnachgiebigen Frau war nicht wie Milchschokolade, sondern wie die bittere Sorte – ein Zuhause ohne Umarmungen, strenge Ordnung, Symptome der Ermüdung, ein lästig gewordener Gefallen, den man einer Freundin erwies... Und für alles dies, für das Glühen ihrer Wangen, die zwölf Paar schmaler Rippen, den Flaum entlang ihrem Rücken, ihren Anflug von Seele, ihre leicht aufgerauhte Stimme, die Rollschuhe und den grauen Tag, den unbekannten Gedanken, der ihr gerade durch den Kopf gegangen war, als sie von der Brücke aus nach etwas Unbekanntem ausspähte... für alles dies hätte er einen Sack voller Rubine gegeben, einen Eimer Blut, alles, was man von ihm verlangte...

Vor dem Haus stießen sie auf einen unrasierten Mann mit einer Aktentasche, ebenso dreist und grau wie seine Frau, und so traten sie geräuschvoll zu viert ein. Er hatte eine kranke, ausgemergelte Frau in einem Lehnstuhl erwartet, doch statt dessen empfing sie eine große, bleiche Dame mit breiten Hüften und einer haarlosen Warze neben einem Flügel ihrer knolligen Nase: eins dieser Gesichter, die man beschreibt, ohne das mindeste über die Lippen oder die Augen sagen zu können, weil jederlei Erwähnung – selbst diese hier – in ungewolltem Widerspruch zu ihrer gänzlichen Unauffälligkeit stünde.

Als sie erfuhr, daß er ein potentieller Käufer sei, führte sie ihn unverzüglich ins Eßzimmer, und während sie langsam und ein wenig schief voranging, erklärte sie, daß sie eine Vier-Zimmer-Wohnung eigentlich nicht brauche, daß sie kommenden Winter in eine Zwei-Zimmer-Wohnung ziehen werde und froh wäre, jenen ausziehbaren Tisch dort loszuwerden, diese überzähligen Stühle, die Couch da drüben im Wohnzimmer (wenn sie als Schlafstelle für ihre Bekannten ausgedient hätte), eine große Etagere und eine kleine Truhe. Er sagte, er sähe sich gern den letztgenannten Gegenstand einmal an, von dem sich herausstellte, daß er sich in dem Zimmer des Mädchens befand, welchselbes sich bei ihrem Eintreten auf dem Bett rekelte, an die Decke starrte, die angezogenen Knie mit ihren ausgestreckten Armen umfaßt hielt und solchermaßen mit sich eins hin und her schaukelte.

«Mach daß du aus dem Bett kommst! Was soll denn das heißen?» Eilends versteckte sie die zarte Haut ihrer Unterseite und den winzigen Keil ihres straffen Slips und wälzte sich heraus. (Oh, was würde ich ihr für Freiheiten erlauben! dachte er.)

Er sagte, er würde die Truhe nehmen – es war ein lachhaft billiger Preis für den Zugang zu der Wohnung – und vielleicht auch noch etwas anderes, aber er müsse sich erst noch klar werden, was genau. Wenn es ihr recht wäre, werde er in ein paar Tagen noch einmal vorbeischauen und gleichzeitig alles abholen lassen – hier sei übrigens seine Karte.

Als sie ihn zur Tür brachte, erwähnte sie ohne ein Lächeln (offenbar lächelte sie selten), jedoch ganz verbindlich, daß ihre Freundin und ihre Tochter ihr schon von ihm erzählt hätten und daß der Gatte ihrer Freundin sogar ein wenig eifersüchtig sei.

«Aber sicher doch», sagte dieser und folgte ihnen in die Diele. «Ich würde meine bessere Hälfte gerne an jeden abstoßen, der sie mir abnehmen wollte.»

«Paß auf, wo du hintrittst», sagte seine Frau, die aus demselben Zimmer kam wie er. «Es könnte dir eines Tages leid tun!»

«Also Sie sind jederzeit willkommen», sagte die Witwe. «Ich bin immer zu Hause, und vielleicht interessieren Sie sich für die Lampe oder die Pfeifensammlung – es sind alles schöne Sachen, und ich finde es ein bißchen schade, daß ich mich von ihnen trennen muß, aber so ist das Leben.»

«Was nun?» überlegte er auf dem Nachhauseweg. Bis hierher hatte er nach dem Gehör und praktisch ohne Vorbedacht gespielt, war er der blinden Intuition gefolgt wie ein Schachspieler, der überall dort vordringt und Druck ausübt, wo die Stellung seines Gegners ein wenig wackelig oder beengt ist. Aber was jetzt? Übermorgen schaffen sie meinen Schatz fort – womit jeder direkte Nutzen aus der Bekanntschaft mit ihrer Mutter ausgeschlossen ist... Sie kommt jedoch wieder und bleibt dann vielleicht sogar endgültig hier, und bis dahin bin ich ein willkommener Gast... Aber wenn die Frau kein Jahr mehr zu leben hat (wie man mir andeutungsweise zu verstehen gab), dann geht alles den Bach hinunter... Ich muß sagen, allzu hinfällig wirkt sie auf mich nicht, aber wenn sie bettlägerig wird und stirbt, dann lösen sich der Rahmen und die Umstände für eine potentiell unbeschwerte Beziehung in nichts auf, dann ist alles zu Ende – wie fände ich sie und unter welchem Vorwand?... Trotzdem fühlte er instinktiv, daß er auf diese Weise weitermachen müsse: nicht zuviel nachdenken, mit dem Druck in der schwachen Ecke des Brettes nicht nachlassen.

Darum machte er sich am Tag darauf mit einer ansprechenden Schachtel glacierter Maronen und kandierter Veilchen als Abschiedsgeschenk für das Mädchen auf den Weg in den Park. Der Verstand sagte ihm, daß es sich um ein albernes Klischee handele, daß dieses ein selbst für einen hemmungslosen Exzentriker besonders gefährlicher Moment sei, sie zum Gegenstand offener Aufmerksamkeit zu machen, zumal da er – ganz zu Recht – bisher kaum Notiz von ihr genommen hatte (er war einmal Meister in der Verbergung von Blitzen gewesen) – anders als diese verderbten Alten, die immer ein paar Bonbons bei sich haben, die Mädelchen zu charmieren, und dennoch trippelte er geziert mit seinem Geschenk dahin, einem geheimen Impuls gehorchend, der akkurater war als der Verstand.

Er verbrachte eine ganze Stunde auf der Bank, aber sie kamen nicht. Waren wohl früh abgefahren. Und obgleich ein weiteres Treffen die sehr besondere Last, die sich in der letzten Woche angesammelt hatte, in keiner Weise erleichtert hätte, verspürte er den brennenden Kummer eines versetzten Liebhabers.

Weiterhin die Stimme der Vernunft mißachtend, die ihm sagte, daß er das Falsche tue, lief er schnell zu der Witwe hinüber und kaufte die Lampe. Sie bemerkte seine seltsame Atemlosigkeit, bat ihn, sich zu setzen, und bot ihm eine Zigarette an. Bei seiner Suche nach einem Feuerzeug stieß er auf die längliche Schachtel und sagte wie eine Romanfigur:

«Es mag Ihnen sonderbar vorkommen, da wir uns ja erst so kurz kennen, aber erlauben Sie mir trotzdem, Ihnen diese Kleinigkeit zu überreichen – ein paar Süßigkeiten, gar nicht übel, glaube ich... Wenn Sie annähmen, würde ich mich glücklich schätzen.»

Zum ersten Mal lächelte sie – offensichtlich war sie eher geschmeichelt denn überrascht – und erklärte, daß ihr alle Süßigkeiten des Lebens verboten seien und sie sie ihrer Tochter geben würde.

«Ach – ich dachte, sie sind schon...»

«Nein, morgen früh», fuhr die Witwe fort und befingerte nicht ohne Bedauern das Goldband. «Meine Freundin verwöhnt sie schrecklich und ist heute mit ihr in eine Kunsthandwerkausstellung gegangen.» Sie seufzte und plazierte das Geschenk behutsam, als sei es leicht zerbrechlich, auf einen in der Nähe befindlichen Zustelltisch, während sich ihr ungemein gewinnender Gast erkundigte, was sie dürfe und was nicht, und sich dann das Epos ihrer Krankheit anhörte, die Varianten in Betracht ziehend und die allerjüngsten Textkorruptionen mit großem Scharfsinn deutend.

Bei seinem dritten Besuch (er kam vorbei, um ihr mitzuteilen, daß die Spedition nicht vor Freitag kommen könnte) trank er Tee mit ihr und erzählte von sich und seinem klaren, friedlichen, eleganten Beruf. Es stellte sich heraus, daß sie einen gemeinsamen Bekannten hatten, den Bruder eines Anwalts, der im gleichen Jahr gestorben war wie ihr Ehegatte. Objektiv und ohne unaufrichtiges Bedauern diskutierte sie den Ehegatten, von dem er bereits das eine oder andere wußte: Er war ein Bonvivant gewesen und ein Fachmann für Notariatsangelegenheiten; mit seiner Frau war er gut ausgekommen, hatte jedoch versucht, so wenig wie möglich zu Hause zu sein.

Am Donnerstag kaufte er die Couch und die beiden Stühle, und am Sonnabend fand er sich wie ausgemacht ein, um mit ihr einen gemächlichen Spaziergang in den Park zu machen. Sie jedoch fühlte sich elend, lag mit einer Wärmflasche im Bett und sprach mit ihm mit schleppender Stimme durch die geschlossene Tür. Er bat die finstere Alte, die in regelmäßigen Abständen auftauchte, um die Witwe zu bekochen und zu versorgen, ihn unter der Nummer soundso wissen zu lassen, wie die Patientin die Nacht verbracht habe.

In dieser Art verstrichen einige weitere geschäftige Wochen, Wochen des Gemurmels, der Erkundung, der Überredung, der eindringlichen Umformung der nachgiebigen Einsamkeit eines anderen Menschen. Jetzt bewegte er sich auf ein bestimmtes Ziel zu, denn sogar damals schon, als er das Konfekt überreicht hatte, war ihm plötzlich das entfernte Ziel aufgegangen, wie es ihm still eine Art seltsamer nagelloser Finger wies (ein Graffito auf einem Zaun), das wahre Versteck einer echten, blendenden Gelegenheit. Der Pfad war nicht gerade verlockend, aber auch nicht schwierig, und um jedem Zweifel den Garaus zu machen, genügte der Anblick eines wöchentlichen Briefs an Mammi, geschrieben in einer noch ungefestigten, fohlenhaft gespreizten Handschrift, der mit unerklärlicher Achtlosigkeit herumliegen gelassen wurde.

Aus anderen Quellen erfuhr er, daß die Mutter Erkundigungen über ihn eingezogen hatte, mit Ergebnissen, die ihr nur zugesagt haben konnten und zu denen nicht zuletzt ein volles Bankkonto zählte. Aus der Art, wie sie ihm mit ehrerbietig gesenkter Stimme alte, steife Photos zeigte, auf denen in diversen mehr oder weniger schmeichelhaften Posen ein junges Mädchen mit Stiefeletten, einem runden, angenehmen Gesicht, einem netten vollen Busen und zurückgekämmtem Haar zu sehen war (es gab ebenfalls die Hochzeitsphotos, die ausnahmslos auch den Bräutigam aufwiesen, einen Mann mit einem glücklich überraschten Gesichtsausdruck und einer sonderbar vertrauten Schräge der Augen), entnahm er, daß sie heimlich den stumpf gewordenen Spiegel der Vergangenheit befragte, auf der Suche nach etwas, das ihr sogar jetzt noch ein Anrecht auf männliche Aufmerksamkeiten gäbe, und dabei zu dem Schluß gekommen sein mußte, daß der scharfe Blick von jemandem, der Facetten und Reflexe zu schätzen wußte, immer noch die Spuren ihrer einstigen Ansehnlichkeit (die sie im übrigen übertrieb) erkennen konnte, Spuren, die nach dieser retrospektiven Brautschau noch unübersehbarer würden.

Der Tasse Tee, die sie ihm einschenkte, teilte sie einen feinen Hauch von Intimität mit; die höchst detaillierten Berichte über ihre verschiedenen Unpäßlichkeiten wußte sie mit soviel Romantik zu durchtränken, daß er es sich kaum verkneifen konnte, ihr mit einer groben Frage zu kommen; und zuweilen hielt sie anscheinend gedankenverloren inne und holte dann mit einer verspäteten Frage seine vorsichtig auf Zehenspitzen daherkommenden Worte ein.

Er fühlte sich gerührt und angewidert, aber da ihm klar war, daß das Material abgesehen von seiner einen speziellen Funktion keinerlei Potential besaß, blieb er verbissen bei der Arbeit, die ihm ihrerseits soviel Konzentration abverlangte, daß sich der körperliche Aspekt dieser Frau auflöste und verschwand (wäre er ihr in einem anderen Stadtteil auf der Straße begegnet, er hätte sie nicht wiedererkannt); seine Stelle wurde aufs Geratewohl von den förmlichen Gesichtszügen der abstrakten Braut auf den Photos eingenommen, die so vertraut geworden waren, daß sie jede Bedeutung eingebüßt hatten. (Also hatte ihr Mitleid erweckendes Kalkül schließlich doch noch Erfolg gezeitigt.)

Die Sache kam glatt voran, und als sie sich eines regnerischen Spätherbstabends – ungerührt, ohne auch nur ein Bruchstück weiblichen Rats – sein vages Gejammer über die Sehnsüchte eines Junggesellen anhörte, der mit Neid auf die Frack-und-Nebel-Aura einer fremden Hochzeit schaut und dabei unwillkürlich an das einsame Grab am Ende seines einsamen Wegs denkt, kam er zu dem Schluß, daß die Zeit reif war, die Möbelpacker kommen zu lassen. Einstweilen jedoch seufzte er und wechselte das Thema, und wie staunte sie am Tag darauf, als ihr stummes Teetrinken (er war ein paarmal ans Fenster getreten, als dächte er über irgend etwas nach) von dem kraftvollen Klingeln der Möbelträger unterbrochen wurde. Zwei Stühle, die Couch, die Lampe und die Truhe kehrten heim: Auf die nämliche Weise tut man bei der Lösung einer mathematischen Aufgabe erst eine bestimmte Zahl zur Seite, um freier arbeiten zu können, und holt sie später in den Schoß der Lösung zurück.

«Sie verstehen nicht. Es bedeutet nur, daß bei einem Ehepaar die Sachen gemeinsamer Besitz sind. Mit anderen Worten, ich biete Ihnen sowohl den Inhalt des Ärmels als auch das lebende Herz-As.»

Inzwischen machten sich die beiden Arbeiter, die die Möbel hereingeschleppt hatten, in der Nähe zu schaffen, und sie zog sich keusch ins Nebenzimmer zurück.

«Wissen Sie was?» sagte sie. «Gehen Sie nach Hause und schlafen Sie sich gründlich aus.»

Mit leisem Lachen versuchte er ihre Hand zu ergreifen, aber sie zog sie hinter den Rücken und wiederholte bestimmt, daß alles dies Unfug sei.

«Nun gut», erwiderte er, holte eine Handvoll Kleingeld hervor und legte sich das Trinkgeld in der Hand zurecht. «Nun gut, ich gehe, doch wenn Sie sich entschließen anzunehmen, dann lassen Sie es mich freundlicherweise wissen, sonst machen Sie sich keine Sorgen – ich befreie Sie ein für allemal von meiner Gegenwart.»

«Warten Sie einen Augenblick. Die sollen erst gehen. Sie suchen sich einen sonderbaren Augenblick aus für so ein Gespräch.

Also jetzt wollen wir uns setzen und die Sache vernünftig besprechen», sagte sie einen Moment später, als sie schwer und demutsvoll auf das frisch heimgekehrte Sofa niedersank (während er mit einem untergeschlagenen Bein im Profil neben ihr saß und sich am Schnürsenkel des vorstehenden Schuhs festhielt). «Erstens, mein Freund, bin ich, wie Sie wissen, eine kranke, eine schwer kranke Frau. Seit mehreren Jahren schon habe ich unaufhörlich mit Ärzten zu tun. Die Operation am fünfundzwanzigsten April war höchstwahrscheinlich die vorletzte – mit anderen Worten, das nächste Mal komme ich vom Krankenhaus auf den Friedhof. Nein, nein, tun Sie meine Worte nicht so geringschätzig ab. Wir wollen sogar annehmen, ich halte noch ein paar Jahre durch – was kann sich schon ändern? Bis zum Tag meines Todes bin ich verurteilt, all die Qualen meiner höllischen Diät zu erdulden, und meine ganze Aufmerksamkeit gilt meinem Magen und meinen Nerven. Seelisch bin ich hoffnungslos ruiniert. Es gab einmal eine Zeit, da habe ich in einem fort gelacht... Trotzdem habe ich immer Ansprüche an die anderen gestellt, und jetzt stelle ich Ansprüche an alles – an die Gegenstände um mich her, an den Hund des Nachbarn, an jede Minute meiner Existenz, die nicht so ausfällt, wie ich es will. Sie wissen, ich war sieben Jahre lang verheiratet. Einen besonders glücklichen Augenblick habe ich nicht in Erinnerung. Ich bin eine schlechte Mutter, aber ich habe mich damit abgefunden, und ich weiß, mein Tod käme noch schneller, wenn ich ein ausgelassenes Mädchen im Haus hätte, und gleichzeitig empfinde ich einen dummen, schmerzvollen Neid auf ihre muskulösen kleinen Beine, ihren rosigen Teint, ihre gesunde Verdauung. Ich bin arm: Die Hälfte meiner Rente geht für die Krankheit drauf, die andere für meine Schulden. Selbst wenn man annähme, daß Sie den Charakter und die Einfühlsamkeit hätten... nun ja, die verschiedenen Züge, die Sie zu einem passenden Ehemann für mich machten – sehen Sie, ich betone das ‹mich› –, was wäre das für Sie für ein Leben mit so einer Frau? Geistig mag ich mich ja noch jung fühlen, und äußerlich bin ich vielleicht noch nicht gänzlich ein Monstrum, aber wird es Sie nicht langweilen, ständig mit einem derart anspruchsvollen Menschen zurechtkommen zu müssen, ihm nie, nie zu widersprechen, seine Gewohnheiten und Marotten zu achten, sein Fasten und die anderen Regeln, nach denen er lebt? Und wozu das alles – um vielleicht in einem halben Jahr Witwer zu werden und ein fremdes Kind auf dem Hals zu haben!»

«Woraus ich entnehme», sagte er, «daß mein Antrag angenommen ist.» Und aus einem Wildlederbeutel schüttelte er sich einen prächtigen ungeschliffenen Stein in die Hand, welchen eine rosige Flamme von innen zu erleuchten schien, die durch das Weinblau seiner Form hindurch strahlte.

Zwei Tage vor der Hochzeit traf das Mädchen ein; seine Wangen glühten, und es trug einen aufgeknöpften blauen Mantel, dessen Gürtelenden hinten herunterhingen, Wollstrümpfe, die ihm fast an die Knie reichten, und auf seinen feuchten Locken eine Baskenmütze.

Ja doch, ja, es war es wert, wiederholte er sich im Geist, während er ihre kalte, rote Hand hielt und lächelnd dem Gejapse ihrer unvermeidlichen Begleiterin Grimassen schnitt: «Ich bin es, der einen Mann für dich gefunden hat, ich habe dir einen Mann angebracht, mir verdankst du deinen Mann!» (Und nach Art eines Infantristen, der sein Gewehr schwenkt, versuchte sie mit der ungefügen Braut eine Runde zu drehen.)

Es war es wert, ja – egal, wie lange er dieses beschwerliche Ungetüm durch den Morast der Ehe schleppen mußte; es war es sogar dann wert, wenn sie alle anderen überleben sollte; es war es wert, weil es seine Anwesenheit zu etwas Natürlichem machte und ihm die Freiheiten eines künftigen Stiefvaters gab.

Indessen wußte er noch nicht, wie er sich diese Freiheiten zunutze machen konnte, teils weil er keine Übung darin hatte, teils in ahnungsvoller Erwartung unfaßlich größerer Freiheiten, doch vor allem, weil es ihm nie gelang, mit dem Mädchen allein zu sein. Gewiß, mit Erlaubnis seiner Mutter ging er mit ihm in ein nahegelegenes Café, saß da, stützte die Hände auf den Spazierstock und verfolgte, wie es sich in den Aprikosenrand eines Blätterteiggitters hineinaß, nach vorn gelehnt und die Unterlippe weit nach vorn gestülpt, um die klebrigen Flocken aufzufangen. Er suchte sie zum Lachen zu bringen und mit ihr zu plaudern wie mit einem gewöhnlichen Kind, doch seinem Fortschritt stand beständig ein hinderlicher Gedanke im Weg: Wäre der Raum leerer gewesen und hätte er ein paar gemütlichere Ecken gehabt, so hätte er sie ein wenig getätschelt, ohne besonderen Anlaß und ohne Furcht vor fremden Blicken (die scharfsichtiger wären als ihre vertrauensvolle Unschuld). Als er sie nach Hause brachte und auf der Treppe hinter ihr zurückblieb, quälte ihn nicht nur das Gefühl, eine Gelegenheit versäumt zu haben, sondern auch der Gedanke, daß er, bis er gewisse besondere Dinge nicht wenigstens einmal gemacht hatte, nicht auf die Versprechungen zählen konnte, die ihm das Schicksal in Form ihrer unschuldigen Redeweise zukommen ließ, der feinen Nuancen ihrer kindlichen Vernünftigkeit, ihres gelegentlichen Schweigens (wenn ihre Zähne unter der lauschenden Lippe hervor sanft auf die nachdenkliche Lippe drückten), des allmählichen Hervortretens einiger Grübchen, wenn sie alte Witze hörte, die ihr neu vorkamen, und seiner intuitiven Wahrnehmung der Kräuselungen in ihren unterirdischen Strömen (ohne die sie nicht diese Augen gehabt hätte). Was machte das schon, wenn in der Zukunft seine Freiheit, bestimmte Dinge zu tun und zu wiederholen, alles klar und harmonisch werden ließ? In der Zwischenzeit, jetzt, heute entstellte ein Druckfehler des Verlangens die Bedeutung der Liebe. Dieser dunkle Fleck bildete eine Art Hindernis, das so bald wie möglich ausgeräumt, ausgelöscht werden mußte – egal mit welcher gefälschten Lust –, so daß das Kind den Scherz schließlich bemerkte und er seinen Lohn erhielte, indem sie zusammen herzhaft lachen konnten, indem er in der Lage war, sich ihrer interesselos anzunehmen, die Welle der Vaterschaft mit der Welle geschlechtlicher Liebe zu verschmelzen.

Ja – die Falschheit, die Heimlichkeit, die Furcht vor dem mindesten Verdacht, vor einer Beschwerde, einem unschuldigen Bericht («Weißt du, Mammi, wenn keiner in der Nähe ist, streichelt er mich immer»), die Notwendigkeit, immer wachsam zu sein, um in diesen dicht bevölkerten Tälern nicht einem zufälligen Jäger vor die Flinte zu laufen – das war es, was ihn jetzt quälte und was es in der Freiheit seines eigenen Jagdgrundes dann nicht mehr gäbe. Aber wann? wann? dachte er verzweifelt, während er in seinen ruhigen, vertrauten Zimmern auf und ab ging.

Am Morgen darauf begleitete er seine monströse Braut auf ein Amt. Von dort ging sie zum Arzt, offenbar um gewisse heikle Fragen zu stellen, da sie ihrem Bräutigam auftrug, zu ihr in die Wohnung zu gehen und sie in einer Stunde zum Essen zu erwarten. Vergessen war seine nächtliche Verzweiflung. Er wußte, daß ihre Freundin (deren Mann gar nicht mitgekommen war) auch ausgegangen war, um Besorgungen zu machen – und die Aussicht, das Mädchen allein zu finden, schmolz wie Kokain in seinen Lenden. Doch als er in die Wohnung stürzte, stellte er fest, daß sie inmitten einer Windrose aus Zugluft mit der Putzfrau plapperte. Er nahm eine Zeitung (mit dem Datum des 32.) und saß lange in dem bereits gemachten Wohnzimmer, außerstande, die Zeilen zu erkennen, horchte auf die lebhafte Unterhaltung im Nebenzimmer, wenn der Staubsauger sein Geheul unterbrach, und spähte auf das Email seiner Uhr, während er die Putze im Geist abmurkste und die Leiche nach Borneo verschiffte. Dann vernahm er eine dritte Stimme, und es fiel ihm ein, daß in der Küche auch noch die Alte war (ihm war, als schickte sie das Mädchen einkaufen). Dann hörte der Staubsauger mit seinem Schnaufen auf und wurde ausgemacht, ein Fenster wurde zugeschlagen, und das Geräusch von der Straße erstarb. Er ließ noch eine Minute verstreichen, dann stand er auf und begann leise summend und mit unruhigen Blicken die nunmehr stille Wohnung abzusuchen.

Nein, sie war nirgendwohin geschickt worden. Sie stand am Fenster ihres Zimmers und blickte auf die Straße hinunter, die Handflächen an das Glas gedrückt.

Sie wandte den Kopf, warf das Haar zurück und sagte rasch, während sie schon wieder ihre Beobachtung aufnahm: «Sehen Sie sich das an – ein Unfall!»

Er fühlte im Nacken, daß die Tür von allein zugegangen war, kam näher und näher heran, näher an die geschmeidige Wölbung ihrer Wirbelsäule, an die Falten auf ihrer Taille, an die rautenförmigen Karos des Stoffes, dessen Textur er schon aus zwei Meter Entfernung fühlen zu können glaubte, an die festen, hellblauen Adern über dem Saum ihrer Kniestrümpfe, an das Weiß ihres Halses, der von dem seitlich einfallenden Licht neben ihren braunen Locken glänzte, die ein weiteres Mal schwungvoll zurückgeworfen wurden (sieben Achtel Gewohnheit, ein kleines Achtel Koketterie). «Aha, ein Unstoß, ein Zusammenglück», murmelte er, tat, als spähe er über ihren Kopf hinweg aus dem leeren Fenster, sah jedoch nur die kleinen Schuppen auf ihrem seidigen Scheitel.

«Das rote ist schuld!» rief sie mit Überzeugung.

«Aha, das rote... das kriegen wir», fuhr er zusammenhanglos fort; er stand jetzt hinter ihr und fühlte sich einer Ohnmacht nahe, als er den letzten Zoll schmelzender Entfernung aufhob, von hinten ihre beiden Hände packte und sie sinnlos zu spreizen und zu zerren begann, während sie lediglich das schlanke Handgelenk ihrer Rechten sacht kreisen ließ und mechanische Versuche machte, mit dem Finger auf den Schuldigen zu deuten. «Warte», sagte er heiser, «halte die Ellbogen dicht an den Körper gedrückt; wir wollen mal sehen, ob ich dich... ob ich dich hochheben kann.» In genau diesem Augenblick hörte man ein Knallen in der Diele, gefolgt von dem unheilverkündenden Rascheln eines Regenmantels, und mit ungeschickter Plötzlichkeit entfernte er sich von ihr, steckte die Hände in die Taschen, räusperte sich knurrend und begann laut: «...endlich! Wir vergehen hier schon vor Hunger...» Und als sie sich an den Tisch setzten, verspürte er in den Waden immer noch eine schmerzende, frustrierte, nagende Schwäche.

Nach dem Essen kamen einige Damen zum Kaffeetrinken, und gegen Abend, als die Welle der Gäste zurückgewichen und ihre treue Freundin diskret ins Kino gegangen war, streckte sich die erschöpfte Gastgeberin auf der Couch aus.

«Geh nach Haus, mein Lieber», sagte sie, ohne die Lider zu heben. «Du hast doch bestimmt einiges zu erledigen, wahrscheinlich hast du noch nichts gepackt, und ich möchte gern zu Bett gehen, sonst bin ich morgen zu nichts zu gebrauchen.»

Mit einem kurzen Muhlaut, der Zärtlichkeit simulieren sollte, tippte er ihr auf die Stirn, die kalt war wie Quark, und sagte: «Es geht mir nicht aus dem Kopf, wie leid mir das Mädchen tut. Ich schlage vor, daß wir sie doch bei uns behalten. Warum soll das arme Ding weiter bei Fremden wohnen? Es ist doch geradezu lächerlich, jetzt, wo es wieder eine Familie gibt. Überleg es dir gut, Liebste.»

«Morgen schicke ich sie jedenfalls wieder weg», sagte sie mit schleppender schwacher Stimme, ohne die Augen zu öffnen.

«Bitte, versuch doch zu verstehen», fuhr er leiser fort, denn das Mädchen, das in der Küche zu Abend gegessen hatte, war offenbar fertig, und ihr schwaches Leuchten war irgendwo in der Nähe gegenwärtig. «Versuch doch zu verstehen, was ich meine. Selbst wenn wir ihnen Geld für alles geben, ja selbst wenn wir ihnen mehr als nötig geben, glaubst du, daß sie sich dort auch nur ein bißchen mehr zu Hause fühlt? Ich bezweifle es. Es gibt dort eine gute Schule, wirst du sagen [sie schwieg], aber wir werden hier eine noch bessere finden, ganz abgesehen davon, daß ich immer für Privatunterricht zu Hause war. Aber die Hauptsache ist... also die Leute könnten den Eindruck haben – und schon heute hast du so eine Anspielung zu hören bekommen –, daß trotz der geänderten Situation, das heißt jetzt, wo ich dich auf alle mögliche Weise unterstütze und wir in eine größere Wohnung ziehen und ganz ungestört für uns leben können und so weiter, Mutter und Stiefvater das Kind immer noch vernachlässigen.»

Sie sagte nichts.

«Natürlich kannst du machen, wie du willst», sagte er nervös, denn ihr Schweigen machte ihm angst. (Er war zu weit gegangen!)

«Ich habe dir doch schon gesagt», quengelte sie mit der gleichen lächerlichen, märtyrerhaft leisen Stimme, «daß ich vor allem meine Ruhe brauche. Ich sterbe, wenn es mit der aus ist... Hör mal: da scharrt sie mit dem Fuß auf dem Boden oder knallt irgend etwas zu – es war nicht sehr laut, nicht? –, trotzdem kriege ich schon davon einen nervösen Krampf und sehe Flecken vor den Augen. Und ein Kind kann nicht leben, ohne Krach zu machen; und wenn es fünfundzwanzig Zimmer gäbe, dann herrschte Krach in allen fünfundzwanzig. Darum mußt du zwischen ihr und mir wählen.»

«Aber nicht doch – so etwas sollst du noch nicht einmal sagen!» rief er mit einem Panikkloß in der Kehle. «Von einer Wahl ist doch gar nicht die Rede... Behüte! Es war bloß eine theoretische Überlegung. Du hast recht. Um so mehr, als ich selber ja auch wert auf meine Ruhe lege. Doch! Ich bin für den Status quo, sollen die Klatschmäuler ruhig tratschen. Du hast recht, Liebste. Natürlich schließe ich nicht aus, daß später vielleicht, nächstes Frühjahr... wenn es dir wieder richtig gut geht...»

«Mir wird es nie wieder richtig gut gehen», erwiderte sie leise, setzte sich auf und rollte sich mit einem Knarren schwerfällig auf die Seite. Dann stützte sie die Wange auf die Faust und wiederholte mit einem Kopfschütteln und einem schrägen Blick den gleichen Satz.

Als das Mädchen am nächsten Tag nach der standesamtlichen Zeremonie und einem mäßig festlichen Essen abfuhr, hatte es zweimal vor allen anderen seine rasierte Wange mit ihren kühlen, gemächlichen Lippen berührt: einmal über dem Champagnerkelch, um ihm zu gratulieren, und dann an der Tür, als sie sich verabschiedete. Daraufhin holte er seine Koffer und war lange damit beschäftigt, seine Sachen in ihrem Zimmer einzuräumen, woselbst er in einer unteren Schublade einen kleinen Stofflumpen von ihr fand, der ihm weit mehr sagte als jene beiden unvollständigen Küsse.

Nach dem Ton zu urteilen, in dem die Person (die Bezeichnung «Ehefrau» fand er auf sie nicht anwendbar) immer wieder hervorgehoben hatte, daß es im allgemeinen bequemer sei, in zwei verschiedenen Zimmern zu schlafen (er widersprach nicht), und daß sie selber im übrigen gewohnt sei, alleine zu schlafen (er ließ es ihr durchgehen), kam er um den Schluß nicht herum, daß in dieser Nacht von ihm erwartet wurde, bei dem ersten Verstoß gegen diese Gewohnheit mit Hand anzulegen. Während die Düsternis vor dem Fenster allmählich dichter wurde und es ihm immer alberner vorkam, neben ihr im Wohnzimmer auf der Couch zu sitzen und wortlos ihre unheildrohend gehorsame Hand mit den bläulichen Flecken auf dem glänzenden Rücken zu drücken oder an seinen angespannten Unterkiefer zu führen, wurde ihm immer deutlicher bewußt, daß der Augenblick der Abrechnung gekommen war, daß er nun nicht mehr vermeiden konnte, was er lange vorhergesehen, aber nicht weiter bedacht hatte (wenn der Augenblick kommt, werde ich mich schon irgendwie aus der Affaire ziehen); jetzt pochte dieser Augenblick an die Tür, und es war völlig klar, daß er (der kleine Gulliver) körperlich außerstande wäre, es mit jenen breiten Knochen aufzunehmen, mit jenen vielfachen Höhlungen, dem massigen Vlies, den formlosen Fußgelenken, der widerlich schiefen Formation ihres voluminösen Beckens, nicht zu reden von den ranzigen Ausdünstungen ihrer welken Haut und den bislang unenthüllten Wundern der Chirurgie... An dieser Stelle blieb seine Phantasie an Stacheldraht hängen.

Schon beim Essen, als er ein zweites Glas mit einem offensichtlichen Mangel an Entschlossenheit zunächst abgelehnt hatte, um dann scheinbar der Versuchung doch nachzugeben, hatte er ihr sicherheitshalber erklärt, daß ihm in Augenblicken des Überschwangs mancherlei peinliche Schmerzen zusetzten. So begann er jetzt, allmählich ihre Hand loszulassen, und während er recht behelfsmäßig so tat, als zwickte es ihn in der Schläfe, sagte er, daß er kurz mal an die frische Luft gehe. «Du mußt verstehen», setzte er hinzu, als er den seltsam aufmerksamen Blick ihrer zwei Augen und der Warze bemerkte (oder bildete er sich das nur ein?), «du mußt verstehen, Glück ist so neu für mich... und deine Nähe... nein, ich hätte selbst im Traum nie daran zu denken gewagt, daß ich je so eine Frau hätte...»

«Aber komm bald wieder. Ich gehe früh zu Bett und mag nicht geweckt werden», antwortete sie, ließ ihr frisch onduliertes Haar herunter und tippte mit dem Fingernagel auf den obersten Knopf seiner Weste; dann versetzte sie ihm einen Schubs, und er begriff, daß sich die Einladung nicht ausschlagen ließ.

Jetzt streifte er durch die fröstelnde Kargheit der Novembernacht, durch den Nebel der Straßen, die sich seit der Sintflut in einem Zustand dauernder Feuchtigkeit befanden. In einem Versuch, sich abzulenken, konzentrierte er sich auf seine Buchführung, seine Prismen, seinen Beruf, vergrößerte künstlich dessen Wichtigkeit in seinem Leben – und immer wieder löste sich alles in der Nebelsuppe auf, der fiebrigen Kälte der Nacht, der Qual wogender Lichter. Doch gerade weil jede Form von Glück zur Zeit ganz und gar ausgeschlossen war, wurde plötzlich etwas anderes klar. Er maß genau ab, wie weit er bisher vorangekommen war, begutachtete die totale Labilität und Geisterhaftigkeit seiner Berechnungen, den ganzen stillen Wahnsinn, den offenbaren

Irrtum der Besessenheit, die frei und echt nur war, solange sie in den Grenzen der Phantasie blühte, die jetzt aber von dieser einzig legitimen Form abgeirrt war, um (mit dem rührenden Eifer eines Wahnsinnigen, eines Krüppels, eines begriffsstutzigen Kindes – ja, jeden Augenblick konnte es ausgeschimpft werden und Dresche kriegen!) Pläne und Handlungen in Angriff zu nehmen, die einzig im Zuständigkeitsbereich des realen Erwachsenenlebens lagen. Und noch konnte er dem entrinnen! Auf der Stelle fliehen, dann einen eiligen Brief an jene Person schicken, ihr erklären, daß ihm das Zusammenleben unmöglich sei (jeder Grund wäre gut genug), daß ihn nur eine etwas exzentrische Anwandlung von Mitleid (näher ausführen) dazu bewogen hätte, eine Verpflichtung zu ihrer Unterstützung einzugehen, und daß er jetzt, da er diese für alle Zeiten legitimiert habe (detaillierter fassen), sich von neuem in sein Märchendunkel zurückziehe.

«Andererseits», fuhr er im Geiste fort, des Glaubens, er verfolge immer noch die gleiche nüchterne Gedankenspur (und ohne zu merken, daß ein verbanntes barfüßiges Wesen durch die Hintertür zurückgekehrt war), «wie einfach wäre es, wenn die liebe Mammi morgen stürbe. Aber nein – sie hat's nicht eilig, sie hat ihre Zähne ins Leben geschlagen, sie läßt nicht locker, und was habe ich davon, wenn sie sich Zeit läßt mit dem Sterben und dann ein Rühr-mich-nicht-an von sechzehn zur Beerdigung kommt oder eine Fremde von zwanzig? Wie einfach wäre es doch [überlegte er, als er passenderweise vor dem erleuchteten Schaufenster einer Apotheke stehenblieb], wenn etwas Gift zur Hand wäre... Viel brauchte es bestimmt nicht, wenn für sie schon eine Tasse Kakao so tödlich ist wie Strychnin! Aber ein Giftmörder läßt seine Zigarettenasche im heruntergefahrenen Lift... Außerdem schneiden ihr die aus purer Gewohnheit todsicher den Bauch auf.» Und obwohl Vernunft und Gewissen miteinander um die Wette beteuerten (und ihn dabei die ganze Zeit über Stück um Stück vorantrieben), daß er jedenfalls kein Mensch wäre, der einen Mord begeht, selbst wenn er ein spurloses Gift auftriebe (es sei denn, das Gift wäre ganz und gar spurlos, und selbst dann – in diesem hypothetischen Extremfall – einzig und allein, um die Qualen einer Gattin abzukürzen, die so und so zum Sterben verurteilt war), ließ er der theoretischen Entwicklung eines unmöglichen Gedankens die Zügel, indes sein zerstreuter Blick über makellos verpackte Fläschchen schweifte, das Modell einer Leber, ein Panoptikum von Seifen, das reziproke, herrlich korallenfarbene Lächeln eines weiblichen und eines männlichen Kopfes, die sich dankbar anschauten. Dann kniff er die Augen zusammen, räusperte sich und betrat nach kurzem Zögern die Apotheke.

Als er nach Hause kam, war es dunkel in der Wohnung – und ihm schoß die Hoffnung durch den Kopf, daß sie vielleicht schon schlafe; doch ach, ihre Schlafzimmertür war mit linealhafter Präzision von einem feingeschliffenen Lichtstreif unterstrichen.

«Die Scharlatane...», dachte er mit einem wütenden Achselzucken. «Wir werden bei der Originalversion bleiben müssen. Ich sage der lieben Verschiedenen gute Nacht und lege mich dann hin.» (Was war mit morgen? Was mit übermorgen? Was mit allen Tagen danach?)

Doch mitten in der Abschiedsrede über seine Migräne, die er neben dem üppigen Kopfbrett vortrug, nahmen plötzlich und unerwartet die Dinge mir-nichts-dir-nichts eine scharfe Wende, wurde das Objekt unwesentlich, so daß er hinterher mit Erstaunen den Leichnam der durch ein Wunder überwältigten Riesin entdeckte und auf den moirierten Hüfthalter starrte, der ihre Narbe fast vollständig verdeckte.

In letzter Zeit hatte sie sich einigermaßen wohl gefühlt (die einzige Beschwerde, die sie noch peinigte, war ein Schluckauf), doch in den allerersten Tagen ihrer Ehe kehrten still die Schmerzen zurück, die ihr vom letzten Winter her bekannt waren. Sie stellte die nicht unpoetische Behauptung auf, das massige, miesepetrige Organ, das «wie ein alter Hund» in der Wärme unablässiger Fürsorge geschlafen hatte, sei jetzt eifersüchtig auf ihr Herz, einen Neuankömmling, der «nur einmal kurz gestreichelt» worden wäre. Wie dem auch sei, sie verbrachte reichlich einen Monat im Bett, lauschte aufmerksam dem inneren Aufruhr, dem probenden Wühlen, dem vorsichtigen Knabbern; dann beruhigte sich alles, sie stand sogar auf, kramte in den Briefen ihres ersten Mannes, verbrannte einige von ihnen, sortierte einige höchst betagte kleine Gegenstände – einen Kinderfingerhut; eine gehäkelte Börse für Kleingeld, die ihrer Mutter gehört hatte; etwas anderes noch, dünn, golden und flüssig wie die Zeit selbst. Um Weihnachten wurde sie wieder krank, und der geplante Besuch ihrer Tochter zerschlug sich.

Unablässig kümmerte er sich um sie. Er gab Muhlaute des Trosts von sich und nahm mit verstecktem Haß ihre unbeholfenen Liebkosungen entgegen, wenn sie, eine Grimasse ziehend, ihm gelegentlich klarzumachen suchte, daß nicht sie, sondern *er* (ein kleiner Finger wies auf ihren Bauch) die Schuld trage an ihrer nächtlichen Trennung, und es hörte sich ganz so an, als sei sie schwanger (scheinschwanger, schwanger mit ihrem Tod). Immer ausgeglichen, immer beherrscht hielt er den glatten Ton durch, den er von Anfang an gewählt hatte, und sie war ihm für alles dankbar – für die altmodische Galanterie, mit der er sie behandelte, für die höfliche Anrede, die ihrer Meinung nach dem zärtlichen Umgang eine Dimension von Würde verlieh, für die Art, wie er ihren Launen Genüge tat, für das neue Radiogrammophon, für seine gefügige Einwilligung, als sie zweimal die Schwestern auswechselte, die angestellt waren, sie rund um die Uhr zu versorgen.

Bei unbedeutenden Handreichungen ließ sie ihn höchstens bis zur Zimmerecke aus den Augen, und wenn er geschäftlich wegging, vereinbarten sie gemeinsam im voraus die Dauer seiner Abwesenheit, und da ihm seine Arbeit keinen starren Stundenplan auferlegte, mußte er bei jeder Gelegenheit – fröhlich, aber mit zusammengebissenen Zähnen – um jedes Gran Zeit kämpfen. Ohnmächtiger Zorn tobte in ihm, die Asche zusammenbrechender Kombinationen erstickte ihn, aber er war die Versuche leid, ihr Ableben zu beschleunigen; die bloße Hoffnung darauf war so vulgär geworden, daß er es vorzog, deren Antithese zu hofieren: Vielleicht wäre sie bis zum Frühjahr so weit wiederhergestellt, daß sie ihn mit dem Mädchen für ein paar Tage ans Meer fahren ließe. Aber wie sollte er das Fundament dafür legen? Ursprünglich hatte er sich vorgestellt, daß es ein Leichtes wäre, irgendwann einmal eine Geschäftsreise zum Vorwand zu nehmen und in jene Stadt mit ihrer schwarzen Kirche und den im Fluß sich spiegelnden Gärten hinüber zu brausen; doch als er einmal erwähnte, daß er durch einen glücklichen Zufall ihrer Tochter einen Besuch abstatten könnte, falls er nämlich an einen bestimmten Ort (er nannte eine nah gelegene Stadt) fahren mußte, hatte er das Gefühl, daß ein vager, winziger, fast unbewußter Funke der Eifersucht in ihren vorher gar nicht vorhandenen Augen aufzuckte. Eilends wechselte er das Thema und beruhigte sich mit dem Gedanken, daß sie selber offenbar jenen idiotischen Blitz von einer Eingebung vergessen hatte, den aufs neue zu zünden natürlich unsinnig gewesen wäre.

Die Regelmäßigkeit in dem Auf und Ab ihrer Gesundheit schien ihm geradezu die Mechanik ihrer Existenz zu verkörpern; diese Regelmäßigkeit wurde zur Regelmäßigkeit des Lebens schlechthin; was ihn selber betraf, so stellte er fest, daß das unaufhörliche Schwanken seiner Seele zwischen Verzweiflung und Hoffnung, die ständige Aufrauhung durch ungestillte Wünsche, die schmerzliche Last seiner eingerollten und verstauten Leidenschaft – dieses ganze wilde, erstickende Leben, das er und nur er selber sich eingebrockt hatte, bereits im Begriff war, seine Arbeit, die Genauigkeit seines Blicks und die facettierte Transparenz seiner Schlüsse zu beeinträchtigen.

Manchmal kam er an spielenden kleinen Mädchen vorbei, und manchmal stach ihm ein hübsches ins Auge; doch was das Auge wahrnahm, war die sinnlose glatte Bewegung eines Zeitlupenfilms, und er selber staunte, wie teilnahmslos und beschäftigt er war, wie spezifisch die von allen Seiten in Dienst gestellten Empfindungen – Traurigkeit, Begierde, Zärtlichkeit, Wahnsinn – sich jetzt auf das Bild dieses absolut einzigartigen und unersetzlichen Wesens konzentrierten, das an ihm vorbeisauste, während Sonne und Schatten um sein Kleid wetteiferten. Und abends manchmal, wenn alles sich beruhigt hatte – das Radiogrammophon, das Wasser im Badezimmer, die leisen weißen Schritte der Krankenschwester, das endlos langgezogene Geräusch (schlimmer als ein Knallen), mit dem sie die Türen zumachte, das vorsichtige Klimpern des Teelöffels, das Klicken des Arzneischränkchens, das grufthafte Lamentieren jener Person –, wenn alles das vollständig zur Ruhe gekommen war, lag er auf dem Rücken und beschwor das ein und einzige Bild, umwand sein lächelndes Opfer mit acht Händen, die sich in acht Tentakel verwandelten, welche sich an jedem Detail ihrer Nacktheit festsaugten, und schließlich löste er sich in schwarzem Nebel auf und verlor sie in der Schwärze, und die Schwärze breitete sich über alles und war nur die Schwärze der Nacht in seinem einsamen Schlafzimmer.

Im Frühjahr schien sich die Krankheit zum Schlimmeren zu wenden; es fand eine Beratung statt, und sie wurde ins Krankenhaus transportiert. Trotz ihrer Schmerzen sprach sie dort mit ihm am Vorabend der Operation mit hinlänglicher Klarheit über das Testament, den Anwalt, was er tun müsse, falls sie morgen... Sie ließ ihn zweimal – ja, zweimal – schwören, daß er das Mädchen behandeln werde, als wäre er sein wirklicher... Und daß er dafür sorgen werde, daß es ohne Groll an seine verstorbene Mutter zurückdachte. «Vielleicht sollten wir sie doch nach Hause holen», sagte er lauter als beabsichtigt, «was meinst du?» Sie aber gab schon keine Anweisungen mehr und kniff vor Schmerz die Augen fest zu; er blieb eine Weile am Fenster stehen, seufzte tief, küßte die gelbe Faust auf dem zurückgeschlagenen Bettuch und ging.

Früh am nächsten Morgen rief einer der Krankenhausärzte an und teilte ihm mit, die Operation sei soeben zu Ende gegangen, habe alle Hoffnungen des Chirurgen weit übertroffen und sei offenbar ein voller Erfolg gewesen, es wäre jedoch besser, einen Besuch erst morgen zu machen.

«Erfolg, was? Voll, was?» murmelte er unzusammenhängend, während er von Zimmer zu Zimmer eilte. «Ist das nicht fabelhaft? Wir sind zu beglückwünschen – wir werden genesen, wir werden geradezu aufblühen... Was geht hier eigentlich vor?» brüllte er plötzlich mit kehliger Stimme und warf die Toilettentür so heftig ins Schloß, daß das Kristall im Eßzimmer mit Angst reagierte. «Das wollen wir doch mal sehen», fuhr er inmitten der von Panik erfaßten Stühle fort. «Jawohl, der Herr... Hier sehen Sie nunmehr einen Erfolg! Einen Riesenerfolg, einen fiesen Erfolg!» Er äffte die Aussprache des greinenden Schicksals nach. «Ist doch prima, oder? Wir leben und gedeihen weiter und verheiraten unsre Tochter hübsch früh – egal, ob sie noch ein bißchen zart ist, denn der Bräutigam ist bestimmt ein kräftiger Kerl, der wird sich schon in ihre Zartheit hineinrammeln... Nein, mir reicht es. Ich lasse mich nicht länger zum Narren machen! Ich habe dabei auch ein Wort mitzureden! Ich...» – und plötzlich stieß seine schweifende Wut auf eine unerwartete Beute.

Er erstarrte, seine Finger zuckten nicht mehr, seine Augen verdrehten sich für einen Moment nach oben – und mit einem Lächeln kehrte er aus dieser kurzen Betäubung zurück. «Ich hab genug», wiederholte er immer wieder, aber jetzt mit einem anderen, fast versöhnlichen Ton.

Auf der Stelle erhielt er die benötigte Auskunft: Um 12 Uhr 23 fuhr ein passender D-Zug, der dort genau um 4 Uhr nachmittags eintraf. Für die Rückfahrt war die Verbindung nicht so einfach... Er mußte einen Mietwagen reservieren und sich gleich auf den Weg machen – am Abend sind wir wieder da, wir zwei beide, ganz für uns allein, die Kleine wäre müde und schläfrig, schnell, zieh dich aus, ich wiege dich in den Schlaf – mehr nicht, nur ein bißchen gemütliches Geknuddel, wer will schon zu Zwangsarbeit verurteilt sein (obwohl übrigens Zwangsarbeit in der Gegenwart besser wäre als irgend eine Pseudobefriedigung in der Zukunft)... die Stille, ihre nackten Schlüsselbeine, die kleinen Träger, die Knöpfe auf dem Rücken, die fuchsartige Seide zwischen den Schulterblättern, ihr schläfriges Gähnen, ihre heiße Achselhöhle, ihre Beine, ihre Zartheit – darf nicht den Kopf verlieren... Obwohl, was gäbe es denn Natürlicheres, als meine kleine Stieftochter nach Hause zu holen, mich am Ende doch dazu zu entschließen – sie schneiden immerhin die Mutter auf, nicht?... Normales Verantwortungsbewußtsein, normale Vaterpflichten, und hat mich nicht schließlich die Mutter selber gebeten, mich «um das Mädchen zu kümmern»? Und während die da im Krankenhaus in Ruhe wieder zu Kräften kommt, was – wir wiederholen – was gäbe es Natürlicheres, als hier, wo mein Schatz keinen Menschen störte... Außerdem wäre sie auf jeden Fall in der Nähe, man kann ja nie wissen, rechnen muß man mit allem... Ein Erfolg, ja? Um so besser – die Genesung kommt bei solchen Menschen der Gemütsverfassung zugute, und wenn die Gnädige immer noch zu zürnen beliebt, dann geben wir eben eine Erklärung ab, erklären, wir hätten nur das Beste gewollt, wären vielleicht ein bißchen durcheinander gewesen, zugegeben, aber immer in bester...

In freudigem Überschwang wechselte er seine Bettwäsche (in *ihrem* ehemaligen Schlafzimmer); räumte recht und schlecht auf; nahm ein Bad; sagte eine geschäftliche Verabredung ab; stornierte die Putzfrau; aß schnell ein paar Happen in seinem «Junggesellen»-Restaurant; kaufte einen Vorrat an Datteln, Schinken, Roggenbrot, Schlagsahne, Weintrauben – hatte er etwas vergessen? –, zerfiel, als er nach Hause zurückkam, in eine Vielzahl von Paketen und stellte sich immer aufs neue vor, wie sie hier vorübergehen und dort sitzen würde, wie sie, ganz Locken und Dunkel, ihre schmalen bloßen Arme federnd in den Rücken stützen würde – und in diesem Augenblick rief das Krankenhaus an und bat ihn, doch gleich vorbeizuschauen; auf dem Weg zum Bahnhof machte er dort widerwillig Halt und erfuhr, daß die Person nicht mehr am Leben war.

Zuallererst packte ihn ein Gefühl wütender Enttäuschung: Das hieß also, sein Plan war gescheitert, diese Nacht mit all ihrer warmen, gemütlichen Nähe war ihm entrissen, und wenn sie auf ein Telegramm hin käme, so natürlich in Begleitung jener alten Hexe und ihres Mannes, und die beiden quartierten sich für reichlich eine Woche ein. Doch genau der Charakter dieser ersten Reaktion, die Schwungkraft seiner kurzsichtigen Gefühlsaufwallung schuf ein Vakuum, denn ein unmittelbarer Übergang vom Ärger über ihren Tod (der ihm zufälligerweise in die Parade gefahren war) zur Dankbarkeit (für die grundlegende Wende, die das Schicksal genommen hatte) war unmöglich. Inzwischen füllte sich das Vakuum erst einmal mit grauem menschlichem Inhalt. Während er auf einer Bank im Garten des Krankenhauses saß, sich langsam beruhigte und auf die verschiedenen Schritte der Bestattungsprozedur einstellte, ließ er mit angemessener Trauer im Geist Revue passieren, was er soeben mit eigenen Augen gesehen hatte: die blanke Stirn, die durchscheinenden Nasenflügel mit der perlenartigen Warze auf der einen Seite, das Ebenholzkreuz, die ganze Juweliersarbeit des Todes. Verächtlich gab er nebenher der Chirurgie den Laufpaß und überlegte sich, wie ausnehmend gut sie es doch unter seiner Schirmherrschaft gehabt hatte, wie er ihr ungewollt einiges an wirklichem Glück verschafft hatte, das ihr die letzten Tage ihrer vegetativen Existenz aufhellte, und von da aus war es bereits ganz natürlich, daß er dem schlauen Schicksal vorbildliches Verhalten attestierte und den ersten köstlichen Pulsschlag in seinem Blutstrom verspürte: Der einsame Wolf schickte sich an, die Nachthaube der Großmutter aufzusetzen.

Er erwartete sie am nächsten Tag zur Mittagessenszeit. Die Klingel läutete pünktlich, doch allein die Freundin der Verstorbenen stand auf der Schwelle. (Sie streckte ihm die knochigen Hände entgegen und nutzte auf unfaire Weise ihren starken Schnupfen zur anschaulichen Beileidsbekundung aus.) Weder ihr Mann noch «die kleine Waise» hatten mitkommen können, weil beide mit Grippe darniederlagen. Seine Enttäuschung wurde leichter durch den Gedanken, daß es so auch das Beste war – warum alles verderben? Die Gegenwart des Mädchens inmitten all der kombinierten Ungelegenheiten der Bestattung wäre ebenso quälend gewesen, wie es ihre Ankunft bei der Hochzeit gewesen war, und es war doch viel vernünftiger, in den kommenden Tagen die Formalitäten hinter sich zu bringen und den radikalen Sprung in die völlige Sicherheit gründlich vorzubereiten. Das einzige, was ihn irritierte, war, wie die Frau «beide» sagte – das Band der Krankheit (als teilten die beiden Patienten ein gemeinsames Krankenbett), das Band der Ansteckung (vielleicht hatte dieser ordinäre Patron gern ihre nackten Schenkel betatscht, wenn er hinter ihr eine steile Treppe hinaufstieg).

In gespieltem Schock – was das Allereinfachste war,

wie auch Mörder wissen – saß er da wie ein niedergeschlagener Witwer, hielt die überlebensgroßen Hände gesenkt, quittierte ihren Rat, seiner Trauerverstopfung durch Tränen Erleichterung zu verschaffen, nur mit einer knappen Lippenbewegung und sah mit trübem Blick zu, wie sie sich die Nase schneuzte. (Alle drei waren sie durch die Erkältung vereint – um so besser.) Als sie sich geistesabwesend gierig über den Schinken hermachte und dabei Dinge äußerte wie «Wenigstens mußte sie nicht lange leiden» oder «Gott sei Dank war sie nicht bei Bewußtsein», basierend auf der zusammengewürfelten Annahme, Leiden und Schlaf seien das natürliche Los des Menschen, die Würmer hätten hübsche kleine Gesichter und die allerletzte Flotation fände in seliger Stratosphäre statt, war er drauf und dran, ihr zu antworten, daß der Tod als solcher ein obszöner Idiot war und immer einer bleiben werde, machte sich indessen beizeiten klar, daß das seine Trösterin dazu bringen könnte, unersprießliche Zweifel an seiner Fähigkeit zu hegen, dem heranwachsenden Mädchen eine religiöse und moralische Erziehung angedeihen zu lassen.

Bei der Beerdigung waren sehr wenige Leute (aber aus irgendeinem Grund tauchte auch eine Art früherer Freund, ein Goldschmied, mit seiner Frau auf), und hinterher im Wagen nach Hause sagte eine dickliche Dame (die auch bei seiner farcenhaften Hochzeit zugegen gewesen war) mitleidig, aber in unzweideutigen Worten (indes sein gesenkter Kopf sich vom Ruckeln des Autos zu einem Nicken bewegen ließ), jetzt müsse endlich etwas an der unnormalen Situation des Kindes geändert werden (währenddessen tat die Freundin seiner verstorbenen Gattin, als spähte sie hinaus auf die Straße), und zweifellos würde er den nötigen Trost aus seinen Vaterpflichten beziehen, und eine dritte Frau (eine unendlich ferne Verwandte der Verstorbenen) stimmte ein mit den Worten: «Und was ist sie für ein hübsches Mädchen! Sie müssen auf sie aufpassen wie ein Schießhund – für ihr Alter ist sie schon ziemlich groß, und in drei Jahren oder so werden die Jungs an ihr kleben wie die Fliegen, und dann kommen Sie aus den Sorgen gar nicht mehr heraus», und währenddessen lachte er unausgesetzt in sich hinein und schwebte auf einem Federbett des Glücks.

Am Tag davor war als Antwort auf ein zweites Telegramm («Besorgt um Gesundheit Kuß» – und dieser auf dem Telegrammformular stehende Kuß war der erste wirkliche) die Nachricht eingetroffen, daß keiner von ihnen mehr Fieber hatte, und bevor sie wieder nach Hause fuhr, zeigte ihm die Freundin, deren Nase immer noch lief, eine kleine Schachtel und fragte ihn, ob sie sie dem Mädchen mitnehmen könne (sie enthielt einige mütterliche Kinkerlitzchen aus ferner, heiliger Vergangenheit), woraufhin sie sich erkundigte, was als nächstes geschähe, und wie. Und jetzt verkündete er ihr, was geschehen solle und wie, und er tat es außerordentlich langsam und ausdruckslos und mit häufigen Pausen, als überwände er mit jeder Silbe die Sprachlosigkeit der Trauer: Nachdem er ihr zunächst für das Jahr gedankt hatte, das sie sich des Mädchens angenommen hatte, eröffnete er ihr, daß er in genau zwei Wochen kommen und seine Tochter (genau das Wort, das er gebrauchte) abholen werde, um mit ihr in den Süden und dann wahrscheinlich ins Ausland zu fahren. «Ja, das ist klug», sagte die andere mit Erleichterung (ein wenig lauer Erleichterung, aber das nur darum, so hoffte er, weil sie in letzter Zeit an ihrem Schützling ganz hübsch verdient hatte). «Verreisen Sie, bringen Sie sich auf andere Gedanken – eine Reise ist immer das Beste, um über die Trauer hinwegzukommen.»

Er brauchte die beiden Wochen, um seine Angelegenheiten zu ordnen, so daß er sich um diese wenigstens ein Jahr lang nicht weiter zu kümmern brauchte; danach würde er weitersehen. Er war gezwungen, gewisse Stücke aus seiner Sammlung zu verkaufen. Und beim Packen stieß er in seinem Schreibtisch auf eine einst aus dem Staub aufgelesene Münze (die sich im übrigen als falsch erwiesen hatte). Er lachte in sich hinein: Der Talisman hatte seine Pflicht bereits getan.

Als er in den Zug stieg, schien die Adresse von übermorgen noch ein Küstenstreifen in sengendem Dunst, ein prophetisches Symbol künftiger Anonymität. Das einzige, was er versuchsweise vorausgeplant hatte, war, wo sie auf dem Weg in den schimmernden Süden die Nacht verbringen würden; die folgenden Unterkünfte schon im voraus zu bestimmen, schien ihm überflüssig. Der Ort spielte ja keine Rolle – immer würde ein nackter kleiner Fuß ihn zieren; das Ziel war belanglos – solange er sich mit ihr in die blaue Leere davonmachen konnte. Wie Geigenstege flogen mit Anfällen kehliger Musik die Telegraphenmasten vorbei. Das rhythmische

Pochen der Wagenabteile war wie das Rascheln mächtig sich wölbender Schwingen. Wir werden weit weg leben, bald in den Bergen, bald an der See, in einer Treibhaushitze, in der wilde Nacktheit ganz von selber zur Gewohnheit werden wird, völlig allein (kein Dienstpersonal!), ohne Kontakte zu anderen, nur wir beide in einem ewigen Kinderzimmer, und so wird das verbleibende Schamgefühl den Todesstoß erhalten. Unausgesetzt wird es Jux und Tollerei geben, Morgenküsse, Gerangel auf der geteilten Bettstatt, einen einzigen gewaltigen Schwamm, der seine Tränen auf vier Schultern vergießt, Gelächter zwischen vier Beinen verspritzt.

In den gebündelten Strahlen einer inneren Sonne schwelgend, sann er über das köstliche Bündnis zwischen Vorbedacht und reinem Zufall nach, über die paradiesischen Entdeckungen, die ihrer harrten, über die Art, wie ihr die amüsanten Eigenschaften von Körpern verschiedenen Geschlechts aus der Nähe besehen zwar höchst bemerkenswert, dabei jedoch natürlich und alltäglich vorkommen würden, indes die subtilen Feinheiten raffiniertester Leidenschaft für sie vorerst nur ein Alphabet von unschuldigen Liebkosungen darstellten. Ihre einzige Unterhaltung würden Kinderbücher bilden (der Lieblingsriese, der Märchenwald, der Sack mit seinem Schatz) und die amüsanten Folgen, die sich einstellten, wenn sie neugierig das Spielzeug mit seinem vertrauten, aber nie langweilig werdenden Trick befingerte. Mithilfe von Koseworten und Scherzen, welche die letztlich absichtslose Einfachheit gewisser Seltsamkeiten bekräftigten, mußte es seiner Überzeugung nach ein Leichtes sein, die Aufmerksamkeit eines jungen

Mädchens im voraus von den Vergleichen, Verallgemeinerungen und Fragen abzulenken, die sich vielleicht aus irgendwelchen Reden ergäben, die ihr zufällig ans Ohr gekommen waren, aus einem Traum oder aus ihrer ersten Menstruation, und was sich so bewerkstelligen lassen mußte, war ein schmerzloser Übergang aus einer Welt der halben Abstraktionen, deren sie sich wahrscheinlich halb bewußt war (wie der richtigen Deutung des von allein anschwellenden Bauches einer Nachbarin oder der schulmädchenhaften Vorliebe für die Visage eines Kinoidols der Nachmittagsvorstellungen), von allem, was irgendwie mit der Liebe unter Erwachsenen zu tun hatte, hin zur Wirklichkeit eines unbeschwerten Spaßes, während Anstand und Moral sich jeder Visite enthielten, da sie weder wußten, was sich da tat, noch die Adresse kannten.

Das Hochziehen von Zugbrücken mochte ein wirkungsvolles Schutzsystem bis zu jenem Tag darstellen, da der blühende Abgrund selber mit einem stämmigen jungen Zweig zum Gemach hinauflangte. Doch eben weil die Gefangene während der ersten zwei Jahre keine Ahnung hätte von dem zeitweilig ungesunden Nexus zwischen der Puppe in ihrer Hand und dem Keuchen des Puppenspielers, zwischen der Pflaume in ihrem Mund und der Wollust des fernen Baums, mußte er besonders darauf achten, daß sie nirgendwo allein hinging, häufig die Adresse wechseln (ideal wäre eine Miniaturvilla in einem uneinsehbaren Garten), ein wachsames Auge darauf haben, daß sie sich nicht mit anderen Kindern anfreundete oder Gelegenheit hatte, sich mit der Gemüsehändlerin oder der Putzfrau zu verplaudern, konnte man doch nie wissen, welcher schamlose Elf den Lippen verzauberter Unschuld entfahren mochte – und welches Ungeheuer das Ohr eines Fremden mit sich davontrüge, es den Weisen zwecks Untersuchung und Erörterung zu unterbreiten. Und doch, was könnte man denn dem Zauberer vorwerfen?

Er wußte, daß er genügend Freude an ihr hätte, um sie nicht vorzeitig zu entzaubern, irgend etwas an ihr durch unangemessen offensichtliche Lustbezeigungen hervorzuheben oder bei seiner mönchischen Wanderung zu hartnäckig in eine kleine Sackgasse vorzustoßen. Er wußte, daß er ihre Jungfräulichkeit im straffsten und rosasten Sinne des Wortes nicht antasten würde, bis die Evolution ihrer Liebkosungen eine gewisse unsichtbare Stufe erreicht hätte. Er würde sich zurückhalten bis zu jenem Morgen, da sie immer noch lachend auf ihre eigene Ansprechbarkeit horchen und nunmehr verstummt verlangen würde, die Suche nach der versteckten Instrumentensaite zu ihrer gemeinsamen Sache zu machen.

Wenn er sich so die kommenden Jahre ausmalte, stellte er sie sich weiter als eine Heranwachsende vor – so lautete die Forderung des Fleisches. Als er sich bei dieser Voraussetzung ertappte, machte er sich jedoch mühelos klar, daß selbst dann, wenn das voraussichtliche Vergehen der Zeit im Augenblick nicht zuließ, seinen Gefühlen ein beständiges Fundament zu verschaffen, das allmähliche Fortschreiten aufeinanderfolgender Freuden für natürliche Erneuerungen seines Pakts mit dem Glück sorgen würde, der ja auch die Anpassungsfähigkeit lebendiger Liebe berücksichtigte. Gleich welches

Alter sie erreichte, siebzehn, zwanzig – vor dem Licht dieses Glücks schiene ihr gegenwärtiges Bild immer durch ihre Metamorphosen hindurch und nährte deren durchsichtige Schichten aus seinem inneren Born. Und eben dieser Prozeß würde ihm ohne Verlust oder Minderung gestatten, jedes makellose Stadium ihrer Verwandlungen zu genießen. Zur Fraulichkeit herangewachsen und von ihr gezeichnet, hätte sie selber zudem nie wieder die Freiheit, in ihrem Bewußtsein und Gedächtnis die eigene Entwicklung von der ihrer Liebe, die Kindheitserinnerungen von den Erinnerungen an männliche Zärtlichkeiten abzulösen. Infolgedessen würden ihr Vergangenheit, Gegenwart und Zukunft als ein einziges Leuchten erscheinen, dessen Quelle wie sie selber aus ihm hervorgegangen war, ihrem lebendgebärenden Liebhaber.

So ginge ihr Leben weiter und weiter – lachend, Bücher lesend, goldene Leuchtkäfer bestaunend, in Gesprächen über das blühende, unmauerte Gefängnis der Welt, und er würde ihr Geschichten erzählen, und sie würde zuhören, seine kleine Cordelia, und unter dem Mond atmete ganz in der Nähe das Meer... Und überaus langsam, anfangs mit all der Sensibilität seiner Lippen, dann im Ernst, mit ihrem ganzen gemeinsamen Gewicht, immer tiefer, nur so – zum ersten Mal – in dein entzündetes Herz, so, die Passage erzwingend, so, eintauchend zwischen ihren schmelzenden Saum...

Die Dame gegenüber stand aus irgendeinem Grund plötzlich auf und wechselte in ein anderes Abteil; er sah auf das leere Zifferblatt seiner Armbanduhr – es war nicht mehr lange bis dahin –, und dann stieg er auch schon entlang einer weißen, mit blendenden Glasscherben gekrönten Mauer empor, während über ihm Scharen von Schwalben flogen.

Auf der Veranda begrüßte ihn die Freundin der Verstorbenen und erklärte ihm das Vorhandensein eines Aschenhaufens und angekohlter Stämme in einer Gartenecke mit dem Umstand, daß es in der Nacht gebrannt habe; die Feuerwehr habe Mühe gehabt, die tobenden Flammen unter Kontrolle zu bekommen, habe einen jungen Apfelbaum umgelegt, und klar habe keiner ein Auge zugekriegt. Genau in diesem Augenblick kam *sie* heraus – in einem dunklen Strickkleid (bei dieser Hitze!) mit einem glänzenden Ledergürtel, um den Hals hatte sie eine Kette, lange schwarze Strümpfe trug die Arme, und in diesem allerersten Augenblick kam es ihm so vor, als sei sie nicht ganz so hübsch wie vordem, als sei sie stupsnasiger und langbeiniger geworden. Düster nahm er sie rasch und nur mit einem Gefühl akuter Zärtlichkeit für ihre Trauer bei der Schulter und küßte ihr warmes Haar.

«Alles hätte abbrennen können!» rief sie, hob ihr rosig erleuchtetes Gesicht und verdrehte die Augen, in denen die fließend durchsichtigen Spiegelungen von Sonne und Garten schimmerten.

Zufrieden hielt sie sich an seinem Arm, als sie das Haus im Gefolge seiner laut redenden Herrin betraten – und schon war die Spontaneität verflogen, schon beugte er verlegen seinen Arm (oder war es ihrer?), und an der Tür zum Wohnzimmer, von wo der Monolog widerhallte, der ihnen vorausgegangen war und jetzt vom Aufklappen der Fensterläden begleitet wurde, befreite er seine Hand, und als handele es sich um eine zerstreute Gebärde des Zartsinns (aber in Wahrheit für einen Augenblick in ein gutes, festes Tasterlebnis mitsamt Delle vertieft), tätschelte er ihre Hüfte – so als wollte er sagen: Nun lauf schon, Kind – und dann setzte er sich auch bereits, fand einen Ort für seinen Spazierstock, gab sich Feuer, suchte nach einem Aschbecher, beantwortete eine Frage, die ganze Zeit über erfüllt von wildem Frohlocken.

Einen Tee lehnte er ab, und als Erklärung gab er an, daß der Wagen, den er am Bahnhof bestellt hatte, jeden Moment kommen müsse, daß er schon sein Gepäck enthielt (wie es in Träumen vorkommt, hatte diese Einzelheit einen Anflug von Sinn), und daß «du und ich gleich ans Meer fahren» – was er fast schon laut in die Richtung des Mädchens rief, das sich mitten im Schritt umdrehte und dabei beinahe einen Hocker umriß, jedoch auf der Stelle das jugendliche Gleichgewicht wiederfand, wendete, sich setzte und den Hocker mit seinem niedersinkenden Rock bedeckte.

«Was?» fragte sie und streifte mit einem Seitenblick auf die Gastgeberin (der Hocker war schon einmal kaputtgegangen) das Haar zurück. Er sagte es noch einmal. Voller Freude zog sie die Augenbrauen hoch – daß es so kommen würde, heute schon, das hatte sie nicht geahnt.

«Und ich hatte gehofft», log die Gastgeberin, «Sie würden die Nacht bei uns verbringen.»

«Das kann doch nicht wahr sein!» rief das Mädchen, kam auf dem Parkett zu ihm herübergeschlittert und fuhr dann mit unerwarteter Schnelligkeit fort:

«Glaubst du, daß ich bald schwimmen lernen kann? Eine Freundin von mir hat gesagt, man kann es gleich, man muß nur erst lernen, keine Angst zu haben, und das dauert einen Monat...» Doch die Frau zupfte sie schon am Ellbogen, auf daß sie gehe und mit Maria die Sachen fertig packe, die im linken Schrankfach bereitlagen.

«Ich gestehe, ich beneide Sie nicht», sagte sie, als das Kind draußen war, und übertrug damit ihre Erziehungsberechtigung auf ihn. «In letzter Zeit, vor allem nach ihrer Grippe, hat sie alle möglichen Ausbrüche und Wutanfälle gehabt; neulich war sie frech zu mir – ein schwieriges Alter ist das. Alles in allem glaube ich, es wäre gut, wenn Sie eine junge Frau anstellen, die sich um sie kümmert, und sie dann im Herbst in ein gutes katholisches Internat geben. Wie Sie sehen, hat der Tod ihrer Mutter sie nicht gar so sehr mitgenommen – natürlich könnte es auch sein, daß sie es nur nicht zeigt, was weiß ich. Unser gemeinsames Leben ist nun zu Ende... Übrigens schulde ich Ihnen noch... Aber nein, das will ich nicht, ich bestehe darauf... Ach so, der kommt erst so gegen sieben von der Arbeit – er ist bestimmt sehr enttäuscht... So ist das Leben, was kann man da machen. Wenigstens hat sie jetzt im Himmel Ruhe, die Arme, und Sie sehen auch besser aus... Wenn wir uns nicht kennengelernt hätten... Ich weiß einfach nicht, wie ich ein fremdes Kind weiter durchgebracht hätte, und Waisenhäuser, die führen direktemang Sie wissen schon wohin. Das ist immer meine Rede gewesen – im Leben kann man nie wissen. Erinnern Sie sich noch an den Tag da auf der Bank – erinnern Sie sich? Ich hätte mir nie träumen lassen, daß sie noch einmal einen Mann abbekommen könnte, und doch hat mir mein weiblicher Instinkt gesagt, daß sich etwas in Ihnen gerade nach solch einer Zuflucht sehnte.»

Ein Wagen materialisierte sich hinter dem Laubwerk. Eingestiegen! Die vertraute schwarze Mütze, den Mantel überm Arm, einen kleinen Koffer, Hilfestellung von Maria mit den roten Händen. Warte nur, bis du siehst, was ich dir alles kaufen werde... Sie bestand darauf, neben dem Fahrer zu sitzen, und er mußte einwilligen und verbergen, wie sehr es ihn dauerte. Die Frau, die wir nie wiedersehen werden, winkte mit einem Apfelbaumzweig hinterher. Maria scheuchte die Hühner hinein. Los geht's, los geht's.

Er lehnte sich in den Sitz zurück, hielt den Stock – ein sehr wertvolles altes Exemplar mit einem dicken Korallenkopf – zwischen den Beinen und spähte durch die Trennscheibe zur Baskenmütze und den zufriedenen Schultern hin. Für Juni war das Wetter ungewöhnlich sommerlich, durchs Fenster kam ein Strom von Wärme hereingerauscht, und bald nahm er die Krawatte ab und knöpfte sich den Kragen auf.

Nach einer Stunde wandte sich das Mädchen nach ihm um. (Sie zeigte auf irgend etwas am Straßenrand, doch obwohl er sich offenen Munds danach umdrehte, war es zu spät, um noch etwas zu erkennen – und aus irgendeinem Grund, ohne logische Verbindung fuhr ihm der Gedanke durch den Kopf, daß zwischen ihnen schließlich ein Altersunterschied von fast dreißig Jahren bestand.) Um sechs hielten sie, um ein Eis zu essen, während der gesprächige Fahrer am Nebentisch Bier trank und seinen Kunden an verschiedenen Überlegungen teilhaben ließ.

Weiter geht unsre Fahrt. Er schaute zu dem Wald hin, der in Wellenlinien von Hügel zu Hügel immer näher herangehüpft kam, bis er einen Hang hinunterglitt und über die Straße strauchelte, wo er gezählt und aufgestapelt wurde. «Sollen wir hier eine Pause machen?» fragte er sich. «Wir könnten etwas gehen, uns für eine Weile inmitten von Pilzen und Schmetterlingen aufs Moos setzen...» Doch er konnte sich nicht überwinden, den Chauffeur halten zu lassen: Die Vorstellung eines verdächtigen Autos, das da leer an der Landstraße warten würde, hatte etwas Unerträgliches.

Dann wurde es dunkel, und unmerklich gingen ihre Scheinwerfer an. Sie hielten am erstbesten Lokal an der Straße, um zu Abend zu essen, wieder lungerte der Philosoph in der Nähe und schien weniger zu dem Steak und den Kartoffelkroketten seines Arbeitgebers herüberzuluchsen als zum Profil des Haars, das ihr Gesicht verdeckte, zu ihrer zartgeschwungenen Wange... Mein Liebchen ist müde, und die Reise, das reichhaltige Fleischgericht, der Tropfen Wein haben ihm Farbe gegeben. Die schlaflose Nacht mit dem rosigen Schein des Feuers in der Dunkelheit verlangt ihren Tribut, die Serviette rutscht aus der weichen Mulde ihres Rocks... Und alles dies gehört jetzt mir... Er fragte, ob sie wohl ein Zimmer frei hätten – nein, hatten sie nicht.

Trotz ihrer zunehmenden Mattigkeit weigerte sie sich standhaft, ihren vorderen Sitz gegen die Stützpolster in den gemütlichen Tiefen des Wagens zu vertauschen, und zwar mit der Begründung, da hinten würde ihr übel. Endlich, endlich begannen Lichter in der heißen, schwarzen Leere heranzureifen und zu bersten, sogleich wurde ein Hotel ausersehen und die peinvolle Fahrt bezahlt, und dieser Teil war erledigt. Sie schlief halb, als sie auf den Gehsteig hinauskroch, blieb benommen in der bläulichen, grobkörnigen Dunkelheit stehen, dem warmen Geruch nach Verbranntem, dem Donnern und Nageln von zwei, drei, vier Lastwagen, die die verlassene nächtliche Straße ausnutzten, um mit furchterregendem Tempo eine Kurve hinunterzubrausen, hinter der sich eine heulende, ächzende, knatternde Steigung verbarg.

Ein kurzbeiniger, makrozephaler Alter mit aufgeknöpfter Weste – schwerfällig und trödelig, erklärte er lang und breit und mit schuldbewußtem Wohlwollen, er spränge nur ein für den Besitzer, der sein ältester Sohn sei und weggemußt hätte, um Familienangelegenheiten zu erledigen – suchte lange in einem schwarzen Buch, verkündete sodann, er habe kein Zimmer mit zwei Einzelbetten frei (in der Stadt fände eine Blumenausstellung statt, und es seien viele Besucher da), aber eines mit Doppelbett, «was auf das gleiche hinausläuft, Sie und Ihre Tochter sind dann sogar noch …»

«In Ordnung, in Ordnung», unterbrach der Reisende, indes das nebelhafte Kind in einiger Entfernung alleine dastand und blinzelte, um eine sich verdoppelnde Katze scharf in seinen matten Blick zu bekommen.

Sie stiegen nach oben. Das Personal ging offenbar früh zu Bett, oder es war ebenfalls weg. Der gebückte, ächzende Gnom probierte einen Schlüssel nach dem andern aus; eine alte Frau mit lockigem grauem Haar und nußbraun gebranntem Gesicht in einem blauen Pyjama kam aus der Toilette nebenan und beäugte bewundernd dieses müde hübsche Mädchen in der gehorsamen Pose eines zarten Opfers, dessen dunkles Kleid sich von dem Ocker der Wand abhob, an der es mit den Schulterblättern lehnte, den zerzausten, leicht zurückgeworfenen Kopf langsam hin und her drehend und mit den Lidern zuckend, als versuche es, seine ungewöhnlich dichten Wimpern zu entwirren. «Nun los, machen Sie schon auf», sagte gereizt ihr Vater, ein kahl werdender Herr, auch er Tourist.

«Soll ich hier schlafen?» fragte das Mädchen gleichgültig, und als er bejahte, während er mit den Fensterläden kämpfte und ihre augenhaften Ritzen zudrückte, warf sie einen Blick auf die Mütze, die sie in der Hand hielt, und warf sie schlaff auf das breite Bett.

«Da wären wir», sagte er, nachdem der Alte ihre Koffer hereingeschleppt hatte und gegangen war, und im Zimmer blieb einzig das Klopfen seines Herzens und der entfernte Puls der Nacht zurück. «Nun denn, Zeit, zu Bett zu gehn.»

Vor Schläfrigkeit taumelnd, stieß sie gegen eine Ecke des Sessels, was er nutzte, um sich gleichzeitig zu setzen und sie um die Hüfte zu fassen und an sich heranzuziehen. Sie richtete sich auf, reckte sich wie ein Engel, spannte für den Bruchteil einer Sekunde jeden Muskel an, machte noch einen halben Schritt und ließ sich sacht auf seine Knie nieder. «Mein Liebchen, mein armes kleines Mädchen», sprach er in einer Art allgemeinem Nebel aus Mitleid, Zärtlichkeit und Begehren, während er ihre Mattheit beobachtete, ihre Benommenheit, ihr schwindendes Lächeln, sie durch das dunkle Kleid hindurch betastete, durch die dünne Wolle hindurch das Gummiband des Waisenstrumpfhalters auf der nackten Haut fühlte, sich sagte, wie schutzlos, verlassen, warm sie war, in dem lebendigen Gewicht ihrer Beine schwelgte, als diese auseinanderglitten und mit kaum hörbarem körperlichem Rascheln sich auf ein wenig höherer Ebene wieder kreuzten. Langsam schlang sie ihm einen schlaftrunkenen, in seinem schmucken kleinen Ärmel steckenden Arm um den Hals und überflutete ihn mit dem Kastanienduft ihres weichen Haars, doch dann glitt ihr Arm hinunter, und verschlafen stupste sie mit der Sohle ihrer Sandale die Reisetasche an, die neben dem Sessel stand... Ein Dröhnen näherte sich draußen vor dem Fenster und entfernte sich wieder. Dann wurde in der Stille das Summen einer Mücke hörbar, und aus irgendeinem Grund rief es in ihm die flüchtige Erinnerung an etwas unendlich Fernes herauf, spätes Zubettgehen in seiner Kindheit, eine sich auflösende Lampe, das Haar seiner gleichaltrigen Schwester, die lange, lange tot war. «Mein Liebchen», wiederholte er, schnäuzelte schlabberig schmusend eine Locke beiseite, und fast ohne Druck auszuüben, schmeckte er neben der Kühle der Kette ihren heißen, seidigen Nacken; dann faßte er sie an den Schläfen, so daß ihre Augen sich streckten und schlitzten, begann er ihre sich öffnenden Lippen, ihre Zähne zu küssen...

Langsam wischte sie sich den Mund mit dem geknickten Handgelenk ab, ihr Kopf sackte an seine Schulter, und nur noch ein schmales Sonnenuntergangsleuchten schien zwischen ihren Lidern hervor, denn sie war praktisch eingeschlafen.

Es klopfte an die Tür. Er zuckte heftig zusammen (und zog hastig die Hand aus ihrem Gürtel, ohne herausbekommen zu haben, wie er sich öffnen ließ). «Wach auf, runter mit dir», sagte er und schüttelte sie schnell. Sie öffnete weit die leeren Augen und rutschte von dem Eisbuckel seines Knies ab.

«Herein», sagte er.

Der Alte spähte herein und verkündete, der Herr würde unten verlangt, jemand von der Polizeiwache wolle ihn sprechen.

«Die Polizei?» fragte er und verzog vor Verwunderung das Gesicht. «Die Polizei? ... Na gut, Sie können gehen – ich bin gleich unten», fügte er hinzu, ohne aufzustehen. Er zündete sich eine Zigarette an, schneuzte die Nase, und durch den Rauch blinzelnd, faltete er das Taschentuch sorgfältig wieder zusammen. «Hör zu», sagte er, ehe er ging, «deine Reisetasche ist da drüben. Ich mache sie dir auf, und du nimmst dir heraus, was du brauchst, ziehst dich aus und gehst inzwischen zu Bett. Das Badezimmer ist die erste Tür links.»

«Warum die Polizei?» dachte er, als er die schlecht beleuchtete Treppe hinunterging. «Was will die?»

«Was ist los?» fragte er scharf, als er in der Empfangshalle ankam und dort einen bereits unruhigen Gendarmen sah, einen dunkelhäutigen Riesen mit den Augen und dem Kinn eines Kretins.

«Los ist», kam die bereitwillige Antwort, «daß Sie anscheinend mit auf die Polizeiwache kommen müssen – es ist nicht weit.»

«Nah oder weit», sprach der Reisende nach kurzem Stillschweigen, «es ist nach Mitternacht, und ich war gerade dabei, mich zur Ruhe zu begeben. Überdies nehmen Sie bitte zur Kenntnis, daß jedwede Folgerung, besonders eine so dynamische, sich einem Ohr, dem der Gedankengang unbekannt ist, der zu ihr hinführte, als ein Rufen in der Wüste darstellt, oder um es einfacher auszudrücken, was nur logisch ist, wird als zoologisch ausgelegt. Außerdem wäre ein Globetrotter, der soeben und zum ersten Mal in Ihrer gastfreundlichen kleinen Stadt eingetroffen ist, doch neugierig, Ihren Grund zu erfahren – vielleicht handelt es sich ja um irgendeinen lokalen Brauch –, wieso Sie ausgerechnet mitten in der Nacht darauf verfallen, eine Einladung auszusprechen, eine Einladung, die um so unannehmbarer ist, als ich nicht allein bin, sondern ein müdes kleines Mädchen bei mir habe. Nein, warten Sie, ich bin noch nicht zu Ende... Wer hat je gehört, daß es gerecht wäre, das Gesetz erst zu vollstrecken und die Gründe für seine Anwendung erst danach zu nennen? Warten Sie auf irgendwelche Anschuldigungen, meine Herren, warten Sie, bis irgend jemand eine kleine Beschwerde vorbringt! Bisher aber kann meine Nachbarin nicht durch die Wand blicken und der Fahrer meine Seele nicht erforschen. Schließlich und endlich – und das ist vielleicht das Wichtigste – haben Sie die Güte, sich mit meinen Papieren vertraut zu machen.»

Der jetzt verwirrte Schwachkopf machte sich vertraut, kam zur Besinnung und begann den unglückseligen Alten zu bearbeiten. Es stellte sich heraus, daß letzterer nicht nur zwei ähnlich klingende Namen durcheinandergebracht hatte, sondern außerstande war zu erklären, wann und mit welchem Ziel der gesuchte Streuner abgereist war.

«Schon gut, schon gut», sagte der Reisende friedfertig, nachdem er in vollem Bewußtsein der Unverwundbarkeit seinen Ärger über die Zeitvergeudung ganz an seinem vorschnellen Feind ausgelassen hatte. (Dem Schicksal sei Dank, daß sie nicht hinten im Auto gesessen hatte; dem Schicksal sei Dank, daß sie in der Junisonne nicht auf Pilzsuche gegangen waren – und natürlich auch dafür, daß die Fensterläden dicht gewesen waren.)

Er hatte den Treppenabsatz im Lauf erreicht, da fiel ihm ein, daß er sich die Zimmernummer nicht gemerkt hatte, und zögernd blieb er stehen und spuckte den Zigarettenstummel aus... Die Ungeduld seiner Gefühle hielt ihn ab, noch einmal hinunterzugehen und sich die Auskunft zu holen, und außerdem war es unnötig – er erinnerte sich, wie die Türen auf dem Gang zueinander angeordnet waren. Er fand die richtige Tür, leckte die Lefzen, packte den Türknauf, war drauf und dran...

Die Tür war verriegelt; in der Magengrube fühlte er einen schrecklichen Schmerz. Wenn sie sich eingeschlossen hatte, dann hieß das, sie wollte ihn aussperren, sie hatte Verdacht geschöpft... Hätte sie nicht so küssen sollen... Muß ihr Angst eingejagt haben, oder vielleicht hat sie etwas gemerkt... Oder es gab einen alberneren und einfacheren Grund: Sie war naiverweise zu dem Schluß gelangt, daß er in einem anderen Zimmer zu Bett gegangen war, es war ihr nicht einmal in den Sinn gekommen, daß sie mit einem Fremden im selben Zimmer schlafen würde – doch, einem Fremden, noch. Und er klopfte, der Intensität seiner Beunruhigung und seiner Gereiztheit bisher kaum bewußt.

Er hörte ein jähes weibliches Lachen, das widerliche Aufstöhnen von Bettfedern und dann ein Schlurfen von nackten Füßen. «Wer ist da?» fragte eine ärgerliche männliche Stimme... «Falsches Zimmer, hä? Das nächste Mal suchen Sie sich bitte das richtige. Hier ist jemand schwer bei der Arbeit, hier ist jemand dabei, einem jungen Menschen Unterricht zu erteilen, und Sie unterbrechen den...» Aus dem Hintergrund erscholl aufs neue Gelächter.

Ein vulgärer Irrtum, mehr nicht. Er ging weiter den Korridor entlang – und machte sich plötzlich klar, daß er in der falschen Etage war. Er ging zurück, bog um eine Ecke, warf einen verständnislosen Blick auf einen Zähler an der Wand, eine Spüle unter einem tropfenden Hahn, auf jemandes braune Schuhe vor einer Tür, bog um noch eine Ecke – die Treppe war verschwunden! Die, welche er schließlich fand, erwies sich als eine andere: Er ging hinunter, nur um in schwach erleuchteten Lagerräumen umherzuirren, wo große Koffer herumstanden und bald ein Wandschränkchen, bald ein Staubsauger, bald ein kaputter Hocker, bald das Skelett eines Bettes mit einem Ausdruck des Verhängnisses aus den Ecken hervorlugten. Leise fluchte er vor sich hin, verlor wütend über diese Hindernisse die Beherrschung... Schließlich kam er zu einer Tür, gab ihr einen Schubs, stieß sich den Kopf an einem niedrigen Sturz und tauchte in einem trüben Winkel in der Empfangshalle empor, wo der Alte sich die Backenstoppeln kratzte und in ein schwarzes Buch spähte und der Gendarm auf einer Bank daneben schnarchte – alles genau wie auf einer Polizeiwache. Die benötigte Auskunft hatte er in einer Minute, um ein weniges verlängert von den Entschuldigungen des Alten.

Er trat ein. Er trat ein, und ehe er irgendwo hinsah, bückte er sich zuallererst verstohlen und drehte den Schlüssel zweimal um. Dann sah er den schwarzen Strumpf mit seinem Gummiband unter dem Waschständer. Dann sah er den geöffneten Koffer im Anfangsstadium der Unordnung und ein Handtuch von waffelartiger Oberfläche, das am Ohr halb herausgezogen worden war. Dann sah er auf den Sessel gehäuft das Kleid und die Unterwäsche, den Gürtel, den anderen Strumpf. Erst dann wandte er sich hin zur Insel des Bettes.

Den linken Arm hinterm Kopf, lag sie in ihrem kleinen Morgenmantel, dessen unterer Teil sich geöffnet hatte – sie hatte das Nachthemd nicht finden können –, rücklings auf der unangetasteten Decke, und im Licht des rötlichen Lampenschirms konnte er durch den Dunst und die Stickigkeit des Zimmers ihren schmalen, konkaven Bauch zwischen den unschuldigen, vorstehenden Hüftknochen ausmachen. Mit dem Gedonner von Geschützfeuer stieg ein Lastwagen aus dem Grund der Nacht empor, ein Glas klirrte auf der Marmorplatte des Nachttisches, und es war seltsam zu sehen, wie ihr verzauberter Schlaf gleichmäßig an allem vorüberfloß.

Morgen natürlich beginnen wir beim Abc, mit sorgsam bedachter Steigerung, aber im Augenblick schläfst du, hast du nichts zu melden, stör die Erwachsenen nicht, es ist meine Nacht, meine Sache. Er zog sich aus, legte sich links neben die Gefangene, die dabei kaum merklich schaukelte, erstarrte und holte vorsichtig Luft. So. Die Stunde, die er ein volles Vierteljahrhundert lang rasend herbeigesehnt hatte, nun war sie endlich gekommen, er aber war gefesselt, war sogar abgekühlt durch die Wolke seiner Seligkeit. Fein gewellt, als sähe man sie durch Kristall, zitterte, vermischt mit Offenbarungen ihrer Schönheit, die Flut und die Ebbe ihres hellfarbenen Morgenmantels noch vor seinen Augen. Er konnte den Brennpunkt des Glücks einfach nicht finden, wußte nicht, wo er ansetzen sollte, was man berühren konnte und wie, um dieser Stunde innerhalb des Reichs ihres Schlummers den größtmöglichen Genuß abzugewinnen. So. Zuallererst entfernte er mit klinischer Behutsamkeit das Glasauge der Zeit von seinem Handgelenk, langte über ihren Kopf hinweg und legte es zwischen einem glänzenden Wassertropfen und dem leeren Glas auf den Nachttisch.

So. Ein unbezahlbares Original: Schlafendes Mädchen, Öl. Ihr Gesicht in seinem weichen Nest aus hier verstreuten und dort sich häufenden Locken mit diesen kleinen Rissen auf den ausgetrockneten Lippen und dieser besondere Kniff in den Lidern über den sich kaum berührenden Wimpern war rostbraun und rosenrot gefärbt, wo die erleuchtete Wange – deren florentinische Linie selber schon ein Lächeln war – hindurchschimmerte. Schlaf, mein Schatz, hör nicht auf mich.

Schon wanderte sein Blick (der seiner selbst bewußte Blick von jemandem, der eine Hinrichtung beobachtet oder einen Punkt an der Sohle eines Abgrunds) ihre Gestalt entlang nach unten, und seine Linke war in Bewegung – doch in diesem Moment zuckte er zusammen, als hätte sich jemand am Rand seines Gesichtsfeldes im Zimmer bewegt, denn er hatte den Reflex im Schrankspiegel nicht sofort erkannt (seine Pyjamastreifen, die in den Schatten zurückwichen, ein undeutliches Glitzern auf dem lackierten Holz und etwas Schwarzes unter ihrem rosa Fußgelenk).

Endlich faßte er einen Entschluß und streichelte ihre langen, ganz leicht gespreizten, schwach klebrigen Beine, die nach unten hin kühler und etwas rauher wurden und immer wärmer nach oben hin. Mit einem wilden Gefühl von Triumph dachte er zurück an die Rollschuhe, die Sonne, die Kastanienbäume, an alles – indes er mit den Fingerspitzen weiterstreichelte und dabei zitterte und zu dem kräftigen, noch kaum mit Flaum bewachsenen Geländevorsprung hinschielte, in dem auf eigene, aber verwandte Weise Züge ihrer Lippen und Wangen konzentriert waren. Etwas weiter oben war an der Gabelung einer Ader die Mücke schwer bei der Arbeit. Eifersüchtig verjagte er sie und trug damit unabsichtlich zum Fallen einer Stofffalte bei, die schon lange im Weg gewesen war, und da waren sie, die seltsamen blinden kleinen Brüste, die wie von zwei zarten Abszessen geschwollen schienen, und jetzt wurde ein dünner, noch kindlicher Muskel bloßgelegt, und daneben erstreckte sich die milchweiße Mulde ihrer Achselhöhle mit fünf oder sechs auseinanderlaufenden, seidig dunklen Streifen, und dort unten strömte schräg auch der kleine goldene Kettenfluß (wahrscheinlich mit einem Kreuz oder einem Amulett am Ende), und dann kam von neuem Baumwolle – der Ärmel ihres steil zurückgeworfenen Arms.

Noch ein Lastwagen polterte heulend vorbei und ließ das Zimmer erzittern. Ungeschickt über sie gelehnt, hielt er in seiner Inspektion inne, preßte seinen Blick unabsichtlich in sie hinein, fühlte, wie sich der jugendliche Geruch ihrer Haut mit dem ihres rotbraunen Haars vermengte und wie ein beißendes Jucken sein Blut durchdrang. Was soll ich mit dir machen, was soll ich mit...

Das Mädchen seufzte im Schlaf auf, öffnete ihren fest geschlossenen Nabel wie ein Auge, atmete dann mit einem gurrenden Stöhnen aus, und das genügte ihr schon, um in ihre vorherige Starre zurückzugleiten. Sorgfältig zog er die zerknüllte schwarze Mütze unter ihrer Ferse hervor, und mit klopfenden Schläfen und dem hämmernden Schmerz seiner Spannung erstarrte er aufs neue. Er wagte nicht, diese eckigen Brustwarzen, diese langen Zehen mit ihren gelblichen Nägeln zu küssen. Seine Blicke kehrten von überallher zurück, um sich auf den nämlichen veloursartigen Spalt zu konzentrieren, der unter seinem prismatischen Starren irgendwie lebendig wurde. Immer noch wußte er nicht, was er unternehmen sollte, hatte er Angst, etwas zu versäumen, die märchenhafte Festigkeit ihres Schlafs nicht voll auszunutzen.

Die stickige Luft und seine Erregung wurden unerträglich. Er lockerte ein wenig das Zugband seines Pyjamas, das sich ihm in den Bauch geschnürt hatte, und eine Sehne gab ein Quieksen von sich, als seine Lippen körperlos die Stelle streiften, wo unter einer Rippe ein Muttermal zu sehen war... Doch ihm war unbehaglich und heiß, und die Stauung seines Bluts verlangte das Unmögliche. Dann begann er ganz allmählich seinen Zauber auszuüben, indem er mit seinem Zauberstab über ihrem Körper hin und her fuhr, fast die Haut berührte, sich mit ihrer Anziehung, ihrer sichtbaren Nähe, der phantastischen Konfrontation quälte, die der Schlaf dieses nackten Mädchens gestattete, das er sozusagen mit einer zauberischen Elle vermaß – bis sie eine leichte Bewegung machte und mit einem kaum hörbaren, verschlafenen Schmatzgeräusch ihrer Lippen den Kopf wegwandte. Alles erstarrte von neuem, und inmitten ihrer braunen Locken konnte er jetzt den karminroten Saum ihres Ohrs und die Fläche ihrer freigemachten Hand erkennen, die in ihrer vorhergehenden Position vergessen worden war. Weiter, weiter. Wie an der Schwelle der Gedächtnislosigkeit sah er in parenthetischen Blitzen von Bewußtheit flüchtig beiläufige, kurzlebige Erscheinungen vor sich – irgendeine Brücke über eiligen Eisenbahnwaggons, eine Luftblase in irgendeiner Fensterscheibe, den eingedellten Kotflügel eines Autos, einen anderen Gegenstand, ein Handtuch mit Waffelmuster, das er kurz vorher irgendwo gesehen hatte – und währenddessen rückte er mit gepreßtem Atem immer dichter heran, und alle seine Bewegungen koordinierend, begann er sich ihr anzuschmiegen, die Paßform zu überprüfen... Eine Bettfeder unter seiner

Seite gab ängstlich nach; mit vorsichtigem Knacken suchte sein rechter Ellbogen eine Stütze; sein Blick war von einer geheimen Konzentration umwölkt... Er spürte die Flamme ihres wohlgeformten Schenkels, spürte, daß er nicht länger an sich halten konnte, daß es jetzt nicht mehr darauf ankam, und als die Süße zwischen seinem wolligen Büschel und ihrer Hüfte den Siedepunkt erreichte, wie freudvoll war da sein Leben von seinen Fesseln befreit und reduziert auf die Einfachheit des Paradieses – und kaum hatte er Zeit, noch zu denken «Nein, ich bitte dich, nicht wegnehmen!», als er sah, daß sie hellwach war und mit wildem Blick auf seine ragende Nacktheit starrte.

Einen Augenblick, den Hiatus einer Synkope lang sah er auch, wie es ihr erschien: irgendeine Monstrosität, eine gräßliche Krankheit – oder vielleicht wußte sie auch schon Bescheid, oder es war all das zusammen. Sie starrte und schrie, aber noch hörte der Zauberer ihre Schreie nicht; betäubt von seinem eigenen Schrecken, kniete er, zog an dem Stoff, zerrte am Zugband, versuchte es aufzuhalten, es zu verstecken, krümmte sich unter seinem kaschierten Spasmus, der so sinnlos war wie ein Hämmern anstelle von Musik, stieß sinnlos geschmolzenes Wachs aus; zu spät, es aufzuhalten oder zu verbergen. Wie sie vom Bett rollte, wie sie jetzt kreischte, wie die Lampe mit ihrer roten Haube davonhüpfte, was für ein Donnern von draußen hereindrang, die Nacht erschütterte, zerstörte, alles, alles zunichte machte... «Sei still, es ist nichts Schlimmes, es ist nur eine Art Spiel, es passiert manchmal, sei doch nur still», flehte er, ein schwitzender Mann in mittleren Jahren, der sich mit einem Regenmantel bedeckte, auf den zufällig sein Blick gefallen war, ihn bibbernd überzog, das Ärmelloch nicht fand. Wie ein Kind in einem Leinwanddrama hielt sie sich schützend den spitzen kleinen Ellbogen vors Gesicht, riß sich aus seinem Griff los, brüllte immer noch sinnlos, und jemand hämmerte an die Wand und verlangte unvorstellbare Ruhe. Sie versuchte aus dem Zimmer zu laufen, bekam die verschlossene Tür nicht auf, er konnte nichts und niemanden festhalten, sie wurde leichter, wurde schlüpfrig wie ein Findelkind mit purpurrotem Po und verzerrtem Babygesicht, das sich hastig von der Türschwelle zur Krippe zurückzog und von der Krippe rückwärts in den Schoß einer ungestüm wieder zum Leben erweckten Mutter kroch. «Ich bringe dich schon zum Schweigen!» rief er (zu einem Spasmus, zu dem punktförmigen letzten Tropfen, zum Nichts). «Schon gut, ich gehe, ich bringe dich...» Er überwältigte die Tür, stürzte hinaus, verschloß sie mit betäubendem Krach hinter sich, und immer noch horchend und den Schlüssel fest in der Hand, barfuß und mit einem kalten Schmierfleck unter dem Regenmantel blieb er stehen, wo er war, und dort versank er allmählich.

Doch aus einem nahe gelegenen Zimmer waren schon zwei alte Frauen im Morgenmantel herbeigekommen; eine von ihnen – untersetzt, einer weißhaarigen Negerin ähnlich, angetan mit blauen Pyjamahosen, redete sie in dem atemlosen Stakkatotonfall eines fernen Kontinents, der an Tierschutzvereine und Frauenclubs erinnerte – erteilte Befehle (*«etuanz»*, *«etudwer»*, *«etwastun»*, *«etudsuiht»*), krallte seine Hand auf und schlug behende den Schlüssel zu Boden. Einige elastische Sekunden lang maßen er und sie sich im Hüftenschieben, aber es war jedenfalls alles zu Ende; aus allen Richtungen tauchten Köpfe auf, irgendwo schepperte eine Glocke, hinter einer Tür beendete offenbar eine melodiöse Stimme ein Märchen (Herr Weißzahn im Krankenbett, die Brüder, die ihre kleinen roten Reitkappen präsentieren), die Alte eroberte den Schlüssel, er versetzte ihr einen raschen Klaps auf die Wange, und mit Schmerzen am ganzen Körper rannte er die haftende Treppe hinab. Ihm entgegen stieg ein dunkelhaariger Mann mit Spitzbart, der nur mit Unterhose bekleidet war; hinter ihm drein kam eine winzige Dirne gewackelt. Er stürzte an ihnen vorbei. Weiter unten kam ein Gespenst in braunen Lederschuhen, noch weiter unten kletterte o-beinig der Alte, im Gefolge den begierigen Gendarmen. An ihnen vorbei. Eine Vielzahl synchronisierter Arme hinter sich lassend, die sich mit reißerischer Einladungsgebärde über das Geländer streckten, wirbelte er auf die Straße, denn es war alles zu Ende, und es war unbedingt erforderlich, diese nicht weiter benötigte, bereits durchgesehene idiotische Welt mit gleich welcher List, gleich welchem Krampf loszuwerden, auf deren letzter Seite eine einsame Straßenlaterne mit einer ausgesparten Katze an ihrem Fuß stand. Schon deutete er sich sein Gefühl der Barfüßigkeit als ein Eintauchen in ein anderes Element, und so eilte er den aschebestreuten Gehsteig entlang, verfolgt von den hämmernden Schritten seines bereits hinter sich gelassenen Herzens. Sein verzweifeltes Verlangen nach einem reißenden Strom, einer Schlucht, einem Eisenbahngleis – egal was, aber sofort – brachte ihn dazu, sich ein allerletztes Mal an die Topographie seiner Vergangenheit zu wenden. Und als vor ihm von jenseits des Höckers der Seitenstraße her ächzendes Geheul erscholl, als es nach dem Überwinden der Steigung zu voller Stärke anwuchs, die Nacht aufblähte, mit zwei Ovalen gelblichen Lichts schon die Gefällestrecke erhellte, bereit, abwärts zu rasen – da, als wäre es ein Tanz, als hätte ihn die Welle dieses Tanzes in die Mitte der Bühne geführt, unter dieser anwachsenden, grinsenden, megadonnernden Masse, seinem Partner bei einem krachenden Krakowiak, dieses donnernde Eisentrumm, dieses Momentkino der Zerfleischung – recht so, zerr mich unter dich, reiß an meiner Schwachheit – ich reise ausgewalzt auf meinem aufgeklatschten Gesicht – he, du drehst mich, reiß mich nicht in Stücke – du zerfetzt mich, ich habe genug ... Zickzackgymnastik von Blitzen, Spektogramm der Sekundenbruchteile eines Donnerschlags – und der Film des Lebens war gerissen.

Ultima Thule

Erinnerst du dich an den Tag ein paar Jahre vor deinem Tod, als du und ich lunchten (Nahrung zu uns nahmen)? Wobei wir davon ausgehen wollen, daß die Erinnerung ohne Kopfputz auskommt? Stellen wir uns – dies nur ein «apropositionaler» Gedanke – einen ganz neuartigen Briefsteller vor. Einer Dame, die ihre rechte Hand verloren hat: Ich küsse Ihre Ellipse. Einem Verstorbenen: Mit respuktvoller Hochachtung. Aber genug dieser einfältigen Vignetten. Wenn du dich nicht entsinnst, dann entsinne ich mich an deiner Statt: Die Erinnerung an dich kann, zumindest grammatisch, als deine Erinnerung durchgehen, und ich bin, und sei es nur einer geschraubten Wendung willen, durchaus bereit einzuräumen, daß, wenn ich und die Welt nach deinem Tod weiterbestehen, das nur so ist, weil du dich an die Welt und mich erinnerst. Ich wende mich nun aus folgendem Grund an dich. Ich wende mich nun bei folgender Gelegenheit an dich. Ich wende mich nun einfach an dich, um mit dir über Falter zu plaudern. Welch ein Schicksal! Welch ein Geheimnis! Welch eine Handschrift! Wenn ich des Versuchs müde werde, mich davon zu überzeugen, daß er ein Wirrkopf oder ein *kwak* ist (wie du das deutsche Synonym für Scharlatan zu russifizieren pflegtest), kommt er mir vor wie ein

Mensch, der... der, weil er die Bombe der Wahrheit, die in ihm explodierte, überlebte... ein Gott wurde! Wie kläglich scheinen all die Seher von einst neben ihm: von der Herde bei Sonnenuntergang aufgewirbelter Staub, der Traum im Traum (wenn man träumt, man sei aufgewacht), Musterschüler in unserer für Außenstehende hermetisch abgeschlossenen Lehranstalt; denn Falter steht *außerhalb* unserer Welt, in der wahren Wirklichkeit. Wirklichkeit! – es ist der Kropftaubenhals der Schlange, der mich fasziniert. Erinnerst du dich, wie wir in dem von Falter geführten Hotel in der Nähe der üppigen, vielterrassigen italienischen Grenze lunchten, wo der Asphalt durch die Glyzinie unermeßlich veredelt wird und die Luft nach Gummi und Paradies riecht? Adam Falter war damals noch einer von uns, und wenn nichts an ihm – wie soll ich es nennen? sagen wir, Sehertum – voraussagte, so erklärt doch seine ganze kräftige Konstitution (das karambolageartige Zusammenspiel seiner Körperbewegungen, als ob er Kugellager statt Gelenken hätte, seine Präzision, seine adlergleiche Ferne) jetzt in der Retrospektive, warum er den Schock überlebte: Die Ausgangszahl war hoch genug, um die Subtraktion zu überstehen.

O meine Liebe, wie du, noch ganz Gegenwart, von jener wunderbaren Bucht her lächelst – und nimmermehr! – oh, ich beiße mir die Knöchel, um nicht vor Schluchzern zu beben, aber sie lassen sich nicht zurückhalten; abwärts gleite ich mit angezogenen Bremsen und mache «huh»- und «huhu»-Laute, und es ist doch alles ein so erniedrigender körperlicher Blödsinn; das heiße Blinzeln, das Gefühl zu ersticken, das schmutzige

Taschentuch, das krampfartige Gähnen, das von Tränen abgelöst wird – ich kann eben nicht, nein, ich kann nicht leben ohne dich. Ich schneuze mich, schlucke und versuche wieder aufs neue, den Stuhl, an den ich mich klammere, den Schreibtisch, auf den ich loshämmere, zu überzeugen, daß ich ohne dich nicht huhuhen kann. Kannst du mich hören? Das stammt aus einem banalen Fragebogen, den Geister nicht beantworten, aber wie bereitwillig antworten doch die Mitinsassen dieser Todeszelle für sie; «ich weiß Bescheid, [und zeigen aufs Geratewohl himmelwärts] es ist mir ein Vergnügen, Ihnen Auskunft zu geben.» Dein lieber Kopf, die Mulde deiner Schläfe, das Vergißmeinnichtgrau eines Auges, das auf den ersten Ansatz eines Kusses schielt, der sanfte Ausdruck deiner Ohren, wenn du die Haare hochnahmst... Wie kann ich mich mit deinem Verschwinden abfinden, mit diesem klaffenden Loch, in das alles hineingleitet – mein ganzes Leben, nasser Kies, Dinge, Gewohnheiten – und welche Grabeinfriedung hält mich ab, mit stillem Genuß in diesen Abgrund hinabzustürzen? Schwindel der Seele. Erinnere dich, wie ich, gleich nachdem du gestorben warst, aus dem Sanatorium eilte, nicht etwa gehend, sondern gleichsam trampelnd und sogar tanzend vor Schmerz (ich hatte mir das Leben in der Tür eingeklemmt wie einen Finger), allein auf dieser kurvigen Straße zwischen den übertrieben geschuppten Kiefern und den stacheligen Schilden der Agaven, in einer grün gepanzerten Welt, die still ihre Füße einzog, um sich nicht an meiner Krankheit anzustecken. O ja – alles um mich herum schwieg ängstlich und gespannt, und nur, wenn ich etwas ansah, fuhr dieses Etwas zusammen und begann sich ostentativ zu regen, zu rascheln oder zu summen, vorgebend, es bemerke mich nicht. «Gleichgültige Natur», sagte Puschkin. Unsinn! Ein Wegscheuen, ein dauerndes, wäre wohl die adäquatere Beschreibung.

Es ist eine Schande! Was warst du für ein liebes Geschöpf! Und sich von innen an einem kleinen Knopf an dir festhaltend, ging unser Kind mit dir. Aber, mein armer Herr, wenn eine Frau Kehlkopftuberkulose hat, dann macht man ihr eben kein Kind. Unfreiwillige Übertragung aus dem Französischen ins Hadesische. Du starbst, als du im sechsten Monat warst, und nahmst die ausstehenden zwölf Wochen mit dir, womit du also deinen Auflagen nicht ganz nachgekommen wärest. Wie sehr hatte ich mir doch ein Kind von ihr gewünscht, ließ der rotnäsige Witwer die Wände wissen. *Etes-vous tout à fait certain, docteur, que la science ne connaît pas de ces cas exceptionnels où l'enfant naît dans la tombe?* Und der Traum, den ich hatte: dieser nach Knoblauch riechende Arzt (der gleichzeitig Falter war, oder war es Alexander Wassiljewitsch?), der mit außergewöhnlicher Bereitschaft antwortete, daß ja, daß das natürlich manchmal passiere und daß solche Kinder (das heißt die postum geborenen) als Kadaverlinge bezeichnet würden.

Was nun dich betrifft, so bist du mir seit deinem Tod nicht ein einziges Mal in meinen Träumen erschienen. Vielleicht hindert dich die Obrigkeit daran, oder du vermeidest von dir aus solche Gefängnisbesuche bei mir. Zuerst, tiefer Ignorant, der ich war, fürchtete ich mich – abergläubisch erniedrigend! – vor dem feinen Knistern, das ein Zimmer nachts immer abgibt, das aber nun in meinem Innern in schrecklichen Blitzschlägen widerhallte, die mein gluckendes Herz mit tiefgespreizten Flügeln schneller davonstieben ließen. Schlimmer noch war das nächtliche Warten, wenn ich im Bett lag und versuchte, nicht daran zu denken, daß du mir plötzlich ein Antwortklopfen geben könntest, wenn ich daran dächte; das aber bedeutete lediglich eine Komplikation der mentalen Parenthesierung, die Klammern in der Klammer (Nachdenken über den Versuch, nicht nachzudenken), und zwischen ihnen wuchs und wuchs die Furcht. Oh, wie schrecklich war das trockene Pochen des geisterhaften Fingernagels in der Tischplatte, und wie wenig glich es selbstverständlich der Intonation deiner Seele, deines Lebens. Ein vulgäres Gespenst mit den Tricks eines Spechts, ein körperloser Possenreißer, ein kitschiger Kobold, der meinen splitternackten Gram ausnützte! Andererseits war ich untertags furchtlos und forderte dich auf, deine Antwortbereitschaft auf jede dir angenehme Art und Weise kundzutun, während ich auf dem Strandgeröll saß, wo du einst deine goldenen Beine gestreckt hattest; und wie früher kam atemlos eine Welle an, die aber, da sie nichts mitzuteilen hatte, in apologetischen Selams zerlief. Kiesel wie Kuckuckseier, eine Ziegelscherbe in Form eines Pistolenmagazins, ein Stückchen topasfarbenen Glases, etwas Ausgetrocknetes, das einem Bastwisch glich, meine Tränen, eine mikroskopische Glasperle, eine leere Zigarettenschachtel mit einem gelbbärtigen Seemann mit einem Rettungsring darum herum, ein Stein wie der Fuß eines Pompejaners, der kleine Knochen irgendeiner Kreatur oder ein Spatel, eine Kerosinkanne, ein Hauch von granatrotem Glas, eine Nußschale, ein unbestimmbares, beziehungsloses rostiges Dingsbums, eine Porzellanscherbe, von der unbedingt irgendwo Begleitfragmente existieren mußten, und ich stellte mir eine ewige Qual vor, eine Zwangsarbeit, die angemessenste Strafe für Leute wie mich, deren Denken während ihres Lebens zu hochgespannt war, und die darin bestünde, all diese Bruchstücke zu finden und zu sammeln, um eine bestimmte Saucenschüssel oder Suppenterrine wiederherzustellen – bucklige Wanderungen an wilden, nebligen Gestaden. Und wenn man außergewöhnlich glücklich ist, mag es einem sogar gelingen, das Geschirr am ersten und nicht erst am trillionsten Morgen zusammenzusetzen, und da wäre sie denn wieder, die quälendste aller Fragen, die nämlich nach dem Glück, nach dem Rad der Fortuna, nach dem Gewinnlos, ohne das einer gewissen Seele die ewige Seligkeit jenseits des Grabes verwehrt sein kann.

An diesen ersten Frühlingstagen ist der schmale Streifen Strandkies schmucklos und verlassen, aber Spaziergänger gehen oben die Promenade entlang, und dieser oder jener muß zweifellos beim Anblick meiner Schulterblätter gesagt haben: «Dort ist Sineussow, der Maler – hat kürzlich seine Frau verloren.» Und ich hätte wahrscheinlich für immer so dagesessen, an ausgetrocknetem Strandgut gezupft, strauchelnden Schaum beobachtet und die geheuchelte Zärtlichkeit langgezogener, den ganzen Horizont entlang aufgereihter Wölkchen und die weindunklen Wärmeschlieren im frostigen Blaugrün des Meeres betrachtet, hätte mich nicht tatsächlich jemand vom Gehweg aus erkannt.

Laß mich jedoch (da fummle ich nun in der zerrissenen Seide der Formulierung) auf Falter zurückkommen. Wie du dich jetzt wohl erinnerst, besuchten wir ihn an einem sengenden Tag, krochen wie zwei Ameisen die Schleife eines Blumenkorbs hoch, weil ich gespannt war, meinen früheren Hauslehrer wiederzusehen (dessen Unterricht sich auf witzige Polemiken gegen die Verfasser meiner Lehrbücher beschränkt hatte), einen geschmeidig aussehenden, gepflegten Herrn mit großer weißer Nase und einem glänzenden Scheitel; und eben dieser geraden Linie entlang war er später zu Geschäftserfolgen gelangt, während sein Vater, Ilja Falter, lediglich Chefkoch bei Ménard in St. Petersburg war: *il y a pauvre Ilya*, unter Anspielung auf *powar*, was im Russischen Koch bedeutet. Mein Engel, o mein Engel, vielleicht ist unsere ganze irdische Existenz jetzt nur noch ein Wortspiel für dich oder ein grotesker Reim, in der Art von «dental» und «transzendental» (erinnerst du dich?), und die wahre Bedeutung des Begriffes Wirklichkeit, dieses bohrenden Begriffes, klingt, einmal gereinigt von all unseren seltsamen, verträumten Maskeradedeutungen, nun so rein und süß, daß du, Engel, dich darüber amüsierst, wie wir den Traum ernst genommen haben (obwohl du und ich eine Ahnung davon hatten, warum alles bei flüchtigster Berührung in sich zusammenfiel – Wörter, Alltagskonventionen, Denkgebäude, Leute) – und weißt du, ich glaube, daß das Lachen ein Papagei der Wahrheit ist, den es in unsere Welt verschlagen hat.

Ich sah ihn nun nach zwanzig Jahren zum ersten Mal wieder: Und wie recht hatte ich doch gehabt, daß ich, als ich mich dem Hotel näherte, diesen ganzen klassischen Dekor – die Libanonzeder, den Eukalyptus, die Bananenstaude, den Terracotta-Tenniscourt, den Abstellplatz für Autos jenseits der Rasenfläche – als ein Glückszeremoniell, als Symbol der Korrekturen deutete, die das ehemalige Bild Falters nun erforderte! Während der Jahre unserer (für beide Teile recht schmerzlosen) Trennung war aus dem armen, drahtigen Studenten mit den lebhaften, nachtdunklen Augen und der schönen linksgeneigten Handschrift ein gesetzter, ziemlich korpulenter Herr geworden; ungeschmälert jedoch waren die Lebendigkeit des Blicks und die Schönheit seiner großen Hände – nur von hinten hätte ich ihn nie wiedererkannt, denn anstelle von dickem, pomadigem Haar und einem ausrasierten Nacken hatte er nun einen Nimbus schwarzen Flaums, der einen sonnengebräunten kahlen Fleck, einer Tonsur nicht unähnlich, umgab. Mit seinem Seidenhemd von der Farbe zerkochter Kohlrüben, seiner karierten Krawatte und seinen weißabgesetzten Schuhen kam er mir vor wie jemand, der sich für ein Kostümfest zurechtgemacht hat; aber seine große Nase war die gleiche wie eh und je, und mit untrüglicher Sicherheit erhaschte er mit ihr den schwachen Hauch der Vergangenheit, als ich nun auf ihn zutrat, ihm auf die muskulöse Schulter klopfte und ihm mein Rätsel stellte. Du standest in einiger Entfernung, hattest deine nackten Fesseln auf ihren hohen, kobaltblauen Absätzen zusammengepreßt und begutachtetest mit zurückhaltendem, aber schelmischem Interesse die Einrichtung der riesigen Empfangshalle, die zu dieser Zeit leer war – die Flußpferdkuhlen der Sessel, die schmucklose Bar, die englischen Magazine auf den Glastischen, die Fresken von bemühter Einfachheit, welche flachbusige, gebräunte Mädchen vor goldenem Hintergrund zeigten, von denen eines, dem parallele Strähnen stilisierten Haares über die Wangen fielen, aus nicht ganz ersichtlichem Grund auf ein Knie gesunken war. War es nicht jenseits aller Vorstellung, daß der Herr über all diese Pracht sie einmal nicht mehr wahrnehmen würde? Mein Engel ... In der Zwischenzeit nahm er meine Hände in die seinen, drückte sie, runzelte die Haut zwischen seinen Brauen, starrte mich aus dunklen, verengten Augen an und hielt dabei jene das Leben suspendierende Pause ein, die auch all die wahrnehmen, die meinen niesen zu müssen, aber nicht sicher sein können, ob es ihnen auch gelingt ... Ihm aber gelang es, die Vergangenheit barst ans Licht, und laut gab er meinen Kosenamen von sich. Er küßte dir die Hand, ohne seinen Kopf zu neigen, ließ uns mit freundlicher Umständlichkeit auf der Terrasse Platz nehmen, genoß offensichtlich die Tatsache, daß ich, eine Person, die bessere Tage gesehen hatte, ihn nun im vollen Glanz des Lebens vorfand, das er sich selbst durch seinen formerischen Willen geschaffen hatte, bestellte Cocktails und Lunch und machte uns mit seinem Schwager bekannt, Herrn L., einem gepflegten Herrn in dunklem Geschäftsanzug, der in seltsamem Kontrast zu Falters exotischer Stutzerhaftigkeit stand. Wir tranken, wir aßen, wir sprachen über die Vergangenheit wie über einen Schwerkranken, es gelang mir, ein Messer auf einem Gabelrücken zu balancieren, du streicheltest den wunderbaren, nervösen Hund, der Angst hatte vor seinem Herrn, und nach einer Minute des Schweigens, in der Falter plötzlich ein deutliches «Ja» ausstieß, als ob er eine diagnostische Überlegung abschlösse, schieden wir und machten einander dabei Versprechungen, die zu halten weder er noch ich die geringste Absicht hatte.

Du fandest nichts Bemerkenswertes an ihm, oder? Und zweifellos ist an solchen Typen etwas sehr Abgedroschenes. Er unterstützte in seiner ganzen farblosen Jugend seinen Vater, der Alkoholiker war, indem er Nachhilfestunden gab, und kam dann langsam, zielbewußt, frohgemut zu Reichtum, denn zusätzlich zu dem nicht sehr profitablen Hotel betrieb er einen gutgehenden Weinhandel. Aber du hattest, wie mir später klar wurde, Unrecht, als du sagtest, daß das alles irgendwie abgeschmackt sei und daß energische, erfolgreiche Kerle wie er immer nach Schweiß röchen. Eigentlich bin ich wahnsinnig neidisch auf den Grundwesenszug des jungen Falter: die Präzision und Macht seiner «Willenssubstanz», wie – erinnerst du dich? – der arme Adolf es in einem ganz anderen Zusammenhang ausdrückte. Ob er nun im Schützengraben saß oder in einem Büro, ob er einen Zug nahm oder an einem dunklen Morgen in einem ungeheizten Zimmer aufstand, ob er Geschäftsverbindungen einleitete oder jemand in Freund- oder Feindschaft nachstellte, Adam Falter war nicht nur jederzeit im Besitz all seiner Fähigkeiten, lebte nicht nur in jedem Augenblick gespannt wie eine Pistole, sondern war sich jederzeit sicher, unfehlbar das Tagesziel zu erreichen, auch das von morgen, und die ganze, stufenweise ansteigende Folge seiner Ziele, wobei er zugleich ökonomisch vorging, denn er zielte nicht hoch und kannte genau seine Grenzen. Der größte Dienst, den er sich selber erwies, war, daß er von sich aus seine Begabung beiseite ließ und auf das Gewöhnliche, den Gemeinplatz baute; denn ausgestattet war er wohl mit seltsamen, geheimnisvoll faszinierenden Gaben, die eine andere, weniger umsichtige Person zur Anwendung zu bringen hätte versuchen können. Nur ganz zu Anfang des Lebens konnte er sich vielleicht manchmal nicht beherrschen und mischte dem faden Unterricht in einem faden Fach ungewöhnlich elegante Manifestationen mathematischen Denkens bei, das einen gewissen Eiseshauch von Poesie in meinem Studierzimmer hinterließ, nachdem er zu seiner nächsten Stunde geeilt war. Mit Neid denke ich, daß, wenn meine Nerven so stark wären wie seine, meine Seele ebenso elastisch, meine Willensstärke ebenso fest, er mir die Essenz seiner übermenschlichen Entdeckung, die er kürzlich gemacht hatte, mitgeteilt hätte – das heißt, daß er nicht gefürchtet hätte, die Information würde mich zerschmettern; ich andererseits wäre beharrlich genug gewesen, ihn dazu zu bringen, mir alles zu erzählen.

Eine leicht heisere Stimme grüßte mich diskret von der Promenade, da aber mehr als ein Jahr seit dem Mittagessen mit Falter vergangen war, erkannte ich seinen unauffälligen Schwager nicht sogleich in der Person, die nun einen Schatten auf meine Steine warf. Aus rein mechanischer Höflichkeit stand ich auf, um mich auf dem Gehsteig zu ihm zu gesellen, und er drückte sein tiefstes *et cetera* aus: Er hatte zufällig in meiner

Pension haltgemacht, und die guten Leute dort hatten ihn nicht nur über deinen Tod informiert, sondern ihm auch von ferne meine Gestalt auf dem verlassenen Strand gezeigt, eine Gestalt, die eine Art lokaler Sehenswürdigkeit geworden war (einen Augenblick schämte ich mich, daß der Rücken meines Grams von jeder Terrasse aus sichtbar sein sollte).

«Wir haben uns bei Adam Iljitsch kennengelernt», sagte er, zeigte die Stummel seiner Schneidezähne und nahm seinen Platz in meinem schlaffen Bewußtsein ein. Ich muß das Gespräch mit einer Frage nach Falter fortgeführt haben.

«Was, Sie haben also nichts gehört?» sagte der Schwätzer verwundert, und dann erfuhr ich die ganze Geschichte.

Falter war im vergangenen Frühjahr geschäftlich in einen Weinort an der Riviera gereist und wie üblich in einem ruhigen kleinen Hotel, dessen Besitzer seit langem sein Schuldner war, abgestiegen. Man muß sich dieses Hotel bildlich vorstellen, wie es in die gefiederte Achselhöhle eines von Mimosen überwachsenen Hügels gepackt war, und ebenso das noch nicht ganz ausgebaute Gäßchen mit seinem halben Dutzend winziger Villen, wo Radios in dem schmalen menschlichen Raum zwischen Sternenstaub und schlafendem Oleander sangen, während Grillen in dem leeren Grundstück unter Falters offenem Fenster im dritten Stock die Nacht mit ihrem Gezirp verzinkten. Nachdem er einen hygienischen Abend in einem kleinen Bordell am Boulevard de la Mutualité verbracht hatte, kehrte er ungefähr um elf ins Hotel zurück, in exzellenter Stimmung, mit klarem Kopf und leichten Lenden, und ging sofort in sein Zimmer hinauf. Die sterngeaschte Stirn der Nacht; der Ausdruck sanften Irrsinns im Gesicht des Mädchens; das Glimmern der Lichter in der alten Stadt; ein amüsantes mathematisches Problem, über das er vergangenes Jahr mit einem schwedischen Gelehrten korrespondiert hatte; der trockene, süße Geruch, der ohne Sinn und Ziel hier und dort in den Löchern der Dunkelheit zu hängen schien; der metaphysische Geschmack des Weines, gut gekauft und gut verkauft; die jüngst aus einem fernen, wenig attraktiven Land gekommene Nachricht vom Tod seiner Halbschwester, deren Bild schon lange in seinem Gedächtnis verwelkt war – all das, stelle ich mir vor, ging Falter durch den Kopf, als er die Straße hochging und zu seinem Zimmer emporstieg; und während keiner dieser Gedanken und Eindrücke für sich alleine genommen im geringsten neu oder unüblich war für diesen selbstsicheren, nicht ganz gewöhnlichen, aber oberflächlichen Mann (denn je nach unserem Wesensinnersten sind wir eingeteilt in Professionelle und Amateure; Falter war, wie ich auch, Amateur), so formten sie vielleicht doch in ihrer Gesamtheit die günstigste Voraussetzung für den Schlag, den unirdischen Blitz – verheerend wie ein Tombolagewinn, monströs in seiner Zufälligkeit und in keiner Weise von Falters normaler Verstandestätigkeit angekündigt –, der ihn in dieser Nacht in diesem Hotel traf.

Ungefähr eine halbe Stunde war nach seiner Rückkehr ins Hotel vergangen, als der kollektive Schlummer des kleinen weißen Gebäudes mit seinen kaum sich kräuselnden Moskitonetzen und seinen Goldlackranken abrupt – nein, nicht unterbrochen, sondern zerrissen, zerspalten, gesprengt wurde von Lauten, die den Hörern unvergeßlich geblieben sind, mein Engel, diese Laute, diese fürchterlichen Laute. Dies war nicht das Schweinegequieke eines Muttersöhnchens, dem eilige Lümmel in einem Straßengraben eine Tracht Prügel verabreichen, nicht das Gebrüll eines verwundeten Soldaten, den ein roher Chirurg von seinem monströsen Bein befreit – nein, sie waren schlimmer, weit schlimmer ... Und wenn, sagte später der Hotelier, Monsieur Paon, man überhaupt Vergleiche anstellen wollte, dann ähnelten diese Laute am ehesten den paroxysmalen, beinahe jauchzenden Schreien einer Frau in den Qualen unendlich schmerzhaften Gebärens – einer Frau jedoch mit der Stimme eines Mannes und einem Riesen in ihrem Leib. Es war schwer, in jenem Sturme den dominierenden Ton zu bestimmen, der diese menschliche Kehle zerriß – ob es Schmerz, Angst, das Trompetengeschmetter des Wahnsinns oder wiederum, und noch am wahrscheinlichsten von allem, der Ausdruck eines unauslotbaren Gefühls war, dessen Unbestimmbarkeit dem Geheule, das aus Falters Zimmer hervorbrach, etwas beigab, was in den Hörern den panischen Wunsch weckte, ihm sofort ein Ende zu setzen. Die Frischvermählten, die sich im Bett nebenan abplagten, hielten inne, wandten parallel ihre Augen ab und hielten den Atem an; der Holländer, der darunter wohnte, stürzte in den Garten, in dem sich bereits die Haushälterin und der weiße Schimmer von achtzehn Zimmermädchen befanden (nur zwei in Wirklichkeit, aber durch ihr Hin- und Herlaufen hatten sie sich vermehrt). Der Hotelbesitzer, der nach eigener Darstellung in vollem Besitz seiner Geisteskräfte geblieben war, eilte nach oben und stellte fest, daß die Tür, hinter der der Heulorkan andauerte, und zwar mit solcher Gewalt, daß er einen zurückzuwerfen schien, von innen abgeschlossen war und weder auf Klopfen noch auf dringliches Bitten nachgab. Der brüllende Falter, insoweit überhaupt angenommen werden konnte, daß tatsächlich er es war, was brüllte (sein offenes Fenster war dunkel, und die unerträglichen Laute, die von innen hervorkamen, trugen nicht den Stempel irgendeiner Individualität), dehnte sich weit über die Hotelgrenzen hinaus aus, und Nachbarn versammelten sich in der umgebenden Dunkelheit, und ein Gauner hatte fünf Karten in der Hand, alles Trümpfe. Zu diesem Zeitpunkt war es völlig unverständlich geworden, wie jemandes Stimmbänder die Anstrengung durchhalten könnten: Einer Aussage zufolge schrie Falter fast fünfzehn Minuten lang; nach einer anderen und wahrscheinlich genaueren ungefähr fünf Minuten ohne Unterbrechung. Plötzlich (als der Hausherr eben erwog, ob er die Tür in einer gemeinsamen Anstrengung aufbrechen, eine Leiter anbringen oder die Polizei rufen sollte) gingen die Schreie, die die äußersten Grenzen der Todesangst, des Schreckens, der Verblüffung und jenes anderen undefinierbaren Etwas erreicht hatten, in ein Gemisch von Stöhnen über und hörten dann gänzlich auf. Es wurde so still, daß die Anwesenden sich zuerst flüsternd unterhielten.

Vorsichtig klopfte der Besitzer wieder an die Tür, und von drinnen kamen Seufzer und unsichere Fußtritte. Alsbald hörte man jemand am Schloß herummachen, als ob er nicht wüßte, wie es geöffnet wird. Eine kraftlose, weiche Faust begann, innen gegen die Tür zu klatschen. Dann tat Monsieur Paon, was er eigentlich viel früher hätte tun können – er holte einen anderen Schlüssel und öffnete.

«Man hätte gerne etwas Licht», sagte Falter leise im Dunkel. Einen Augenblick dachte der Hausherr, daß Falter während seines Anfalls die Lampe zerbrochen hätte, und prüfte automatisch den Schalter, aber das Licht ging gehorsam an, und Falter, der in angekränkelter Überraschung blinzelte, wandte seine Augen von jener Hand, die Licht geschaffen hatte, zur frisch gefüllten Birne, als ob er zum ersten Mal sähe, wie es gemacht wird.

Ein seltsamer, widerwärtiger Wandel war über sein ganzes Äußeres gekommen: Er sah aus, als wäre sein Skelett entfernt worden. Sein verschwitztes und irgendwie schlaffes Gesicht mit seiner hängenden Lippe und den rosa Augen drückte nicht nur dumpfe Ermattung aus, sondern auch Erleichterung wie nach den Qualen einer Monstergeburt. Nackt bis zur Hüfte, nur mit Schlafanzughosen bekleidet, stand er mit gesenktem Gesicht und rieb den Rücken einer Hand mit der Fläche der anderen. Auf die natürlichen Fragen Monsieur Paons und der anderen Hotelgäste gab er keine Antwort; lediglich seine Wangen blies er auf, stieß die, die ihn umgeben hatten, beiseite, trat auf den Treppenabsatz hinaus und begann ausgiebig auf die Treppe zu urinieren. Dann ging er zurück, legte sich hin und schlief ein.

Am Morgen rief der Hotelbesitzer Frau L. an, Falters Schwester, um sie davon zu unterrichten, daß ihr Bruder verrückt geworden sei, und er wurde nach Hause geschafft, teilnahmslos und halb im Schlaf. Der Hausarzt deutete an, es handle sich nur um einen leichten Schlaganfall, und verschrieb die entsprechende Behandlung. Aber Falter ging es nicht besser. Nach einiger Zeit allerdings begann er frei umherzugehen und pfiff sogar dann und wann und stieß laute Verwünschungen aus und stibitzte Nahrungsmittel, die der Arzt ihm untersagt hatte. Jedoch blieb er weiter verändert. Er war wie ein Mann, der alles verloren hat: Respekt vor dem Leben, jedes Interesse an Geld und Geschäft, alle üblichen und überkommenen Gefühle, Alltagsgebräuche, Anstand, restlos alles. Es war ein Risiko, ihn irgendwohin alleine gehen zu lassen, denn mit einer Neugier, die oberflächlich und schnell vergessen war, jedoch beleidigend für andere, sprach er Passanten an, die ihm über den Weg liefen, um die Ursache einer Narbe auf jemandes Gesicht oder eine Bemerkung zu erörtern, die nicht an ihn gerichtet war, die er aber in einer Unterhaltung zwischen Fremden mitangehört hatte. Er nahm im Vorbeigehen eine Orange von einem Obststand, aß sie ungeschält und antwortete mit gleichgültigem schiefem Lächeln auf das Gekeife der Obstfrau, die ihm nachgerannt war. Wenn er müde wurde oder sich langweilte, kauerte er sich auf Türkenart auf den Gehweg und versuchte zum Zeitvertreib die Hacken der Mädchen wie Fliegen in seiner Faust zu fangen. Einmal brachte er mehrere Hüte, fünf aus Filz und zwei aus Stroh, die er fleißig in verschiedenen Cafés eingesammelt hatte, in seinen Besitz, und da gab es Schwierigkeiten mit der Polizei.

Sein Fall zog die Aufmerksamkeit eines bekannten italienischen Psychiaters auf sich, der gerade einen Patienten in Falters Hotel hatte. Dieser Dr. Bonomini, ein jüngerer Mann, studierte, wie er selber bereitwilligst erklärte, die «Dynamik der Psyche» und suchte in seinem Werk, dessen Popularität nicht auf gelehrte Kreise beschränkt war, zu demonstrieren, daß sich alle psychischen Störungen durch ein unterbewußtes Sich-Erinnern an ein Unheil klären ließen, welches den Vorfahren des Patienten zugestoßen war, und daß, wenn der Analysand zum Beispiel an Größenwahn leide, es, um ihn endgültig zu heilen, zu ermitteln genüge, welcher seiner Vorväter ein machthungriger Versager gewesen war, und dem Urenkel zu erklären, daß der Ahn, da tot, ewigen Frieden gefunden habe, obwohl es in komplexen Fällen sogar notwendig war, auf szenische Darstellungen (in den Kostümen der Epoche) des jeweiligen Ablebens des Altvorderen, dessen Rolle dem Patienten zugeteilt wurde, zurückzugreifen. Diese *tableaux vivants* kamen so in Mode, daß sich Bonomini gezwungen sah, dem Publikum in einer Publikation die Gefahren einer Inszenierung ohne seine direkte Aufsicht zu verdeutlichen.

Nachdem er Falters Schwester befragt hatte, stellte Bonomini fest, daß die Falters nicht sehr viel über ihre Vorfahren wußten; herauszubringen war lediglich, daß Ilja Falter dem Suff verfallen war; da aber nach Bonominis Theorie «die Krankheit des Patienten nur die ferne Vergangenheit widerspiegelt», ebenso wie ein

Volksepos nur weit zurückliegende Vorkommnisse «sublimiert», waren die Details über Falter Senior nutzlos für ihn. Nichtsdestoweniger bot er an, zu versuchen, dem Patienten zu helfen, in der Hoffnung, daß durch geschickte Fragen Falter selber die Erklärung für seinen Zustand liefere, wonach sich die nötigen Ahnen ohne weiteres Zutun herleiten ließen; die Richtigkeit dieser Erklärung wurde durch die Tatsache bestätigt, daß Falter kurzangebunden und abweisend auf etwas ziemlich Außerordentliches anspielte, was er in jener rätselhaften Nacht erlebt hatte, als es Nahestehenden gelang, in sein Schweigen einzudringen.

Eines Tages begab sich Bonomini mit Falter in dessen Zimmer in Klausur, und als dem Kenner menschlicher Seelen, der er mit seiner horngerahmten Brille und seinem Stecktüchlein in der Brusttasche war, gelang es ihm offensichtlich, aus ihm eine erschöpfende Antwort über die Ursache seines nächtlichen Geheuls herauszuholen. Bei der Geschichte dürfte Hypnose eine Rolle gespielt haben, denn beim folgenden Verhör insistierte Falter, daß er gegen seinen Willen geplappert habe und daß ihn das wurme. Er fügte jedoch hinzu, man möge es gut sein lassen, denn früher oder später hätte er das Experiment in jedem Falle durchgeführt, daß er es aber jetzt definitiv nie mehr wiederholen würde. Sei dem, wie ihm sei, der arme Autor von *Das Pathos des Wahnsinns* wurde die Beute von Falters Medusa. Da das intime Treffen zwischen Arzt und Patient unnormal lange zu dauern schien, betrat Eleonora L., Falters Schwester, die auf der Terrasse einen grauen Schal strickte und schon längere Zeit nicht mehr den entkrampfend wirkenden, hochgemuten oder verlogen schmeichelnden dünnen Tenor gehört hatte, der zuerst mehr oder weniger durch die halboffene Verandatür zu vernehmen war, ihres Bruders Zimmer und fand ihn dabei, wie er mit dumpfer Neugier die alpinen Sanatorien in einer Broschüre betrachtete, die wahrscheinlich vom Arzt mitgebracht worden war, während der Arzt selber halb auf einem Stuhl, halb auf dem Teppich ausgestreckt dalag; ein Streifen Leinen zeigte sich zwischen Weste und Hose, seine kurzen Beine waren weitgespreizt, sein fahles *café-au-lait*-Gesicht war zurückgeworfen, und gefällt wurde er, wie man später feststellte, durch ein Herzversagen. Auf die Fragen der diensteifrig herumschnüffelnden Polizei antwortete Falter abwesend und knapp; als er aber der Belästigungen überdrüssig wurde, gab er an, daß er zufällig «das Rätsel des Universums» gelöst, kunstfertigem Zureden nachgegeben und seinem inquisitiven Gesprächspartner die Lösung mitgeteilt habe, worauf der vor Verwunderung gestorben sei. Die Lokalblätter ließen sich die Geschichte nicht entgehen, bauschten sie ordentlich auf, und die Person Falters im Gewande eines tibetanischen Weisen gab mehrere Tage den nicht allzu peniblen Nachrichtenspalten Nahrung.

Aber wie du weißt, habe ich in jenen Tagen keine Zeitung gelesen: Damals lagst du im Sterben. Nun aber, da ich die Geschichte Falters im Detail gehört hatte, verspürte ich ein gewisses sehr starkes und möglicherweise leicht schamhaftes Verlangen.

Du verstehst natürlich. In der Verfassung, in der ich war, richten Leute ohne Phantasie, solche also, die ohne die Unterstützung und den Erkundungsdrang der Einbildungskraft auskommen müssen, ihre Aufmerksamkeit auf Anzeigen von Wundertätern; von Handlesern mit Komödienturbanen, die das magische Geschäft mit einem Handel in Rattengift und Gummipräservativen verbinden; von dicken, dunklen Wahrsagerinnen; besonders aber von Spiritisten, die eine noch immer unidentifizierte Macht vortäuschen, indem sie ihr die milchigen Züge von Phantomen geben und diese sich auf alberne materielle Weise manifestieren lassen. Ich jedoch habe mein Teil Einbildungskraft, und daher gab es zwei Möglichkeiten: Die erste war meine Arbeit, meine Kunst, der Trost meiner Kunst; die zweite bestand darin, den Schritt ins Leere zu tun und zu glauben, daß trotz der von einem pfiffigen Verstand inszenierten Gesellschaftsspiele eine Person wie Falter, eine, besieht man es näher, ziemlich durchschnittliche und sogar ein wenig ordinäre Person, tatsächlich und endgültig das in Erfahrung gebracht hatte, was kein Seher und kein Magier je auch nur annähernd erkannt hatten.

Meine Kunst? Du erinnerst dich doch an ihn, den seltsamen Schweden oder Dänen – oder Isländer, soweit ich weiß –, diesen hageren, blonden Kerl jedenfalls mit orangefarbenem Sonnenbrand und den Wimpern eines alten Pferdes, der sich mir als «ein bekannter Schriftsteller» vorstellte und zu einem Preis, der dich fröhlich stimmte (du warst schon ans Bett gefesselt und unfähig zu sprechen, schriebst mir aber lustige Sächelchen mit bunter Kreide auf eine Schiefertafel – etwa daß die Dinge, die du im Leben am meisten mochtest, «Verse, Wildblumen und ausländische Währung» seien), mich beauftragte, eine Reihe von Illustrationen für das Versepos *Ultima Thule* anzufertigen, das er gerade in seiner Sprache verfaßt hatte. Es stand natürlich außer Frage, daß ich mich durch und durch mit seinem Manuskript vertraut machen mußte, da Französisch, in dem wir – eine Agonie für beide – kommunizierten, ihm hauptsächlich vom Hörensagen bekannt und es ihm unmöglich war, mir seine Bildersprache zu übersetzen. Ich verstand nur eines, nämlich daß sein Held irgendein nordischer König war, unglücklich und ungesellig, daß sein Königreich mitten in den Nebelschwaden des Meers auf einer melancholischen und fernen Insel von irgendwelchen politischen Intrigen heimgesucht wurde, Meuchelmorden, Aufständen, und daß ein Schimmel, der seinen Reiter verloren hatte, über die neblige Heide dahinflog... Er war zufrieden mit meiner ersten *blanc et noir*-Skizze, und wir legten die Gegenstände der anderen Zeichnungen fest. Als er nach einer Woche entgegen seinem Versprechen nicht wiederkam, rief ich in seinem Hotel an und erfuhr, daß er nach Amerika abgereist war.

Ich verschwieg dir das Verschwinden meines Arbeitgebers, arbeitete aber an den Zeichnungen nicht weiter; da wiederum warst du schon so krank, daß mir nicht danach war, über meine goldene Feder und ein Netzwerk aus Tusche nachzusinnen. Aber nach deinem Tode, als die frühen Morgen und die späten Abende besonders unerträglich wurden, setzte ich mit einer erbärmlichen, fiebrigen Gier, deren Bewußtsein mir die Tränen in die Augen trieb, die Arbeit fort, von der ich wußte, daß niemand sie abholen würde, und eben aus diesem Grund schien mir die Arbeit angemessen – ihre geisterhafte, immaterielle Art, das Fehlen eines Ziels oder einer Bezahlung führten mich hinweg in Gefilde, ganz ähnlich denen, wo du für mich existierst, mein spektrales Ziel, meine Liebe, du liebes Erdenwesen, das auch nie jemand abholen wird; und da alles mich ständig ablenkte, mir die Farbe der Vergänglichkeit statt die Lineatur der Ewigkeit aufdrängte, mich mit deinen Spuren auf dem Strand, mit den Steinen auf dem Strand, mit deinem blauen Schatten auf dem widerlich hellen Strand quälte, entschloß ich mich, in unsere Pariser Wohnung zurückzukehren, um mich dort ernsthaft an die Arbeit zu machen. «Ultima Thule», diese Insel, geboren in der trostlosen grauen See meines Herzwehs um dich, zog mich nun an als Heimstatt für jene Gedanken, die sich am wenigsten ausdrücken lassen.

Bevor ich jedoch die Riviera verließ, mußte ich unbedingt Falter sehen. Das war der zweite Trost, den ich für mich erfunden hatte. Ich rang mich zu der Überzeugung durch, daß er wohl kaum nur ein Irrer war, daß er nicht nur an die Entdeckung glaubte, die er gemacht hatte, sondern daß eben diese Entdeckung die Quelle seines Wahnsinns war und nicht umgekehrt. Ich erfuhr, daß er in ein Appartement neben meiner Pension gezogen war. Ich erfuhr ebenfalls, daß seine Gesundheit nachließ; daß, als die Flamme des Lebens in ihm erloschen war, sie seinen Körper ohne Aufsicht und ohne Ansporn zurückgelassen hatte; daß er wahrscheinlich bald sterben würde. Und schließlich erfuhr ich, und das war besonders wichtig für mich, daß er in letzter Zeit trotz seiner erlahmenden Kräfte ungewöhnlich redselig geworden war und ganze Tage hintereinander seine Besucher (und leider drang eine andere Art von Kuriositätensuchern, als ich es war, zu ihm vor) mit Reden traktierte, in denen er an den Mechanismen menschlichen Denkens herumnörgelte, seltsam mäandernden Reden, die nichts preisgaben, aber beinahe sokratisch waren in Rhythmus und Schärfe. Ich bot ihm an, ihn zu besuchen, aber sein Schwager antwortete, daß sich der arme Kerl über jede Zerstreuung freue und die Kraft habe, zu mir zu kommen.

Und so kamen sie denn – sie, das waren der Schwager in seinem unvermeidlichen, schäbigen, schwarzen Anzug, seine Frau Eleonora (eine große, schweigsame Frau, deren scharfkantige Derbheit an die frühere Statur ihres Bruders erinnerte und die nun eine Art lebender Denkzettel für ihn war, ein tugendsames Zwillingsbild) und Falter selber, dessen Äußeres mich schockierte, obwohl ich doch darauf vorbereitet war, ihn verändert zu sehen. Wie soll ich es ausdrücken? Herr L. hatte gesagt, er sehe aus, als ob seine Knochen entfernt worden wären; ich hingegen hatte den Eindruck, als ob ihm seine Seele genommen wäre, sein Verstand dafür aber zehnfach an Intensität zugenommen hätte. Damit will ich sagen, daß ein Blick auf Falter genügte, um zu wissen, daß man von ihm keines der menschlichen, im Alltag üblichen Gefühle erwarten durfte, daß Falter die Kunst, jemanden zu lieben, ganz und gar verloren hatte, daß er kein Mitleid, und sei es nur für die eigene Person, mehr verspürte, daß er keine Güte und gelegentliches Erbarmen für die Seele eines anderen mehr empfand, daß er außerstande war, Gutes, und sei es nur nach seinen eigenen Maßstäben, zu tun, gerade so, wie ihm die Kunst des Händeschüttelns oder des Naseschneuzens abhanden gekommen waren. Und dennoch kam er einem nicht als Verrückter vor – o nein, ganz im Gegenteil! In seinen seltsam verquollenen Zügen, in seinem unangenehmen, übersättigten Blick, sogar in seinen Plattfüßen, an denen er nicht länger modische Oxfords, sondern billige Espadrilles trug, konnte man irgendeine konzentrierte Macht verspüren, und diese Macht kümmerte sich nicht im geringsten um die Schlaffheit und den unausweichlichen Verfall des Fleisches, die sie zimperlich überwachte.

Sein jetziges Verhalten mir gegenüber war nicht das, das er bei unserem letzten kurzen Treffen gezeigt hatte, sondern das, woran ich mich aus meinen Jugendtagen erinnerte, als er kam, um mir Stunden zu geben. Ohne Zweifel war er sich sehr wohl darüber im klaren, daß – chronologisch – ein Vierteljahrhundert vergangen war seit jenen Tagen, und doch, als ob er zusammen mit seiner Seele auch seinen Zeitsinn (ohne den die *Seele* nicht leben kann) verloren hätte, betrachtete er mich offensichtlich – eine Sache nicht so sehr von Worten als vielmehr seines ganzen Benehmens –, als ob alles gestern gewesen wäre; doch er hatte keine Sympathie, keine noch so geringe Wärme für mich – nichts, nicht einmal die Spur davon.

Sie setzten ihn in einen Sessel, und er breitete seltsam seine Glieder aus, wie ein Schimpanse das täte, ließe sein Wärter ihn einen Sybariten in zurückgelehnter Position parodieren. Seine Schwester ließ sich zu ihrer Strickerei nieder und hob während des ganzes Verlaufs des Gesprächs nicht einmal ihren kurzhaarigen, grauen Kopf. Ihr Mann nahm zwei Zeitungen aus der Tasche, eine lokale und eine aus Marseille, und schwieg ebenfalls. Nur als Falter, der eine große Photographie von dir bemerkt hatte, die genau in seiner Blickrichtung stand, fragte, wo du dich verstecktest, sagte Herr L. in der lauten, künstlichen Stimme, mit der man Taube anspricht, und ohne von seiner Zeitung hochzublicken:

«Komm schon, du weißt ganz genau, daß sie tot ist.»

«Ach ja», bemerkte Falter mit unmenschlicher Anteilnahmslosigkeit und fügte zu mir gewandt hinzu: «Oh, möge doch das himmlische Reich das ihre sein – so geht doch wohl das Sprüchlein bei solchen Gelegenheiten, oder?»

Dann begann das folgende Gespräch zwischen uns; kein stenographisches Protokoll, sondern vollständige Erinnerung erlaubt mir, es exakt zu transkribieren.

«Ich wollte Sie besuchen, Falter», sagte ich (und sprach ihn in Wirklichkeit bei seinem Vor- und Vatersnamen an, aber sein zeitloses Bild verträgt in der Erzählung keine Verbindung des Mannes mit einem bestimmten Land und einer genetischen Vergangenheit), «ich wollte Sie besuchen, um ein offenes Gespräch mit Ihnen zu führen. Hielten Sie es wohl für möglich, Ihre Verwandten zu bitten, uns alleine zu lassen?»

«Die zählen nicht», bemerkte Falter kurzangebunden.

«Wenn ich sage ‹offen›», fuhr ich fort, «so setze ich die beiderseitige Möglichkeit voraus, jede Art von Frage zu stellen, und die Bereitschaft, sie zu beantworten. Da ich aber derjenige bin, der die Fragen stellen wird und Antworten von Ihnen erwartet, hängt alles von Ihrer Bereitwilligkeit ab, freimütig zu sein; von mir benötigen Sie diese Versicherung nicht.»

«Auf eine freimütige Frage werde ich eine freimütige Antwort geben», sagte Falter.

«In diesem Fall lassen Sie mich gleich zum Kern der Sache kommen. Wir werden Herrn und Frau L. bitten, kurz nach draußen zu gehen, und Sie werden mir wortwörtlich erzählen, was Sie dem italienischen Arzt erzählt haben.»

«Den Teufel werde ich tun», sagte Falter.

«Sie können mir das doch nicht abschlagen. Erstens wird mich die Information nicht umbringen – das garantiere ich Ihnen; ich mag müde aussehen und ausgelaugt, aber machen Sie sich keine Sorgen, ganz kraftlos bin ich noch nicht. Zweitens verspreche ich, Ihr Geheimnis nicht zu verraten und mich sogar, sollten Sie das wollen, unmittelbar nachdem ich es erfahren habe zu erschießen. Wie Sie sehen, räume ich ein, daß Sie sich um meine Geschwätzigkeit mehr Sorgen machen als um meinen Tod. Nun, sind Sie einverstanden?»

«Vollkommen ausgeschlossen», erwiderte Falter und wischte ein Buch von dem Tisch an seiner Seite, um Platz für seinen Ellbogen zu machen.

«Nur um überhaupt ein Gespräch in Gang zu bringen, werde ich fürs erste Ihre Ablehnung akzeptieren. Lassen Sie uns *ab ovo* beginnen. Nun denn, Falter, ich höre, Ihnen habe sich das Wesen der Dinge offenbart.»

«Ja! Punkt», sagte Falter.

«Nun wohl – Sie wollen mir nicht davon erzählen; nichtsdestoweniger möchte ich zwei wichtige Deduktionen vornehmen: Die Dinge haben ein Wesen, und dieses Wesen *kann* sich dem Verstand offenbaren.»

Falter lächelte. «Nennen Sie's nur nicht Deduktionen, Mister. Das sind nichts als Bedarfshaltestellen. Logisches Denken mag ein höchst zweckdienliches Mittel mentalen Verkehrs über kurze Strecken hinweg sein, aber die Krümmung der Erde spiegelt sich leider auch in der Logik: Ein ideal rationales Vorschreiten des Denkens wird einen letztendlich zum Ausgangspunkt zurückbringen, wohin man im Wissen um die Einfachheit des Genies, mit einem köstlichen Gefühl, die Wahrheit umarmt zu haben, zurückkehrt, während man doch in Wirklichkeit lediglich sich selber umarmt hat. Warum sich also dann auf eine solche Reise machen? Bescheiden Sie sich mit der Formel: Das Wesen der Dinge hat sich offenbart, worin, nebenbei, schon ein Schnitzer Ihrerseits steckt; ich kann es Ihnen nicht erklären, da die geringste Andeutung einer Erklärung ein tödlicher Einblick wäre. Solange die Proposition statisch bleibt, bemerkt man den Schnitzer nicht. Alles aber, was man Deduktion nennen könnte, legt den Fehler offen: Logische Enthüllung wird unausweichlich zur Verhüllung.»

«Gut, fürs erste will ich mich damit begnügen. Nun erlauben Sie mir eine Frage. Wenn ein Wissenschaftler eine Hypothese aufstellt, überprüft er sie durch Berechnungen und Versuche, das heißt, durch die Mimikry und Pantomime der Wahrheit. Die Plausibilität einer Hypothese ist ansteckend, und sie gilt als die richtige Erklärung eines bestimmten Phänomens, bis jemand an ihr Fehler entdeckt. Ich glaube, die Wissenschaft besteht ganz und gar aus solchen exilierten oder verabschiedeten Ideen – und doch hat sich jede von ihnen zu ihrer Zeit hohen Ansehens gerühmt; geblieben aber ist allenfalls ein Name oder ein Altersgeld. Aber Sie, Falter, vermute ich, Sie haben ein neues Verfahren des Entdeckens und Prüfens gefunden. Darf ich es ‹Offenbarung› im theologischen Sinne nennen?»

«Dürfen Sie nicht», sagte Falter.

«Eine Sekunde! Gerade jetzt bin ich weniger an der Erkenntnismethode interessiert als an Ihrer Überzeugung, daß das Resultat richtig ist. Mit anderen Worten, Sie haben entweder eine Methode, um das Resultat zu verifizieren, oder das Bewußtsein seiner Richtigkeit ist ihm inhärent.»

«Sehen Sie», antwortete Falter, «in Indochina werden die Gewinnzahlen der Lotterie von einem Affen gezogen. Ich bin zufällig dieser Affe. Eine andere Metapher: An der Küste eines Landes, wo nur ehrliche Leute wohnen, legte ein Segelschiff an; es war herrenlos, aber niemand wußte, daß es niemandem gehörte; daß es aber vermutlich einen Besitzer gab, machte es für alle unsichtbar. Ich kam zufällig an Bord. Aber vielleicht vereinfacht es die Sache sehr, wenn ich sage, daß ich in einem Augenblick der Verspieltheit, nicht notwendig mathematischer Verspieltheit – die Mathematik, muß ich Sie warnen, ist bei ihren fortwährenden Hervorbringungen ein ewiges Bockspringen über die eigenen Schultern – immer neue, verschiedenartige Ideen kombinierte und schließlich die richtige Kombination fand und in die Luft flog wie Berthold Schwartz. Irgendwie überlebte ich; vielleicht hätte ein anderer an meiner

Stelle auch überlebt. Nach dem Vorfall mit meinem reizenden Arzt habe ich jedoch nicht das leiseste Verlangen, wieder von der Polizei belästigt zu werden.»

«Sie kommen auf Touren, Falter. Aber bleiben wir beim Thema: Was macht Sie so sicher, daß es die Wahrheit ist? Dieser Affe hat mit der Ziehung der Lose doch eigentlich nichts zu tun.»

«Wahrheiten und Schatten von Wahrheiten», sagte Falter, «natürlich im Sinne von Spezies, nicht von Spezimina, sind so selten auf der Welt, und solche, die zu haben sind, sind entweder so trivial oder so verdorben, daß jenes – wie soll ich mich ausdrücken? – Zurückprallen nach der Wahrnehmung der Wahrheit, die instantane Reaktion unseres gesamten Wesens, ein ungewöhnliches, wenig erforschtes Phänomen bleibt. Zu beobachten ist es ja – manchmal bei Kindern – wenn ein Junge aufwacht oder nach einem Anfall von Scharlach wieder zu sich kommt und sich Realität in einer elektrischen Entladung zeigt, relative Realität, damit wir uns verstehen, denn ihr, ihr Menschen besitzt keine andere. Nehmen Sie irgendeine Binsenwahrheit, mit anderen Worten, die Leiche einer relativen Wahrheit. Nun analysieren Sie das körperliche Gefühl, das in Ihnen durch die Worte ‹schwarz ist dunkler als braun› oder ‹Eis ist kalt› hervorgerufen wird. Ihr Denken ist sogar zu faul, auch nur den höflichen Anschein zu erwecken, es hebe seinen Hintern von der Bank, ganz so, als ob der Lehrer während einer Schulstunde im alten Rußland das Klassenzimmer hundertmal beträte. Aber als Kind habe ich an einem Tag mit klirrendem Frost am glänzenden Riegel eines Gartentors geleckt. Lassen wir den körperlichen Schmerz beiseite, auch den Stolz über die Entdeckung, wenn sie angenehm ist – all das ist nicht die wirkliche Reaktion auf die Wahrheit. Sehen Sie, der Zusammenprall mit ihr kommt so selten vor, daß sich noch nicht einmal ein genaues Wort dafür finden läßt. Alle Nerven antworten gleichzeitig ‹Ja› – oder so ähnlich. Lassen wir auch jenes Erstaunen außer acht, das lediglich die ungewohnte Assimilierung der *Dringlichkeit* der Wahrheit, nicht der Wahrheit selber ist. Wenn Sie mir sagen, daß Soundso ein Dieb ist, dann verbinde ich in meinem Verstand sofort eine Reihe plötzlich bedeutsamer Kleinigkeiten, die ich selber beobachtet habe, andererseits habe ich Zeit zur Verwunderung darüber, daß ein Mann, der so anständig schien, in Wirklichkeit ein Gauner war, unbewußt aber habe ich mir schon die Wahrheit zu eigen gemacht, so daß mein Erstaunen prompt eine invertierte Form annimmt (wie konnte man denn je einen solchen Strolch für einen ehrlichen Menschen halten?); mit anderen Worten, der wunde Punkt der Wahrheit liegt halbwegs zwischen der ersten Überraschung und der zweiten.»

«Schön. Das ist alles ziemlich klar.»

«Andererseits kann Überraschung», fuhr Falter fort, «die ans Unfaßbare, ans Unvorstellbare rührt, äußerst schmerzhaft sein, und ist immer noch nichts im Vergleich zu dem Schock der Wahrheit selber. Und der kann nicht länger absorbiert werden. Es war Zufall, daß er mich nicht umgebracht hat, gerade wie es Zufall war, daß es mich traf. Ich zweifle, ob daran zu denken ist, ein Gefühl von solcher Intensität irgendwie zu überprüfen. Eine Überprüfung kann jedoch *ex post facto* vorgenommen werden, obwohl ich persönlich keine Notwendigkeit sehe für die Komplexitäten solcher Verifikation. Nehmen Sie irgendeine Alltagsweisheit – zum Beispiel, daß zwei Winkel, die einem dritten gleich sind, einander gleich sind; wird mit diesem Postulat auch etwas über die Tatsache ausgesagt, daß Eis heiß ist oder es in Kanada Felsen gibt? Mit anderen Worten, ein Wahrheitchen, um ein Diminutiv zu wagen, enthält keine Wahrheitchen gleicher Konvenienz und noch weniger solche, die zu anderen Arten oder Ebenen des Wissens oder Denkens gehören. Was würden Sie aber von einer WAHRHEIT (in Großbuchstaben) sagen, in der die Erklärung und die Stichhaltigkeit aller möglichen Verstandesurteile beschlossen sind? Man kann an die Poesie einer Feldblume oder an die Potenz des Geldes glauben, aber weder das eine noch das andere ist notwendige Voraussetzung für einen Glauben an die Homöopathie oder die Notwendigkeit, die Antilope auf den Inseln des Victoria-Nyanza-Sees auszurotten. In meinem Fall aber war es so, daß ich, nachdem ich erfahren habe, was ich erfahren habe – wenn man so etwas ‹erfahren› nennen kann – einen Schlüssel zu absolut allen Toren und Schatztruhen dieser Welt in der Hand hatte; nichts kann mich jedoch veranlassen, ihn zu benützen, da jeder Gedanke an seine praktische Bedeutung automatisch – das liegt eben in seiner Natur – in eine ganze Folge von scharnierbewehrten Truhendeckeln übergeht. Ich habe meine Zweifel, ob ich es körperlich durchstehe, die Konsequenzen meiner Entdeckung und besonders das Ausmaß auszuloten, in dem ich noch nicht irre geworden bin, oder andersherum, inwieweit ich all das hinter mir gelassen habe, was man unter Irrsinn versteht; es steht jedoch ganz außer Zweifel, daß sich mir – wie Sie es ausdrücken – ‹das Wesen der Dinge offenbarte›. Bitte etwas Wasser.»

«Gerne! Aber lassen Sie mich sehen, Falter – habe ich Sie recht verstanden? Sind Sie wirklich fortan ein Anwärter auf Allwissenheit? Entschuldigen Sie, aber den Eindruck habe ich nicht. Zugegeben, Sie wissen etwas Fundamentales, aber Ihre Worte enthalten keine konkreten Hinweise auf absolutes Wissen.»

«Ich schone meine Kräfte», sagte Falter. «Und ich habe sowieso nie behauptet, daß ich jetzt alles wüßte – arabisch, zum Beispiel, oder wie oft Sie sich im Leben rasiert haben, oder wer die Zeitung gedruckt hat, die dieser Narr da drüben liest. Ich sage nur, daß ich alles weiß, was ich wissen möchte. Das kann jeder von sich sagen, wenn er ein Konversationslexikon durchgeblättert hat; nur, das Lexikon, dessen genauen Titel ich erfahren habe (und hiermit haben Sie übrigens eine elegantere Definition: Ich kenne den Titel der Dinge) ist im Wortsinne allumfassend, und darin liegt der Unterschied zwischen mir und dem vielseitigsten Gelehrten der Welt. Sehen Sie, ich habe – und hier führe ich Sie ganz an den Rand dieses Riviera-Kliffs, meine Damen, sehen Sie nicht hinunter – ich habe eine simple Sache über die Welt in Erfahrung gebracht. Sie ist, für sich besehen, so offensichtlich, so belustigend offensichtlich, daß nur mein erbärmliches Menschsein sie für monströs halten kann. Wenn ich nun gleich ‹kongruent› sage, so meine ich etwas, was unendlich fern ist von all den Kongruenzen, die Sie kennen, geradeso wie die Natur meiner Entdeckung nichts gemein hat mit der Natur irgendwelcher physikalischer oder philosophischer Konjekturen. Mein ureigenstes Wesen, das kongruent ist mit dem Wesen des Universums, wurde nicht berührt durch jenen Krampf, der meinen Körper erschütterte. Gleichzeitig verfügt das mögliche Wissen um alle Dinge, das eine Folge des Wissens um das Fundamentale ist, in meiner Person nicht über einen ausreichend soliden Apparat. Ich arbeite unter Einsatz meiner ganzen Willenskraft darauf hin, dieses Vivarium nicht zu verlassen, die Regeln eurer Mentalität so zu beachten, als ob nichts passiert wäre; mit anderen Worten, ich handle wie ein Bettler, ein Dichterling, der eine Million in ausländischer Währung vermacht bekam, aber weiter in seinem Kellerstübchen wohnt, weil er weiß, daß das geringste Zugeständnis an den Luxus seine Leber ruinieren würde.»

«Aber dieses Vermögen ist nun mal in Ihrem Besitz, Falter – das ist es, was schmerzt. Diskutieren wir nicht, wie Sie damit umgehen, sondern sprechen wir über die Sache selber. Ich wiederhole – ich habe zur Kenntnis genommen, daß Sie es ablehnen, mich einen Blick auf Ihre Medusa werfen zu lassen, und ich bin auch bereit, keine wie immer naheliegenden Schlüsse zu ziehen, da ja, wie Sie andeuten, jede logische Konklusion eine Einengung des Denkens durch das Denken bedeutet. Ich schlage Ihnen eine andere Methode für unser Frage- und Antwortspiel vor: Ich werde Sie nicht nach dem Inhalt Ihrer Schatztruhe fragen; doch Sie geben Ihr Geheimnis schließlich nicht preis, wenn Sie mir verraten, ob sie sich, sagen wir, im Osten befindet oder ob ein

Topas darin ist oder ob je ein Mensch in ihre Nähe kam. Gleichzeitig verspreche ich nicht nur, daß ich, sollten Sie auf eine Frage mit ‹Ja› oder ‹Nein› antworten, keine weiteren Fragen in dieser Richtung stellen werde, sondern verpflichte mich darüber hinaus, die Unterhaltung ganz zu beenden.»

«Theoretisch locken Sie mich in eine grobe Falle», sagte Falter und schüttelte sich leicht, wie man es tut, wenn man lacht. «Tatsächlich wäre es aber nur dann eine Falle, wenn Sie fähig wären, mir mindestens eine dieser Fragen zu stellen. Das dürfte aber kaum der Fall sein. Deshalb legen Sie ruhig los, wenn Sie sinnloses Vergnügen schätzen.»

Ich dachte einen Augenblick nach und sagte: «Falter, erlauben Sie mir, wie der herkömmliche Tourist zu beginnen – mit der Besichtigung einer alten Kirche, die ihm von Abbildungen her vertraut ist. Lassen Sie mich fragen: Gibt es einen Gott?»

«Kalt», sagte Falter.

Ich verstand nicht und wiederholte meine Frage.

«Vergessen Sie's», schnauzte Falter. «Ich habe ‹kalt› gesagt, wie in dem Spiel, wo es darum geht, einen versteckten Gegenstand zu finden. Wenn Sie unter einem Stuhl suchen oder unter dem Schatten eines Stuhls, und der Gegenstand befindet sich nicht an der Stelle, weil er sich halt zufällig woanders befindet, dann hat die Frage, ob es dort einen Stuhl oder seinen Schatten gibt, nichts, aber auch gar nichts mit dem Spiel zu tun. Sagt man, der Stuhl existiere vielleicht, der Gegenstand sei aber nicht dort, so ist das das gleiche, als wenn man sagt, der Gegenstand sei vielleicht da, der Stuhl aber existiere nicht, und somit läuft alles wieder auf den Zirkelschluß hinaus, der menschlichem Denken so teuer ist.»

«Aber Sie müssen zugeben, Falter, wenn der gesuchte Gegenstand, wie Sie sagen, in keiner Weise dem Begriff Gottes nahe kommt und wenn dieser Gegenstand in Ihrer Terminologie eine Art allumfassender ‹Titel› ist, dann erscheint der Begriff Gottes nicht auf der Titelseite; daher besteht keine echte Notwendigkeit für solch einen Begriff, und da es kein Bedürfnis gibt für Gott, gibt es keinen Gott.»

«Dann haben Sie nicht verstanden, was ich über das Verhältnis zwischen einem möglichen Ort und der Unmöglichkeit, den Gegenstand dort zu finden, gesagt habe. Nun wohl denn, ich drücke mich klarer aus. Schon allein durch den Akt der Erwähnung eines bestimmten Begriffes machen Sie ein Rätsel aus sich selber, so als ob auch noch der Sucher sich versteckte. Und durch Ihr Bestehen auf der Frage verstecken Sie sich nicht nur, sondern glauben, daß Sie, wenn Sie mit dem gesuchten Objekt die Qualität des ‹Versterktseins› teilen, Sie es sich näher bringen. Wie kann ich Ihnen antworten, ob es einen Gott gibt, wenn das Thema unserer Diskussion vielleicht Gartenwicken oder die Fahne eines Linienrichters beim Fußball ist? Sie suchen an der falschen Stelle und auf falsche Art, *cher monsieur*, das ist die ganze Antwort, die ich Ihnen geben kann. Und wenn es Ihnen so vorkommt, als könnten Sie von dieser Antwort auf die Zwecklosigkeit oder Notwendigkeit Gottes schließen, so rührt das nur daher, daß Sie an der falschen Stelle suchen und auf die falsche Art. Waren aber nicht Sie es, der versprach, keinen logischen Denkmustern zu folgen?»

«Jetzt werde ich Ihnen aber eine Falle stellen, Falter. Lassen Sie mal sehen, wie Sie eine direkte Aussage umgehen. Dann kann man also den Titel der Welt nicht in den Hieroglyphen des Deismus suchen?»

«Entschuldigen Sie», erwiderte Falter, «mit aufgedunsener Sprache und grammatischen Spielereien verkleidet Blauschnurrbart lediglich das erwartete *Non* als ein erwartetes *Oui*. Ich bestreite, das ist alles, was ich im Augenblick tun kann: Ich bestreite die Zweckmäßigkeit der Suche nach der Wahrheit in den Gefilden gewöhnlicher Theologie und, um Ihrem Verstand eitle Mühen zu sparen, beeile ich mich hinzuzufügen, daß das Epitheton, das ich benutzt habe, eine Sackgasse ist: Gehen Sie nicht hinein. Ich werde diese Diskussion *mangels Gesprächspartner* abbrechen müssen, wenn Sie ausrufen ‹Aha, dann gibt es eine *andere* ‚ungewöhnliche' Wahrheit› – denn das bedeutete, Sie hätten sich so gut versteckt, daß Sie sich selber nicht wiederfinden.»

«Gut denn. Ich glaube Ihnen. Räumen wir also ein, daß die Theologie das Problem noch verworrener macht. So stimmt's doch wohl, Falter, oder?»

«Ein Hund kam in die Küche», sagte Falter.

«Gut also, wir lassen auch von dieser falschen Spur ab. Und das, obwohl Sie mir wahrscheinlich erklären könnten, warum sie falsch ist (denn hier gibt es etwas Eigenartiges und schwer Faßliches, etwas das Sie irritiert), womit sich dann Ihr Widerwillen, mir zu antworten, erklärte.»

«Das könnte ich», sagte Falter, «aber das wäre gleichbedeutend mit der Enthüllung des eigentlichen Kerns der Sache, das heißt gerade dessen, was Sie nicht aus mir herauskriegen werden.»

«Sie wiederholen sich, Falter. Sie wollen mir doch nicht sagen, daß Sie ähnlich ausweichend sind, wenn ich Sie zum Beispiel frage: Gibt es ein Leben nach dem Tode?»

«Interessiert Sie das sehr?»

«Gerade so sehr wie Sie, Falter. Was immer Sie über den Tod wissen mögen, sterblich sind wir beide.»

«Zunächst einmal», sagte Falter, «möchte ich Ihre Aufmerksamkeit auf folgende gedankliche Zwickmühle lenken: Jeder Mensch ist sterblich; Sie sind ein Mensch; demnach ist es aber auch möglich, daß *Sie nicht sterblich sind*. Warum? Weil ein bestimmter Mensch (Sie oder ich) aufgrund eben dieser Tatsache aufhört, *jeder Mensch* zu sein. Doch wir beide sind tatsächlich sterblich, aber ich bin es auf andere Art als Sie.»

«Halten Sie sich nicht bei meiner ärmlichen Logik auf, sondern antworten Sie mir geradeheraus: Gibt es den Schimmer einer persönlichen Identität jenseits des Grabes, oder endet alles in vollkommener Dunkelheit?»

«Bon», sagte Falter nach Art russischer Emigranten in Frankreich. «Sie möchten wissen, ob Gospodin Sineussow für immer geborgen sein wird in Gospodin Sineussow, alias Moustache-Bleue, oder ob alles mit einem Schlag dahin ist. Zweierlei ließe sich wohl vorstellen, oder? Licht rund um die Uhr oder das schwarze Nichts. Genau besehen ähneln sich die beiden Vorstellungen trotz ihrer verschiedenen metaphysischen Färbung sehr. Und sie laufen parallel nebeneinander her.

Sie laufen sogar mit bemerkenswerter Geschwindigkeit. Hoch der Totalisator! He, he, schau durch dein Fernglas, sie rennen um die Wette, und du würdest so gerne wissen, welche als erste die Ziellinie der Wahrheit überquert, aber wenn Sie mich bitten, Ihnen ein ‹Ja› oder ein ‹Nein› für entweder die eine oder die andere zu geben, verlangen Sie, daß ich eine von ihnen in vollem Lauf einfange – diese Biester sind fürchterlich glitschig –, aber selbst wenn ich eine von ihnen für Sie erwischte, unterbräche ich damit lediglich den Wettbewerb, oder die Gewinnerin wäre die andere, die, die ich nicht zu fassen bekam, ein ganz und gar bedeutungsloses Resultat insofern, als es keine Konkurrenz mehr gäbe. Wenn Sie jedoch fragen, welche von den zweien schneller läuft, antwortete ich mit einer Gegenfrage: Was läuft schneller, heftiges Verlangen oder heftige Angst?»

«Sie sind gleich schnell, nehme ich an.»

«Genauso ist's. Denn sehen Sie mal, was mit dem armen kleinen menschlichen Verstand los ist. Entweder es ist ihm versagt auszudrücken, was dich – ich meine uns – nach dem Tode erwartet, dann ist eine völlige Bewußtlosigkeit ausgeschlossen, denn *die* ist unserer Vorstellungskraft durchaus zugänglich – jeder von uns hat die totale Dunkelheit traumlosen Schlafes erfahren; oder das Gegenteil ist der Fall: Man *kann* sich den Tod vorstellen, dann macht sich unsere Vernunft natürlich nicht die Vorstellung eines ewigen Lebens zu eigen, eines unbekannten Etwas, das unvereinbar ist mit allem Irdischen, sondern greift zu dem, was näherliegend erscheint – die vertraute Dunkelheit der Empfindungslosigkeit. Wie kann denn ein Mensch, der seiner Vernunft vertraut, zulassen, daß jemand, der sich bis zur Bewußtlosigkeit betrunken hat, dann tief schläft und an einer äußeren Ursache stirbt – und dadurch zufällig verliert, was er in Wirklichkeit nicht mehr besaß –, aufs neue die Fähigkeit erlangt, dank der bloßen Verlängerung, Festigung und Vollendung seines unglücklichen Zustandes zu denken und zu fühlen? Wenn Sie mir daher nur eine einzige Frage stellten, die nämlich, ob ich in menschlichen Begriffen weiß, was nach dem Tode kommt – das heißt, wenn Sie versuchten, die Absurdität zu umgehen, in der der Wettlauf zwischen zwei entgegengesetzten, doch im Prinzip ähnlichen Anschauungen sich erschöpft, dann ließe eine negative Antwort meinerseits Sie logischerweise schließen, daß Ihr Leben nicht im Nichts enden kann, während Sie aus der affirmativen die entgegengesetzte Folgerung zögen. In beiden Fällen befänden Sie sich, wie Sie sehen, in genau der gleichen Situation wie zuvor, da ein trockenes ‹Nein› Ihnen nur beweisen würde, daß ich über das fragliche Thema nicht mehr weiß als Sie, während ein feuchtes ‹Ja› Ihnen nahelegte, einen internationalen Himmel anzunehmen, den anzuzweifeln Ihr Verstand nicht umhin kann.»

«Sie drücken sich einfach um eine klare Antwort, aber erlauben Sie mir nichtsdestoweniger die Beobachtung, daß Sie mir beim Thema Tod nicht die Antwort ‹kalt› geben.»

«Da geht's schon wieder los», seufzte Falter. «Habe ich Ihnen denn nicht gerade erklärt, daß jedwede Deduktion sich der Kurvatur des Denkens anpaßt? Es ist etwas dran an dem, was Sie sagen, solange Sie die

Sphäre irdischer Dimensionen nicht verlassen, aber wenn Sie versuchen, darüber hinaus zu gehen, wächst Ihr Irrtum proportional zur Entfernung, die Sie zurücklegen. Und das ist nicht alles: Ihr Verstand wird jede meiner Antworten ausschließlich vom utilitaristischen Standpunkt aus beurteilen, denn es ist Ihnen unmöglich, den Tod anders als im Bilde Ihres eigenen Grabsteins zu begreifen, und das wiederum verzerrte den Sinn meiner Antwort in solchem Ausmaß, daß sie, *ipso facto*, zur Lüge würde. So lassen Sie uns Anstand wahren, selbst wenn wir uns mit dem Transzendentalen abgeben. Ich kann mich nicht klarer ausdrücken – und Sie sollten mir dankbar sein für mein Ausweichen. Sie haben eine leise Ahnung, nehme ich an, daß es schon bei der Formulierung der Frage einen kleinen Haken gibt, einen Haken übrigens, der schrecklicher ist als selbst die Angst vor dem Tod. Die ist ganz besonders stark bei Ihnen, hab ich recht?»

«Ja, Falter. Der Schrecken, den ich beim Gedanken an meine zukünftige Bewußtlosigkeit fühle, ist nur mit dem Ekel vergleichbar, den die Vorstellung meines verwesenden Körpers in mir auslöst.»

«Gut gesagt. Wahrscheinlich liegen auch noch andere Symptome dieser sublunarischen Krankheit vor? Ein dumpfer Stich im Herzen, plötzlich, mitten in der Nacht, als bräche ein Raubtier ins Gehege unserer zahmen Gedanken und Gefühle ein. ‹Irgendwann muß auch ich sterben.› So geht es doch, oder? Haß auf die Welt, die fröhlich auch ohne Sie weitermachen wird. Ein Gefühl tief im Innern, daß alle Dinge in dieser Welt Nichtigkeiten und Phantasmagorien sind im Vergleich mit Ihrem Todeskampf und demnach auch mit Ihrem Leben, denn, so sagen Sie sich, das Leben ist nichts als die Agonie vor dem Tod. Ja, o ja, ich kann mir diese Krankheit ganz genau vorstellen, an der ihr alle in geringerem oder höherem Maße leidet, und kann nur eines sagen: Es geht mir nicht in den Kopf, wie Leute unter solchen Bedingungen leben können.»

«Na, Falter, jetzt kommen wir aber doch voran. Wenn ich nun gestände, daß ich in Augenblicken des Glücklichseins, des Entzückens, wenn meine Seele bloßliegt, plötzlich fühle, daß es kein Verlöschen jenseits des Grabes gibt; daß in einem verschlossenen Nebenraum, unter dessen Tür hervor ein frostiger Zug kommt, ein Pfauenaugenglanz, eine Pyramide der Wonnen ähnlich dem Christbaum meiner Kindheit wartet; daß alles – Leben, Heimat, April, der Klang einer Quelle oder der einer lieben Stimme – nichts ist als ein wirres Vorwort und daß der eigentliche Text noch vor uns liegt –, wenn ich so fühlen kann, Falter, ist es dann nicht möglich zu leben, zu leben – sagen Sie mir, daß es möglich ist, und ich werde Sie nichts weiter fragen.»

«In diesem Fall», sagte Falter und wurde erneut von lautloser Heiterkeit geschüttelt, «verstehe ich Sie um so weniger. Überspringen Sie das Vorwort, und Sie haben's in der Tasche!»

«*Un bon mouvement*, Falter – verraten Sie mir Ihr Geheimnis?»

«Was versuchen Sie denn da? Mich zu fassen, wenn ich nicht auf der Hut bin? Sie sind ganz schön gerieben, merke ich. Nein, schlagen Sie sich das aus dem Kopf. In den ersten Tagen – ja, in den ersten Tagen hatte ich gedacht, daß es möglich wäre, mein Geheimnis zu teilen. Ein erwachsener Mann, wenn er kein Stier ist wie ich, würde es nicht verkraften – gut; aber ich fragte mich, ob man denn nicht eine neue Generation von *Initiierten* heranziehen könne, ich demnach also meine Aufmerksamkeit Kindern zuwenden sollte. Wie Sie sehen, war ich immer noch von der hiesigen Dialektik infiziert. Wie aber würde das in Wirklichkeit denn aussehen? Zunächst einmal ist schwer vorstellbar, die Kleinen durch ein Gelübde zu priesterlichem Schweigen zu verpflichten, damit nicht etwa eins von ihnen mit einem träumerischen Wort Totschlag begeht. Und zweitens könnte, wenn das Kind heranwächst, das Wissen, das ihm einst mitgegeben, das in gutem Glauben angenommen und in eine ferne Ecke seines Bewußtseins gebettet wurde, mit tragischen Folgen aus dem Schlaf hochfahren. Selbst wenn mein Geheimnis nicht in jedem Fall ein ausgewachsenes Mitglied der Gattung tötet, ist kaum anzunehmen, daß es einen Jugendlichen verschont. Denn wer kennt nicht jenes Lebensalter, da die verschiedensten Dinge – der Sternenhimmel über einem kaukasischen Kurort, ein auf der Toilette gelesenes Buch, die eigenen Mutmaßungen über den Kosmos, die köstliche Panik des Solipsismus – schon ausreichen, die Sinne eines heranwachsenden Menschen in höchste Erregung zu versetzen? Ich sehe keinen Grund, zum Scharfrichter zu werden; ich habe nicht die Absicht, Feindregimenter durch ein Megaphon zu vernichten; kurz, es gibt für mich niemand, dem ich mich anvertrauen könnte.»

«Ich habe Ihnen zwei Fragen gestellt, Falter, und zweimal haben Sie mir die Unmöglichkeit einer Antwort nachgewiesen. Es scheint mir nutzlos, Sie nach etwas anderem zu fragen – sagen wir nach den Grenzen des Universums oder dem Ursprung des Lebens. Wahrscheinlich werden Sie vorschlagen, daß ich mich mit einer buntscheckigen Minute auf einem zweitklassigen Planeten, der sich von einer zweitklassigen Sonne bedienen läßt, zufrieden gebe, oder Sie reduzieren wieder alles auf ein Rätsel: Ist das Wort ‹heterolog› selbst heterolog?»

«Wahrscheinlich», stimmte Falter bei und gähnte ausgiebig.

Sein Schwager pellte seine Uhr aus der Weste und warf seiner Frau einen Blick zu.

«Aber an der Geschichte stimmt irgend etwas nicht, Falter. Wie vereint sich übermenschliches Wissen um die letzten Wahrheiten in Ihnen mit der Glätte eines banalen Sophisten, der nichts weiß? Geben Sie zu, Ihre ganzen absurden Wortklaubereien waren nichts weiter als ausgemachter Hohn.»

«Nun ja, das ist mein einziger Schutz», sagte Falter und schielte zu seiner Schwester hinüber, die flink einen langen grauen Schal aus dem Ärmel des Mantels zog, den ihm sein Schwager schon hinhielt. «Andernfalls, wissen Sie, hätten Sie es aus mir herausgekitzelt. Wie dem auch sei», fügte er hinzu und schlüpfte erst in den falschen, dann in den richtigen Ärmel und entzog sich dabei dem hilfreichen Gezupfe seiner Helfer, «wie dem auch sei, ich habe Sie zwar ein wenig genasführt, aber lassen Sie sich trösten: Mitten in all dem Geplapper und Geplauder habe ich mich unabsichtlich verraten – mit zwei oder drei Worten nur, aber in ihnen blitzte ein Quentchen absoluter Erkenntnis auf – glücklicherweise jedoch haben Sie nicht darauf geachtet.»

Man führte ihn weg, und so endete unser ziemlich diabolischer Dialog. Nicht nur hatte Falter mir nichts erzählt, er hatte mir noch nicht einmal gestattet, näher zu kommen, und ohne Zweifel war in seiner letzten Aussage soviel Spöttelei wie in allen vorausgegangenen. Am Tag darauf informierte mich die matte Stimme seines Schwagers am Telephon, daß Falter hundert Francs pro Besuch berechne; ich fragte, warum in aller Welt ich nicht vorher davon verständigt worden war, worauf er flugs erwiderte, daß, falls das Interview wiederholt werden sollte, mich die zwei Unterhaltungen nur hundertfünfzig kosten würden. Der Kauf der Wahrheit, selbst mit Rabatt, reizte mich nicht, und nachdem ich diese unerwarteten Kosten überwiesen hatte, zwang ich mich, nicht mehr an Falter zu denken. Gestern jedoch... Ja, gestern erhielt ich eine Nachricht von Falter selber aus dem Krankenhaus: Er schrieb in klarer Handschrift, daß er am Dienstag sterben werde und es im Scheiden wage, mir mitzuteilen, daß – und hier folgten zwei Zeilen, die mit Sorgfalt und, so schien es, voller Häme unleserlich gemacht worden waren. Ich antwortete, daß ich für seine Aufmerksamkeit danke und ihm interessante postume Erlebnisse und eine angenehme Ewigkeit wünsche.

Aber all das bringt mich dir nicht näher, mein Engel. Für den Fall des Falles lasse ich alle Türen und Fenster des Lebens weit offen, obwohl ich das Gefühl habe, daß du dich nicht zu den althergebrachten Formen von Erscheinungen herablassen wirst. Am schrecklichsten von allem ist der Gedanke, daß ich, da du fernerhin in mir glühst, mein Leben schützen muß. Meine vergängliche körperliche Hülle ist vielleicht die einzige Garantie deiner ideellen Existenz: Wenn ich vergehe, wird auch sie vergehen. Leider bin ich dazu verdammt, mit der Habgier des Besitzlosen mit meiner physischen Natur umzugehen, wenn ich dich mir zu Ende erzählen will, und dann vertrauensvoll auf meine eigene Ellipse zu warten...

Solus Rex

Wie immer wurde der König durch das Aufeinandertreffen der Vor-Sonnenaufgang- und Mittmorgenwache (*morndammer* und *erldag wagh*) geweckt. Erstere, über Gebühr pünktlich, verließ ihren Posten regelmäßig zur vorgeschriebenen Minute, während die letztere sich um eine gleichbleibende Zahl von Sekunden verspätete, nicht aus Nachlässigkeit, sondern wahrscheinlich, weil irgend jemandes gichtiger Zeitmesser habituell nachging. Daher trafen sich die Abgehenden und die Ankommenden immer an ein und derselben Stelle – dem engen Fußpfad genau unter dem Schlafzimmerfenster des Königs, zwischen dem rückwärtigen Wall des Palastes und einem verschlungenen Gestrüpp dichten, aber dürftig blühenden Geißblatts, unter dem aller möglicher Abfall verstreut lag: Hühnerfedern, zerbrochenes Geschirr und große, rotbackige Konservendosen, die «Pomona» enthalten hatten, eine heimische Art eingemachten Obstes. Das Treffen wurde unweigerlich begleitet vom gedämpften Geräusch eines kurzen, gutmütigen Geraufes (und das war's, was den König weckte), da einer der Vor-Sonnenaufgangs-Posten, ein wenig schalkhaft von Natur, so tat, als ob er einem der Mittmorgenleute, einem reizbaren und dummen alten Kauz, Teilnehmer am Swirhulm-Feldzug, die Schiefertafel mit der Losung nicht übergeben wollte. Dann wurde es wieder ruhig, und alles, was zu hören war, war das geschäftige, dann und wann eiliger werdende Prasseln des Regens, der planmäßig an genau dreihundertsechs von dreihundertfünfundsechzig oder -sechsundsechzig Tagen fiel, so daß die Peripetien des Wetters vor langem aufgehört hatten, irgend jemand zu beschäftigen (hier sprach der Wind das Geißblatt an).

Der König kam mit einer Rechtsdrehung aus seinem Schlaf und stützte eine Wange, auf der das ins Kopfkissen eingestickte Wappen einen Schachbrettabdruck hinterlassen hatte, auf eine große, weiße Faust. Zwischen den inneren Rändern der braunen, lose gezogenen Vorhänge an dem einzigen, aber breiten Fenster sickerte ein Strahl seifigen Lichts ein, und der König erinnerte sich mit einemmal an eine bevorstehende Pflicht (seine Anwesenheit bei der Einweihung der neuen Brücke über die Egel), deren verdrießliches Bild mit geometrischer Unausweichlichkeit in das fahle Trigon des Tages eingraviert zu sein schien. Er interessierte sich nicht für Brücken, Kanäle oder Schiffbau, und obwohl es ihm nach fünf Jahren – ja, genau fünf Jahren (achtzehnhundertsechsundzwanzig Tagen) – nebliger Herrschaft hätte zur Gewohnheit geworden sein müssen, sich mit allerlei Geschäften zu befassen, die ihn mit Abscheu füllten, weil er sie in seinem Innern (wo es ganz andere Dinge von unermeßlicher und unauslöschlicher Vollkommenheit gab, die in keiner Beziehung standen zu seinem königlichen Amt) in ihrer organischen Unvollkommenheit sah, fühlte er sich jedesmal bis zur Übellaunigkeit verärgert, wenn er verpflichtet war, sich mit etwas abzugeben, was seinem vorsätzlichen Unwissen nicht nur ein falsches Lächeln abverlangte, sondern zudem nur noch der Firnis der Konvention auf einer Gegebenheit war, der Sinn und vielleicht sogar Dasein abgingen. Wenn die Einweihung der Brücke, von der ihm noch nicht einmal die Pläne in Erinnerung waren, obwohl er sie zweifellos befürwortet hatte, ihm lediglich als ein vulgäres Volksfest vorkam, so auch deswegen, weil niemand sich die Mühe gemacht hatte, sich zu erkundigen, ob er sich denn für diese komplizierte, freischwebende Ausgeburt der Technik interessiere, und dennoch würde er heute in einem glänzenden Cabriolet mit zahnigem Kühlergrill langsam darüber hinwegfahren müssen, und das war eine Tortur; und dann die Geschichte mit diesem Ingenieur, von dem ihm alle Welt erzählte, als er einmal ganz nebenbei erwähnt hatte (einfach, um jemanden oder etwas loszuwerden), daß er gerne ein wenig klettern würde, wenn die Insel einen einzigen anständigen Berg hätte (der alte, lange erloschene Küstenvulkan zählte ja nicht, und außerdem war ein Leuchtturm, der nebenbei auch nicht funktionierte, auf seinem Gipfel gebaut worden). Dieser Ingenieur, dessen zweifelhafter Ruf in den Salons der Hofdamen und Kurtisanen florierte, die sich von seinem honigbraunen Teint und seiner einschmeichelnden Redeweise gefangennehmen ließen, hatte vorgeschlagen, das Zentrum des Inselplateaus anzuheben und es durch unterirdische Pumpvorrichtungen in ein Gebirgsmassiv zu verwandeln. Die Bewohner der ausgesuchten Örtlichkeit sollten in ihren Unterkünften bleiben dürfen, während die Erde aufgebläht wurde.

Ängstliche Naturen, die es vorzogen, sich aus dem Operationsgebiet zu entfernen, wo ihre kleinen Ziegelhäuser kauerten und erstaunte rote Kühe muhten, die die Änderung der Höhe spürten, bestraften sich dadurch, daß ihre Heimkehr über die neugeformten Hügel wesentlich länger dauerte als ihr kürzlicher Rückzug über das bedrohte Flachland. Langsam schwollen die Wiesen auf; Felsbrocken rührten ihre runden Rücken; ein lethargischer Bach purzelte aus seinem Bett und wurde zu seiner eigenen Überraschung ein alpiner Wasserfall; Bäume zogen im Gänsemarsch wolkenwärts, und viele von ihnen (die Tannen beispielsweise) genossen die Reise; die Dörfler lehnten auf ihren Verandageländern, winkten mit den Taschentüchern und bewunderten die pneumatische Entwicklung der Landschaft. So nun würde der Berg wachsen und wachsen, bis der Ingenieur befahl, die monströsen Pumpen zu stoppen. Der König indessen wartete nicht auf das Halt, sondern döste wieder ein und hatte kaum die Zeit zu bedauern, daß er, der ständig der Bereitschaft der Räte entgegentrat, die Durchführung jedes spatzenhirnigen Projekts zu unterstützen (während andererseits seine natürlichsten, menschlichsten Rechte durch rigide Gesetze eingeschränkt wurden), keine Erlaubnis gegeben hatte für das Experiment und daß es jetzt zu spät war, denn der Erfinder hatte Selbstmord begangen, nachdem er einen Galgen für den Hausgebrauch hatte patentieren lassen (so jedenfalls erzählte es der Geist des Schlummers dem Schlummernden).

Der König schlief weiter bis halb acht, und zur gewohnten Minute setzte sich ruckend sein Geist in Gang und war schon auf dem Weg, Frey zu treffen, als Frey das Schlafzimmer betrat. Dieser klapprige, asthmatische *konwacher* gab, wenn er sich bewegte, beständig ein eigenartiges Geräusch von sich, als ob er in großer Eile wäre, obwohl Hast nicht seine Sache war, denn auch mit dem Sterben hatte er es ja keineswegs eilig. Er setzte ein silbernes Becken auf ein Taburett, in dessen Sitzfläche ein Herz geschnitten war, wie er es nun schon seit einem halben Jahrhundert für zwei Könige getan hatte; heute weckte er einen dritten, dessen Vorgängern dieses vanilleduftende und möglicherweise verhexte Wasser wahrscheinlich zur Ablution gedient hatte. Jetzt allerdings war es ganz fehl am Platze; und doch erschienen jeden Morgen Becken und Taburett zusammen mit einem Handtuch, das vor fünf Jahren gefaltet worden war. Weiter sein eigentümliches Geräusch ausstoßend, ließ der alte Diener das Tageslicht in seiner ganzen Fülle ein. Der König wunderte sich immer, warum Frey nicht zuerst die Vorhänge öffnete, anstatt im Halbdunkel herumzutappen, wenn er das Taburett mit dem unnützen Gerät ans Bett rückte. Aber mit Frey zu sprechen, war wegen seiner Taubheit unmöglich, die so gut zur Schnee-Eulen-Weiße seines Haares paßte: Er war durch die Watte des Alters von der Welt abgeschieden, und als er sich zum Bett hin verbeugte und abging, begann die Wanduhr im Zimmer deutlicher zu ticken, als ob sie sich neu mit Zeit aufgeladen hätte.

Das Schlafzimmer nahm nun Konturen an, mit dem drachenförmigen Riß, der die Decke durchzog, und dem riesigen Kleiderständer, der wie eine Eiche in der Ecke stand. Ein rüstiges Bügelbrett lehnte an der Wand.

Eine Vorrichtung, mit der man seine Reitstiefel am Absatz losrucken konnte, ein veraltetes Ding in Gestalt eines gußeisernen Hirschkäfers, lauerte unter der Bordüre eines Sessels, der eine weiße Schutzhülle als Robe umhatte. Ein eichener Kleiderschrank stand fett, blind und naphthalinbetäubt neben einem eiförmigen geflochtenen Korbbehälter für schmutzige Wäsche, aufrecht von einem unbekannten Kolumbus dort hingestellt. Verschiedene Gegenstände hingen an den bläulichen Wänden herum: eine Uhr (sie hatte ihre Anwesenheit schon hörbar gemacht), ein Arzneischränkchen, ein altes Barometer, das eher erinnertes als echtes Wetter anzeigte, die Bleistiftskizze eines Sees mit Ried und auffliegender Ente, die myopische Photographie eines Gentleman in Lederleggings auf einem Pferd mit verwackeltem Schwanz, das vor einer Veranda von einem feierlichen Stallknecht am Zügel gehalten wurde, die gleiche Veranda, auf ihren Stufen Diener mit gespannten Gesichtern, ein paar flaumige gepreßte Blumen unter staubigem Glas in einem kreisrunden Rahmen ... Die Spärlichkeit der Möbel und ihre völlige Belanglosigkeit für die Bedürfnisse und die Empfindlichkeit des jeweiligen Bewohners dieses Schlafzimmers (einst, so schien es, Heim der *husmuder*, wie die Frau des vorigen Königs tituliert worden war) verliehen ihm ein seltsam unbewohntes Aussehen, und wenn nicht dieses aufdringliche Waschbecken und das eiserne Bett gewesen wären, auf dessen Kante ein Mann saß, der ein Nachthemd mit Kräuselkragen trug und dessen kräftige bloße Füße auf dem Boden standen, hätte man sich unmöglich vorstellen können, daß hier jemand seine Nächte verbrachte. Seine tastenden Zehen fanden ein Paar Marocain-Slipper, und einen Bademantel überwerfend, der so grau war wie der Morgen, ging der König über die knarrenden Dielen zur filzgepolsterten Tür. Wenn er im nachhinein sich an diesen Morgen erinnerte, so schien es ihm, daß er nach dem Aufstehen eine ungewöhnliche Schwere im Gemüt wie in den Muskeln verspürt hatte, die schicksalsschwere Bürde des kommenden Tages, so daß das fürchterliche Unglück, das dieser Tag brachte (und das unter der Maske platter Langeweile *schon jetzt* an der Egel-Brücke Wache stand), absurd und unvorhersehbar, wie es war, ihm deshalb als eine Art Solvens vorkam. Wir sind geneigt, der unmittelbaren Vergangenheit (gerade noch hatte ich sie in meinen Händen, ich hab sie eben hierhergelegt, und jetzt ist sie nicht da) Züge zuzuschreiben, die sie in Relation setzen zur unerwarteten Gegenwart, die faktisch nichts anderes ist als ein Prolet, der mit einem gekauften Familienwappen prunkt. Wir, Sklaven verknüpfter Ereignisse, trachten danach, die Lücke in der Kette mit einem geisterhaften Glied zu schließen. Wenn wir zurückschauen, sind wir sicher, daß die Straße, die wir hinter uns sehen, eben die ist, die uns zu der Grabstätte oder zu der Quelle geführt hat, an der wir uns befinden. Der Verstand kann die erratischen Sätze und Sprünge des Lebens nur dann ertragen, wenn es in früheren Ereignissen Anzeichen für Elastizität und Nachgiebigkeit zu entdecken gibt. Derart, nebenbei, waren die Gedanken, die dem nicht länger unabhängigen Künstler Dmitri Nikolajewitsch Sineussow kamen, der Abend war angebrochen, und in vertikalen rubinroten Buchstaben glühte das Wort RENAULT.

Der König machte sich auf die Suche nach seinem Frühstück. Er wußte nie, in welcher der fünf in Frage kommenden Kammern auf der linken und rechten Seite des kalten Steinganges (mit Spinnweben in den Ecken seiner Spitzbogenfenster) sein Kaffee wartete. Eine Tür nach der anderen öffnend, versuchte er, den kleinen gedeckten Tisch ausfindig zu machen, und fand ihn schließlich, wo er ihn am wenigsten erwartet hatte: unter einem großen, reichlich dunklen Portrait seines Vorgängers. König Gafon war in dem Alter dargestellt, in dem er ihn aus seiner Erinnerung kannte, aber Gesichtszüge, Haltung und Körperbau waren mit einer Majestät umgeben, die für diesen hängeschultrigen, zappligen und schlampigen alten Mann mit den Falten eines Bauernweibes über seiner unbehaarten und irgendwie krummen Oberlippe nicht charakteristisch war. Das Motto des Familienwappens «Sieh und herrsche» (*sassed ud halsem*) wurde mit Blick auf ihn von Witzbolden gerne zu «Sessel und Haselschnaps» (*sasse ud hasel*) verballhornt. Er regierte dreißig und ein paar Jahre und weckte weder besondere Zuneigung noch besonderen Haß in irgendwem, glaubte in gleichem Maße an die Macht der Güte und an die Macht des Geldes, unterwarf sich gefügig der parlamentarischen Mehrheit, deren schale humanitäre Anliegen in seiner sentimentalen Seele Anklang fanden, und belohnte aus einer geheimen Staatskasse großzügig die Aktivitäten all der Abgeordneten, die mit ihrer Devotion für die Krone deren Stabilität sicherten. Das Geschäft des Herrschens war für ihn schon seit langem zu einem Schwungrad mechanischer Gewohnheiten geworden, und die unaufgeklärte Unterwürfigkeit des Landes, wo das *Peplerhus* (Parlament) wie ein schwelendes, knisterndes Binsenlicht glomm, erschien als ähnliche Form stetigen Kreislaufs. Und wenn die allerletzten Jahre seiner Herrschaft gleichwohl vergiftet wurden durch bitteren Aufruhr, der wie ein Rülpser nach einem langen, sorgenfreien Mahl kam, so war nicht ihm ein Vorwurf zu machen, sondern der Person und dem Benehmen des Kronprinzen. In der Tat fanden gute Bürger in der Hitze ihrer Verärgerung, daß die ehemalige Geißel der gelehrten Welt, der nun vergessene Professor von Skunk, nicht sehr fehlging in seiner Behauptung, Gebären sei nichts als eine Krankheit und jeder Säugling ein «externalisierter», ein Eigenleben führender elterlicher Tumor von oft bösartiger Natur.

Der gegenwärtige König (wir wollen ihn präakzessional nach der Schachnotation K nennen) war der Neffe des alten Mannes, und anfangs ließ es sich niemand träumen, daß der Neffe einen Thron besteigen würde, der rechtmäßig König Gafons Sohn zustand, Prinz Adulf, dessen überaus unanständiger populärer Beiname (der auf einer geglückten Assonanz beruhte) aus Gründen des Anstandes mit «Prinz Feige» wiedergegeben werden muß. K wuchs in einem entlegenen Schloß unter den Augen eines ehrgeizigen Granden und seiner vierschrötigen, maskulinen Frau auf, kannte daher seinen Cousin kaum und begann ihn erst im Alter von zwanzig ein wenig öfter zu sehen, als Adulf auf die vierzig zuging.

Wir haben vor uns einen wohlgenährten, gutmütigen Kerl mit einem festen Nacken, breiten Hüften, einem großwangigen, gleichmäßig rosigen Gesicht und feinen, vorstehenden Augen. Sein frecher kleiner Schnurrbart, der einem Paar blau-schwarzer Federn glich, paßte irgendwie nicht zu seinen dicken Lippen, die immer fettig aussahen, als ob er gerade Hühnerknochen abgenagt hätte. Sein schwarzes, dickes, unangenehm riechendes und ebenfalls fettiges Haar lieh seinem großen, festsitzenden Kopf ein für Thule ungewöhnliches geckiges Etwas. Er hatte eine Neigung zu auffälliger Kleidung und war zugleich ebenso ungewaschen wie ein *papugh* (Seminarist). Er war wohl bewandert in Musik, Bildhauerei und den graphischen Künsten, konnte aber Stunden in der Gesellschaft stumpfer, vulgärer Leute verbringen. Er weinte ausgiebig, wenn er der schmelzenden Geige des großen Perelmon lauschte, und vergoß die gleichen Tränen, wenn er die Scherben einer Lieblingstasse auflas. Er war bereit, jedem auf jede Weise zu helfen, wenn er in diesem Augenblick nicht mit anderen Angelegenheiten beschäftigt war; und wonnevoll schnaufend und am Leben herumstochernd und -knabbernd, schaffte er es in einem fort, Dritten, um deren Existenz er sich nicht scherte, Schmerz zu bereiten, der an Tiefe den der eigenen Seele weit übertraf – einen Schmerz, der eine andere, *die* andere Welt betraf.

In seinem zwanzigsten Lebensjahr schrieb sich K an der Universität von Ultimare ein, die vierhundert Meilen purpurner Heide von der Hauptstadt entfernt am Ufer der grauen See lag, erfuhr dort etwas über den

Lebenswandel des Kronprinzen und hätte noch mehr gehört, hätte er nicht Gespräche und Diskussionen vermieden, die seine ohnehin nicht gerade einfache Anonymität belastet hätten. Sein Vormund, der Graf, der einmal die Woche auf Besuch kam (manchmal traf er im Seitenwagen eines Motorrads ein, das seine energische Frau fuhr), hob unentwegt hervor, wie übel, schimpflich und gefährlich es wäre, wenn irgendwelche Studenten oder Professoren erführen, daß dieser schlaksige, grämliche Jüngling, der sich ebenso in seinen Studien wie im *vanbol* auf dem zweihundert Jahre alten Spielfeld hinter dem Bibliotheksgebäude hervortat, gar nicht der Sohn eines Notars war, sondern der Neffe des Königs. Ob es nun Unterwerfung unter eine der vielen in ihrer Einfalt so rätselhaften Launen war, mit denen irgendein Unbekannter und Mächtigerer als König und *Peplerhus* zusammen aus irgendeinem Grund das schäbige, monotone, nördliche, treu zu halbvergessenen Übereinkünften stehende Leben jener *«île triste et lointaine»* plagte; oder ob der grämliche Grande seine eigenen privaten Ziele und weitreichenden Pläne hatte (die Erziehung von Königen hatte geheim zu bleiben), wissen wir nicht; es gab aber auch keinen Grund, hierüber zu spekulieren, da doch der ungewöhnliche Student mit anderen Angelegenheiten beschäftigt war. Bücher, Mauerball, Skifahren (Winter pflegten damals schneereich zu sein), aber – vor allem – Nächte besonderer Meditation beim Herd und, ein wenig später, seine Romanze mit Belinda – all das füllte sein Leben so weit aus, daß ihn die vulgären kleinen Intrigen der Metapolitik gleichgültig ließen. Außerdem kam ihm, während er fleißig die Annalen des Vaterlandes studierte, nie der Gedanke, daß in seinem Innern eben das Blut schlummere, das durch die Adern früherer Könige geflossen war; oder daß das gegenwärtige Leben, das vorbeirauschte, ebenfalls «Geschichte» war – Geschichte, die aus dem Tunnel der Zeiten ins bleiche Sonnenlicht getreten war. Entweder weil der Gegenstand seiner Studien ein ganzes Jahrhundert vor der Herrschaft Gafons endete oder weil der Zauber, der sich unwillkürlich auch bei den nüchternsten Chronisten einstellt, ihm wertvoller zu sein schien als eigene Anschauung, gewann der Buchgelehrte in ihm dic Oberhand über den Augenzeugen, und wenn er später versuchte, die Verbindung mit der Gegenwart wiederherzustellen, mußte er sich damit begnügen, behelfsmäßige Verbindungen anzufertigen, die lediglich dazu führten, daß sich die vertraute Ferne der Legende verzerrte (diese Brücke über die Egel, diese blutbespritzte Brücke!).

Es war vor Beginn seines zweiten Studienjahres, daß K, der auf kurze Ferien in die Hauptstadt gekommen war und im sogenannten «Kabinettsmitglieder-Club» bescheidene Unterkunft genommen hatte, auf dem allerersten Hofempfang den Kronprinzen traf, einen impulsiven, plumpen, unanständig jung aussehenden Charmeur, der nicht glauben wollte, daß irgend jemand seinem Charme widerstehen könne. Das Treffen fand in Anwesenheit des alten Königs statt, der in einem hochlehnigen Sessel bei einem Buntglasfenster saß und schnell und behend jene winzigen olivschwarzen Pflaumen verschlang, die mehr eine Schleckerei als eine Medizin für ihn waren. Wenn auch Adulf zunächst keine

Notiz von seinem jungen Verwandten zu nehmen schien und weiter mit zwei Höflingen sprach, die nichts als Statisten waren, hatte der Prinz gleichwohl ein Thema aufgeworfen, das sorgfältig darauf angelegt war, den Neuling zu faszinieren, dem er eine Dreiviertelansicht von sich bot: In fettleibiger Selbstgefälligkeit, die Hände tief in den Taschen seiner zerknitterten karierten Hose, stand er da und wiegte sich leicht auf den Fußsohlen.

«Nehmen Sie zum Beispiel», sagte er mit der triumphierenden Stimme, die er sich für öffentliche Gelegenheiten aufbewahrte, «unsere Geschichte, und Sie werden sehen, daß in unserer Sicht die Herrschaft immer im Magischen wurzelte und Gehorsam überhaupt nur dann denkbar war, wenn er in der Vorstellung des Gehorchenden auf die unfehlbare Wirkung eines Zaubers zurückzuführen war. Mit anderen Worten: Der König war ein Zauberer oder aber selber verhext, in manchen Fällen vom Volk, manchmal von den Räten, manchmal von einem politischen Widersacher, der ihm die Krone vom Kopf fegte wie einen Hut von einem Hutständer. Rufen Sie sich die graueste Vergangenheit zurück und die Herrschaft der *mossmons* (Hohepriester, ‹Moorbewohner›), die Verherrlichung lumineszierenden Torfs, diese Art von Geschichten; oder nehmen Sie diese... diese ersten Heidenkönige – Gildras und, ja, Ofodras, und den anderen da, ich habe vergessen, wie der hieß, der Kerl jedenfalls, der seinen Becher ins Meer warf, wonach drei Tage und Nächte Fischer Meerwasser schöpften, das in Wein verwandelt worden war... *«Solg ud digh vor je sage vel, ud jem gotelm quolm osje musikel»* («süß und schwer war die Welle der See, und aus Muscheln tranken die Mädchen» – der Prinz zitierte aus Uperhulms Ballade). «Und die ersten Mönche, die in einem Skiff mit einem Kreuz anstelle eines Segels ankamen, und diese ganze Geschichte mit dem Quellfelsen – denn nur weil sie den schwachen Punkt unseres Volkes erahnten, gelang es ihnen, das verrückte römische Credo einzuführen. Und was noch wichtiger ist», fuhr der Prinz fort, mäßigte aber die Crescendos seiner Stimme, denn ein klerikaler Würdenträger stand nur wenig entfernt, «wenn die sogenannte Kirche nie richtig auf unserem Staatskörper zu sprießen vermochte und in den letzten beiden Jahrhunderten ihre politische Bedeutung völlig verlor, so liegt der Grund hierfür eben darin, daß diese simplen und ziemlich eintönigen Wunder, die zu wirken sie imstande war, sehr bald langweilig wurden», der Kleriker ging weiter, und des Prinzen Stimme gewann ihre Freiheit wieder, «und nicht konkurrieren konnten mit der natürlichen Hexenkunst, *la magie innée et naturelle* unseres Vaterlandes. Nehmen Sie nun die darauffolgenden, fraglos historischen Könige und die Anfänge unserer Dynastie. Als Rogfrid der Erste den wackligen Thron, den er selber ein von der See hin- und hergeworfenes Faß nannte, weniger bestieg als vielmehr erkraxelte und das Land derartig von Aufstand und Chaos geschüttelt wurde, daß sein Streben nach dem Königtum ein kindischer Traum zu sein schien – wissen Sie noch, was er als erstes nach Erlangung der Macht unternimmt? Er prägt unverzüglich *kruns*, Halb*kruns* und *groskien*, die eine sechsfingrige Hand darstellen. Warum eine Hand? Warum sechs Finger? Nicht ein Historiker, der eine Deutung hätte liefern können, und es ist zweifelhaft, ob Rogfrid selber es wußte. Außer Frage steht aber, daß dieser magische Akt das Land auf der Stelle befriedete. Später, unter seinem Enkel, als die Dänen versuchten, uns ihren Schützling aufzuzwingen, der mit ungeheurer Heeresmacht landete, was passierte da? Plötzlich und mit größter Selbstverständlichkeit sandte die Antiregierungspartei – ich weiß nicht mehr, wie sie hieß, die Verräter jedenfalls, ohne die das ganze Komplott nicht hätte bewerkstelligt werden können – dem Eroberer einen Boten mit der höflichen Nachricht, daß sie fürderhin sich außerstande sehe, ihn zu unterstützen. Weil, verstehen Sie, die ‹Besenheide›, das heißt, das Heidekraut jener Ebene, die die abtrünnige Armee zu durchqueren hatte, um sich mit den Kräften des Gegners zu verbinden, ‹die Steigbügel und Schienbeine des Verrats umwunden und so weiteres Vorrücken vereitelt hatte›, was offensichtlich wörtlich zu nehmen und nicht im Geiste jener abgestandenen Allegorien, die an Schulbuben verfüttert werden, zu interpretieren ist. Dann wieder – o ja, ein splendides Beispiel – Königin Ilda, wir dürfen Königin Ilda mit dem weißen Busen und den zahlreichen Liebschaften nicht vergessen, die alle Probleme des Staatswesens mit Hilfe von Inkantationen löste, und zwar so erfolgreich, daß jeder, dem sie nicht gewogen war, seinen Verstand verlor; Sie wissen selbst, daß bis zu diesem Tage Asyle für Geisteskranke beim Volk *ildehams* heißen. Und wenn dieses Volk beginnt, an Legislative und Administration teilzuhaben, stellt sich paradoxerweise heraus, daß die Magie auf der Seite des

Volkes ist. Ich bin sicher, wenn beispielsweise der arme König Ederic sich außerstande fand, beim Empfang für die gewählten Staatsbeamten seinen Platz einzunehmen, lag das sicherlich nicht an seinen Hämorrhoiden. Und so weiter, und so fort... [der Prinz fing an, des Themas, das er gewählt hatte, überdrüssig zu werden] ... das Leben unseres Landes hält wie eine Amphibie mitten in der simplen nordischen Realität sein Haupt erhoben, während es bis zum Bauch in der Fabel, in kräftiger, belebender Magie steht. Es kommt doch nicht von ungefähr, daß jeder einzelne unserer moosbewachsenen Steine, daß jeder alte Baum zumindest einmal in dem einen oder anderen magischen Ereignis eine Rolle spielte. Hier ist ein junger Student der Geschichte, ich bin sicher, er wird meine Ansicht bestätigen.»

Als K ernst und vertrauensvoll Adulfs Gedankengang zuhörte, war er verblüfft, wie weit er mit seinen eigenen Vorstellungen übereinstimmte. Sicher, die lehrbuchhafte Auswahl der Beispiele, die der redselige Kronprinz anführte, schien ihm ein wenig unausgegoren: Lag doch das Eigentliche nicht in den eindrucksvollen Manifestationen von Zauberkraft, sondern in den zarten Abtönungen eines phantastischen Etwas, das die Geschichte der Insel gründlich und verschwommen zugleich färbte. Er fand sich jedoch vorbehaltlos in Übereinstimmung mit der fundamentalen Prämisse, und das war die Antwort, die er, den Kopf neigend und sich selber zunickend, gab. Erst viel später wurde ihm klar, daß die Koinzidenz der Ideen, die ihn so verwundert hatte, auf eine unbewußte Schläue ihres Verfechters zurückzuführen war, der ohne Zweifel über eine besondere Art von Instinkt verfügte, welcher es ihm erlaubte, den wirksamsten Köder für jeden neuen Hörer zu erraten.

Als der König mit seinen Pflaumen zu Ende war, winkte er seinen Neffen heran, und da er keine Ahnung hatte, worüber er mit ihm sprechen sollte, fragte er ihn, wieviel Studenten es an der Universität gebe. K verlor die Fassung – er wußte die Zahl nicht und war nicht geistesgegenwärtig genug, eine auf gut Glück zu nennen. «Fünfhundert, tausend?» insistierte der König im Stimmfall jugendlichen Wissensdurstes. «Ich bin sicher, es müssen mehr sein», fügte er in versöhnlichem Tone bei, nachdem er keine verständliche Antwort erhalten hatte; dann, nach einer nachdenklichen Pause, fuhr er mit der Frage fort, ob sein Neffe gern reite. Hier fiel ihm der Kronprinz mit seiner üblichen köstlichen Ungezwungenheit ins Wort und lud seinen Cousin zu einem gemeinsamen Ausritt am folgenden Donnerstag ein.

«Erstaunlich, wie er inzwischen meiner armen Schwester ähnelt», sagte der König, seufzte unwillkürlich, nahm seine Brille ab und steckte sie in die Brusttasche seiner braunen Jacke mit Schnurbesatz. «Ich bin zu arm, um dir ein Pferd zu schenken», fuhr er fort, «aber ich habe eine hübsche kleine Reitpeitsche. Gotsen [er wandte sich an den Oberhofmeister] – wo ist diese hübsche kleine Reitpeitsche mit dem Hundekopf? Sehen Sie später nach und geben Sie sie ihm ... ein interessantes Dingelchen, geschichtlicher Wert und so. Nun, ich geb sie dir mit Vergnügen, aber ein Pferd geht über meine Mittel – alles, was ich habe, sind zwei

Klepper, und die halte ich mir für meinen Leichenwagen. Sei nicht böse, ich bin nicht reich.» (*«Il ment»*, sagte der Kronprinz im Flüsterton und ging summend davon.)

Am Tage des Ausritts war das Wetter kalt und unruhig, ein Perlmutthimmel glitt über ihre Köpfe hinweg, die Salweidenbüsche knicksten in den Schluchten, die Pferdehufe ließen platschend den Matsch schlammiger Pfützen in Schokoladefurchen aufspritzen, Krähen krächzten; und dann, jenseits der Brücke, verließen die Reiter die Straße und setzten im Trab über die dunkle Heide, über der hier und da eine schlanke, sich bereits gelb färbende Birke aufragte. Der Kronprinz erwies sich als ausgezeichneter Reiter, obwohl er augenscheinlich nie eine Reitschule besucht hatte, denn sein Sitz war nachlässig. Sein schwerer, breiter Hintern in seinem Kord- und Sämischleder-Futteral, der im Sattel auf- und abhopste, und seine gerundeten, abfallenden Schultern weckten in seinem Gefährten ein seltsames, vages Gefühl von Mitleid, das vollkommen verflog, wenn immer K einen Blick auf des Prinzen rosiges Gesicht warf, das Gesundheit und Selbstgefälligkeit ausstrahlte, und seine drängende Sprache hörte.

Die Reitpeitsche war am Tage zuvor angekommen, aber nicht mitgenommen worden: Der Prinz (der übrigens die Mode eingeführt hatte, bei Hof schlechtes Französisch zu gebrauchen) hatte sie voll Zorn *«ce machin ridicule»* genannt und behauptet, sie gehöre dem Söhnchen des Stallknechts, der sie auf der Veranda des Königs vergessen haben mußte. *«Et mon bonhomme de père, tu sais, a une vraie passion pour les objets trouvés.»*

«Ich habe darüber nachgedacht, wieviel Wahres an dem ist, was du gesagt hast. Bücher sagen überhaupt nichts darüber.»

«Worüber?» fragte der Prinz und versuchte angestrengt zu rekonstruieren, welche verirrte Theorie er neulich in Gegenwart seines Cousins entwickelt hatte.

«Ach, du erinnerst dich nicht? Der Ursprung der Macht in der Magie und die Tatsache...»

«Ja, natürlich, natürlich!» unterbrach der Prinz hastig und fand sogleich die beste Art, mit dem abgestandenen Thema Schluß zu machen: «Ich habe das damals nicht zu Ende geführt, weil zu viele Ohren herum waren. Schau, unser ganzes Unglück liegt heute in diesem seltsamen Ennui der Regierung, in der nationalen Trägheit, im öden Gezanke der *Peplerhus*-Mitglieder. All das ist so, weil die eigentliche Macht des Zaubers, sowohl beim Volke wie den Königen, sich irgendwie verflüchtigt hat und die Zauberkräfte unserer Ahnen zu schierem Hokuspokus herabgekommen sind. Aber laß uns diese deprimierenden Geschichten jetzt nicht diskutieren; wollen wir uns nicht fröhlicheren zuwenden? Sag mal, du mußt auf der Universität eine ganze Menge über mich gehört haben? Ich kann's mir schon denken! Erzähl mal, worüber haben sie gesprochen? Warum sagst du nichts? Sie haben mich einen Wüstling genannt, oder?»

«Ich habe mich von bösartigem Geschwätz ferngehalten», sagte K, «aber es gab in der Tat einigen Klatsch in der Richtung.»

«Na ja, das Gerücht ist die Poesie der Wahrheit. Du bist noch ein Junge – und ein ziemlich hübscher Junge obendrein –, daher gibt es viele Dinge, die du jetzt noch nicht verstehst. Nur diese eine Beobachtung: alle Menschen sind im Grunde kleine Sünder, aber wenn es nicht rauskommt, wenn zum Beispiel einer hastig in einer dunklen Ecke Marmelade in sich hineinschlingt oder seine Phantasie auf Gott weiß was für Gänge schickt, dann zählt das alles nicht; niemand betrachtet es als ein Verbrechen. Wenn jemand jedoch frank und unverdrossen den Appetit befriedigt, den ein herrischer Körper ihm auferlegt, dann, ja dann fangen die Leute an, ihn der Unzucht zu bezichtigen. Und noch eine Überlegung: Wenn in meinem Falle diese legitime Befriedigung auf ein und dieselbe unwandelbare Methode beschränkt wäre, fände sich die öffentliche Meinung damit ab oder würfe mir höchstens vor, daß ich meine Maitressen zu oft wechsle. Aber Gott, was für ein Gezeter da erhoben wird, weil ich mich nicht an den Kodex der Ausschweifung halte, sondern meinen Honig dort sammle, wo ich ihn finde! Und, paß auf, ich mag alles – eine Tulpe wie einen gemeinen kleinen Grashalm – weil, verstehst du», schloß der Prinz und zog lächelnd die Augen zu Schlitzen zusammen, «ich wirklich nur die Bruchstücke der Schönheit suche und das Ganze den guten Bürgern überlasse, und diese Bruchstücke lassen sich in einer Balletteuse ebenso finden wie in einem Dockarbeiter, in einer Venus in mittleren Jahren wie in einem jungen Reiter.»

«Ja», sagte K, «ich verstehe. Du bist ein Künstler, ein Bildhauer, und verehrst die Form...»

Der Prinz zügelte sein Pferd und lachte schallend.

«Nun ja, mit Bildhauerei hat das eigentlich nichts zu

tun, *à moins que tu ne confondes la galanterie avec la Galatée* – was jedoch in deinem Alter verzeihlich wäre. Nein, nein, es ist alles viel weniger kompliziert. Nun sei nicht so schüchtern, ich beiß dich nicht, ich kann einfach Kerle nicht ausstehen, *qui se tiennent toujours sur leurs gardes*. Wenn du nichts Besseres vorhast, könnten wir über Grenlog zurückkehren, am See dinieren und dann mal schauen, was wir noch unternehmen könnten.»

«Nein, ich fürchte, ich... nun... ich hab noch etwas zu erledigen ... Ausgerechnet heute nacht muß ich...»

«Schon gut, ich zwinge dich ja nicht», sagte der Prinz umgänglich, und ein wenig weiter, bei der Mühle, verabschiedeten sie sich.

Wie viele sehr schüchterne Personen es an seiner Stelle auch getan hätten, rechnete K, wenn er sich zwang, jenem Ausritt entgegenzusehen, mit einer recht unangenehmen Bewährungsprobe einfach deswegen, weil Adulf als ungezwungener, lustiger Plauderer galt. Bei einem eher mollgestimmten Menschen wäre es leichter gewesen, die Tonlage des Ausflugs vorher festzulegen. Als er sich darauf vorbereitete, versuchte K, sich all die peinlichen Momente vorzustellen, die sich aus der Notwendigkeit ergäben, seine normale Stimmung auf Adulfs geistsprühende Ebene zu heben. Darüber hinaus fühlte er sich durch ihre erste Begegnung festgelegt, durch die Tatsache, daß er unvorsichtigerweise mit den Ansichten eines anderen übereingestimmt hatte, der daher rechtens erwarten konnte, daß sie bei späteren Anlässen genauso glatt miteinander auskämen. Indem er eine detaillierte Inventur seiner potentiellen Schnitzer machte und – vor allem – sich mit äußerster Deutlichkeit die Spannung, das bleierne Gewicht in seinen Kiefern ausmalte, die verzweifelte Langeweile, die er verspüren würde (wegen seiner angeborenen Fähigkeit, sein projiziertes Selbst bei allen Gelegenheiten von der Seite zu sehen) – indem er all das tabellarisierte, vergebliche Anstrengungen eingeschlossen, mit seinem anderen Selbst zu verschmelzen und interessant zu finden, was angeblich interessant ist, verfolgte K ein zweites, praktisches Ziel: die Zukunft zu entwaffnen, deren einzige Macht die Überraschung ist. Das wäre ihm auch beinahe gelungen. Das Fatum, eingeschränkt durch seine eigene böse Wahl, hielt sich offensichtlich nicht weiter auf mit den Harmlosigkeiten, die er bei aller Vorsicht nicht vorhergesehen hatte: Der fahle Himmel, der Wind, der über die Heide wegging, ein knarrender Sattel, ein ungeduldig gehorchendes Pferd, der unablässige Monolog seines selbstgefälligen Gefährten, alles verschmolz zu einem durchaus erträglichen Gefühl, zumal da K eine bestimmte Zeit für den Ausritt festgelegt hatte. Es kam nur darauf an, sie durchzustehen. Als aber der Prinz mit einem überraschenden Vorschlag diese Frist ins Ungewisse hinaus zu verlängern drohte, dessen Möglichkeiten alle noch einmal unter Qualen taxiert werden mußten (und K wurde da erneut «etwas Interessantes» aufgezwungen, das einen Ausdruck fröhlicher Antizipation verlangte), war diese zusätzliche Zeitspanne – überflüssig! unerwartet! – unerträglich; und deshalb hatte er, auf die Gefahr hin, unhöflich zu erscheinen, den Vorwand einer nicht existierenden anderweitigen Verpflichtung gebraucht. Gleichwohl bedauerte er, als er sein Pferd wendete, diese Unartigkeit ebenso intensiv, wie er noch einen Augenblick zuvor sich seine Freiheit hatte angelegen sein lassen. Die ganze von der Zukunft erwartete Bosheit kam herunter zu einem zweifelhaften Echo der Vergangenheit. Einen Augenblick lang erwog er, ob er dem Prinzen nicht nachreiten und den jungen Freundschaftsbund durch eine verspätete, daher aber doppelt wertvolle Einwilligung in eine neue Prüfung festigen sollte. Seine aus eigener Überempfindlichkeit rührende Sorge jedoch, einen liebenswürdigen, fröhlichen Mann zu kränken, wog seine Angst, dieser Liebenswürdigkeit und Fröhlichkeit nicht gewachsen zu sein, nicht auf. So kam es, daß das Schicksal ihm doch ein Schnippchen schlug und durch einen letzten hinterlistigen Nadelstich entwertete, was er als einen Sieg zu betrachten geneigt gewesen war.

Einige Tage später erhielt er noch eine Einladung des Prinzen, der ihn bat, er möge doch an irgendeinem Abend der folgenden Woche «vorbeischauen». K konnte nicht ablehnen. Darüber hinaus ebnete ein Gefühl der Erleichterung darüber, daß der andere nicht gekränkt war, verräterisch den Weg.

Er wurde in einen großen, gelben Saal geleitet, in dem es so heiß wie in einem Gewächshaus war und wo eine Anzahl Leute, ziemlich gleichmäßig nach Geschlecht verteilt, auf Diwans, Poufs und einem dickflorigen Teppich saß. Den Bruchteil einer Sekunde lang schien der Gastgeber vage erstaunt über die Ankunft seines Cousins, als hätte er vergessen, daß er ihn eingeladen hatte, oder glaubte, ihn auf einen anderen Tag geladen zu haben. Dieser momentane Ausdruck machte jedoch sofort einem Grinsen des Willkommens Platz, wonach der Prinz seinen Cousin sich selbst überließ, der im übrigen auch von den anderen Gästen nicht weiter beachtet wurde, die offensichtlich nahe Freunde des Prinzen waren: ungewöhnlich schlanke, glatthaarige junge Frauen, ein halbes Dutzend ältere Herren mit rasierten, gebräunten Gesichtern und mehrere junge Männer mit den am Hals offenen Seidenhemden, die zu jener Zeit in Mode waren. Unter ihnen erkannte K plötzlich den berühmten jungen Akrobaten Ondrik Guldving, einen mürrischen, blonden Jüngling mit einer bizarren Verhaltenheit der Bewegung und des Gangs, als würde die auf der Bühne so bemerkenswerte Ausdrucksfähigkeit seines Körpers durch die Kleidung gehemmt. K diente dieser Akrobat als Schlüssel zur Konstellation der Versammlung schlechthin; und obwohl der Betrachter lächerlich unerfahren und keusch war, spürte er doch unmittelbar, daß diese tüllverschleierten, köstlich ranken Mädchen, die in den vielfältigsten Posen der Ungezwungenheit hingegossen waren, die nicht Konversation, sondern die Fata Morganen von Konversation machten (bestehend aus langsamem Halblächeln und den «Hms» von Frage und Antwort durch den Rauch von Zigaretten in wertvollen Haltern), zu jener eigentlich tauben und tumben Welt gehörten, die in früheren Tagen als *demi-monde* bekannt war (alle Vorhänge zu, keine *andere* Welt bekannt). Daß sich verstreut unter ihnen Damen befanden, die man bei Hofbällen sah, änderte nicht das mindeste an dieser Tatsache. Die männliche Gruppe war ähnlich homogen, obwohl sich hier Vertreter des Adels fanden, Künstler mit dreckigen

Fingernägeln und Rowdys vom Hafenarbeitertyp. Und eben weil der Betrachter unerfahren und keusch war, zog er seinen anfänglichen, unwillkürlichen Eindruck sofort in Zweifel, beschuldigte sich selber des üblichen Vorurteils und daß er sklavisch dem seichten Stadtgespräch Glauben schenkte. Er sah ein, daß alles seine Ordnung hatte, das heißt, daß seine Welt durch den Einschluß dieser neuen Provinz keineswegs auseinanderbräche und daß alles an ihr einfach und verständlich war: Ein Mann, der Fröhlichkeit und Ungezwungenheit zugetan, hatte frei seine Freunde gewählt.

Der friedlich sorglose und sogar kindliche Rhythmus dieser Versammlung war besonders beruhigend für K. Das mechanische Gerauche, die verschiedenen Leckereien auf goldgeäderten Tellerchen, die freundschaftlichen Bewegungszyklen (jemand fand für jemanden ein Notenblatt, ein Mädchen probierte die Halskette eines anderen an), die Einfachheit, die Heiterkeit, alles war ein Zeichen jener Liebenswürdigkeit, die K, der sie selber nicht besaß, in allen Erscheinungen des Lebens bemerkte, im Lächeln einer Praline in ihrer gaufrierten Haube ebenso wie im Echo einer alten Freundschaft, das sich aus jemandes Geplauder heraushören ließ. Mit vor Konzentration gerunzelter Stirn und unter gelegentlichem aufgebrachtem Stöhnen, das in einem Grunzen der Verärgerung endete, versuchte der Prinz unverdrossen, sechs winzige Kugeln in das Zentrum eines Glaslabyrinths im Hosentaschenformat zu bugsieren. Eine Rothaarige in grünem Kleid und mit Sandalen an den bloßen Füßen wiederholte unablässig in drolliger Traurigkeit, daß er es nicht schaffen werde;

aber er machte lange Zeit beharrlich weiter, rüttelte das widerspenstige Geduldsspiel hin und her, stampfte mit dem Fuß und fing wieder von vorne an. Schließlich schleuderte er es auf ein Sofa, wo es sich prompt ein paar andere vornahmen. Dann setzte sich ein Mann mit hübschen Gesichtszügen, die ein Tic verzerrte, ans Klavier, griff, um derart irgend jemand zu parodieren, mit schludriger Heftigkeit in die Tasten und stand gleich wieder auf, worauf er und der Prinz eine Auseinandersetzung über das Talent eines Dritten begannen, bei dem es sich wahrscheinlich um den Schöpfer der verstümmelten Melodie handelte, und die Rothaarige kratzte durch ihr Kleid einen graziösen Schenkel und erklärte dem Prinzen den Standpunkt des Verballhornten in einer komplizierten musikalischen Fehde. Jäh konsultierte der Prinz seine Uhr und wandte sich an den blonden jungen Akrobaten, der in der Ecke Orangeade trank: «Ondrik», sagte er mit besorgter Miene, «ich denke, es ist Zeit.» Ondrik leckte sich düster die Lippen, stellte sein Glas ab und kam herüber. Mit dicken Fingern öffnete der Prinz Ondriks Hosenlatz, zog die gesamte rosa Masse seiner Genitalien hervor, fand die Hauptsache und begann, den glänzenden Schaft gleichmäßig zu reiben.

«Zuerst», berichtete K, «dachte ich, ich hätte den Verstand verloren, es sei eine Halluzination.» Vor allem schockierte ihn die Selbstverständlichkeit des Vorgangs. Ekel wallte in ihm auf, und er ging. Einmal auf der Straße, rannte er sogar eine Weile.

Die einzige Person, mit der er seine Empörung zu teilen sich imstande fühlte, war sein Vormund. Obwohl er keine Zuneigung zu dem nicht sehr sympathischen Herzog empfand, beschloß er, ihn als den einzigen Vertrauten, den er hatte, zu Rate zu ziehen. Voll Verzweiflung fragte er den Herzog, wie es sein könne, daß ein Mann von Adulfs Lebenswandel, ein Mann darüber hinaus, der nicht mehr jung war und sich daher wohl kaum noch ändern dürfte, der Herrscher des Landes würde. In dem Licht, in dem er den Kronprinzen plötzlich gesehen hatte, war ihm außerdem klargeworden, daß Adulf, selbst wenn man von den häßlichen Zoten absah und trotz seiner Vorliebe für die Künste, in Wirklichkeit ein Barbar war, ein autodidaktischer Dümmling, dem es an echter Bildung fehlte, der sich eine Handvoll ihrer Glasperlen angeeignet und gelernt hatte, mit dem Schillern seines anpassungsfähigen Verstandes zu paradieren, und den die Probleme seines zukünftigen Regierungsamtes natürlich nicht im mindesten scherten. K fragte immer wieder, ob es denn nicht aberwitzigster Unsinn sei, der Wahnsinn von Träumen, sich eine solche Person als König auch nur zu denken; aber wenn er diese Fragen stellte, erwartete er keine sachdienlichen Antworten: Es war die Rhetorik junger Ernüchterung. Nichtsdestoweniger holte K, als er fortfuhr, seine Verblüffung in abgerissenen, spröden Sätzen (er war von Natur nicht redegewandt) auszudrücken, die Realität ein und bekam flüchtig ihr Gesicht zu sehen. Zugegeben, er fiel sofort wieder zurück, aber jener Blick prägte sich seiner Seele ein und enthüllte ihm blitzartig, welche Gefahren einen Staat erwarteten, der dazu verurteilt war, das Spielzeug eines geilen Wüstlings zu werden.

Der Herzog ließ ihn ausreden und hörte ihm aufmerksam zu, wobei er ihm dann und wann einen Blick aus seinen wimperlosen Geieraugen zuwarf: In ihnen spiegelte sich eine seltsame Genugtuung. Berechnender und kühler Mentor, der er war, antwortete er sehr vorsichtig, als ob er K nicht ganz beipflichte, und beruhigte ihn mit dem Hinweis, daß das, was er da zufällig mitbekommen habe, auf sein Urteilsvermögen mit unangemessener Macht wirke; daß der einzige Zweck dieser vom Prinzen vorgenommenen Hygienemaßnahme doch der sei, einen jungen Freund davon abzuhalten, seine Kräfte beim Huren zu vertun; und daß Adulf Qualitäten habe, die sich vielleicht erst nach seiner Thronbesteigung zeigten. Am Ende der Unterhaltung bot er an, K bei einer gewissen gelehrten Person einzuführen, dem bekannten Ökonomen Gumm. Hier verfolgte der Herzog einen doppelten Zweck: Auf der einen Seite befreite er sich von jeder Verantwortung für mögliche Folgen und legte sich nicht fest, was sehr zupaß käme, falls etwas schiefgehen sollte; und auf der anderen Seite gab er K weiter an einen erfahrenen Verschwörer und leitete damit die Realisierung eines Plans in die Wege, den der böse und verschlagene Herzog anscheinend schon einige Zeit gehegt hatte.

Darf ich Ihnen Gumm vorstellen, darf ich Ihnen den Ökonomen Gumm vorstellen, einen rundbäuchigen kleinen Mann in wollener Weste, mit einer blauen Brille, die er hoch in seine rosa Stirn geschoben hatte, den drallen, properen, kichernden Gumm. Ihre Zusammenkünfte nahmen an Häufigkeit zu, und am Ende seines zweiten Universitätsjahres hielt sich K sogar etwa eine Woche in Gumms Haus auf. Zu der Zeit hatte K mehr als genug über das Benehmen des Kronprinzen in Erfahrung gebracht, um jene erste Explosion der Indignation nicht mehr weiter zu bedauern. Nicht so sehr von Gumm selbst, der immer irgendwohin zu rollen schien, als vielmehr von seinen Verwandten und seiner Umgebung hatte K von den Maßnahmen erfahren, die schon ergriffen worden waren, um dem Prinzen Einhalt zu gebieten. Zunächst hatte man in der Hoffnung auf väterliche Maßregelung versucht, den alten König von den Lustbarkeiten seines Sohnes zu unterrichten. Und in der Tat lief der alte Mann, wenn der oder jener, nachdem er durch die Dornenhecken des Protokolls Zugang zum *kabinet* des Königs erlangt hatte, des Sprößlings Streiche frank und frei beschrieb, purpurn an, zog nervös die Schöße seines Morgenmantels zusammen und zeigte größere Empörung, als man hätte erwarten können. Er schrie, daß er dem ein Ende machen werde, daß der Becher der Geduld (in dem sein Morgenkaffee stürmisch schwappte) überliefe, daß er glücklich sei, ein offenes Wort zu hören, daß er den Hurenbock für sechs Monate auf ein *suyphellus* (Klosterschiff, schwimmende Einsiedelei) verbannen werde, daß er... Und wenn die Audienz sich ihrem Ende näherte und der befriedigte Beamte sich gerade hinausdienerte, nahm der alte König – immer noch schnaubend, aber schon wieder friedlich – ihn mit einer geschäftigen, vertraulichen Miene beiseite (obwohl man doch allein im Arbeitszimmer war) und sagte: «Ja, ja, ich verstehe das alles, das ist schon so, aber hören Sie doch mal... ganz unter uns... sagen Sie, wenn wir uns das vernünftig anschauen... mein Adulf ist doch Junggeselle, kein Freund von Traurigkeit, er macht eben gerne ein bißchen einen drauf... ist es denn nötig, sich derart aufzuregen? Erinnern Sie sich, wir waren doch auch mal jung!» Diese letzte Bemerkung war recht töricht, denn des Königs ferne Jugend war in milchiger Ruhe dahingeflossen, und danach hatte die verstorbene Königin, seine Frau, ihn mit ungewöhnlicher Strenge behandelt, bis er sechzig war. Sie war übrigens eine bemerkenswert dickköpfige, dumme und kleinliche Frau mit einer steten Neigung zu harmlosen, aber äußerst absurden Phantastereien; und es war mehr als wahrscheinlich, daß es auf sie zurückzuführen war, wenn das Gehabe des Hofes und – in gewissem Maße – das des Staates diese seltsamen, schwer definierbaren Züge annahm, in denen sich Stagnation und Kaprice, Leichtsinn und die Sturheit gewaltlosen Irrsinns seltsam vermischten, die den gegenwärtigen König so sehr plagten.

Die – chronologisch gesehen – zweite Spielart der Opposition reichte bedeutend tiefer: Sie bestand in der Sammlung und Stärkung öffentlicher Kräfte. Man konnte sich kaum auf die bewußte Beteiligung des gemeinen Volkes verlassen: Von den insularen Pflügern, Webern, Bäckern, Schreinern, Getreidehändlern, Fischern und so weiter wurde die Transformation irgendeines Kronprinzen in irgendeinen König so ergeben hingenommen wie ein Wetterumschlag: Der Landbewohner schaute auf den Schimmer des Morgenrots zwischen aufgehäuften Wolken, schüttelte seinen Kopf, und das war alles; in seinem dunklen, lichenoiden Hirn war seit Urzeiten ein Platz reserviert für altvertraute –

natürliche oder nationale – Katastrophen. Die Dürftigkeit und Trägheit der Wirtschaft, die eingefrorenen Preise, die seit langem ihre vitale Empfindlichkeit eingebüßt hatten (durch die sich sofort eine Verbindung zwischen einem leeren Kopf und einem leeren Magen herstellt), die grimme Beständigkeit magerer, aber eben ausreichender Ernten, der geheime Pakt zwischen Grün- und Anbauflächen, die, so schien es, übereingekommen waren, sich zu ergänzen und so die Agronomie im Gleichgewicht zu halten – all das hielt laut Gumm (siehe *Die Basis und Anabasis der Ökonomie*) das Volk in matter Unterwürfigkeit; und sollte hier eine Art von Zauberei im Spiele sein, dann war das um so schlimmer für die Opfer ihres klebrigen Banns. Darüber hinaus – und die Aufgeklärten fanden hierin eine Quelle besonderer Traurigkeit – genoß Prinz Feige eine Art schmuddliger Popularität bei den unteren Klassen und im Kleinbürgertum (zwischen denen die Unterschiede so wacklig waren, daß regelmäßig rätselhafte Phänomene zu beobachten waren wie etwa die Rückkehr des vermögenden Sohnes eines Ladeninhabers zum bescheidenen Handwerk seines Großvaters). Das herzhafte Lachen, das unausbleiblich das Gerede über Feiges Possen begleitete, bewahrte diese vor moralischer Verdammung: Die Maske mutwilliger Heiterkeit klebte den Leuten am Gesicht, und diese Mimikry der Zustimmung ließ sich von dem eigentlichen Gemütszustand nicht mehr unterscheiden. Je wüster sich Feige austobte, um so lauter schallten im Volk die Lachsalven, um so kräftiger und krakeeliger knallten rote Fäuste auf die Kneipentheken. Ein charakteristisches Detail: Als der Prinz eines Tages hoch zu Pferd, eine Zigarre zwischen den Zähnen, durch ein abgelegenes Dorf kam, fiel ihm ein anmutiges kleines Mädchen auf. Dem bot er an aufzusitzen, und trotz des Entsetzens der Eltern (das auch der gebührende Respekt kaum zurückdämmen konnte) sprengte er mit ihm auf und davon, während sein alter Opapa auf der Straße hinterherrannte, bis er in einen Graben purzelte. Da röhrte das ganze Dorf nach Augenzeugenberichten vor Begeisterung, beglückwünschte die Familie, schwelgte in Mutmaßungen und knauserte nicht mit schadenfrohen Fragen, als das Mädchen nach einer Stunde zurückkehrte und in der einen Hand einen Hundertkronenschein und in der anderen ein noch nicht flügges Vögelchen hielt, das in einem verlassenen Gehölz aus seinem Nest gefallen war, wo sie es auf ihrem Weg zurück ins Dorf aufgelesen hatte.

In militärischen Kreisen beruhte das Unbehagen am Prinzen weniger auf den Erwägungen öffentlicher Moral und nationalen Prestiges als auf dem Befremden, das seine Haltung dampfendem Punsch und dröhnendem Geschütz gegenüber auslöste. König Gafon selber war im Gegensatz zu seinem streitsüchtigen Vorgänger ein zutiefst ziviler alter Herr; doch die Armee fand sich damit ab, da seine komplette Ignoranz in militärischen Angelegenheiten durch die ängstliche Achtung, die er für sie hegte, aufgewogen wurde; dagegen konnte die Garde seinem Sohn die offene Häme nicht verzeihen. Kriegsspiele, Paraden, pausbäckige Musik, Regimentsbankette unter Beachtung farbenprächtiger Bräuche und manch anderer beflissen betriebener Zeitvertreib lösten nichts als spöttischen Abscheu in Adulfs ausnehmend künstlerischer Seele aus. Doch Unmutsbekundungen in der Armee gingen nicht über flüchtiges Gemurmel hinaus, plus – vielleicht – dem Schwören mitternächtlicher Schwüre (beim Schimmern von Kerzen, Kelchen und Säbeln), die am nächsten Tag vergessen waren. So war es an den aufgeklärten Geistern der Gesellschaft, die, traurig genug, nicht zahlreich waren, die Initiative zu ergreifen; zur anti-adulfischen Opposition zählten jedoch Staatsmänner, Zeitungsherausgeber und Juristen – respektable, knorzige alte Knaben, die ausreichend verborgenen oder offenen Einfluß ausübten. Mit anderen Worten, die öffentliche Meinung zeigte sich der Gelegenheit gewachsen, und die Begierde, den Kronprinzen in die Schranken zu weisen, wurde mit Zunahme seiner Schandtaten als Zeichen von Anstand und Intelligenz betrachtet. Es galt nur noch, eine Waffe zu finden. Und genau die fehlte, leider Gottes. Da war die Presse, da war das Parlament, aber nach dem Kodex der Verfassung mußte schon die leiseste Andeutung einer Respektlosigkeit gegen ein Mitglied der königlichen Familie in einem Verbot der Zeitung oder der Auflösung der Kammer enden. Ein vereinzelter Versuch, die Nation aufzurütteln, schlug fehl. Wir verweisen hier auf den berühmten Prozeß des Dr. Onse.

Dieser Prozeß war selbst in den beispiellosen Annalen der Justiz von Thule etwas Beispielloses. Ein für seine Tugendhaftigkeit berühmter Mann, Schriftsteller und Dozent der Staatswissenschaft und Philosophie, eine Persönlichkeit von solch hohem Ansehen, von solcher Striktheit der Ansichten und Prinzipien, in einem

Wort, ein solch strahlend makelloser Charakter, daß neben ihm auch der beste Ruf besudelt erscheinen mußte, wurde verschiedenster Vergehen gegen die Moral angeklagt, verteidigte sich selber mit dem Ungeschick der Verzweiflung und gestand zuletzt seine Schuld ein. So weit war nichts sehr Ungewöhnliches an dem Fall: Weiß der Himmel, zu welchen Furunkeln die Zitzen des Verdienstes bei eingehender Prüfung werden können. Unüblich und heikel an der Angelegenheit war nur die Tatsache, daß die Anklagepunkte und das Beweismaterial praktisch eine Replik all dessen darstellten, was dem Kronprinzen zur Last gelegt werden konnte. Man kann nicht umhin, sich über die Genauigkeit der Details zu wundern, die beschafft worden waren, um ein lebensgroßes Portrait in den vorbereiteten Rahmen einzufügen, ohne etwas zu retuschieren oder wegzulassen. Vieles daran war so neu und individualisierte so präzise die Gemeinplätze längst vergröberten Gerüchts, daß den Massen zunächst nicht aufging, wer eigentlich für das Bild Modell gesessen hatte. Sehr bald jedoch begannen die täglichen Reportagen in den Zeitungen ganz ungewöhnliches Interesse bei den Lesern zu wecken, denen ein Licht aufgegangen war, und Leute, die gewöhnlich bis zu zwanzig Kronen bezahlt hatten, um dem Prozeß beizuwohnen, ließen sich das nun fünfhundert oder mehr kosten.

Die ursprüngliche Idee war eine Ausgeburt der *prokuratura* (Magistrat). Der älteste Richter der Hauptstadt fand Gefallen an ihr. Aufzutreiben war nun lediglich eine Person, die aufrecht genug war, um nicht mit dem Prototyp der Affaire verwechselt zu werden, intelligent genug, um vor dem Tribunal nicht als Clown oder Kretin zu agieren, und vor allem der Sache so ergeben, daß er ihr alles zu opfern, ein monströses Schlammbad durchzustehen und seine Karriere gegen Zwangsarbeit einzutauschen bereit war. Anwärter für diese Rolle gab es nicht: Die Verschwörer, die meisten von ihnen gestandene Familienväter, fanden an jedem Part mit Ausnahme des einen Gefallen, ohne den das Spiel nicht inszeniert werden konnte. Die Lage schien schon hoffnungslos – da erschien eines Tages der ganz in Schwarz gekleidete Dr. Onse auf einer Versammlung der Konspiratoren und erklärte, ohne sich zu setzen, daß er ihnen voll und ganz zur Verfügung stehe. Eine begreifliche Ungeduld, die Gelegenheit beim Schopfe zu fassen, ließ ihnen kaum Zeit, sich zu wundern. Denn sicher muß es auf den ersten Blick schwierig gewesen sein zu verstehen, wie das lautere Leben eines Denkers mit der Bereitschaft einhergehen könne, sich um einer politischen Intrige willen an den Pranger stellen zu lassen. Sein Fall war aber genau besehen so ungewöhnlich nicht. Dr. Onse, der sich ja unausgesetzt mit geistigen Problemen beschäftigte und fortwährend die Gesetze rigidester Prinzipien auf die fragilsten Abstraktionen anwandte, sah sich außerstande, eine Anwendung dieses Verfahrens auf seine eigene Person zurückzuweisen, als sich ihm die Gelegenheit bot, eine Tat zu vollbringen, die selbstlos und wahrscheinlich sinnlos war (und deshalb, dank der äußersten Reinheit ihrer Natur, noch immer abstrakt). Darüber hinaus sollte man sich daran erinnern, daß Dr. Onse seinen Lehrstuhl aufgab, die Behaglichkeit seiner Studierstube mit ihren Bücherwänden, die Fortführung seines letzten Opus – kurz, alles, was zu schätzen ein Philosoph das Recht hat. Zu erwähnen bliebe noch, daß seine Gesundheit leidlich war; zu betonen wäre, daß er, bevor der Fall einer genauen Prüfung unterzogen wurde, drei Nächte zu opfern gezwungen war, um sich in recht spezifische Arbeiten zu vergraben, die sich mit Problemen abgaben, von denen ein Asket wenig wissen konnte; und hinzuzufügen wäre noch, daß er sich nach Jahren unausgesprochener Liebe nicht lange vor seinem Entschluß mit einer alten Jungfer verlobt hatte, während welcher Zeit ihr langjähriger Bräutigam in der fernen Schweiz mit der Schwindsucht rang, bis er starb und sie dadurch voll Mitgefühl von ihrem Gelübde entband.

Der Prozeß begann damit, daß jene wahrhaft heroische Frau Dr. Onse beschuldigte, sie in seine heimliche *garçonnière*, eine «Höhle der Wollust und der Libertinage», gelockt zu haben. Ein ähnlicher Vorwurf (mit dem einzigen Unterschied, daß das Appartement, welches sich die Verschwörer insgeheim genommen und ausgestattet hatten, nicht dasjenige war, das der Prinz eine Zeitlang für spezielle Verlustigungen zu mieten pflegte, ihm aber auf der anderen Straßenseite gegenüberlag – wodurch gleich zu Beginn jene Spiegelbildlichkeit eingeführt wurde, die für den ganzen Fall charakteristisch war) war von einer nicht allzu hellen Maid gegen Feige erhoben worden, die, wie sich herausstellte, nicht wußte, daß ihr Verführer der Thronerbe und damit eine Person war, die unter keinen Umständen vor Gericht gezogen werden konnte. Dann folgten die Aussagen zahlreicher Zeugen (einige von ihnen selbstlose Parteigänger, andere bezahlte Agenten: Von den ersteren hatte es nicht genug gegeben); deren Darstellungen waren von einem Komitee von Experten brillant zusammengestellt worden, unter denen man einen distinguierten Historiker, zwei bedeutende Literaten und mehrere erfahrene Juristen fand. In diesen Darstellungen kamen die Aktivitäten des Kronprinzen nach und nach in der korrekten chronologischen Abfolge ans Licht, jedoch – verglich man die Zeit, die der Prinz benötigt hatte, um die Öffentlichkeit gegen sich aufzubringen – mit einigen kalendarischen Verkürzungen. Gruppensex, Ultra-Uranismus, Verführung Jugendlicher und viele andere Amüsements wurden dem Beschuldigten in Form detaillierter Fragen beschrieben, auf die er wesentlich kürzer antwortete. Dr. Onse, der die ganze Affaire mit der seiner Mentalität entsprechenden systematischen Beflissenheit studiert, aber den theatralischen Künsten nie Beachtung geschenkt hatte (er ging nie ins Theater), gelang nun, indem er die Sache nach Gelehrtenart anging, unbewußt eine glänzende Verkörperung jenes Typs des Kriminellen, der alle Anschuldigungen zurückweist (eine Haltung, die im vorliegenden Fall der Staatsanwaltschaft das Terrain ebnen sollte) und dessen Leugnen durch widersprüchliche Aussagen gestärkt und durch konfuse Halsstarrigkeit gestützt wird.

Alles lief wie geplant; leider nur wurde bald deutlich, daß die Verschwörer keine Ahnung hatten, worauf sie eigentlich hinaus wollten. Daß den Leuten die Augen aufgingen? Aber den Leuten war doch Feiges Nominalwert schon lange bekannt. Daß sittliche Entrüstung in öffentlichen Aufruhr umschlug? Aber nichts deutete auf die Möglichkeit einer solchen Metamorphose. Oder sollte etwa das ganze Arrangement nichts weiter sein als ein Glied in einer Kette immer eindrucksvollerer Enthüllungen? Aber Anrüchigkeit und Ruchlosigkeit des Prozeßgegenstandes verliehen ihm den Charakter unwiederholbarer Exklusivität, so daß die Kette, die doch vor allem ein schrittweises Herstellungsverfahren verlangte, schon zwischen dem ersten und dem zweiten Glied brechen mußte.

Die Veröffentlichung der Einzelheiten des Falles bereicherte lediglich dic Zeitungen: Deren Auflagen stiegen derart, daß es gewissen alerten Leuten (wie zum Beispiel Sien) in dem entstehenden üppigen Schatten gelang, neue Presseorgane ins Leben zu rufen, die die verschiedensten Ziele verfolgten, deren Erfolg aber durch die Prozeßberichte garantiert war. Die ehrlich entrüsteten Bürger waren im Vergleich zu den Schenkelklopfern und Neugierigen weit in der Minderzahl. Einfaches Volk las und lachte. In diesen öffentlichen Vorgängen sahen sie ein herrlich unterhaltsames Gaunerstückchen. Das Bild des Kronprinzen nahm in ihrer Vorstellung die Gestalt eines Pulcinella an, dessen polierter Schädel zwar möglicherweise von einem räudigen Teufel ein paar Schläge mit dem Stock verpaßt bekommt, der aber der Liebling des Publikums, der Star der Schaubude bleibt. Auf der anderen Seite wurde der Persönlichkeit des hehren Dr. Onse nicht nur die Anerkennung versagt, sie provozierte sogar fröhliches und schadenfreudiges Gejohle (das ein schäbiges Echo in der Regenbogenpresse fand), hatte doch die Bevölkerung seine Position als die lumpige Gefallsucht eines bestochenen Intelligenzlers verkannt. Mit einem Wort, die pornographische Popularität, die den Prinzen immer umgeben hatte, stieg weiter, und selbst die ironischsten Mutmaßungen über seine Gefühle beim Nachlesen der eigenen Eskapaden trugen das Merkmal jener Gutmütigkeit, mit der wir, ohne es zu wollen, die großspurige Rücksichtslosigkeit eines solchen Kerls ermutigen.

Der Adel, der Rat, der Hof und die «höfischen» Mitglieder des *Peplerhus* wurden im Schlaf überrumpelt. Zahm entschlossen sie sich abzuwarten und verloren damit unschätzbares politisches Tempo. Es stimmt, wenige Tage vor dem Urteilsspruch gelang es Mitgliedern der royalistischen Partei durch komplizierte oder schlicht unredliche Machenschaften, ein Gesetz durchzubringen, das es den Zeitungen untersagte, über «Scheidungsprozesse oder andere Fälle, die sittliches Empfinden zu verletzen imstande sind», zu berichten; da aber nach der Verfassung ein Gesetz erst nach Ablauf einer vierzigtägigen Frist in Kraft treten konnte (eine Zeitspanne, die als «Schwangerschaft der Themis» bezeichnet wurde), blieb der Presse Zeit genug, bis zu allerletzt über den Prozeß zu berichten.

Prinz Adulf selber verfolgte die Geschichte mit völliger Teilnahmslosigkeit, der er darüber hinaus noch so natürlich Ausdruck gab, daß man sich fragen mußte, ob er überhaupt verstand, von wem da die Rede war. Da die Affaire ihm in allen Details vertraut sein mußte, kam man zwangsweise zu dem Schluß, daß er entweder an Gedächtnisschwund litt oder daß seine Selbstkontrolle superb war. Nur einmal glaubten seine Vertrauten einen Schatten von Verärgerung über sein großes Gesicht huschen zu sehen: «Wie schade», rief er, «warum hat mich dieser *polisson* nicht zu seinen Festen eingeladen? *Que de plaisirs perdus!*» Was den König anging, so sah auch er unbetroffen aus, zeigte jedoch durch die Art, wie er sich räusperte, wenn er die Zeitung in eine Lade legte und seine Brille abnahm, und durch die Häufigkeit seiner Geheimsitzungen mit diesem oder jenem Rat, der zu unzeitiger Stunde geladen worden war, daß er heftig beunruhigt war. Man erzählte sich, daß er während der Prozeßtage mehrmals mit gespielter Beiläufigkeit seinem Sohn die königliche Jacht anbot, damit Adulf eine «kleine Reise um die Welt» unternehmen könne, aber Adulf lachte nur und küßte ihn auf die Glatze. «Wirklich, mein lieber Junge», beharrte der alte König, «es ist doch so herrlich auf See! Du könntest Musikanten mitnehmen, ein Faß Wein!» – «*Hélas!*» antwortete der Prinz. «Ein wippender Horizont bekommt meinem Solarplexus nicht.»

Der Prozeß trat in seine Endphase. Die Verteidigung führte die «Jugend» des Beschuldigten an, sein «heißes Blut», die «Versuchungen» eines Junggesellendaseins – was alles eine ziemlich grobe Parodie der übergroßen Nachsicht des Königs war. Der Staatsanwalt hielt eine Rede von ingrimmigem Nachdruck – und schoß über das Ziel hinaus, als er die Todesstrafe beantragte. Das letzte Wort des Angeklagten brachte eine völlig unerwartete Nuance ein. Erschöpft durch die lange Anspannung, gemartert durch den Zwang, sich im Dreck eines anderen zu wälzen, und durch den Ausbruch des

Staatsanwalts unwillkürlich ins Wanken gebracht, verlor der glücklose Gelehrte seine Nerven und begann plötzlich nach einigem unzusammenhängenden Gestammel in einer neuen, hysterisch klaren Stimme zu erzählen, wie er in seiner Jugend eines Nachts nach seinem ersten Glas Haselschnaps eingewilligt hatte, mit einem Klassenkameraden in ein Bordell zu gehen, und wie er nur deswegen nicht hinkam, weil er auf der Straße in Ohnmacht fiel. Dieses unvorhergesehene Geständnis löste beim Publikum langanhaltendes Gelächter aus, während der Staatsanwalt, der seinen Kopf verlor, versuchte, dem Angeklagten mit Brachialgewalt den Mund zu stopfen. Dann zogen sich die Geschworenen zu einer schweigsamen Zigarettenpause in den ihnen zugewiesenen Raum zurück, kamen aber gleich wieder heraus, um das Votum zu verkünden. Auf ihren Antrag hin wurde Dr. Onse zu elf Jahren Zwangsarbeit verurteilt.

Das Urteil wurde von der Presse wortreich gutgeheißen. Bei geheimen Besuchen schüttelten seine Freunde dem Märtyrer die Hand, als sie Abschied von ihm nahmen... Da aber handelte der gute alte Gafon zum ersten Mal in seinem Leben, unerwartet für jeden – inklusive wahrscheinlich ihn selbst – recht geistreich: Er zog Vorteil aus einem unbestrittenen Vorrecht und gewährte Onse volles Pardon.

So gingen die erste und die zweite Maßnahme, Druck auf den Prinzen auszuüben, praktisch ins Leere. Es blieb ein dritter, ein endgültiger und sicherer Weg. Alle Gespräche in Gumms Umgebung hatten ausschließlich die Anwendung dieser dritten Möglichkeit zum Ziel, obwohl niemand sie offen beim Namen nannte: Der Tod erfreut sich einer ausreichenden Zahl von Euphemismen. Einmal in die wirren Machenschaften einer Verschwörung verstrickt, erkannte K nicht genau, was vorging, und der Grund für diese Blindheit lag nicht allein in seiner jugendlichen Unerfahrenheit, sie hing damit zusammen, daß er sich selber instinktiv, doch ganz und gar zu Unrecht als den Haupträdelsführer betrachtete (während er natürlich nicht mehr war als ein ehrenamtlicher Statist – oder eine ehrenamtliche Geisel) und sich darum zu glauben weigerte, das Unternehmen, das er in die Wege geleitet hatte, könne in Blutvergießen enden; und es existierte ja auch tatsächlich gar kein Unternehmen, da er verschwommen fühlte, daß er allein schon dadurch etwas ausreichend Wichtiges und Nötiges leiste, daß er bei Betrachtung der Lebensführung seines Cousins seinen Widerwillen überwand, und wenn er im Verlaufe der Zeit sich ein wenig langweilte bei dieser Betrachtung und den dauernden Gesprächen über die gleiche Sache, so nahm er doch weiter an ihnen teil, hielt pflichtschuldig am lästigen Thema fest und dachte weiterhin, daß er seiner Pflicht nachkomme, wenn er mit einer Art von Macht kollaboriere, die er nicht durchschaute, die aber zu guter Letzt durch die Berührung mit dem Zauberstab einen unmöglichen Prinzen in einen annehmbaren Thronerben verwandeln würde. Selbst wenn es ihm eingefallen wäre, die Möglichkeit miteinzukalkulieren, daß Adulf einfach gezwungen werden konnte, von seinem Anspruch auf den Thron Abstand zu nehmen (die ausufernde Bildersprache, wie die Verschwörer sie benutzten, hätte etwas in dieser Richtung durchaus nahelegen können), so führte er doch seltsamerweise diesen Gedanken nie zu Ende, das heißt bis zu sich selber als nächstem in der Thronfolge. Fast zwei Jahre lang verkehrte er, wenn sein Studium es erlaubte, regelmäßig mit dem rundlichen Gumm und seinen Freunden und fand sich unmerklich in einem dichten, feinen Gewebe gefangen; und vielleicht sollte die aufgezwungene Langeweile, die er schärfer und schärfer verspürte, nicht auf die schiere Unfähigkeit – ansonsten charakteristisch für sein Wesen – reduziert werden, sich mit Dingen abzugeben, denen nach und nach das Integument der Gewohnheit wuchs (durch das er das Leuchten ihres leidenschaftlichen Wiederauflebens nicht länger wahrnahm), sondern vielleicht als die absichtlich verstellte Stimme einer unterbewußten Warnung. Währenddessen näherte sich das Geschäft, das seinen Anfang genommen hatte, lange bevor er daran teilnahm, seinem blutigen Ausgang.

An einem kalten Sommerabend wurde er zu einer geheimen Zusammenkunft geladen; er ging, da die Einladung auf nichts Ungewöhnliches schließen ließ. Später, das ist wahr, erinnerte er sich, wie unwillig, mit welch einer lästigen Empfindung von Zwang er sich zu der Versammlung aufgemacht hatte; aber mit ähnlichen Gefühlen war er schon früher zu Versammlungen gegangen. In einem großen Zimmer, ungeheizt und gleichsam fiktiv möbliert (Tapete, Kamin, das Büffet mit einem staubigen Trinkhorn auf einem Bord – alles sah nach Bühnenrequisiten aus), saß eine Schar Männer, von denen K mehr als die Hälfte nicht kannte. Hier sah er zum ersten Mal Dr. Onse: diesen marmorweißen, der Mitte entlang abgeplatteten Kahlschädel, diese dicken blonden Wimpern, die kleinen Sommersprossen über den Brauen, den Hauch von Fuchsrot auf den Wangenknochen, die fest zusammengepreßten Lippen, den Gehrock eines Fanatikers und die Augen eines Fisches. Ein frostiger Ausdruck milder, flackernder Melancholie verschönte seine unglücklichen Züge nicht. Er wurde mit überspitztem Respekt angesprochen. Alle wußten, daß seine Verlobte nach dem Prozeß mit ihm gebrochen hatte, mit der Erklärung, daß sie weiterhin gegen alle Vernunft im Gesicht des erbärmlichen Mannes die Spuren schmutzigen Lasters sähe, zu dem er sich bekannt hatte, als er die Wesensart eines anderen angenommen hatte. Sie zog sich in ein entferntes Dorf zurück, wo sie völlig im Lehrerinnenberuf aufging; und Dr. Onse selbst suchte kurz nach dem Ereignis, zu dem die Versammlung das Vorwort war, Abgeschiedenheit in einem kleinen Kloster.

Unter den Anwesenden bemerkte K auch den gefeierten Juristen Schliss, mehrere *frad* (liberale) Mitglieder des *Peplerhus*, den Sohn des Erziehungsministers... Und auf einem unbequemen ledernen Diwan saßen drei schlaksige und düstere Armeeoffiziere.

Er fand einen freien Stuhl mit einem Sitz aus Rohrgeflecht neben dem Fenster, auf dessen Sims ein kleiner Mann saß, der sich von den anderen fernhielt. Er hatte ein plebejisches Gesicht und fummelte mit seinen Händen an einer Postmütze herum. K war nahe genug, um seine grobbeschuhten riesigen Füße zu betrachten, die gar nicht zu seiner kümmerlichen Statur paßten, so daß man so etwas wie eine Aufnahme aus der Froschperspektive bekam. Erst später erfuhr K, daß dieser Mann Sien war.

Zunächst kam es K vor, als wären die Leute, die sich in dem Zimmer versammelt hatten, in jene Art von Gespräch verwickelt, die ihm lange vertraut war. Etwas in ihm (wiederum jener inwendigste Freund!) sehnte sich gar mit einer Art kindlicher Ungeduld danach, daß sich diese Versammlung nicht von allen früheren unterschiede. Aber Gumms seltsame, irgendwie widerwärtige Geste, als er im Vorbeigehen seine Hand auf K's Schulter legte und geheimnisvoll lächelte – das und das langsame, kontrollierte Stimmengeräusch wie auch der Ausdruck in den Augen der drei Offiziere ließen K aufmerken. Es vergingen kaum zwei Minuten, bis er wußte, daß das, was man hier in diesem Kulissenzimmer kühl besprach, die schon beschlossene Ermordung des Kronprinzen war.

Er spürte den Atem des Schicksals an seinen Schläfen und denselben beinahe physischen Ekel, den er einst nach jener Soirée bei seinem Cousin empfunden hatte. Aus dem Blick, den ihm der schweigsame Pygmäe in der Fensternische zuwarf (ein Blick voller Sarkasmus, in den sich Neugier mischte), schloß K, daß seine Verwirrung nicht unbemerkt geblieben war. Er stand auf, und da wandten sich alle ihm zu, und der schwere Mann mit dem Bürstenschnitt, der in diesem Augenblick sprach (K hatte längst aufgehört, auf die Worte zu achten), hielt inne. K ging auf Gumm zu, dessen dreieckige Augenbrauen sich erwartungsvoll hoben. «Ich muß gehen», sagte K, «ich fühle mich nicht wohl, ich glaube, ich gehe besser.» Er verbeugte sich; ein paar Personen standen höflich auf; der Mann auf dem Fenstersims zündete seine Pfeife an und lächelte. Wie K sich dem Ausgang näherte, hatte er das Alptraumgefühl, daß die Tür womöglich ein Stilleben, der Türgriff *en trompe-l'œil* war und sich nicht bewegen ließe. Aber mit einem Mal wurde die Tür wirklich, und begleitet von einem jungen Mann, der in Pantoffeln und mit einem Schlüsselbund leise aus einem anderen Zimmer gekommen war, machte sich K daran, ein langes und dunkles Treppenhaus hinabzusteigen.

Zu dieser Ausgabe

Soweit heute bekannt, hat Vladimir Nabokov zwischen 1920 und 1951 insgesamt 70 Erzählungen geschrieben. Diese Ausgabe strebt zwar Vollständigkeit an, aber drei der russischen Jugenderzählungen fehlen ihr: Sie sind entweder unter den nachgelassenen Papieren nicht wieder aufgetaucht oder wurden nicht zur Veröffentlichung freigegeben. Es ist nicht ganz ausgeschlossen, daß in Archiven und Bibliotheken mit russischer Exilliteratur eines Tages weitere ans Licht kommen, von denen heute niemand etwas ahnt.

Nabokovs Erzählungen entstanden in drei Sprachen: russisch (59), englisch (10), französisch (1). 47 der russischsprachigen wurden vom Autor allein oder von seinem Sohn Dmitri Nabokov in Zusammenarbeit mit ihm ins Englische übertragen. Dabei machten sie gelegentlich leichte Veränderungen durch (am stärksten «Berlin, ein Stadtführer» und «Ein Märchen»). In jedem Fall handelt es sich bei den englischen Übersetzungen um die spätere Textfassung, die als die definitive gelten kann und darum bei ihnen allen zugrunde gelegt wurde. Bisher zwei Texte wurden von Dmitri Nabokov nach dem Tod des Autors aus dem Russischen ins Englische übersetzt («Die Schlägerei» und «Der Zauberer», eine Art Vorstudie zu «Lolita»); auch hier bildete die englische Fassung die Übersetzungsvorlage.

Zwei der Erzählungen («Mademoiselle O», «Erste Liebe») gingen unverändert als selbständige Kapitel in Nabokovs Memoiren «Erinnerung, sprich» (1951) ein. Bei deren späterer Bearbeitung und Erweiterung (1967) veränderten sie sich so stark, daß ihre Erzähllinie verwischt wurde. Darum wurden sie hier in ihrer ursprünglichen Gestalt aufgenommen; im Memoirenband finden sie sich in ihrer späteren Gestalt. Zwei Stücke («Ultima Thule» und «Solus Rex») waren eigentlich Kapitel eines russischsprachigen Romans, der nie vollendet wurde; Nabokov hat sie selber in einem Sammelband unter die Erzählungen aufgenommen.

Bibliographische Nachweise

Einzelnachweise:

Die Nachweise nennen Originaltitel und Originalsprache, wo immer möglich Zeit und Ort der Entstehung, Erstveröffentlichung, Aufnahme in Sammelbände, gegebenenfalls die englische Übersetzung (Titel, Übersetzer) und den Sammelband, in dem sie enthalten ist, den deutschen Übersetzer der vorliegenden Fassung und gegebenenfalls frühere deutsche Buchveröffentlichungen. Nachdrucke in Zeitschriften werden in keiner Sprache verzeichnet; deutschsprachige Vorabdrucke ebenfalls nicht.

Bei den Zitaten, die in vielen Fällen jeweils am Ende des Nachweises stehen, handelt es sich – mit Ausnahme der beiden Zitate zu «Der Zauberer» – um die Vorbemerkungen, die Vladimir Nabokov seinen Geschichten in den drei letzten englischsprachigen Sammelbänden voranstellte. Manchmal wiederholen sie nur die bibliographischen Angaben, meist aber geben sie auch den einen oder anderen Hinweis zu den Geschichten selber. Da solche Hinweise oft so eng in die reinen bibliographischen Angaben verwoben sind, daß sie sich nicht herausoperieren lassen, wurden die Vorbemerkungen ganz wiedergegeben und Wiederholungen in Kauf genommen; weggelassen wurden lediglich Angaben über etwaige Zeitschriften-Vorabdrucke der englischen Fassungen.

(45) Träger Rauch
Russisches Original: «Tjashjolyj dym»
Geschrieben vor März 1935
Erstveröffentlichung: «Poslednije Nowosti», Paris, 3. März 1935, Seite 3
Enthalten in der Sammlung «Wesna w Fialte», 1956

Englisch: «Torpid Smoke», übersetzt von Dmitri Nabokov und Vladimir Nabokov
Enthalten in der Sammlung «A Russian Beauty», 1973

Aus dem Englischen von Jochen Neuberger
Enthalten in der Sammlung «Frühling in Fialta», 1966, in einer Übersetzung von Wassili Berger unter dem Titel «Der schwere Rauch»

«‹Träger Rauch› (‹Tjashjolyj dym›) erschien am 3. März 1935 in der Tageszeitung ‹Poslednije Nowosti›, Paris, und wurde in ‹Wesna w Fialte›, New York 1956, nachgedruckt... An zwei oder drei Stellen sind [in der vorliegenden englischen Fassung] kurze Sätze eingefügt worden, um Aspekte von Habitus und Milieu zu erläutern, die heute nicht nur ausländischen Lesern unbekannt sind, sondern auch den unneugierigen Enkeln der Russen, die in den ersten drei oder vier Jahren nach der bolschewistischen Revolution nach Westeuropa flohen; im übrigen ist die Übersetzung akrobatisch genau – angefangen mit dem Titel ‹Torpid Smoke›, der in einer groben lexikalischen Übertragung, welche vertraute Assoziationen unberücksichtigt ließe, ‹Heavy Smoke› (‹Schwerer Rauch›) lautete.

Die Erzählung gehört zu jenem Teil meiner Kurzgeschichten, der auf das Berliner Emigrantenleben zwischen 1920 und den späten dreißiger Jahren verweist. Wer gerne biographischen Appetithappen nachjagt, sei gewarnt, daß mein Hauptvergnügen beim Abfassen jener Sachen darin bestand, unbarmherzig Garnituren von Emigranten zu erfinden, die im Wesen, der Schichtzugehörigkeit, dem Aussehen und so weiter den Nabokovs absolut unähnlich waren. Die einzigen beiden

Übereinstimmungen zwischen Autor und Held sind hier, daß beide russische Gedichte schrieben und daß ich irgendwann in einer ebenso tristen Berliner Wohnung wie er gewohnt hatte. Nur sehr schlechte Leser (oder vielleicht einige ungewöhnlich gute) werden mich dafür schelten, daß ich sie nicht in deren Wohnzimmer lasse.»

(46) Musterung

Russisches Original: «Nabor» (Die Anwerbung)
«Geschrieben Sommer 1935 in Berlin»
Erstveröffentlichung: «Poslednije Nowosti», Paris, 18. August 1935, Seite 3
Enthalten in «Wesna w Fialte», 1956

Englisch: «Recruiting», übersetzt von Dmitri Nabokov und Vladimir Nabokov
Enthalten in der Sammlung «Tyrants Destroyed», 1975

Aus dem Englischen von Jochen Neuberger

«‹Nabor› wurde im Sommer 1935 in Berlin geschrieben, erschien am 18. August des gleichen Jahres in den ‹Poslednije Nowosti›, Paris, und wurde einundzwanzig Jahre später in meine Sammlung ‹Wesna w Fialte› beim Chekhov House in New York aufgenommen.»

(47) Aus dem vollen Menschenleben

Russisches Original: «Slutschaj is shisni» (Ein Fall aus dem Leben)
Geschrieben vor September 1935
Erstveröffentlichung: «Poslednije Nowosti», Paris, 22. September 1935, Seite 3
Enthalten in der Sammlung «Sogljadataj», 1938

Englisch: «A Slice of Life», übersetzt von Dmitri Nabokov und Vladimir Nabokov
Enthalten in der Sammlung «Details of a Sunset», 1976

Aus dem Englischen von Dieter E. Zimmer

«Der ursprüngliche Titel dieser unterhaltsamen Mär ist ‹Slutschaj is shisni›. Das erste Wort bedeutet ‹Vorfall› oder ‹Fall›, die beiden letzten ‹aus dem Leben›. Die Kombination hat im Russischen eine absichtsvoll banale, journalistische Nuance, die bei der lexikalischen Übertragung verloren geht. Die vorliegende Formel [‹A Slice of Life› (‹Eine Scheibe Leben›)] klingt im Tonfall richtiger, zumal da sie so gut zu dem primitiven Jargon meines Mannes paßt (man höre sich nur sein Kneipengefasel kurz vor dem Tumult an).

Was war Ihre Absicht, Sir, als Sie diese Geschichte vor vierzig Jahren in Berlin zu Papier brachten? Nun ja, ich habe sie wirklich zu Papier gebracht, und zwar mit einer Feder (denn Schreibmaschineschreiben habe ich nie gelernt, und die lange Regierungszeit des 3B-Bleistifts mit einem Radiergummi am Ende sollte erst viel später beginnen – in geparkten Motorfahrzeugen und Motels); nie indessen hatte ich eine ‹Absicht› im Sinn, wenn ich Geschichten schrieb – für mich selber, meine Frau und ein halbes Dutzend teure tote, in sich hineinlachende Freunde. Sie wurde zuerst in ‹Poslednije Nowosti› veröffentlicht, einer Emigrantentageszeitung in Paris, und zwar am 22. September 1935, und drei Jahre später in ‹Sogljadataj› aufgenommen, Verlag Russkije Sapiski (Annales russes, 51, rue de Turbigo, Paris, eine legendäre Adresse).»

(48) Mademoiselle O
Französisches Original: «Mademoiselle O»
Geschrieben vor April 1936
Erstveröffentlichung: «Mesures», Paris, 2(2)/15. April 1936, Seite 145–172

Englisch: «Mademoiselle O», übersetzt von Vladimir Nabokov und Hilda Ward
Erstveröffentlichung in «The Atlantic Monthly», Boston, 171(1)/Januar 1943, Seite 66–73
Enthalten in den Sammlungen «Nine Stories», 1947, und «Nabokov's Dozen», 1958, sowie als Kapitel 5 der Autobio-

graphie «Conclusive Evidence», Harper & Brothers, New York 1951 (späterer Titel «Speak, Memory»)

Aus dem Englischen von Dieter E. Zimmer
Enthalten als Kapitel 5 in der Autobiographie «Andere Ufer», Rowohlt, Reinbek 1964, sowie in erweiterter Form in der ergänzten und revidierten Fassung der Autobiographie, «Sprich, Erinnerung, sprich», Rowohlt, Reinbek 1984

(49) Frühling in Fialta
Russisches Original: «Wesna w Fialte»
Geschrieben vor Juli 1936
Erstveröffentlichung: «Sowremennyje Sapiski», Paris, 61/Juli 1936, Seite 91–113
Enthalten in «Wesna w Fialte», 1956

Englisch: «Spring in Fialta», übersetzt von Vladimir Nabokov und Peter Pertzov
Enthalten in den Sammlungen «Nine Stories», 1947, und «Nabokov's Dozen», 1958

Aus dem Englischen von Dieter E. Zimmer
Enthalten in der Sammlung «Frühling in Fialta», 1966, und «Stadtführer Berlin», 1985

(50) Wolke, Burg, See
Russisches Original: «Oblako, osero, baschnja» (Wolke, See, Turm)
Geschrieben 25.–26. Juni 1937 in Marienbad
Erstveröffentlichung: «Russkije Sapiski», Paris, 2/1937, Seite 33–42
Enthalten in der Sammlung «Wesna w Fialte», 1956

Englisch: «Cloud, Castle, Lake», übersetzt von Vladimir Nabokov und Peter Pertzov
Enthalten in den Sammlungen «Nine Stories», 1947, und «Nabokov's Dozen», 1958

Aus dem Englischen von Renate Gerhardt und Dieter E. Zimmer
Enthalten in der Sammlung «Frühling in Fialta», 1966, und «Stadtführer Berlin», 1985

(51) Tyrannenvernichtung
Russisches Original: «Istreblenije tiranow»
«Geschrieben Frühjahr oder Frühsommer 1938 in Mentone»
Erstveröffentlichung: «Russkije Sapiski», Paris, 8–9/August-September 1938, Seite 3–29
Enthalten in der Sammlung «Wesna w Fialte», 1956

Englisch: «Tyrants Destroyed», übersetzt von Dmitri Nabokov und Vladimir Nabokov
Enthalten in der Sammlung «Tyrants Destroyed», 1975

Aus dem Englischen von Dieter E. Zimmer

«‹Istreblenije tiranow› wurde im Frühling oder Frühsommer 1938 in Mentone geschrieben. Sie erschien in den ‹Russkije Sapiski›, Paris, August 1938, und in meiner Kurzgeschichtensammlung ‹Wesna w Fialte›, Chekhov House, New York 1956. Hitler, Lenin und Stalin streiten sich in dieser Erzählung um den Thron meines Tyrannen – und treffen sich 1947 mit einer fünften Kröte in ‹Das Bastardzeichen› wieder. Die Vernichtung ist somit vollständig.»

(52) Lik
Russisches Original: «Lik»
«Geschrieben November 1938»
Erstveröffentlichung: «Russkije Sapiski», Paris, 14/Februar 1939, Seite 3–27
Enthalten in der Sammlung «Wesna w Fialte», 1956

Englisch: «Lik», übersetzt von Dmitri Nabokov und Vladimir Nabokov

Enthalten in der Sammlung «Tyrants Destroyed», 1975

Aus dem Englischen von Dieter E. Zimmer
Enthalten in der Sammlung «Frühling in Fialta», 1966

«‹Lik› wurde im Februar 1939 in der Emigrantenzeitschrift ‹Russkije Sapiski›, Paris, und in meiner dritten russischen Sammlung (‹Wesna w Fialte›, Chekhov House, New York 1956) veröffentlicht. ‹Lik› spiegelt die fatamorganahafte Riviera-Umgebung, in der ich die Geschichte schrieb, und versucht den Eindruck einer Bühnenaufführung zu schaffen, die einen neurotischen Darsteller verschlingt, wenn auch nicht ganz in der Art, die der in die Falle gegangene Schauspieler erwartete, wenn er sich ein solches Erlebnis erträumte...»

(53) Der Museumsbesuch
Russisches Original: «Posseschtschenije museja»
Geschrieben vor März 1939
Erstveröffentlichung: «Sowremennyje Sapiski», Paris, 69/1939, Seite 214–215
Enthalten in der Sammlung «Wesna w Fialte», 1956

Englisch: «The Visit to the Museum», übersetzt von Dmitri Nabokov und Vladimir Nabokov
Enthalten in der Sammlung «A Russian Beauty», 1973

Aus dem Englischen von Dieter E. Zimmer
Enthalten in der Sammlung «Frühling in Fialta», 1966

«‹Der Museumsbesuch› erschien in der Emigrantenzeitschrift ‹Sowremennyje Sapiski›, LXVIII, Paris 1939, sowie in meiner Sammlung ‹Wesna w Fialta›, Chekhov Publishing House, New York 1959...

Eine erklärende Anmerkung mag nicht-russischen Lesern willkommen sein. Als der unglückliche Erzähler an einer Stelle ein Ladenschild bemerkt, wird ihm klar, daß er sich nicht in dem Rußland seiner Vergangenheit befindet, sondern in dem Rußland der Sowjets. Womit sich dieses Ladenschild verrät, ist das Fehlen jenes Buchstabens, der im alten Rußland nach einem Konsonanten das Wortende zu dekorieren pflegte, aber in der reformierten Rechtschreibung der Sowjets heute weggelassen wird.»

(54) Wassilij Schischkow

Russisches Original: «Wassilij Schischkow»
«Geschrieben Ende 1939 in Paris»
Erstveröffentlichung: «Poslednije Nowosti», Paris, 12. September 1939, Seite 3
Enthalten in «Wesna w Fialte», 1956

Englisch: «Vasiliy Shishkov», übersetzt von Dmitri Nabokov und Vladimir Nabokov; das Gedicht von Vladimir Nabokov

Enthalten in der Sammlung «Tyrants Destroyed», 1975

Aus dem Englischen von Jochen Neuberger

«Um Ende 1939 die Eintönigkeit meines Lebens in Paris aufzulockern (etwa sechs Monate später sollte ich weiter migrieren nach Amerika), beschloß ich, dem berühmten Exilkritiker Georgij Adamowitsch (der mein Zeug ebenso regelmäßig verriß wie ich die Verse seiner Jünger) einen harmlosen Streich zu spielen, indem ich in einer der beiden führenden Literaturzeitschriften ein Gedicht unter einem neuen Pseudonym veröffentlichte, um herauszufinden, was er in seiner wöchentlichen Kolumne in der Pariser Emigrantenzeitung ‹Poslednije Nowosti› zu diesem unerwartet aufgetauchten Autor zu sagen hätte. Hier ist das Gedicht:

Die Poeten

Eine Kerze wandert aus dem Zimmer zur Diele
und verlöscht. Ihr Abbild schwimmt in den Augen,
bis zwischen den blauschwarzen Zweigen
eine Nacht ganz ohne Sterne Umriß annimmt.

's ist Zeit zu gehn: zwar jugendlich noch,
mit einer Liste ungeträumter Träume
und Rußlands letztem Abglanz, kaum noch wahrzunehmen,
auf den phosphoreszierenden Reimen unserer letzten Verse.

Und dennoch, ganz ohne Inspiration waren wir nicht, Leben
schien uns bestimmt und Wachstum unseren Büchern,
doch die freundlosen Musen richteten uns zugrunde,
und jetzt ist's an der Zeit für uns zu gehn.

Und das nicht, weil wir uns scheuten, die guten Leute
mit unsrer Freiheit zu verletzen; es ist einfach Zeit,
uns aufzumachen – und dann auch ist es uns lieber,
wir sehen nicht, was andren Augen verborgen bleibt;

sehn all den Zauber dieser Welt nicht und nicht ihre Qual,
den Fensterflügel, der einen fernen Sonnenstrahl einfängt,
armselige Schlafwandler in Militäruniformen,
den hohen Himmel, die aufmerksamen Wolken;

die Schönheit, den Vorwurfsblick; die kleinen Kinder,
wenn sie Versteck in und an der Latrine spielen,
die sich im Sommerzwielicht dreht;
des Sonnenuntergangs Schönheit, seinen Vorwurfsblick;

all das, was einen drückt, umwindet und verwundet;
die Tränen einer Leuchtreklame am Ufer drüben;
den Strom ihrer Smaragde, der im Nebel verfließt;
all das, was sich meinem Ausdruck schon entzieht.

Schon bald, und wir überschreiten die Schwelle der Welt,
hinüber in eine Gegend – man gebe ihr welchen Namen auch
immer:
nenne sie Wildnis, Tod, die Verleugnung der Sprache,
oder einfacher vielleicht: das Schweigen der Liebe;

das Schweigen eines fernen Feldwegs, seine Wagenfurchen,
die sich verbergen unterm Blumenschaum;
mein schweigendes Land (die Liebe ohne Hoffnung);
das schweigende Wetterleuchten, die schweigende Saat.

Wassilij Schischkow

Wenn ich mich nicht täusche, erschien das russische Original im Oktober oder November 1939 in den ‹Russkije Sapiski› und wurde von Adamowitsch in seiner Besprechung jenes Heftes mit außergewöhnlicher Begeisterung gefeiert (‹So ist denn doch ein großer Lyriker aus unserer Mitte erstanden›, und so weiter – ich zitiere aus dem Gedächtnis, glaube aber, ein Bibliograph ist gerade dabei, jene Rezension auszugraben). Ich konnte der Versuchung nicht widerstehen, den Scherz weiterzutreiben, und veröffentlichte kurz nach der Publikation jener Eloge (Dezember 1939? Auch hier fehlt mir das genaue Datum**) meine Prosaerzählung ‹Wassilij Schischkow› (aufgenommen in die Sammlung ‹Wesna w Fialte›, New York 1956), die, je nach dem Scharfsinn des Lesers, als wirkliche Begebenheit verstanden werden konnte, an der eine echte Person namens Schischkow beteiligt war, oder als nicht ganz ernst zu nehmende Geschichte über den seltsamen Fall eines Dichters, der in einem anderen aufgeht. Adamowitsch wollte eiligen Freunden und Feinden, die ihn darauf aufmerksam machten, daß Schischkow eine Erfindung von mir sei, zunächst keinen Glauben schenken; schließlich mußte er es eingestehen, und in seinem nächsten Artikel führte er aus, daß ich ‹als Parodist genug Geschick hätte, ein Genie nachzuahmen›. Ich wünschte, alle Kritiker wären so großzügig wie er. Ich bin nur zweimal kurz mit ihm zusammengekommen; aber viele alte Literati haben nach seinem Tode unlängst viel über seine Freundlichkeit und*

* Tatsächlich erschien es in den ‹Sowremennyje Sapiski›, Heft 69 vom Juli 1939.
** Es wurde ermittelt; oben ist es genannt.

seine durchdringende Intelligenz gesagt. Er hatte nur zwei Leidenschaften im Leben: russische Literatur und französische Matrosen.»

(55) Der Zauberer
Russisches Original: «Wolschebnik»
Geschrieben Oktober und November 1939 in Paris und an der Riviera
Unveröffentlicht

Englisch: «The Enchanter», übersetzt von Dmitri Nabokov
Buchveröffentlichung: «The Enchanter», Putnam, New York 1986

Aus dem Englischen von Dieter E. Zimmer
Als Buch veröffentlicht unter dem Titel «Der Zauberer», Rowohlt, Reinbek 1987

I. «Der erste leise Pulsschlag von ‹Lolita› durchlief mich Ende 1939 oder Anfang 1940 in Paris, zu einer Zeit, als ich mit einem schweren Anfall von Interkostalneuralgie darniederlag. Soweit ich mich erinnern kann, wurde der initiale Inspirationsschauer von einem Zeitungsartikel über einen Menschenaffen im Jardin des Plantes ausgelöst, der, nachdem ihn ein Wissenschaftler monatelang getriezt hatte, die erste je von einem Tier hingekohlte Zeichnung hervorbrachte: Die Skizze zeigte die Gitterstäbe des Käfigs der armen Kreatur. Der Impuls, den ich hier festhalte, hatte keine direkte Beziehung zu dem sich daraus ergebenden Gedankengang, der indessen zu einem Prototyp meines vorliegenden Romans führte, einer Kurzgeschichte von etwa dreißig Seiten Länge. Ich schrieb sie auf russisch, der Sprache, in der ich seit 1924 Romane geschrieben hatte (die besten von ihnen sind nicht ins Englische übersetzt, und alle sind aus politischen Gründen in Rußland verboten). Der Mann war Mitteleuropäer, das anonyme*

* Ins Englische übersetzt wurden seitdem alle; und einige sind inzwischen auch in der Sowjetunion erschienen.

Nymphchen Französin, und die Orte der Handlung waren Paris und die Provence. Ich ließ ihn die kranke Mutter des kleinen Mädchens heiraten, die bald darauf starb, und nach einem mißglückten Versuch, die Waise in einem Hotelzimmer zu mißbrauchen, warf sich Arthur (das war sein Name) unter die Räder eines Lastwagens. In einer Kriegsnacht mit blauem Papier um die Lampenschirme las ich die Geschichte einer Gruppe von Freunden vor – Mark Aldanow, zwei Sozialrevolutionären und einer Ärztin; aber die Sache gefiel mir nicht, und einige Zeit nach meiner Übersiedlung nach Amerika im Jahre 1940 vernichtete ich sie.

Ungefähr 1949 begann mich in Ithaca im Norden des Staates New York das Pulsen, das nie ganz aufgehört hatte, von neuem zu plagen. Mit frischer Kraft gesellte sich Kombination zur Inspiration und verwickelte mich in eine abermalige Behandlung des Themas, dieses Mal auf englisch – der Sprache meiner ersten Gouvernante in St. Petersburg im Jahre 1903, einer Miss Rachel Home. Das Nymphchen hatte zwar einen Spritzer irischen Bluts bekommen, war aber noch immer so ziemlich das gleiche Mädchen, und die Grundidee, den Mann ihre Mutter heiraten zu lassen, blieb ebenfalls erhalten; doch im übrigen war die Sache neu, und heimlich waren ihr die Krallen und Schwingen eines Romans gewachsen.» (Vladimir Nabokov, Auszug aus «Aus einem Buch mit dem Titel ‹Lolita›», geschrieben als Begleittext zu dem auszugsweisen amerikanischen Vorabdruck des Romans in der *Anchor Review*, Juni 1957.)

II. «Wie ich in meinem der ‹Lolita› angehängten Essay erklärt habe, hatte ich im Herbst 1939 eine Art Prä-Lolita-Novelle geschrieben. Ich war sicher, sie vor langer Zeit vernichtet zu haben, doch als Véra [Nabokov] und ich einiges zusätzliche Material zusammensuchten, das der Kongreßbibliothek zur Verfügung gestellt werden könnte, tauchte heute eine Kopie der Geschichte auf. Mein erster Impuls war, sie (samt einem Stapel Karteikarten mit unbenutztem Lolita-Material) der L. of C. in Verwahrung zu geben, doch dann kam mir eine andere Idee.

Es handelt sich um eine fünfundfünfzig Schreibmaschinenseiten lange Geschichte in russischer Sprache, betitelt ‹Wolschebnik› (‹Der Zauberer›). Jetzt, da meine kreative Verbindung zu ‹Lolita› abgebrochen ist, war mein Vergnügen beim Wiederlesen von ‹Wolschebnik› sehr viel größer als während der Arbeit an ‹Lolita›, da ich sie als ein Stück toten Abfalls in Erinnerung hatte. Es ist ein schönes Stück russischer Prosa, präzis und luzid, und mit ein wenig Behutsamkeit könnte es von den Nabokovs anglisiert werden.» («Auszug aus einem Brief vom 6. Februar 1959, in dem Vladimir Nabokov den ‹Zauberer› Walter Minton anbot, dem damaligen Leiter des Verlags G.P.Putnam's Sons. Mintons Antwort drückte großes Interesse aus, doch offenbar wurde das Manuskript niemals abgeschickt. Mein Vater war damals mit ‹Eugen Onegin›, ‹Ada›, dem ‹Lolita›-Drehbuch und der Durchsicht meiner Übersetzung von ‹Einladung zur Enthauptung› beschäftigt. Wahrscheinlich war er zu dem Schluß gekommen, daß ihm keine Zeit für ein weiteres Projekt blieb.» Dmitri Nabokov, 1986)

(56) Ultima Thule

Russisches Original: «Ultima Thule» (Kapitel 1 des unvollendeten russischen Romans «Solus Rex»)
Geschrieben Winter 1939/40 in Paris
Erstveröffentlichung in «Nowyj Shurnal», New York, 1/1942, Seite 49–77
Enthalten in «Wesna w Fialte», 1956

Englisch: «Ultima Thule», übersetzt von Dmitri Nabokov und Vladimir Nabokov
Enthalten in der Sammlung «A Russian Beauty», 1973

Aus dem Englischen von Jochen Neuberger

«Im Winter 1939/40 endete die Periode meiner russischen Prosa. Im Frühjahr emigrierte ich nach Amerika, wo ich ohne Unterbrechung zwanzig Jahre lang bleiben sollte und wo ich nur noch in englischer Sprache schrieb. Unter den Arbeiten jener Abschiedsmomente in Paris

befand sich ein Roman, den ich vor meiner Abreise nicht abschließen konnte und später nicht wieder aufnahm. Mit Ausnahme von zwei Kapiteln und einigen Notizen vernichtete ich das unvollendete Ding. Kapitel 1, das den Titel ‹Ultima Thule› trug, erschien 1942 (‹Nowyj Shurnal›, I, New York). Dem vorausgegangen war die Veröffentlichung von Kapitel 2, ‹Solus Rex›, im Frühjahr 1940 (‹Sowremennyje Sapiski›, LXX, Paris). Die vorliegende Übersetzung [ins Englische], die im Februar 1971 von meinem Sohn unter meiner Mitarbeit gemacht wurde, ist eine peinlich genaue Wiedergabe des Originaltextes, die zudem die Restauration einer Stelle besorgte, wo sich in den ‹Sowremennije Sapiski› Auslassungspunkte befunden hatten.

Wenn ich mein Buch beendet hätte, wären die Leser über einige Dinge vielleicht nicht im unklaren gelassen worden: War Falter ein Scharlatan? War er ein echter Seher? War er ein Medium, mit dessen Hilfe die verstorbene Frau des Erzählers versucht hätte, den verschwommenen Umriß eines Satzes zu übermitteln, den ihr Mann verstanden hätte – oder auch nicht? Sei dem, wie es wolle, eines zumindest ist klar: Bei der Arbeit, ein Phantasieland zu erschaffen (die ihn zunächst lediglich von seinem Gram ablenkte, sich dann aber zu einer eigenständigen künstlerischen Besessenheit auswuchs), wird der Witwer derart von Thule in Anspruch genommen, daß dieses seine eigene Realität zu entwickeln beginnt. Sineussow macht in Kapitel 1 die Bemerkung, daß er von der Riviera nach Paris in seine frühere Wohnung umziehen möchte; in Wirklichkeit zieht er in ein freudloses Schloß auf einer fernen Insel im Norden. Seine Kunst hilft ihm, seine Frau in Gestalt der Königin Belinda wiederauferstehen zu lassen, ein armseliges Unterfangen, das ihn nicht einmal in der Welt bloßer Einbildung über den Tod triumphieren läßt. In Kapitel 3 sollte sie erneut sterben, getötet von einer Bombe, die ihrem Mann galt, auf der Brücke über die Egel, ein paar Minuten nach ihrer Rückkehr von der Riviera. Das ist alles, was ich durch den Staub und den Schutt meiner alten Phantasien hindurch noch ausmachen kann.

Noch ein Wort zu K. Die Übersetzer hatten einige Schwierigkeiten *mit dieser Bezeichnung, weil das russische Wort für ‹König›, ‹korol›, in der Bedeutung, in der es hier gebraucht wird, ‹Kr› abgekürzt wird, und in dieser Bedeutung kann es auf englisch [und deutsch] nur mit ‹K› wiedergegeben werden. Mit einem Wort: K meint eine Schachfigur und keinen Tschechen. Was den Titel des Fragments angeht, verweise ich auf Blackburns ‹Terms and Themes of Chess Problems› (London 1907): ‹Wenn der König die einzige schwarze Figur auf dem Brett ist, zählt das Problem zur Solus-Rex-Variante.›*

Prinz Adulf, dessen körperliche Erscheinung in meiner Vorstellung aus irgendwelchen Gründen der von S. P. Diaghilew (1872–1929) ähnelte, bleibt eine der Lieblingsfiguren in dem Privatmuseum ausgestopfter Leute, das jeder dankbare Schriftsteller irgendwo auf seinem Grund und Boden hat. An die Einzelheiten des Todes des armen Adulf erinnere ich mich nicht, lediglich daran, daß er genau fünf Jahre vor der Einweihung der Egel-Brücke von Sien und seinen Genossen auf eine entsetzliche, unbeholfene Art aus der Welt geschafft wurde.

Freudianer gibt's nicht mehr, wie ich höre, so daß ich sie nicht davor zu warnen brauche, meine Kreise mit ihren Symbolen zu stören. Der gute Leser andererseits wird sicherlich verstümmelte englische Echos dieses letzten meiner russischen Romane in ‹Das Bastardzeichen› (1947) und – ganz besonders – in ‹Fahles Feuer› (1962) erkennen: Ich selber finde diese Echos ein wenig ärgerlich, aber was mich wirklich die Nicht-Vollendung des Romans bedauern läßt, ist, daß er sich durch die Qualität seiner Farbgebung, durch den Reichtum seines Stils, durch etwas Undefinierbares in seiner machtvollen Unterströmung von all meinen anderen russischen Werken unterschied ...»

(57) Solus Rex

Russisches Original: «Solus Rex» (Kapitel 2 des unvollendeten russischen Romans mit dem Titel «Solus Rex»)
Geschrieben Winter 1939/40 in Paris
Erstveröffentlichung in «Sowremennyje Sapiski», Paris, 70/April 1940, Seite 5–36

Englisch: «Solus Rex», übersetzt von Dmitri Nabokov und Vladimir Nabokov
Enthalten in der Sammlung «A Russian Beauty», 1973

Aus dem Englischen von Jochen Neuberger

Vladimir Nabokov

Vladimir Nabokov
Gesammelte Werke
Herausgegeben von
Dieter E. Zimmer

Maschenka. König Dame Bube. Frühe Romane 1. *Band 1*
Deutsch von
Klaus Birkenhauer und
Hanswillem Haefs
600 Seiten. Gebunden

Lushins Verteidigung. Der Späher. Die Mutprobe. Frühe Romane 2. *Band 2*
Deutsch von Dietmar Schulte
Dieter E. Zimmer und
Susanna Rademacher
784 Seiten. Gebunden

Gelächter im Dunkel. Verzweiflung. Camera obscura. Frühe Romane 3. *Band 3*
Deutsch von
Renate Gerhardt,
Hans-Heinrich Wellmann,
Klaus Birkenhauer u. a.
816 Seiten. Gebunden

Einladung zur Enthauptung
Roman. Band 4
Deutsch von
Dieter E. Zimmer
272 Seiten. Gebunden

Die Gabe *Roman. Band 5*
Deutsch von Annelore
Engel-Braunschmidt
800 Seiten. Gebunden

Das wahre Leben des Sebastian Knight *Roman. Band 6*
Deutsch von
Dieter E. Zimmer
304 Seiten. Gebunden

Das Bastardzeichen *Roman. Band 7*
Deutsch von
Dieter E. Zimmer
352 Seiten. Gebunden

Literatur

Lolita *Roman. Band 8*
Deutsch von Hellen Hessel,
Maria Carlsson,
Kurt Kusenberg u. a.
704 Seiten. Gebunden

Pnin *Roman. Band 9*
Deutsch von
Dieter E. Zimmer
304 Seiten. Gebunden

Erzählungen 1. 1921 – 1934
Band 13
Deutsch von Gisela Barker,
Jochen Neuberger,
Blanche Schwappach u. a.
712 Seiten. Gebunden

Erzählungen 2. 1935 – 1951
Band 14
Deutsch von
Renate Gerhardt,
Jochen Neuberger
und Dieter E. Zimmer
632 Seiten. Gebunden

Lolita. Ein Drehbuch *Band 15*
Deutsch von
Dieter E. Zimmer
352 Seiten. Gebunden

Nikolaj Gogol *Band 16*
Deutsch von
Jochen Neuberger
216 Seiten. Gebunden

3660/2

Vladimir Nabokov

Vladimir Nabokov
Gesammelte Werke
Herausgegeben von
Dieter E. Zimmer

Deutliche Worte *Interviews - Leserbriefe - Aufsätze. Band 20*
Deutsch von Kurt Neff, Gabriele Forberg-Schneider, Blanche Schwappach u. a.
Mit einem Vorwort von Dieter E. Zimmer
576 Seiten. Gebunden

Erinnerung sprich *Wiedersehen mit einer Autobiographie. Band 22*
Deutsch von Dieter E. Zimmer
560 Seiten. Gebunden

Briefwechsel mit Edmund Wilson 1940 – 1971. *Band 23*
Deutsch von Eike Schönfeld.
Essay von Simon Karlinsky
768 Seiten. Gebunden

Außerdem als gebundene Ausgaben lieferbar:

Ada oder Das Verlangen *Aus den Annalen einer Familie*
Deutsch von Uwe Friesel und Marianne Therstappen
736 Seiten. Pappband

Sieh doch die Harlekins! *Roman*
Deutsch von Uwe Friesel
280 Seiten. Gebunden

Der Späher *Roman*
Deutsch von Dieter E. Zimmer
128 Seiten. Gebunden

Der Zauberer *Roman*
Deutsch von Dieter E. Zimmer
144 Seiten. Gebunden

Literatur

Lushins Verteidigung *Roman*
Deutsch von Dietmar Schulte
264 Seiten. Gebunden

Das wahre Leben des Sebastian Knight *Roman*
Deutsch von Dieter E. Zimmer
232 Seiten. Gebunden

Der schwere Rauch *Gesammelte Erzählungen*
Herausgegeben von Dieter E. Zimmer
Deutsch von Wassili Berger, Renè Drommert, Renate Gerhard u. a.
Mit einem Nachwort von Dieter E. Zimmer
352 Seiten. Gebunden

Literaturmagazin 40
Vladimir Nabokov
Herausgegeben von Martin Lüdke und Delf Schmidt unter beratender Mitarbeit von Dieter E. Zimmer
192 Seiten. Kartoniert

3661/2